d

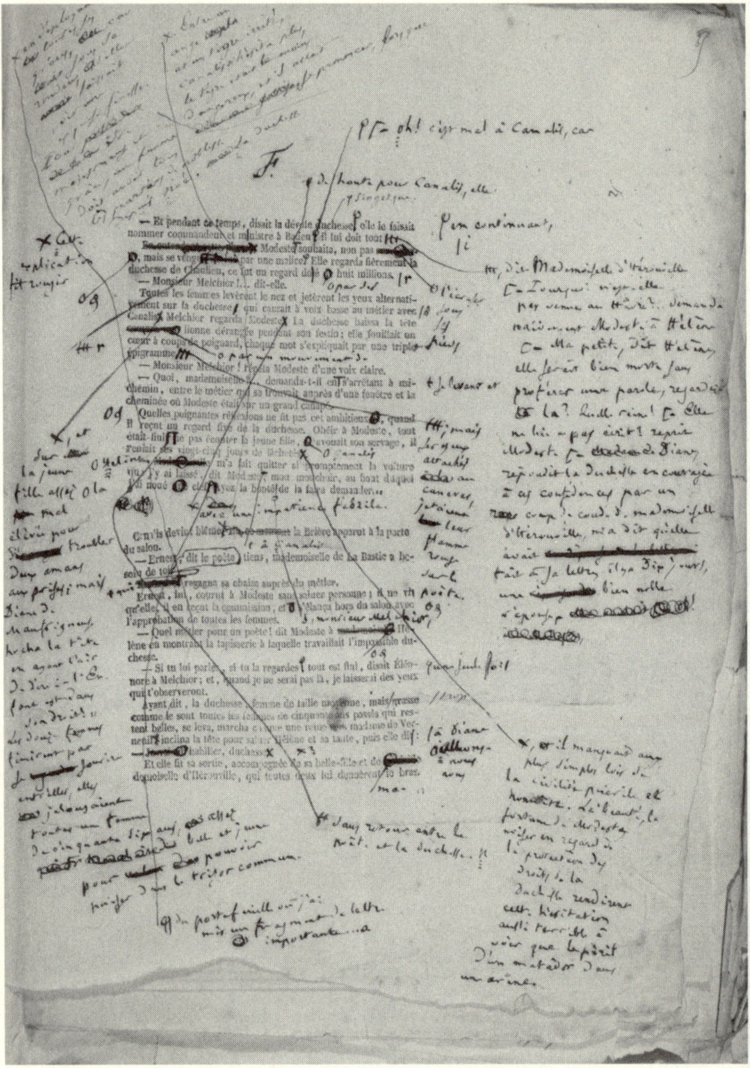

— Et pendant ce temps, disait la dévote duchesse, elle le faisait nommer commandeur et ministre à Baden; il lui doit tout [illegible] Modeste souhaita, non pas [illegible], mais se venger [illegible] par une malice. Elle regarda fièrement la duchesse de Chaulieu, ce fut un regard doré [illegible] huit millions.

— Monsieur Melchior !... dit-elle.

Toutes les femmes levèrent le nez et jetèrent les yeux alternativement sur la duchesse, qui causait à voix basse au métier avec Canalis. Melchior regarda Modeste. La duchesse baissa la tête [illegible] lionne dérangée pendant son festin; elle fouillait un cœur à coups de poignard, chaque mot s'expliquait par une triple épigramme.

— Monsieur Melchior ! répéta Modeste d'une voix claire.

— Quoi, mademoiselle ?... demanda-t-il en s'arrêtant à mi-chemin, entre le métier qui se trouvait auprès d'une fenêtre et la cheminée où Modeste était sur un grand canapé.

Quelles poignantes réflexions ne fit pas cet ambitieux, quand il reçut un regard fixe de la duchesse. Obéir à Modeste, tout était fini; ne pas écouter la jeune fille, avouait son servage, il reniait ses vingt-cinq jours de lâcheté [illegible] m'a fait quitter si promptement la voiture qui y ai laissé, dit Modeste, mon mouchoir, au bout duquel j'ai noué [illegible] clef, ayez la bonté de la faire demander...

Quand ils devint blême [illegible] la Brière apparut à la porte du salon.

— Ernest, dit le poète, tiens, mademoiselle de La Bastie a besoin de toi.

[illegible] regagna sa chaise auprès du métier.

Ernest, lui, courut à Modeste sans saluer personne; il ne vit qu'elle, il en reçut la commission, et s'élança hors du salon avec l'approbation de toutes les femmes.

— Quel métier pour un poète ! dit Modeste à [illegible] Hélène en montrant la tapisserie à laquelle travaillait l'impossible duchesse.

— Si tu lui parles, si tu la regardes, tout est fini, disait Éléonore à Melchior; et, quand je ne serai pas là, je laisserai des yeux qui t'observeront.

Ayant dit, la duchesse, femme de taille moyenne, mais grasse comme le sont toutes les femmes de cinquante ans passés qui restent belles, se leva, marcha [illegible] une reine [illegible] madame de Vernenil, inclina la tête pour saluer Hélène et sa tante, puis elle dit:

— [illegible] habiller, duchesse.

Et elle fit sa sortie, accompagnée de sa belle-fille et de mademoiselle d'Hérouville, qui toutes deux lui donnèrent le bras.

Johannes Willms

# *Balzac*

*Eine Biographie*

Diogenes

Umschlagillustration:
Honoré de Balzac, Pastell
nach Daguerreotypie, 1842
(Künstler unbekannt)

*Meiner Mutter*


www.diogenes.ch
50/07/52/1
ISBN 978 3 257 06624 1

# *Inhalt*

# *Vorwort*

Balzac ist im deutschen Sprachraum bis heute ein bekannter Unbekannter. Den Ausschlag dafür hat vermutlich der alte Goethe gegeben, der sich gegenüber dem aus Genf stammenden Naturforscher Frédéric Jacob Soret am 27. Februar 1832 über *La Peau de chagrin* so äußerte: »Man kann an jedem Detail Anstoß nehmen, auf jeder Seite Übertretungen, Extravaganzen bemerken, kurz, es fallen einem mehr Unvollkommenheiten ins Auge, als es brauchte, um ein gutes Buch zu ramponieren, aber dennoch ist es unmöglich, darin nicht das Werk eines über dem Durchschnitt gelegenen Talents zu erkennen und es nicht ohne Interesse zu lesen.« Dieses sehr ambivalente Urteil hat Balzacs Ruf bis heute verdunkelt. Entsprechend heißt es in der berühmten sechsten Auflage von *Meyers Großem Konversationslexikon* von 1904: »Wenige Schriftsteller haben es verstanden, so treu die Sitten der Zeit und des Landes zu schildern, so tief in die Herzen der Menschen einzudringen und das Beobachtete zu einem lebendigen, überraschend wahren Bilde zu vereinigen. Aber seine Schilderungen sind jedes idealen Elements bar, die letzten Gründe menschlicher Handlungen führt er auf die Geldsucht und den gemeinsten Egoismus zurück, besonders seine Schilderungen des weiblichen Herzens sind oft von empörendem Naturalismus.

Dazu kommen häufig große Flüchtigkeit in der Anordnung des Stoffes, Geschmacklosigkeit im Ausdruck und viele Mängel im Stil.«

Eine Korrektur dieses Bildes vermochte deshalb weder die große Balzac wie seinem Werk gewidmete Studie von Ernst Robert Curtius, die 1923 erschien, zu bewirken, noch die vielgelesene Biographie, die Stefan Zweig verfasste und die von Richard Friedenthal 1946 aus dem Nachlass im Bermann-Fischer Verlag, Stockholm, erstmals publiziert wurde. Die Auswahl aus Balzacs Werk, in deren Zusammenhang auch diese Biographie zu sehen ist, stellt also einen weiteren Versuch dar, diesem endlich im deutschen Sprachraum die Wertschätzung zu verschaffen, die es verdient.

Die Darstellung der in vielen Widersprüchen funkelnden und keineswegs in allen Aspekten sympathisch anmutenden Persönlichkeit Balzacs stützt sich vor allem auf die Grundlage der erst seit einigen Jahren vorliegenden kritischen Editionen seiner umfangreichen Korrespondenz, die Roger Pierrot 1960–1969 im Verlag Garnier in fünf Bänden veröffentlichte. Der erste Band einer neuen Balzac-Briefausgabe (»Correspondance 1809–1835«), die von Roger Pierrot und Hervé Yon herausgegeben wird, erschien im Herbst 2006 in der *Bibliothèque de la Pléiade* des Verlags Gallimard. Die umfangreiche Korrespondenz zwischen Balzac und Madame Hanska wurde ebenfalls von Roger Pierrot mustergültig in zwei Bänden ediert und 1990 im Verlag Robert Laffont publiziert. Außerdem wurden die Erträge der Balzac-Philologie, siehe sowohl die vorbildliche historisch-kritische Gesamtausgabe seiner Werke in der *Bibliothèque de la Pléiade* als auch die seit 1960 erscheinende Zeitschrift

*L'Année Balzacienne,* berücksichtigt. Eine besondere Erwähnung verdient ferner die von Professor Kazuo Kiriu erstellte Balzac-Konkordanz, die auf Grundlage der derzeit gültigen Ausgaben aller seiner Werke und Briefe erstellt und im Internet zugänglich gemacht wurde (www.v1.paris.fr/musees/balzac/kiriu/concordance.htm). Zu nennen sind außerdem eine Reihe wichtiger Monographien, die dem Werk Balzacs gewidmet sind: André Wurmser, *La Comédie inhumaine,* Paris (Gallimard) 1964; Bernard Guyon, *La Pensée politique et sociale de Balzac,* Paris (Armand Colin) 1947; Pierre Citron, *Dans Balzac,* Paris (Seuil) 1986; Gabriel Hanotaux u. Georges Vicaire, *La Jeunesse de Balzac,* Paris (A. Ferroud) 1922; Jean-Hervé Donnard, *Balzac. Les Réalités économiques et sociales dans la Comédie humaine,* Paris (Armand Colin) 1961; Nicole Felkay, *Balzac et ses éditeurs 1822–1837. Essai sur la librairie romantique,* Paris (Promodis) 1987; René Bouvier, *Balzac homme d'affaires,* Paris (Honoré Champion) 1930 sowie René Bouvier u. Édouard Maynial, *Les Comptes dramatiques de Balzac,* Paris (Sorlot) 1938.

Balzac war, wie bekannt, ein Genie im Schuldenmachen, weshalb in dieser Biographie gelegentlich Summen beziffert werden, die sich nicht in Euro exakt umrechnen lassen, zumal die Preise für Güter erheblichen Schwankungen unterlagen. Auch gab es ein großes Preisgefälle zwischen Paris und der Provinz. Um dennoch eine annähernde Vorstellung vom damaligen Geldwert zu vermitteln, erscheint es sinnvoll, die auf Paris bezogenen Preise für einige Waren und Dienstleistungen zu nennen. Eine Flasche Tafelwein kostete 0.20 Franc; eine Mahlzeit in einem billigen Restaurant 1.10

Franc; ein Platz im Odéon-Theater 1.00 bis 5.00 Franc; die Monatsmiete für ein Zimmer zwischen 5.00 und 15.00 Franc; das Abendessen in einem Luxusrestaurant 50.00 Franc; der Monatslohn der Dienerschaft Balzacs bei freier Kost und Logis betrug 55.00 bis 70.00 Franc; die Jahresmiete eines Zwei- bis Drei-Zimmer-Appartements belief sich auf 1000 und mehr Franc; das Jahresgehalt eines stellvertretenden Abteilungsleiters in einem Ministerium war 2000–2700 Franc, das seines Chefs 4000–5000 Franc. Schließlich hoffte Balzac immer, mit 3000 Franc im Jahr über die Runden zu kommen. Die Währungseinheit zeit Balzacs schriftstellerischer Tätigkeit war der Franc, gelegentlich wurden aber auch die älteren Bezeichnungen wie Livre, Louisdor, der 20 Franc entsprach, oder Écu, der das Äquivalent für 5 Franc war, gebraucht. Ein Sou entspricht 5 Centime. 100 Centime = 1 Franc.

Alle im Text aufgeführten Zitate wurden vom Verfasser übersetzt.

Paris, im Frühjahr 2007

## *Das Drama des begabten Kindes*

»Ach, wenn Sie wüssten, was mir die Touraine bedeutet! Hier vergisst man einfach alles. Die Touraine hat auf mich die Wirkung einer Stopfleberpastete, in der man bis zum Hals drinsteckt.«

Balzac hat sich in seinem Erwachsenenleben immer wieder in diese Landschaft seiner frühen Kindheit – er wurde am 20. Mai 1799 in Tours geboren – geflüchtet, um hier neue Kraft und frischen Lebensmut zu gewinnen. Die begeisterte Mitteilung, die der Dreißigjährige seinem Freund, dem Journalisten Victor Ratier, schrieb, verrät das ganze Behagen, das er beim Aufenthalt in dieser Landschaft genoss. Es müssen starke, glückliche Eindrücke gewesen sein, denn schon als Fünfzehnjähriger kam Balzac nach Paris, das für ihn die andere, üppig strömende Quelle seiner literarischen Inspiration werden sollte. Aber in der Touraine hatte alles angefangen, mit ihr verband ihn frühe schöpferische Erinnerung. »Ich kehre in eines der schönen Täler der Indre zurück«, schrieb er 1837, »mit dem sich für mich das Erlebnis meiner ersten Fortschritte auf den Feldern des Nachdenkens verbindet.«

Neben Paris, dieser lärmenden, düsteren, schmutzigen, verwinkelten, stickigen, mit Menschen und ihren Leidenschaften überfüllten Metropole, ist deshalb die Pastorale der

Touraine eine der wichtigsten Bühnen, auf denen Balzac das Geschehen seiner Romane ansiedelt. Insbesondere gilt dies für *La Femme de trente ans*, *La Grenadière*, *Le Curé de Tours*, *L'Illustre Gaudissart* oder *Les Deux amis*, um nur die bekanntesten zu nennen. Seine Heimat lieferte ihm aber auch die Kulissen, die er in ganz andere geographische Zusammenhänge verlegte. Das Haus beispielsweise, in dem Balthazar Claes, der Protagonist aus *La Recherche de l'absolu*, in Douai lebt, hat sich von den Lokalhistorikern dort nicht aufspüren lassen, denn Balzac war nie in dieser Stadt gewesen. Das Vorbild zu diesem Haus findet sich vielmehr in seiner Geburtsstadt Tours, und aus dieser Erinnerung hat er sich Flandern täuschend ähnlich imaginiert. Entsprechend verhält es sich mit der phantastischen Beschreibung der Kirche des Klosters de la Merci in dem Roman *Jésus-Christ en Flandre*. Das Gotteshaus ist keineswegs in der Nähe von Ostende zu vermuten, wie die Handlung suggeriert, sondern es ist vielmehr die Kathedrale Saint-Gatien in Tours.

Häufig hielt sich Balzac in dem im Herzen der Touraine gelegenen Château de Saché, das einem Freund der Familie gehörte, als Gast auf. Hier sich ein eigenes Anwesen zu erwerben, in das er sich aus dem hektischen Betrieb von Paris flüchten konnte, sollte sein unerfüllter Wunschtraum bleiben. Einer seiner Sehnsuchtsorte in der Touraine war »La Grenadière«, der Landsitz seiner mütterlichen Freundin Laure de Berny, über den er – nach einem Aufenthalt – 1830 schrieb: »›La Grenadière‹ liegt im Herzen der Touraine; es ist gleichsam die Quintessenz der Touraine, wo alle Blumen, alle Früchte, alle Schönheit dieser Landschaft vollständig versammelt sind. Jeder, der sich dort aufhält, wird von der Atmosphäre des Glücks, die hier herrscht, überwältigt, lebt ein ruhiges Leben ohne allen Ehrgeiz, ohne Sorgen.« In seiner Korrespondenz finden sich zahlreiche Hinweise, die von der Absicht künden, diesen paradiesischen Ort zu erwerben, allein auch dieses Glück war ihm nicht beschieden. Dennoch ließ ihn der Gedanke nicht los. 1846 schien es sich endlich verwirklichen zu lassen, da stand das Schloss von Moncontour zum Verkauf, auf das er schon seit langem ein Auge geworfen hatte und das sich »auf einem der hellfarbigen Felsen erhob, die von der Loire umspült werden.« In *La Femme de trente ans* gibt er eine schöne Beschreibung dieser Anlage, von der er sich eine geradezu magische Wirkung auf seinen Seelenfrieden versprach: »Dort erlischt jeglicher Ehrgeiz, dort ruht man am Busen eines ruhigen Glücks, ganz so wie die Sonne, die sich jeden Abend in ihren purpurnen und himmelblauen Laken zur Ruhe begibt.«

Aber auch Moncontour blieb nur ein Luftschloss. Seiner großen Liebe, der polnischen Gräfin Eveline Hanska, mit deren Geld er auf die Wunscherfüllung hoffte, schrieb er: »Besäßen wir Moncontour, würden sich alle meine Pläne ändern. Ich würde unsere künftige Wohnung in Paris nicht mehr so aufwendig einrichten, sondern alle meine Anstrengungen auf das Schloss von Moncontour konzentrieren, denn dort kann man für immer leben ...« Doch daraus wurde nichts, denn die Hanska wollte nicht die Ukraine mit der französischen Provinz tauschen, sondern allenfalls mit einem Leben in Paris. Vielleicht erlebte sie die Touraine wie Balzacs Zeitgenosse Stendhal, der in seinen *Mémoires d'un*

*Touriste* wiederholt äußerte, dass es »diese schöne Touraine«, über die so oft mit Emphase geschrieben worden sei, gar nicht gebe. Für Balzac aber war sie eine Seelenlandschaft, wie die Worte seines Protagonisten Félix de Vandenesse in *Le Lys dans la vallée* verraten: »Plagen Sie mich nicht mehr mit dem Verlangen, von mir zu erfahren, warum ich die Touraine liebe. Ich liebe sie nämlich keineswegs so, wie man seine Wiege liebt oder eine Oase in der Wüste; ich liebe sie vielmehr wie ein Künstler, der die Kunst liebt. Ohne die Touraine lebte ich vielleicht gar nicht mehr.«

All diese Eingeständnisse bringen einen gewissen Widerspruch zum Vorschein, denn Balzac hat in seinen autobiographisch geprägten Romanen und vor allem in seinen Briefen wiederholt und oft in drastischen Worten zu verstehen gegeben, wie unglücklich er seine Kindheit in Tours in Erinnerung habe. Besonders die Mutter sei dem Erstgeborenen mit geradezu herzloser Kälte begegnet, denn sie verweigerte nicht nur die Mutterbrust, sondern vertraute ihn auch einer Amme an, die ein besonders harsches Weib, »un gendarme« – ein Gendarm –, gewesen sei, wie er der Hanska noch 1846 schrieb, weshalb er »niemals wirklich eine Mutter gehabt habe.« Daran, nie den Glanz im Auge der Mutter gewahrt zu haben, hat er sein ganzes Leben lang schwer getragen. Von den Seinen unmittelbar nach der Geburt gleichsam verstoßen, verbrachte Honoré die ersten vier Jahre im Dorf Saint-Cyr-sur-Loire auf dem Tours gegenüberliegenden Ufer der Loire. Sein einziger, etwas Wärme spendender Trost sei dort, so erinnerte er sich später, seine Ende September 1800 geborene Schwester Laure gewesen, die ebenfalls unmittelbar nach der Geburt von der Mutter bei der

»gendarme« untergebracht worden sei. Vermutlich wurde auch die zweite, 1802 geborene Schwester Laurence in deren Obhut gegeben!

Diese Praxis, Neugeborene in die Obhut einer Amme zu geben, war zu Balzacs Kindheit in den sogenannten besseren gesellschaftlichen Kreisen, zu denen die Balzacs in Tours gehörten, durchaus üblich. Die repräsentativen sozialen Verpflichtungen, denen man glaubte genügen zu müssen, ließen sich mit einem von Wärme und Liebe geprägten Familienleben kaum vereinbaren. Diesen Zusammenhang hat Balzac später einmal damit epigrammatisch angedeutet, dass die »Frauen miteinander um die Helden des Empire wetteiferten, weshalb 99 Prozent aller Mütter ihre Neugeborenen einer Amme anvertrauten.«

Balzacs Mutter, die einer Familie entstammte, die als wohlhabende Tuchfabrikanten seit Generationen im Pariser Stadtviertel Marais ansässig waren, scheint zu jenen Frauen gehört zu haben. 1797 heiratete sie den aus einfachen bäuerlichen Verhältnissen stammenden Bernard-François Balzac, der es dank der Französischen Revolution zu einem lukrativen Posten in der Armeeverwaltung gebracht hatte. Manches spricht dafür, dass dies keine Liebesheirat war, denn der 1746 in dem Weiler La Nougayrié bei Albi in Südwestfrankreich geborene Bräutigam war 32 Jahre älter als seine damals erst achtzehnjährige Braut Laure Sallambier. Der große Altersunterschied und das unter dem Direktorium in Frankreich neu erwachte gesellschaftliche Leben, das nach den mannigfachen Ängsten und Entbehrungen der Revolutionsherrschaft umso ausgelassener war, müssen für die junge Frau eine unwiderstehliche Versuchung gewesen sein.

Mit den mütterlichen Pflichten der Kindererziehung ließ sich das aber nicht vereinbaren, wie Honoré schmerzlich erfahren sollte. Manches spricht auch dafür, dass die sensible Frau eine hysterische Veranlagung hatte, die sich in eingebildeten Krankheiten und häufigen Ohnmachtsanfällen äußerte. Als Honoré und seine Schwester 1803 endlich in das stattliche Elternhaus in Tours übersiedelten und damit erstmals Vater und Mutter überhaupt kennenlernten, war das für ihn eine herbe Enttäuschung. Statt der Freiheit des Landlebens herrschte nun strenge Etikette mit Sauberkeit und Pünktlichkeit als obersten Tugenden. Darüber wachte mit tyrannischem Eifer ein Kindermädchen, das nach dem Zeugnis der Schwester Laure den Kindern Respekt und Gehorsam so beibrachte, dass sie sie damit ständig in Angst und Schrecken versetzte. Besonders gefürchtet waren die regelmäßigen Inspektionen, ehe sie dem verhassten Zeremoniell genügen mussten, sich vor dem Schlafengehen von den Eltern zu verabschieden.

Was das Verhältnis der Mutter zu ihrem ältesten Sohn vor allem gestört zu haben scheint, war dessen kraftstrotzende Vitalität, gepaart mit wacher Intelligenz und der von ihr ererbten Sensibilität. Sie muss das vermutlich als wenig schmeichelhaft erlebt haben, nicht nur älter zu sein, als sie sich selber einschätzte, sondern es konfrontierte sie auch mit eigenen Schwächen und Unzulänglichkeiten. Mit einem Satz: Honoré störte mit seinem lebhaften Naturell und dem Verlangen nach Zuwendung und Zärtlichkeit, das die Mutter stets harsch abwies. Deshalb schickte sie den noch nicht Fünfjährigen im April 1804 als externen Schüler auf eine Internatsschule in Tours, wo Honoré sechs Stunden am Tag in Lesen, Schreiben, Zeichnen und im obligatorischen napoleonischen Katechismus unterrichtet wurde. Diese schulische Bildung war einerseits zu rudimentär, um Erwartungen zu genügen, die von den auf weiteren sozialen Aufstieg fixierten Eltern gehegt wurden, andererseits änderte diese erzieherische Praxis auch wenig an der nachdrücklichen Störung, als welche die Mutter ihren ältesten Sohn empfand. Deshalb wurde Honoré drei Jahre später in ein Internat in Vendôme abgeschoben. Man hätte den gerade Achtjährigen Ende Juni 1807 auch in das angesehene Collège von Tours oder in jenes von Pont-Levoy, unmittelbar vor den Toren der Stadt gelegen, in Pension geben können. Die Kleinstadt Vendôme war etwa 50 Kilometer von Tours entfernt, und das bei den Oratorianern geltende strenge Reglement untersagte es den Eltern, die Kinder selbst in der Ferienzeit zu sich nach Hause zu holen. Umgekehrt waren Elternbesuche nicht erwünscht. Die blieben laut Schulordnung allein auf die Osterfeiertage beschränkt. Angesichts solcher Bestimmungen ist es klar, dass Balzac sich daran sein Leben lang erinnerte und sich Jahrzehnte später noch gegenüber der Hanska darüber äußerte: In den sechs Jahren dieser »Verbannung« bis zum April 1813 sei er, so schrieb er ihr, nur zweimal von seiner Mutter besucht worden.

Für die offene Ablehnung der Mutter ihrem ältesten Sohn gegenüber, von der Balzac sein Leben lang beteuerte, damit sei ihm eine Wunde geschlagen worden, die er niemandem zeigen wolle, weil sie so schrecklich wäre, bietet sich eine einleuchtende Erklärung an. In ihrer Ehe mit dem 32 Jahre älteren Bernard-François war sie zwar pflichtschuldigst Mutter geworden, aber als Frau zu kurz gekommen. Ihren

Mann scheint dies nicht sonderlich irritiert zu haben, was sie als Freibrief verstand, ihr Glück in den Armen anderer zu suchen. Hinderlich war ihr dabei weniger der sowieso mit sich selbst beschäftigte Gatt als vielmehr der allzu lebhafte, aufgeweckte und um ihre Zuwendung buhlende Honoré. Allein deshalb galt es, ihn aus dem Haushalt zu entfernen. Den letzten Anstoß lieferte vermutlich die Liebschaft mit dem jungen Ferdinando Heredia, Comte de Prado-Castellane. Der begann der Mutter ab 1805 den Hof zu machen. Nachdem er 1818 endgültig wieder in seine spanische Heimat zurückgekehrt war, schrieb er ihr noch lange Briefe, in denen er die Jahre »1806–1817« mit Emphase beschwor. Das legt den Verdacht nahe, dass er und Laure Balzac nicht nur in Freundschaft verbunden waren.

Wann der Sohn von dieser Liebesaffäre erfuhr, ob schon als Siebenjähriger 1806 oder erst acht Jahre später, im Frühjahr 1814, als die Mutter ihn in Paris abholte und bei dieser Gelegenheit mit Heredia zusammentraf, lässt sich nicht entscheiden. Aufschlussreich jedenfalls ist Balzacs Novelle *La Grande Bretèche* von 1832, in der auf Geheiß des Ehemanns der spanische Liebhaber seiner Frau bei lebendigem Leibe eingemauert wird. »Féredia« heißt das Opfer dieses grauenhaften Mordes, im Manuskript der Novelle wird er noch mit der Abkürzung »Here.« bezeichnet. Zu Beginn seines Durchbruchs zum Erfolg rächte sich Balzac auf diese Weise an dem Mann, den er für schuldig hielt, ihm in der Kindheit die Liebe der Mutter streitig gemacht zu haben.

Fast zur gleichen Zeit hatte die Mutter auch ein Verhältnis mit einem anderen Mann: Jean-François-Alexandre de Margonne. Im Frühjahr 1807 wurde Madame Balzac schwanger und gebar am 21. Dezember 1807 einen Knaben, der auf die Namen Henri-François getauft wurde und dessen leiblicher Vater Jean de Margonne war. Der letzte Zweifel an der Vaterschaft dieses Kindes, das Balzacs Mutter zum Leidwesen ihres Erstgeborenen vergötterte, wurde ausgeräumt, als Margonne in seinem Testament Henri Balzac 200 000 Franc vermachte.

Vermutlich wusste Honoré bereits sehr früh, wer der wirkliche Vater seines jüngsten Bruders war, auch wenn er dies nur einmal sehr spät und vage in einem ausgerechnet von Saché, dem Landsitz Jean de Margonnes, datierten Schreiben gegenüber Madame Hanska andeutete. Dem von der Mutter lange bevorzugten Bruder galt seine Verachtung. Wie »Féredia – Heredia« lässt Balzac auch das literarische Ebenbild Henris in der Erzählung *Le Doigt de Dieu,* die zu Beginn der 1830er Jahre entstand und die er dann, stark abgeändert, in den Roman *La Femme de trente ans* aufnahm, eines grässlichen Todes sterben: Die Handlung spielt in Paris, wo die Mutter mit ihren beiden Söhnen in der Nähe der damals noch frei dahinströmenden Bièvre in Begleitung eines jungen Mannes, der offenkundig nicht ihr Mann ist, spazieren geht. Das jüngere der beiden Kinder, Georges, dem deutlich ihre Zuwendung gilt, sieht diesem Manne sehr ähnlich. Auch er schenkt nur diesem seine ganze Aufmerksamkeit, ein Treiben, das die Mutter mit liebevollen Blicken und Gesten begleitet. Von Wut und Eifersucht gepackt stößt der ältere Sohn, Francisque, das eheliche Kind, den Jüngeren, in die Bièvre, in der er ertrinkt.

Im Gegensatz zum Ausgang dieser literarischen Episode hat Honoré es dem jüngeren Bruder Henri später nicht vergolten, dass er jene mütterliche Zuwendung genoss, die ihm verweigert wurde. Da sich Henri sehr schnell zu einem Tunichtgut entwickelte, stellte er keine Konkurrenz mehr dar. Willensschwach, faul und von notorischer Unreife verschwand er beizeiten auf jene Inseln im Indischen Ozean, die zu Frankreich gehörten und auf denen er eine kümmerliche, von stetigem Ruin bedrohte Existenz fristete, ehe er am 11. März 1858 in einem Militärspital auf Mayotte starb. Dieses Ende markierte eine letzte tragische Ironie, denn am 5. Mai desselben Jahres verblich in Paris auch der leibliche Vater, Jean de Margonne, dessen Vermächtnis Henri nach einer verpfuschten Existenz wenigstens einen sorgenfreien Lebensabend garantiert hätte. Balzacs Haltung zu Bruder Henri zeigt sich am deutlichsten in der Widmung des Romans *Le Bal de Sceaux:* »Für Henri de Balzac.« Der Roman schildert, dass verwöhnte jüngste Geschwister immer ihre Eltern enttäuschen und am Ende nie das erreichen, wonach sie strebten.

Auf die durchaus harte frühe Kindheit folgte also die eine Ewigkeit von sechs Jahren dauernde Hölle des Internats bei den Oratorianern in Vendôme. Was ihm hier an seelischen Entbehrungen widerfuhr, davon erzählt der erste Teil des stark autobiographisch eingefärbten Romans *Louis Lambert,* den Balzac 1832 veröffentlichte. Verschlimmert wurden diese Erfahrungen noch durch die nicht nur im damaligen Frankreich eigentümlichen Umstände solcher Anstalten: Schlechte und unzureichende Ernährung, die sich die Schüler in Vendôme mit von ihnen erlegten Tauben aufbesserten. Unzulängliche hygienische Einrichtungen, überfüllte, stets vermiefte Klassen- und Schlafräume sowie ein

Lehrpersonal, dessen wichtigste pädagogische Befähigung im Verhängen drakonischer Strafen bestand. Wer sich solchen an Viehhaltung gemahnenden Zuständen nicht geschmeidig anpasste, sein Pensum büffelte und hersagte, sondern stattdessen, wie Honoré, Zuflucht suchte in einer eigenen Traumwelt, der hatte allemal das Nachsehen. Dem wurde von Mitschülern und Lehrern rasch eine Opferrolle zugedacht, aus der es so bald kein Entrinnen mehr gab. So deutet es der einzige aus dieser Leidenszeit überlieferte Brief an. Er könne sich vorstellen, heißt es dort, dass der Vater entsetzt sei, zu vernehmen, er habe im »Alkoven« eingesessen. Der Alkoven war ein Gelass unter einer Treppe, in das Schüler zur Strafe für Stunden oder Tage eingesperrt wurden. Diese Strafe ereilte Honorés Alter Ego im *Louis Lambert* häufig. Immerhin verschaffte sie die ersehnte Freiheit, sich ungestört ausgiebigen Lektüren, die natürlich nichts mit dem Lernpensum zu tun hatten, hinzugeben.

In dieser Weise wird Honoré seine Leidenserfahrungen kompensiert haben. Dank seiner exzessiven Lektüren erwarb er sich während seiner Internatszeit ein kunterbuntes Sammelsurium an Wissen und frühreifen Einsichten, das sich seinem jugendlichen Gehirn mühelos einprägte. Später zog er aus diesem in großer seelischer Not erworbenen Schatz bei zahlreichen journalistischen und essayistischen Nebenarbeiten manchen Gewinn. Vielleicht begann unter dem Trost dieses Lesens auch der Gedanke zu keimen, selber Schriftsteller zu werden. Das Erlebnis der Literatur war für ihn jedenfalls deshalb so stark, weil es ein Ersatz, ein Surrogat für hartnäckig verweigerte Wärme und Zuwendung war.

Von alldem wissen wir jedoch nur aus *Louis Lambert.* Viel spricht dennoch dafür, dass es sich hier um Wahrheit, nicht um Dichtung handelt. Diesen Eindruck bestätigen auch die späteren Briefe, in denen er bisweilen schonungslos über sich selbst und jene bedrückenden Kindheitserlebnisse Auskunft gibt. Manche dieser Briefe lesen sich geradezu als erschütternde Dokumente einer von Kälte und Lieblosigkeit bestimmten Jugend. Daran ändert auch nichts, dass Balzac sich nun mit diesen Eingeständnissen Zuwendung erzwingen wollte. Diese frühe und nachhaltig erlebte Verweigerung von Liebe prägte ihn für sein ganzes Leben.

Die Internatszeit endete im April 1813 nach rund sechs Jahren vorzeitig und jäh. Was den Anstoß zu seinem Rauswurf gab, wurde von allen Beteiligten sorgsam verschleiert. In ihren dem Andenken an den illustren Bruder gewidmeten Erinnerungen erzählt Laure Surville eine Version, die im Kern nichts anderes ist als eine Paraphrase der auch im *Louis Lambert* enthaltenen Schilderung der Episode. Honoré sei, habe der Direktor des Internats der Mutter geschrieben, in eine Art Koma gefallen, weshalb diese schleunigst ihren Sohn abholen sollte. Da er ein ausgemacht fauler Schüler sei, könne die Erklärung dafür nicht eine irgendwie geartete geistige Erschöpfung sein. Tatsächlich habe es sich, wie Honoré später in Selbstdiagnose feststellte, dabei um eine *congestion d'idée*, um eine Art von Gedankenverstopfung also, gehandelt. Ursache dafür sei sein maßloses Lesen gewesen. Das hätte seinen Geist zum Nachteil des Körpers entwickelt – aus dem einst vitalen und von Gesundheit strotzenden Kind war ein bleicher und erschreckend dünner Jugendlicher von vierzehn Jahren geworden.

Das wird ein wesentlicher Grund für die Blässe, Magerkeit und komatösen Zustände des »Zöglings« Balzac gewesen sein. Die internatstypischen und einer gesunden Lebensführung nicht sehr zuträglichen Bedingungen, die bei den Oratorianern von Vendôme herrschten, kamen hinzu. Durchaus auch möglich, dass noch eine allzu häufige Onanie dazu beitrug, will man dem Roman *Le Médecin de campagne* glauben. Dort ist nämlich das der Grund, den verweichlichten und der Lektüre verfallenen Adrien der Schule zu verweisen.

Die Therapie, die Adrien rasch von den Symptomen kurierte – frische Luft, körperliche Bewegung und die Gesellschaft der Familie –, galt jetzt auch für Honoré. Deshalb musste er dem 1807 geborenen Bruder Henri, dem er nun zum ersten Mal begegnete, auf Geheiß der Mutter beim Drachensteigenlassen zur Hand gehen. Die Erholung im Schoß der Familie fand aber schon nach zwei Monaten ein Ende: Honoré wurde im Frühsommer 1813 einfach in eine Postkutsche gesetzt und nach Paris abgeschoben. Dort brachte man ihn in einer Art Bewahranstalt, dem Internat von Ganser-Beuzelin im einstigen Hôtel Salé, heute Sitz des Picasso-Museums, unter. Dessen »Pensionäre« gingen im nahegelegenen Lycée Charlemagne zur Schule. Damit kam Balzac erstmals mit der Stadt und einem Viertel, dem Marais, in nähere Berührung, die beide in seinem Werk bedeutenden Raum einnehmen sollten.

Von den insgesamt acht Monaten, die Balzac bei Ganser-Beuzelin zubrachte, ist so gut wie nichts bekannt. Das dort herrschende Regime dürfte nicht weniger straff als das in Vendôme gewesen sein. Vor allem sorgte man dafür, dass die Zöglinge keine Gelegenheit fanden, ihren verständlichen Forschungsdrang in der Erkundung der großen Stadt auszuleben: Jeden Morgen wurden die Schüler unter strenger Aufsicht im Gänsemarsch vom Hôtel Salé zum Lycée Charlemagne in der Rue Saint-Antoine geführt. Nach Unterrichtsschluss ging es in nämlicher Ordnung wieder zurück. Es ist jedoch wahrscheinlich, dass die öde Routine durch gelegentliche Ausflüge etwa in die Tuileriengärten unterbrochen wurde. Möglich, dass Balzac bei dieser oder einer anderen Gelegenheit einige flüchtige Impressionen vom Glanz der napoleonischen Epoche gewahrte: eine der farbenprächtigen Truppenparaden beispielsweise, wie er sie in *La Femme de trente ans* schilderte. Vermutlich war es sogar jene Truppenrevue, die Napoleon Ende Januar 1814 abnahm, bevor er zur Kampagne in Frankreich ins Feld zog, die mit der endgültigen Niederlage und dem Einzug der Alliierten in Paris am 31. März endete.

Dass er nicht Zeuge dieses Geschehens wurde, davor bewahrte Balzac die Mutter, die im Februar nach Paris kam, um sich mehrfach mit ihrem spanischen Liebhaber Heredia zu treffen. Als sie Mitte März nach Tours abreiste, nahm sie den Sohn wieder mit. Die Fahrt in der Postkutsche von Paris über Orléans, Vendôme und Blois nach Tours muss ein geradezu traumatisches Erlebnis gewesen sein, wie das ferne Echo in Félix de Vandenesses Bericht aus seiner Kindheit zu Beginn des ebenfalls stark autobiographisch gefärbten Romans *Le Lys dans la vallée* verrät: »Ich spreche Ihnen nicht von der Reise, die ich gemeinsam mit meiner Mutter von Paris nach Tours machte. Die Kälte ihres Betragens erstickte in mir alle Äußerungen von Zärtlichkeit.«

Vermutlich war es die unsichere Situation in Frankreich (die mit der Restauration der Bourbonen nur scheinbar stabilisiert wurde), die Honorés Rückkehr nach Tours erzwang. Eine andere gravierende Folge des politischen Gezeitenwechsels war, dass der Vater, Bernard-François Balzac, im Februar 1814 seine lukrative Sinekure als Verwaltungschef des großen Krankenhauses in Tours verlor. Das konnte er auch nicht abwenden, indem er sich wie viele andere auf die Seite der restaurierten alten Monarchie schlug. Damit endeten jäh die schönen Tage der Balzacs mit ihrer herausgehobenen Rolle im gesellschaftlichen Leben von Tours.

Angesichts dieser Nöte war die weitere schulische Erziehung Honorés von nachrangiger Bedeutung. Also wurde er erst im Juli als Externer auf das Collège de Tours geschickt, was aber nur ein kurzes Zwischenspiel war, denn im November übersiedelte die Familie nach Paris in ein Haus in der Rue du Temple im Marais. Honoré wurde aber nicht wieder bei Ganser in Pension gegeben, sondern, vermutlich mit Rücksicht auf die veränderte politische Lage – die Bourbonen saßen wieder auf dem französischen Thron –, in das Institut des royalistisch gesinnten Lepître, ebenfalls im Marais. Die Rückkehr Napoleons aus der Verbannung auf Elba, seine Ankunft am 20. März 1815 in Paris, das die Bourbonen zuvor fluchtartig verlassen hatten, bildeten den Hintergrund für die weitere schulische Laufbahn Honorés, der, wie die meisten seiner Altersgenossen, ein glühender Anhänger des Kaisers war. Das brachte Lepître in eine schwierige Situation, sah er sich doch mit dem entschiedenen Widerspruch seiner Schüler und eines Teils seines Personals konfrontiert. Wenige Tage nach Waterloo kam es zum offenen Eklat: Der Schülertrupp, den Lepître zum Collège Charlemagne führte, machte auf der Rue Saint-Antoine kehrt und wandte sich nach Vincennes, um dort bei Schanzarbeiten, mit denen Paris gegen die Alliierten verteidigt werden sollte, mitzuhelfen. Dieses Ereignis erregte einen Skandal, vor dessen Folgen sich Lepître nur dadurch retten konnte, dass er die Rädelsführer dieser napoleonischen Verschwörung seines Instituts verwies. Zu den Aufrührern zählte offensichtlich auch der sechzehnjährige Balzac, denn Ende September 1815 erhielt er von Lepître ein Abgangszeugnis ausgestellt, das ihm in sehr allgemeinen Wendungen einen erfolgreichen neunmonatigen Schulbesuch attestierte. Das war die unauffälligste Methode, einen unliebsamen Schüler loszuwerden.

Die letzten Monate bis zum Ende seiner Schulzeit im September 1816 verbrachte Balzac wieder in der Obhut von Ganser und Beuzelin. Ein formaler Abschluss in Form einer Reifeprüfung war nur für die Schüler vorgesehen, die danach die École normale besuchen wollten; alle anderen erwarben sich das *baccalauréat* in dem Studiengang ihrer Wahl auf der Universität, wenn sie es nicht vorzogen, sofort ins Berufsleben einzutreten. Ein Abitur hätte zweifelsfrei offenbart, wie mittelmäßig Balzacs schulische Bildung war, obwohl er mit dem Collège in Vendôme wie dem Pariser Charlemagne die beiden besten höheren Schulen im damaligen Frankreich besucht hatte. Das fiel aber nicht weiter ins Gewicht, da er die juristische Laufbahn einschlagen sollte. Das fachliche Rüstzeug erwarb man sich im Wesentlichen in der Lehre bei einem Anwalt oder Notar. Die Jurisprudenz galt als ein Handwerk, deren Kenntnisse man sich durch ein einschlägiges Studium wie durch gleichzeitige berufliche Praxis erwarb. Ab November 1816 besuchte Balzac juristische Vorlesungen an der Sorbonne und arbeitete gleichzeitig als Angestellter zunächst in der Kanzlei von Maître Guillonnet-Merville, dem er in der Figur des honorigen Anwalts Derville, der verschiedentlich im Werk auftaucht, ein literarisches Denkmal setzte. Ab April 1818 arbeitete er bei dem Notar Passez.

Ein solcher Ausbildungsgang entsprach dem damals gängigen bürgerlichen Muster sozialen Aufstiegs, mit dem man zwar langsam, aber sicher zu Einfluss und Wohlstand gelangen konnte. In *Physiologie du mariage* hat Balzac den Mechanismus beschrieben: »Der Notar im Dorf... schickt seinen Sohn nach Paris, damit der dort die Rechte studiere; der Hutmacher will, dass sein Sohn Notar wird; der Advokat bestimmt den seinen zur Richterlaufbahn; der Richter möchte Minister werden, um seinen Kindern in den Adelsstand zu verhelfen.«

Was Balzac in den rund zweieinhalb Jahren seiner juristischen Ausbildung lernte, waren allerdings weniger juristische Fachkenntnisse als vielmehr tiefe Einblicke in die Abgründe menschlichen Verhaltens. Die unterschiedlichen Streitfälle und sozialen Milieus, mit denen er dabei in Berührung kam, verschafften ihm Einsichten in eine Welt, die sonst unter der glatten Oberfläche bürgerlicher Anständigkeit sorgsam verborgen war. Was ihm in dieser Zeit an Beispielen menschlicher Niedertracht, Falschheit, Raffgier und Verlogenheit unter die Augen kam, das taucht in *La Comédie humaine* wieder auf, verleiht seinen Erzählungen jenen bisweilen erschütternden psychologischen Realismus, eine der Stärken dieses Riesenwerks. Die Summe all dieser Erfahrungen legte Balzac in seiner Novelle *Le Colonel Chabert* dem Anwalt Derville in den Mund, als dieser einem jüngeren Kollegen sagt: »Ich habe einen Vater in einem elenden Speicher völlig mittellos sterben sehen, den seine beiden Töchter verlassen hatten, denen er jeder 40 000 Livre an Renten verschafft hatte! (...) Ich habe erlebt, dass Mütter ihre Kinder berauben, Männer ihre Frauen bestehlen, Frauen ihre Männer umbringen, indem sie sich der Liebe bedienten, die sie ihnen einflößten, und die sie damit um den Verstand brachten und zu Irren machten, um dann mit ihrem Liebhaber in Frieden leben zu können! (...) Ich vermag Ihnen nicht alles zu schildern, was ich erlebte, denn ich wurde Zeuge von Verbrechen, denen die Justiz ohnmächtig gegenübersteht. Kurz, alle Schrecknisse, die Romanschreiber erfinden können, bleiben stets hinter der Wirklichkeit zurück.«

Von diesem Erfahrungsschatz seiner Einblicke in die Verlogenheit der Gesellschaft vermochte Balzac während seiner gesamten schriftstellerischen Existenz zu profitieren. Seine Imagination beruhte in vieler Hinsicht auf unmittelbarer Anschauung. Ohne diese juristische Lehrzeit, die ihm die Augen für verborgene Mechanismen und Intrigen öffnete, die das komplexe Räderwerk des gesellschaftlichen Lebens in Betrieb halten, wäre die *Comédie humaine* nicht denkbar. Desto erstaunlicher ist es, wie lange die schöpferische Inkubationszeit dauerte, die bei Balzac zwischen diesen Schlüsselerlebnissen und ihrer literarischen Auswertung liegt. Um seinem eigentlichen Talent Geltung zu verschaffen, brauchte er noch fast zwölf Jahre, eine Zeitspanne voller Irrungen und Wirrungen, an deren Folgen er ebenfalls sein Leben lang tragen sollte.

## *Irrungen und Wirrungen*

Als die Balzacs im Winter 1814 nach Paris übergesiedelt waren, bekundete Honoré verschiedentlich die Absicht, berühmt zu werden. »Er begann davon zu sprechen, dass man eines Tages noch von ihm reden würde«, berichtet seine Schwester Laure. Das entsprach zwar dem Selbstverständnis der Familie, die sich gerne für außergewöhnlich hielt, sich aber über solche Äußerungen lustig machte. Honoré tat dann stets so, als vergrätzten ihn die Witzeleien keineswegs, sondern lachte selber am lautesten.

Tatsächlich war es ihm damit bitter ernst. Im Juli 1819 gab er sein Jurastudium auf und quittierte seine Lehre bei Notar Passez, ein kühner Schritt, mit dem er allen Erwartungen der Familie eine Absage erteilte. Nein, Anwalt, Notar, Richter oder Beamter wolle er nicht werden. Nie und nimmer. Dieses vermeintlich Sicherheit bietende bürgerliche Aufstiegsmuster lockte ihn nicht. Das früh erwachte Selbstbewusstsein, Genie zu besitzen, stärkte ihn in dieser Rebellion gegen die Absicht der Eltern. Die spekulierten darauf, dass er früher oder später das Notariat von Passez übernähme. Er gab ihnen jetzt zu verstehen, dass er als Schriftsteller zu Geld und Ansehen kommen wolle.

Der Zeitpunkt dieser Eröffnung war geschickt gewählt. Ende März 1819 war Bernard-François Balzac mit 73 Jahren aus seinem Amt in der Militärverwaltung verabschiedet worden. Das war für den Vater Balzacs ein überraschender Schlag, glaubte er doch angesichts seiner robusten Gesundheit und der hartnäckig gehegten Illusion, wenigstens hundert Jahre alt zu werden, noch viele Jahre im Staatsdienst aktiv sein zu können. Dem folgte als weitere Enttäuschung, dass statt der üppigen Pension, mit der er gerechnet hatte, ihm nur eine bescheidene Rente bewilligt wurde. Das traf die Familie umso ärger, weil zuvor schon eine größere Summe, die der Vater bei einer Bank deponiert hatte, mit dem Bankrott dieses Instituts verschwunden war. Das ließ den Balzacs keine andere Wahl, als schleunigst ihren Lebensstandard einzuschränken. Damit gehorchten sie keineswegs schierer Not, sondern vor allem ihren kleinbürgerlichen Instinkten, erlittenen Verlust durch Sparsamkeit wettzumachen. Deshalb wurde die Pariser Wohnung vermietet, während die Familie in die Kleinstadt Villeparisis, rund 20 Kilometer vor den Toren der Hauptstadt, übersiedelte.

Die Familie gab dem jähen Entschluss Honorés, sich als freier Schriftsteller im Leben zu behaupten, nach kurzem Widerstand statt. Ja, sie raffte sich sogar auf, ihn dabei zu unterstützen. Zwei Jahre lang sollte Honoré Gelegenheit haben, in Paris sein Talent zum Schriftsteller unter Beweis zu stellen. Dafür erhielt er einen mehr als bescheidenen Jahreswechsel. Doch sollte Honorés Aufenthalt in Paris wie dessen Zweck der weiteren Familie und dem Bekanntenkreis gegenüber verheimlicht werden. Denen sagte man, er sei für einen längeren Erholungsaufenthalt zu Verwandten nach Albi abgereist. Mit anderen Worten: Sollte er binnen der vereinbarten Frist nicht als Schriftsteller Erfolg haben, dann wollte man wenigstens den Spott vermeiden.

Vor allem der Sinneswandel der Mutter überrascht, die nun mit ihrer Mitgift für die bürgerliche Reputation der Balzacs einstand. Sie hatte ihrem Ältesten bislang mit bitteren Worten immer nur Versagen vorgeworfen. Wenn sie sich jetzt dessen Wünschen beugte, dann deshalb, weil sich alle Hoffnungen zerschlagen hatten, für Honoré die Notariatskanzlei von Passez zu kaufen. Außerdem mussten über kurz oder lang die beiden Töchter möglichst vorteilhaft verheiratet werden. Die Aussicht dafür war nach den Gesetzen des bürgerlichen Heiratsmarktes eine Variable der Mitgift: Je üppiger diese war, desto besser die Chancen auf eine »gute Partie«. Tatsächlich aber fiel die Mitgift für die beiden Balzac-Töchter mit je 30 000 Franc umso bescheidener aus, als diese Summe hypothekarisch gebunden war und erst nach dem Tod der Eltern ausbezahlt wurde.

Beide Überlegungen gaben also den Ausschlag, im Falle Honorés »banco« zu spielen. Es war eine Spekulation auf alles oder nichts, mit einem allerdings nicht allzu hohen Einsatz. Später verfuhr man ganz ähnlich mit dem Versager Henri, den man mit einem Handgeld und einigen Empfehlungsschreiben an alte Bekannte auf die ferne Inselwelt im Indischen Ozean ziehen ließ.

Gemäß den Verabredungen bezog Honoré im August 1819 eine armselige Mansarde im dritten und letzten Stock eines Hauses in der Rue Lesdiguières am Rande des Marais unweit der Bastille und der Bibliothèque de l'Arsenal. Er hat sie verschiedentlich beschrieben. So diente sie als Vorbild für die Schilderung der Kammer, in der Raphaël de Valentin in *La Peau de chagrin* vegetierte, wie er Madame Hanska später versicherte: »Nichts war fürchterlicher als diese Mansarde mit gelben, schmutzigen Wänden, die nach Elend roch und auf ihren Gelehrten wartete. Die Dachschräge war schadhaft, und zwischen den lockeren Ziegeln sah man den Himmel durchscheinen. Die Kammer bot Platz für ein Bett, einen Tisch und zwei Stühle, und unter dem spitzen Dachgiebel konnte ich mein Klavier aufstellen.«

Dieses Elend war von der Mutter durchaus gewollt. Die Entbehrungen, die er hier litte, würden ihm schon die Grillen austreiben. Binnen kurzem würde Honoré zur Einsicht kommen, so das Kalkül der Mutter, sich in der Anmaßung seines schriftstellerischen Talents geirrt zu haben. Hunger und Kälte würden ihn zur Vernunft bringen und reumütig zur Juristerei zurückkehren lassen. Deshalb begleitete sie ihren Ältesten nach Paris und suchte für ihn diese elende Bleibe fünf Treppen hoch unterm Dach aus. Im Sommer würde es hier glühend heiß sein und im Winter eisig kalt. An Leben war hier nicht zu denken, allenfalls an ein elendes Vegetieren, zumal die Ausstattung derjenigen einer Gefängniszelle entsprach.

Balzac hat sich davon nicht beeindrucken, nicht zermürben lassen. Ihn schützte der Grundstoff seines Talents, die Phantasie und die Fähigkeit, diesem Elend jenen poetischen Reiz abzugewinnen, wie er in *La Peau de chagrin,* in der Beschreibung der faszinierenden Dachlandschaft zu erkennen ist, die sich von Raphaël de Valentins Fenster aus darbot. Nein, entgegen der gehässigen Erwartung seiner Mutter hat Balzac die Existenz eines armen Poeten sehr genossen. Die bitteren Internatserfahrungen hatten ihn auf solche Entbehrung vorbereitet. Dieses Elend konnte ihn nicht schrecken. Sein ganzes Glück war es, die Bibliothèque de l'Arsenal zu besuchen oder einsame Spaziergänge auf dem Friedhof Père Lachaise zu unternehmen, wo er, wie er Laure schrieb, »die Toten suchte, aber nur Lebenden begegnete«. Außerdem schmiedete und verwarf er Projekte, kurz, schwelgte in Plänen und verlor sich in Träumen, zumal ihm noch kein Gegenstand untergekommen war, an dem er sein Talent hätte erproben können. Manchmal schien er sich sicher, einen solchen gefunden zu haben, dann wieder versank er in tiefe Zweifel. All diese Stimmungsschwankungen und Träume sind in den Briefen, die er im ersten Jahr seines Pariser Aufenthalts an Schwester Laure schrieb, dokumentiert. »Es ist mir eine besondere Genugtuung, bei meiner Schinderei (tagsüber und nachts) an Personen zu denken, die meinem Herzen besonders nah sind. Allem Anschein nach hat mir der Himmel ein gewisses Talent geschenkt, und mein höchster Genuss wird sein, den Ruhm, der sich daraus ergeben könnte, über Dir und meiner lieben Mutter erstrahlen zu lassen. Träume von meinem Glück, und dass es mir gelingt, den Namen *Balzac* unsterblich zu machen! Welcher Vorteil ist es doch, das Vergessen zu besiegen!«

Das waren knabenhafte Wunschphantasien, wie er sie schon in Vendôme gehegt haben mochte. Ein Romanprojekt, von dem nur der rätselhafte Titel *Coquecigrue* überliefert ist, verwarf er schnell wieder, weil es sich, wie er der Schwester eingestand, als zu schwierig erwies, seine Kräfte bei weitem überstieg. Ähnlich war es mit der komischen Oper, die Balzac nach dem Vorbild von Byrons *The Corsair* schreiben wollte. Davon gibt es eine Liste der dramatis personae und einige wenige Verse. Selbstkritik hätte ihn schon jetzt zu der Einsicht bringen müssen, dass die strengen Gesetze klassischer Reimkunst nicht zu seinen Stärken zählten. Dessen ungeachtet wandte er sich als Nächstes dem *Cromwell* zu, einer Tragödie in fünf Akten, die Balzac als »ein Brevier für Könige und Völker« verstanden wissen wollte.

Was Balzac veranlasste, sich diesem Stoff, der ihm nicht lag, sich aber einer aktuellen politischen Mode erfreute, zu widmen, verriet er seiner Schwester: »Sage nichts meiner guten lieben Mutter von meinen nächtlichen Arbeiten und sprich auch mir nicht mehr davon. Ich habe mich entschlossen, sollte ich auch darüber zugrunde gehen, mit dem *Cromwell* zurande zu kommen, denn irgendetwas muss ich vorweisen können, sobald Mutter von mir Rechenschaft verlangt, was ich mit meiner Zeit angefangen habe.« Was ihn an diesem Stoff reizte, war die Perspektive, die sich damit zu öffnen schien: »Mehr denn je bin ich durch eine Fülle von Gründen, die ich Dir kurz erläutern will, auf meine Karriere fixiert. Unsere Revolution ist noch nicht beendet, und so, wie alles in Bewegung ist, sehe ich neuerliche Stürme voraus. Das repräsentative System erfordert bedeutende Talente, aber die Masse der Stimmbürger lässt sich nicht einfangen. Nach meiner Erkenntnis sind die Literaten die Männer, nach denen man in den politischen Krisen am ehesten Ausschau hält, weil man von ihnen weiß, dass sie mit dem Besitz von Wissenschaften und sonstigen Kenntnissen den Geist der Beobachtung verbinden und sich auch in den Herzen der Menschen auskennen. Deshalb, selbst wenn ich ein dummer August bin, was wir noch nicht wissen, könnte ich mir dennoch etwas anderes als literarischen Ruhm erwerben. Es ist schön, ein großer Mann und bedeutender Mitbürger zu sein. Du weißt, dass, auch wenn mich die Reichtümer verlocken, ich sie dennoch nur liebe als ein weiteres Mittel zum Ruhm.«

Doch die Idee, als Politiker zu Ansehen und Einfluss zu gelangen, geriet bald wieder in den Hintergrund. Balzac wollte durch das Schreiben von Romanen oder Dramen reich werden – ja, das wurde seine Obsession. Reichtum wäre in den Augen der Familie der Beweis seines Erfolgs. Nur der würde ihm das verschaffen, was er bislang so bitter hatte vermissen müssen: Anerkennung und Liebe.

Vom September 1819 bis zum Frühjahr 1820 arbeitete Balzac verbissen am *Cromwell,* der ihm, wie alle Arbeiten, zu denen man sich zwingt, nur zäh von der Hand gehen wollte. Das stürzte ihn wiederholt in Krisen, in die er nur die Schwester einweihte: »Mir ist heute klar geworden, dass Reichtum nicht glücklich macht, und ich versichere Dich, dass diese drei (!) Jahre, die ich hier zubringen werde, mir für den Rest meines Lebens eine unversiegbare Quelle des Glücks und der Erinnerung sein werden. (...) Die Einfaltspinsel vorübergehen zu sehen oder von ihnen dafür gehalten zu werden, nicht an Villeparisis zu denken, es sei denn im Traum, dass man dort glücklich sei; die *Nouvelle Héloïse* zur Mätresse, La Fontaine zum Freund, Boileau zum Kritiker, Racine zum Vorbild zu haben und den [Friedhof] Père Lachaise, um mich zu ergehen. Ach, wenn das doch nur für immer so fortdauern könnte! Mich plagt keine andere Unruhe als das Verlangen aufzusteigen, und alle meine Kümmernisse rühren von dem geringen Talent her, das ich an mir bemerke. Du hast es da viel leichter, Du brauchst nur beim Arbeiten die Behendigkeit Deiner Finger zu steigern; aber alle Anstrengungen dieser Welt verschaffen einem nicht ein Gran an Genie. Man kann Klavier spielen oder gut Verse deklamieren, den Charme von Poesie und Musik genießen; aber selber komponieren oder Verse schmieden! Zur Hölle mit der Mittelmäßigkeit!«

Der *Cromwell* erwies sich für einen dichterischen Novizen als undankbar-sperriges, böses, ja geradezu unmögliches Vorhaben, das eine schwächere Natur zur Einsicht gebracht hätte, von der Schriftstellerei die Finger zu lassen. Das war auch der Rat eines »Experten«, den die vom Ergebnis enttäuschte Familie darum anging und dem Balzac den in 1906 Alexandrinern ziselierten Galimathias im Mai 1820 mit aller ihm zu Gebote stehenden Verve vorgetragen hatte. Dessen Urteil war hart und eindeutig: Der Autor könne alles tun, was er möge, solle aber seine Finger künftig von der Literatur lassen. Das Urteil veranlasste Balzac nicht dazu, sich einen Strick zu nehmen, wie Schwester Laure sarkastisch schrieb, sondern er reagierte gelassen mit der Einsicht: »Die Tragödien sind nicht meine Stärke, das ist alles.« Dieses Fazit war eine weitere Niederlage für die Mutter, denn jetzt fasste er den Entschluss, als Romanautor sein Talent zu erproben.

Im Gegensatz zum Theater, zum Drama mit seinen hohen Ansprüchen und seinen einschüchternden Beispielen war der Roman im damaligen Frankreich eine noch sehr junge, kaum entwickelte und auch wenig angesehene literarische Gattung. Romane wurden meist von Frauen geschrieben und galten als Dienstbotenlektüre, weshalb es sich von selbst verbot, dem Genre irgendeine Aufmerksamkeit zu schenken. Mit Romanen ließ sich keine literarische Reputation erwerben. Das änderte sich jedoch in dem Maße, wie um 1820 zahlreiche der englischen Gothic Novels von Ann Radcliffe, Charles-Robert Maturin, Horace Walpole oder Matthew »Monk« Louis in französischer Übersetzung erschienen und sich in kurzer Zeit ein großes Lesepublikum eroberten. Der Erfolg der Gothic Novels wurde bald von dem der historischen Romane à la Walter Scott überlagert, dessen *Ivanhoe* im April 1820 in französischer Übersetzung herauskam und dem rasch weitere Werke folgten, die eine wahre *Walterscottomanie* auslösten: Die zentralen Motive dieser Literatur verselbständigten sich, fanden Eingang in die Malerei, die Innendekoration oder mondäne Kostümbälle, ein Phänomen, das den heutigen Harry-Potter-Kult vielleicht sogar übertraf.

Die Romanliteratur war für Balzac in zweierlei Hinsicht eine Entdeckung. Zum einen waren ihre Protagonisten nicht erhabene Charaktere, die sich in gewählten Worten über hehre Gefühle und Neigungen austauschten und damit eine zähe und langweilige Handlung in Gang hielten, sondern Gestalten aus Fleisch und Blut, die von Gier, Neid, Rachsucht, aber auch Liebe und Leidenschaft erfüllt waren und deren Agieren sich spannungsreich und in farbiger Kurzweiligkeit erzählen ließ. Dabei war jeder Effekt, die unwahrscheinlichsten Zufälle und wundersame Fügungen, ebenso erlaubt wie Geheimtreppen und verborgene Falltüren, Gespenster und Räuber, Ritter, Tod und Teufel. Zum anderen musste das nicht in widerspenstige Reime gepresst werden, sondern ließ sich flottweg zu Papier bringen, so wie man einen Brief schreibt, der sich aus dem Grundeinfall einer bloßen Mitteilung zu einem kleinen Panoptikum ausweitet. Schließlich hatte diese Literatur unübersehbaren Erfolg beim Publikum, das die Leihbüchereien stürmte. Daraus musste Balzac schließen, derart leichtgängige und massenhaft konsumierbare Unterhaltungsliteratur könne ihren Autor gut ernähren, ihn unter Umständen sogar zu einem wohlhabenden Mann machen.

Das Scheitern am *Cromwell* würde er desto besser verwinden, je schneller er sich daran machte, aus all dem die Konsequenzen zu ziehen. Er versuchte es zunächst mit drei Romanen, *Sténie, Falthurne* und *Corsino,* die jedoch ausnahmslos Fragment blieben. Möglicherweise hatte Balzac auch nie vor, diese drei Romane zu vollenden, d. h., sie waren von Anfang an nur als Fingerübungen gedacht. Mit seiner Romanproduktion würde er erst 1821 beginnen.

Die folgenreichste Entdeckung, die Balzac während seiner Pariser Lehrzeit machte, benötigte jedoch die längste Zeit, um Niederschlag in seinem Schaffen zu finden: die Entdeckung der großen Stadt mit ihren Geheimnissen und Mysterien, ihrem bunten Betrieb bei Tag und Nacht. Seine einsamen Wanderungen machten ihn mit Paris bekannt, förderten seine eigentümliche Begabung. Die Lust am Flanieren, das er in der *Physiologie du mariage* als »eine Wissenschaft, die Gastronomie des Auges« bezeichnete, entwickelte seine rasche und dabei so überaus sensible Wahrnehmungsfähigkeit, die eine Fülle von Eindrücken aufnehmen und für Jahre speichern konnte. Das war die *plein-air*-Technik des Impressionismus *avant la lettre.* Der angehende Romancier sammelte auf seinen Streifzügen ein

Kunterbunt an Anregungen, Eindrücken und Details, registrierte Häuser, Typen, Gerüche, Farben, Geräusche, Stimmungen und Stimmen. Das Faszinierende daran war der Reichtum an Kontrasten, in dem sich die Dramaturgie großstädtischen Lebens widerspiegelte. Das war für Balzac ein Schlüsselerlebnis, dessen frühes Echo sich im Fragment einer Erzählung *Une Heure de ma vie* findet, für sein Schaffen aber zunächst ohne weiteren Einfluss blieb. Der stellte sich erst später und dann umso nachdrücklicher ein, denn was er 1819–20 auf diese ebenso zufällige wie beiläufige Weise fand, ohne es zu suchen, summierte sich binnen kürzester Frist zu einem bleibenden Schatz an Impressionen, aus dem er sich für die Romane, die als *Scènes de la vie parisienne* in der *Comédie humaine* figurieren, nach Belieben bedienen konnte.

Trotz der knapp einjährigen Lehrzeit Balzacs in Paris war er ein »Provinzler« geblieben. Als solcher hatte er Paris von »außen« erlebt, touristisch sozusagen, ohne in dessen Wesen tiefer einzudringen. Der einzige vertraute Umgang in diesen Monaten war Théodore Dablin, ein alter Freund der Familie, den Balzac *le petit père* nannte, der sich zum Cicerone aber nur bedingt eignete. Immerhin scheint Balzac mit ihm gelegentlich die Comédie Française besucht zu haben, auf die Dablin abonniert war. Folgenreicher dürfte seine Sammelleidenschaft für Antiquitäten gewesen sein, mit der sich Balzac damals bei gemeinsamen Besuchen von Händlern infiziert haben könnte und die in seinem späteren Leben eine bedeutende Ursache für seinen Schuldenberg werden sollte.

Die Rückkehr in die provinzielle Idylle von Villeparisis

musste für Balzac den bitteren Beigeschmack einer Niederlage haben. Noch mehr verstörte ihn, wieder unmittelbar mit den Launen und der Kälte der Mutter konfrontiert zu sein, sich als Mitglied in einer Familie wiederzufinden, deren Angehörige sich gegenseitig mit übersteigerter Empfindlichkeit belauerten. Das galt besonders für die Großmutter Sallambier, die sich über nichts lieber ausließ als über ihre eingebildeten Krankheiten und deshalb ständig nach Paris fuhr, um irgendwelche Ärzte zu konsultieren; das galt nicht minder für die Mutter, die ihren ganzen Erfindungsreichtum darauf verwandte, sich von den Ihren und in Sonderheit von Honoré enttäuscht und lieblos behandelt zu sehen, und die ihre Fertigkeit perfektionierte, scheinbar ohnmächtig zu werden und dabei in einen Sessel zu fallen. Seine Zipperlein pflegte auch Bernard-François Balzac, der sich jetzt ausschließlich damit beschäftigte, hundert Jahre alt zu werden, und sich ansonsten um nichts scherte, weshalb ihn Honoré einmal mit einer »Pyramide in Ägypten« verglich, »unerschütterlich inmitten aller Verwerfungen des Erdballs«. Außerdem einte die drei Alten die Absicht, die jüngere Tochter Laurence, die wegen ihrer körperlichen Plumpheit in der Familie als »Mylady Plumpudding« verspottet wurde, so schnell wie möglich unter die Haube und damit aus dem Haus zu bringen. Binnen eines Jahres nach der Hochzeit der älteren Schwester Laure stellte sich ein Bewerber ein, der die aufstiegsversessene Familie vor allem mit seinem pompösen Namen bestach: Armand-Désiré Michaut de Saint-Pierre de Montzaigle. Der war, was man einen »Familientäuscher« nennt, allerdings ein nicht sehr geschickter, denn Honoré durchschaute ihn sofort und wohl auch die Mutter. Das hinderte sie aber keineswegs daran, ihre Tochter in das Unglück dieser Ehe zu stürzen, an dem diese bald zerbrach und 1825 starb.

Gegen alle diese Zumutungen seitens seiner wahrhaft monströsen Familie, von der Balzac sagte, es gebe auf Erden keine zweite, die ihr gleiche, fühlte er sich aber gewappnet. In den Briefen an Schwester Laure, die mit ihrem Mann, dem Ingenieur Eugène Surville, in Bayeux lebte, gibt er Einblick in dieses Treiben, das auch Niederschlag in den ersten Kapiteln des Romans *Wann-Chlore* finden sollte, der 1824 erschien und mit dem Balzac erstmals eine Probe seines erzählerischen Talents vorlegte. Das war ihm nur zu bewusst, denn er vibrierte geradezu von Optimismus, wie sein Brief vom Juli 1821 zeigt: »Liebe Schwester, solange ich unter dem elterlichen Dach lebe, werde ich es Papa gleichtun und einfach den Mund halten. Im Unterschied zu ihm verfüge ich jedoch über die geheime Stärke, mich völlig abschotten zu können. Ab dem 15. diesen Monats habe ich die Aussicht, ein kleines Zimmer [in Paris] zu bewohnen, und zum weiteren die Hoffnung, jeden Monat einen Roman für 600 Franc zu verkaufen. Das reicht mir im Augenblick, um mich so lange der Misere zu entschlagen, bis ich jenes Vermögen beisammen habe, das ich mit Euch allen bereitwillig teilen will und von dem ich nicht zweifele, dass es mir zufallen wird.«

Der Optimismus Balzacs trug einen Namen: Auguste Lepoitevin, der sich gelegentlich auch Poitevin de l'Égreville nannte, ein literarischer Hansdampf, Journalist, Coupletschmied, literarischer Agent, kurz, jemand, der trotz seiner erst 28 Jahre bereits über alldas verfügte, was Balzac dringend brauchte: das Flair für schnelle Geschäfte mit der Ware Literatur und Kontakte zu Pariser Buchhändlern und Verlegern. Lepoitevin hatte mit dem Gespür dessen, der selbst nur über geringes literarisches Talent verfügt, sofort das ganze unentdeckt schlummernde Potential in Balzac erkannt und war entschlossen, diesen Schatz zu heben. Eine entsprechende Abrede war schnell getroffen. Balzac verpflichtete sich, einige Geschichten zu schreiben, die Lepoitevin lektorieren und an Verleger verkaufen wollte. In den nächsten fünf Jahren erschienen neun Romane, von denen die ersten drei in Zusammenarbeit mit Lepoitevin entstanden, die übrigen sechs aber ausschließlich von Balzac verfasst wurden; allein 1822 kamen nicht weniger als fünf davon auf den Markt.

Balzac, der diese ersten literarischen Erzeugnisse später als *cochonneries littéraires* abtat, als literarische Sudeleien, wurde von seiner Familie, die um ihren guten Ruf in Villeparisis bangte, dazu angehalten, diese ausnahmslos unter Pseudonym erscheinen zu lassen. Dafür dürfte er später dankbar gewesen sein, wie die fiktive Biographie *Vie et malheurs de Horace de Saint-Aubin* zeigt, die 1836 einer Auswahl seiner unter Pseudonym veröffentlichten Romane vorangestellt wurde. Horace de Saint-Aubin, so Balzacs Pseudonym für jene fünf Schmöker, wird in diesem Lebensabriss vorgestellt als einer, der sich den Kopf zermartert, um das Meisterwerk zu schreiben, von dem er träumt. In dieser Situation begegnet er dem »berühmten« Honoré de Balzac, dessen weit überlegene schriftstellerische Fähigkeiten ihn derart verstören, dass er das Schreiben schließlich aufgibt.

Die ersten drei Romane dieser Mansardenliteratur erschienen jedoch unter dem Pseudonym Lord R'Hoone, ein rätselhafter, englisch anmutender Name, der ein Anagramm von Honoré war. Nicht minder seltsam, aber genregemäß, sind deren Titel, dessen ersten die *Bibliographie de la France* mit *L'Héritière de Birague. Histoire tirée des manuscrits de dom Rago, ex-prieur des Bénédictins* anzeigte, die der Verleger Hubert in vier Bändchen im Duodez-Format veröffentlichte. – Diese Praxis, verhältnismäßig schmalbrüstige Romane auf drei oder vier Bändchen im Reclam-Format aufzuteilen, geschah mit Rücksicht auf die Leihbüchereien, die Hauptabnehmer solcher Unterhaltungsliteratur: Für jedes Bändchen wurde nämlich eine Leihgebühr erhoben. – Schon Ende März kündete der Verleger einen weiteren Roman in vier Bänden an mit dem Titel: *Jean-Louis ou la Fille trouvée.* Ende Juli folgte ebenfalls in vier Bändchen *Clotilde de Lusignan ou le Beau juif, manuscrit trouvé dans les archives de Provence,* ein Roman, der seine Mutter erzürnte, wie sie ihrer Tochter Laure schrieb: »Ich hatte Honoré dazu verpflichtet, sein Manuskript kritisch zu überarbeiten. Ich hatte ihm sogar dringend dazu geraten, es jemandem vorzulegen, der sich auf das Schreiben besser versteht als er. Ich hatte ihn auch um einige Kürzungen gebeten. (...) Honoré gab mir zu verstehen, dass das, was ich ihm sagte, ihm nichts bedeute, und er versetzte, dass das, was ich kritisiere, nur darauf hinausliefe, die eine schöne Passage durch eine andere zu ersetzen, und dass, was die einen gelungen fänden, anderen als missglückt gelte, kurz, dass der Autor er selber sein müsse und damit basta. Derart wollte er nicht auf mich hören; ebenso weigerte sich Honoré, der viel zu sehr sich selbst vertraut, sein Manuskript jemand anderem vorzulegen.«

Das ist in zweierlei Hinsicht bemerkenswert. Zum einen scheint sich sogar die Mutter mit der Berufung ihres Ältesten zum Schriftsteller abgefunden zu haben; zum anderen war ihr harscher Tadel nicht unberechtigt, denn diese frühen Romane stecken, sieht man von ihrer phantastischen Handlung ab, voller sprachlicher und stilistischer Schludrigkeiten wegen des Tempos, unter dem sie zusammengeschrieben wurden. Mit dieser Groschenliteratur erwarb Balzac einerseits eine gewisse Praxis, die allerdings höchst einseitig war, und er machte auch seine ersten Erfahrungen mit Verlegern und dem literarischen Leben; andererseits wurde ihm darüber eine Schlampigkeit zur Gewohnheit, die später Setzer und Drucker zur Verzweiflung trieben.

Die Einsicht, dass auf dieser schnell fabrizierten Gebrauchsliteratur kein Segen ruhte, verdankte sich aber nicht so sehr der Kritik von Mutter oder Schwester, sondern vor allem der enttäuschenden Erfahrung, dass sich damit keineswegs, wie erhofft, das schnelle Geld machen, geschweige Ansehen und Ruhm erwerben ließen. Immerhin beliefen sich die Honorare für diese drei Romane auf je 800, 1300 oder 2000 Franc, für einen literarischen Novizen eine hübsche Summe. Balzac war natürlich sofort davon überzeugt, es ohne große Mühe und bei gleichmäßigem Arbeitstempo auf ein Jahreseinkommen von 12 000 Franc zu bringen, wie er der Schwester optimistisch vorrechnete. Das sei der Betrag, der sechs Romanen entspreche und ihm Freiheit verschaffe.

Das war eine jener Milchmädchenrechnungen, wie sie Balzac sein Leben lang anstellte. Zu den Eigenarten des damaligen Verlagswesens gehörte es, dass die Autoren ihre Manuskripte zu einem mit dem Verleger auszuhandelnden festen Betrag verkauften. Der zahlte in der Regel jeweils ein Drittel dieser Summe bei Abgabe des Manuskripts in bar, während er für die restliche Summe zwei oder drei Wechsel ausstellte, die je nach Laufzeit unterschiedlich gestaffelt erst nach mehreren Monaten fällig, häufig jedoch prolongiert wurden. Oft waren diese Wechsel mit der Bestimmung verknüpft, dass die erste Auflage entweder ganz oder doch zu zwei Dritteln verkauft sein musste. Mit anderen Worten: Die Verleger wälzten das ganze geschäftliche Risiko auf die Autoren ab, weshalb sie so gut wie jeden Schund, der ihnen angeboten wurde, unlektoriert druckten. Sie überließen es auch den Autoren, für ihre Bücher Reklame zu machen, d. h. für rühmende Kritiken und bezahlte Anzeigen zu sorgen, eine Praxis, die zur Ausbildung von Seilschaften und Kritikkartellen führte, die das unter der bourbonischen Restauration und der Juli-Monarchie geradezu tropisch wuchernde literarische Leben kennzeichneten.

Balzacs Einsicht, dass der Autor Lord R'Hoone ein Bursche ohne großes Talent sei, veranlasste ihn, dieses Pseudonym aufzugeben und sich stattdessen den *nom de plume* Horace de Saint-Aubin beizulegen. Außerdem trennte er sich von seinem Förderer und Co-Autor Lepoitevin und suchte sich auch einen neuen Verleger. Darin scheint eine Veränderung auf, die vom grundlegenden Wandel zeugt, den Balzac im Frühjahr 1822 erlebte und der sein Selbstbewusstsein erheblich stärkte. Dazu heißt es in dem von Ende September 1822 datierten Vorwort zum vierten Roman *Le Vicaire des Ardennes:* »Ich bin jung, unerfahren und weiß nichts von der französischen Sprache.« Diese Einsicht verdankte Balzac der Begegnung mit einer Frau, der am 23. Mai 1777 in Versailles geborenen Louise-Antoinette-Laure de Berny, die zu seiner *éducation sentimentale* erheblich beitragen sollte. Der Altersunterschied von 22 Jahren legt die Vermutung nahe, dass Balzac in dieser Beziehung das suchte, was er bislang schmerzlich hatte vermissen müssen: eine verständnis- und liebevolle Mutter. Entscheidend für seine im Frühjahr 1822 jäh entflammte Leidenschaft für diese Frau, die neun Kinder geboren hatte und die mit ihrem fast erblindeten Mann, vier Töchtern und einem Sohn in einem großen Haus in Villeparisis lebte und mit der die Eltern Balzac schon seit längerem verkehrten, dürfte indes schlicht sexuelles Verlangen gewesen sein. Es kommt ja nicht so selten vor, dass sensible junge Männer, die gesellschaftlich wie geschlechtlich ins Leben treten wollen, in einer Art Frau von Stein (die auch sieben Jahre älter war als Goethe und Mutter von sieben Kindern) zunächst das Ideal ihres Sehnens erblicken. Der autobiographische Roman *Le Lys dans la vallée,* mit dem Balzac dieser Leidenschaft ein literarisches Denkmal setzte und der auch »Dilecta«, wie er Madame de Berny nannte, gewidmet ist, enthält eine Passage, die jenes Motiv unverhüllt ausspricht. Die große Erregung, die Félix de Vandenesse, Balzacs Alter Ego, überwältigte, als er Madame de Mortsauf, dem literarischen Ebenbild von Madame de Berny, begegnete, gibt das vom Autor Erlebte wohl wieder: »Ich verspürte den Duft der Frau … Meine Augen wurden unwiderstehlich von den üppigen weißen Schultern gefesselt, an die ich mich hätte anschmiegen wollen, zart rosa schimmernde Schultern, die zu erröten schienen, ganz so, als empfänden sie sich zum ersten Mal entblößt, schamhafte Schultern, die eine Seele hatten und deren matt glänzende Haut im Licht erstrahlte wie Seidenstoff. Diese Schultern wurden von einer Linie geteilt, der ich mit meinen Augen folgte, die kühner waren als meine Hand.«

Solches Verlangen traf Balzac aber keineswegs als Blitz aus heiterem Himmel, sondern es war vorbereitet durch eine Faszination, die ihn lebenslang begleiten sollte und die in engem Zusammenhang steht mit jenem Snobismus, den auch die Eltern zur Schau stellten. Bei ihm erblühte dieser aber zu voller Pracht: Er zeigte sich in der kritiklosen und durchaus neiderfüllten Bewunderung für Aristokratie und Adel, die mit dem brennenden Wunsch verbunden war, sich selber dieser exklusiven gesellschaftlichen Sphäre zuzugesellen. Allein deshalb schon musste Madame de Berny für Balzac unwiderstehlich sein, denn sie gehörte zum innersten Zirkel der alten Aristokratie. Ihr aus dem hessischen Wetzlar stammender Vater Joseph Hinner war Harfenist von Marie-Antoinette, während ihre Mutter Marie, eine geborene Quelpée de la Borde, bei der Königin als Kammerzofe in Diensten stand. Die Taufpaten von Madame de Berny waren Louis XVI. und Marie-Antoinette, was bei Domestiken, die in dieser Nähe zum Thron ihren Dienst versahen, durchaus üblich war.

Zunächst faszinierte Balzac an Madame de Berny deren Herkunft, ihre Lebensgeschichte, die sich zwar erst nach und nach in ihren Einzelheiten erschloss, die aber zweifellos die gesamte in ihrem Haus herrschende Atmosphäre prägte. Dafür war er sehr empfänglich, weil sie sich deutlich von der bei den Balzacs unterschied, die in Villeparisis in den Trümmern ihrer Illusionen von sozialem Aufstieg lebten. Madame de Berny verkörperte für ihn eine Welt, die seinem Sehnen entsprach und an der er zunächst dadurch teilhatte, dass er dem Sohn Alexandre Nachhilfe erteilte. Erst dann entdeckte er in Laure de Berny die Frau, die er sich in seinen Träumen vorgestellt hatte, wurde sein Begehren, sie zu besitzen, geweckt.

Noch wichtiger aber ist ein zweiter Aspekt: Dass sein Interesse am anderen Geschlecht erst so spät geweckt wurde, hat sicher damit zu tun, dass ihm die mütterliche Zuwendung versagt blieb. Kaum aber begann sich sein Triebleben zu entwickeln, zeigte es sich mit solchem Ungestüm, dass er es wahllos ausleben sollte. Balzac liebte die Frau schlechthin. Es lockte ihn immer das Versprechen von Nähe und Wärme, die er in seiner Kindheit und Jugend so bitter hatte vermissen müssen. Bezeichnenderweise waren es deshalb zunächst ältere, mütterliche Frauen, die ihn unwiderstehlich anzogen. Jede Witwe könne bei ihm Trost und Glück finden, schrieb er der Schwester, die er auch bat, Ausschau zu halten. Reich solle sie aber auch sein, ein Vermögen haben, das ihm die ersehnte Unabhängigkeit garantierte. Er hingegen sei »die beste Pastete eines Ehegatten, die der Himmel je gebacken hat.«

Balzacs Frühlingserwachen geschah im März 1822. Jedenfalls datiert von damals eine ganze Salve von Briefen, mit der er Madame de Berny für die von ihm geplante Eroberung sturmreif schießen wollte. Der Vergleich ist keineswegs übertrieben, wie die allein aus dieser ersten Phase erhaltenen 28 Entwürfe – häufig gibt es für einen Brief mehrere davon – zeigen, mit denen er immer drängender und fordernder auf sein Ziel zustrebte. Schon die ersten beiden Sätze des ersten dieser Entwürfe – die Briefe Balzacs wurden im Juli 1836 nach dem Tod von Madame de Berny von ihrem Sohn Alexandre auf ihr Geheiß hin verbrannt – geben Aufschluss über die Strategie bei seiner Eroberung: »Sie sind unglücklich, ich weiß darum, aber Sie verfügen in Ihrer Seele über Reichtümer, die Sie nicht kennen und die Sie noch immer ans Leben binden können. Als Sie mir erschienen sind, geschah dies mit ebenjener Grazie, die alle jene Wesen verströmen, deren Unglück vom Herzen herrührt, und ich liebe ausnahmslos die, die leiden.«

Wer so spricht, verspricht einer Frau alles: Liebe, Verständnis, Zärtlichkeit, grenzenlose Rücksichtnahme. Woher kannte der erst 22-Jährige die Psychologie einer Frau so genau, wie es diese Briefentwürfe offenbaren? Was inspirierte ihn zu diesem Werben, das sich unbeschadet seiner vermeintlichen Widersprüchlichkeit – immer wieder betont er seine große Schüchternheit, die doch durch diese Briefe entschieden dementiert wird – stets von siegesgewisser Zuversicht gab? Was war es, das ihn durch diese Briefe vermittelt so unwiderstehlich machte, dass die stürmisch Umworbene trotz allem, was sie notwendig trennte, sich ihm nach einer kurzen, nur als konventionelle Schamfrist anmutenden Zeitspanne im Juni 1822 mit Leib und Seele hingab, seine Frau wurde und ihn zum Mann machte? Die Antwort drängt sich auf, dass Balzac mit diesen Liebesbriefen zum großen Romancier wurde. Die Fertigkeit, die er damals in sich entdeckte, entwickelte er später in den Romanen der *Comédie humaine* zur Meisterschaft einer psychologisch genauen Schilderung ihrer weiblichen Gestalten.

In der stürmischen Werbung um Madame de Berny überwand Balzac erstmals die Schüchternheit, über die Raphaël in *La Peau de chagrin* rückhaltlos Auskunft gibt: »Meine Seele, immer wieder gehemmt und gehindert, sich zu offenbaren, verschloss sich immer mehr in sich selbst. Offen und natürlich von Natur, musste ich so kalt und gekünstelt wirken... Ich war scheu und linkisch. Ich zweifelte, ob der Klang meiner Stimme die geringste Wirkung habe. Ich konnte mich selbst nicht leiden, fand mich hässlich und schämte mich meiner.« Balzacs offensichtlicher Mangel an Selbstvertrauen, der seinem früh entwickelten Geniebewusstsein so eklatant widersprach, lässt sich leicht mit der lieblosen Kindheit erklären. Diese Erfahrungen wurden noch durch Äußerlichkeiten verschärft. Seiner Erscheinung nach war er alles andere als ein Adonis. Für Alfred de Vigny war er bei ihrer ersten Begegnung ein »junger, sehr hässlicher Mann«, dessen kurzbeinige Gestalt seine bäuerliche Herkunft verriet. Besonders markant war der viel zu groß geratene Kopf auf einem stiernackigen Hals, den ein üppiger Schopf schwarzer, stets fettiger Haare bedeckte. Seine früh schon schadhaften Zähne trugen dazu bei, dass sein lebhafter Redefluss stets von einem für das Gegenüber unangenehmen Sprühregen begleitet wurde. Diesen unvorteilhaften ersten Eindruck steigerte noch die ärmliche, abgerissene Kleidung, die ausgelatschten Schuhe, die geflickten Hemden und Jacken. Seine spätere Putzsucht, die übersteigerte, geradezu lächerlich anmutende Eleganz seiner Kleidung, sollte alle diese Mängel überspielen. Diese demonstrative und in ihrer Schamlosigkeit für manchen abstoßende Eitelkeit war für Balzac in gewisser Weise geradezu lebensnotwendig.

Indem Madame de Berny sein stürmisches Werben erhörte, hat sie Balzac das schönste Geschenk gemacht: Sie nahm ihm seinen Minderwertigkeitskomplex, an dem er zu ersticken drohte, gab ihm die Freiheit von der eigenen Familie, das Selbstbewusstsein, sich zu verwirklichen, und heilte ihn so von einer schrecklichen Kindheit, die ihn seelisch zu verkrüppeln drohte. Inwieweit die Liebesbeziehung mit Madame de Berny ihn sonst noch prägte, darüber lässt sich jedoch nur spekulieren. Zahlreiche Hinweise sind aus der umfangreichen Korrespondenz zu gewinnen, die Balzac seit 1832 mit der Hanska unterhielt. Doch ist Vorsicht geboten, denn die Erinnerungen an die »Dilecta«, die er in diese Briefe einstreute, hatten unter dieser langen Werbung auch immer eine ausgesprochen taktische Funktion: Am Beispiel der Madame de Berny sollte die spröde Polin, die sich in den unerreichbar fernen Weiten der Ukraine auf ihrem vermeintlichen Märchenschloss verschanzt hielt, begreifen, welche Perle von Mann der hartnäckige Bewerber sei, sollte Mitleid für dessen Leiden und Fährnisse ihren Panzer erweichen. Im Überschwang seiner zweiten Begegnung mit der Hanska im Januar 1834 in Genf schrieb er ihr bespielsweise: »Du wirst die junge *Dilecta,* und schon jetzt nenne ich Dich die *Prédilecta,* will sagen die ursprüngliche, die wahre Herzensauserwählte.«

Balzac verdankte der Beziehung mit Madame de Berny sicher das ihn tief beglückende Erlebnis sexueller Befriedigung, das zeitlebens für ihn von größter Wichtigkeit sein sollte und dem er bedeutenden Einfluss auf seine Schaffenskraft zuschrieb. Zum anderen vermittelte ihm Madame de Berny jenes Selbstvertrauen, um das ihn die eigene, allzu sehr mit sich selber, ihren Leiden und Ansprüchen befasste Mutter betrogen hatte. Madame de Berny bewunderte ihn geradezu hemmungslos, und selbst, wenn sie Kritik übte, tat sie das mit jener Delikatesse und Umsicht, die nicht verletzen, sondern nur liebevoll heilen will. Das gelang ihr, weil sie viel Herzenstakt und Erfahrung besaß, aber auch, weil sich Balzac ihr mit einem dreifachen und angesichts seiner bisherigen Lebensgeschichte verständlichen Begehren nahte: Sie sollte ihm gleichzeitig Geliebte, Schwester und Mutter sein. So beharrte er darauf, sie mit ihrem dritten Taufnamen, mit Laure, und nicht, wie sonst gebräuchlich, mit dem Namen ihrer Patin Antoinette anzureden. Laure war aber auch der Vorname der vertrauten Schwester wie der seiner Mutter. Auch redete er Madame de Berny in seinen Briefen wiederholt als *pauvre maman* oder *ma bonne mère* an. Der Hanska konnte er deshalb noch 1842 kategorisch erklären: »Madame de Berny war meine Mutter, und Gott hat mich, als er sie mir entriss, heftig getroffen, denn wenn Sie wüssten, was meine Mutter ist! ... Sie ist sowohl ein Monster wie eine Monstrosität! Augenblicklich schickt sie sich an, meine Schwester umzubringen, nachdem sie zuvor meine arme Laurence und meine Großmutter getötet hat.«

Schließlich hat Madame de Berny, man darf das nicht unterschätzen, Balzac einen gewissen gesellschaftlichen Schliff verpasst, ohne den er sich trotz seines dichterischen Genies später kaum in den aristokratischen Kreisen hätte bewegen können. Auch unterstützte sie bald den in finanzieller Hinsicht notorisch klammen Balzac mit wahrhaft großzügigen Zuwendungen und spendete ihm bei seinem literarischen Schaffen guten Rat, denn er gab ihr seine Manuskripte vor der Drucklegung zu lesen. Auf diesem Feld lässt sich über ihren Einfluss allerdings nur mutmaßen. Von der Domestikenprosa des Lord R'Hoone hatte sich Balzac aus eigener Einsicht abgewandt. Der *nom de plume* Horace de Saint-Aubin, der auch einen neuen literarischen Anfang signalisieren sollte, brachte ihm aber noch nicht den Durchbruch zu jener Erzählkunst, für die der Name Balzac einsteht. In den unter diesem Pseudonym veröffentlichten Romanen blitzen aber bereits Episoden auf, die man aus dem Rückblick seiner reifen Schaffensperiode vielversprechend nennen kann. Durchaus möglich, dass Madame de Berny daran gewissen Anteil hatte.

Noch im Februar 1822 hatte Balzac seiner Schwester Laure anvertraut: »Binnen kurzem wird Lord R'Hoone der Mann sein, von dem alle sprechen, der fruchtbarste Autor, der liebenswürdigste, und die Frauen werden ihn lieben wie ihren Augapfel. Und dann wird der kleine Irrwisch von Honoré erhobenen Hauptes in einer Equipage vorgefahren kommen, stolz und mit prallgefülltem Beutel um sich blicken.« Schon im April war von Lord R'Hoone und dem Schund, der unter diesem Pseudonym erschien, keine Rede mehr. Der Literatur galt nach wie vor seine Berufung, allein alles Weitere hatte jetzt einen wesentlich anderen Klang: »Ich segne alle Tage die glückliche Unabhängigkeit des Berufs, den ich mir erwählt habe, und ich bin nach wie vor davon überzeugt, damit Geld verdienen zu können. Unterdessen aber glaube ich, meine Kräfte zu kennen, und möchte die Blüte meiner Einfälle nicht mehr an Absurditäten verschwenden. Jetzt verspüre ich in meinem Kopf etwas, und wenn ich mir dieses Vermögen still bewahre, d. h., wenn ich keinen Verpflichtungen nachkommen muss (...), werde ich an ernsthaften Dingen arbeiten... Ich glaube, ich habe mich in den letzten zwei Jahren sowohl was meine Ideen, deren Umsetzung wie eine ganze Fülle anderer Dinge anbelangt, sehr verändert. Diese Veränderung ist so groß wie die von einem Kind von zehn zu einem jungen Mann von dreißig Jahren. Ich habe viel nachgedacht, mancherlei findet sich in meinem Kopf gespeichert, und ich habe erkannt, dass die Natur, was mein Herz und mein Hirn betrifft, mich sehr bevorzugt hat. Ich habe keinerlei Zweifel mehr, dass mir etwas gelingen wird, denn ich erkenne jetzt, dass der *Cromwell* nichts taugt, ja dass er noch nicht einmal die Bedeutung eines Embryos hat.« Zwischen beiden Briefen lag der Beginn seiner Belagerung von Madame de Berny.

Allein, die große Veränderung, von der Balzac spricht, war lediglich subjektiver Natur. Dass sie einen Niederschlag in dem fände, was er von nun an schreibt und veröffentlicht, davon ist, sieht man von einigen Ansätzen ab, die den reifen Balzac erahnen lassen, kaum etwas zu bemerken. Von den ersten beiden Romanen des Horace de Saint-Aubin, die im November 1822 beim Verleger Pollet erschienen, ist *Le Centenaire ou les Deux Beringheld* nicht viel mehr als ein mit hurtiger Feder verfasstes Plagiat des Romans *Melmoth* von Charles Robert Maturin, der Anfang 1822 in französischer Übersetzung herausgekommen war. Ein wesentlich seriöseres Sujet behandelte der zweite Roman *Le Vicaire des Ardennes*, der zunächst eine Auseinandersetzung mit dem nicht unaktuellen Problem der erzwungenen Berufungen zum Priesteramt und dem Zölibat zum Thema hat, dessen

Erzählung aber dann mit dem plötzlichen Auftauchen des Piraten Argow rasch in die Untiefen des traditionellen Abenteuerromans abgleitet. Dieser Absturz ins Seichte rettete den Roman aber nicht vor der Zensur, die das Buch verbot und Balzac damit um den erhofften Honorarerlös brachte.

Wie orientierungslos Balzac zunächst noch war, zeigt auch der dritte Roman *La Dernière fée ou la Nouvelle lampe merveilleuse*, der im Mai 1823 erschien. Bezeichnend dafür ist, wie leicht er sich in Anschauungen und Gesinnungen durch Dritte beeinflussen ließ. So suchte ihn der Jugendfreund Jean Thomassy, ein engagierter Katholik und Royalist, der Balzac 1823/24 wieder über den Weg lief, zu »missionieren«. Thomassy riet nicht nur dringend dazu, das Romanschreiben aufzugeben, da diese Beschäftigung seines Talents unwürdig sei. Stattdessen solle er seine ganze Schöpferkraft an die Fertigstellung des bereits begonnenen *Traité de la prière* wenden. Tatsächlich hatte sich Balzac unter dem Einfluss von Thomassy einer solchen frommen Abhandlung zugewandt, die aber Fragment blieb.

War die Wahl dieses Themas schon erstaunlich genug, so verblüffen zwei andere Essays Balzacs in dieser Zeit durch ihre ausgesprochen reaktionäre Haltung, die seiner damaligen eher liberalen Orientierung widersprach und die den Ratschlägen Thomassys folgten. Der eine dieser Essays trägt den Titel *Du droit d'aînesse*, mit dem Balzac das feudale Recht der Primogenitur verteidigte und sich dafür aussprach, dass allein der älteste Sohn das gesamte Familienerbe antrete, um so die gesellschaftliche Vorrangstellung des Adels dauerhaft zu sichern. Nicht weniger verwundert der zweite Essay *Histoire impartiale des jésuites*, der ebenfalls anonym 1824 erschien. Dabei handelte es sich lediglich um eine stark gekürzte »Überarbeitung« einer jesuitischen Apologie aus dem Jahr 1763, eine publizistische Fingerübung Balzacs vermutlich aus akutem Geldmangel.

Der Einfluss von Thomassy auf Balzac blieb jedoch Episode. Als wesentlich folgenreicher erwies sich hingegen die Begegnung mit Horace Raisson, der, ähnlich wie Lepoitevin, ein Zirkulationsagent des damaligen literarischen Lebens, aber weitaus gerissener, umtriebiger und intelligenter als dieser war. Raisson brachte Balzac in Kontakt mit der eigenartigen Welt des Pariser Journalismus, in der es von halbseidenen Talenten, verkannten Genies, Hochstaplern, Betrügern und Leuten, die ihre Feder für ein warmes Mittagessen so gut wie jeder gängigen Weltanschauung liehen, wimmelte. Den Betrieb und seine Akteure hat Balzac 15 Jahre später in den *Les Illusions perdues* dargestellt. Dass er sich damals davon faszinieren ließ, neue Hoffnung schöpfte, durch sein Mittun bei diesem Treiben endlich seine bislang regelmäßig enttäuschten Träume von Unabhängigkeit, Wohlstand und Ansehen verwirklichen zu können, kann nicht überraschen. Balzac blieb damit seiner bisherigen erfolglosen Methode treu, sein literarisches Talent an ein bloß gängiges und ihm deshalb Erfolg vorgaukelndes Genre zu verschwenden.

Es war Raisson, der Balzac dazu brachte, die damals grassierende Mode mitzumachen und den *Code Civil*, das von Napoleon eingeführte und weiterhin gültige Gesetzbuch, das alle Aspekte des gesellschaftlichen Miteinanders kodifiziert und in ein festes Regelwerk gegossen hatte, zu parodieren. Raisson, der ab der zweiten Hälfte der 1820er Jahre den Buchmarkt mit solchen *Codes* oder sehr ähnlichen »Handbüchern«, den *Arts,* überschwemmte, lancierte mit Bestimmtheit von Balzac wenigstens drei dieser hübschen Parodien, deren Witz bis heute nicht verblasst ist. Balzac war es auch, der das unerreichte Meisterstück dieser *Codes* mit dem im März 1825 anonym publizierten *Le Code des gens honnêtes ou l'Art de ne pas être dupe des fripons* vorlegte. Außerdem wird ihm *L'Art de mettre sa cravate* sowie *L'Art de payer ses dettes,* beide 1827, zugeschrieben. Diese drei Miszellen, die damals unbemerkt blieben, weil sie im Strudel ähnlicher Publikationen untergingen, wogen an Witz und Qualität die vielen Bände an Mansardennovellistik auf, die Lord R'Hoone oder dessen Double Horace de Saint-Aubin hingesudelt hatten. Vor allem die im *Code des gens honnêtes* versammelten zynischen Aphorismen und Axiome von Ärzten, Anwälten oder Notaren, Priestern und Bankiers, den lieben Nächsten übers Ohr zu hauen, zu belügen und betrügen, waren eine Blütenlese, aus der sich der Autor der *Comédie humaine* später oft bediente.

1823 und 1824 gelten als die »dunklen Jahre« Balzacs, weil sich aus dieser Zeit so gut wie keine Briefe oder sonstige Dokumente erhalten haben, die über sein Tun und Lassen detailliert Auskunft geben. Die Briefe, die von den Mitgliedern der Familie untereinander ausgetauscht wurden, können diese Lücke nur teilweise schließen. 1823 und 1824 sind aber auch deshalb »dunkle Jahre«, weil er in ihnen eine Krise durchlebte, die er in mehr als einer Hinsicht nur dank Madame de Berny überstand. Sie war von seinem Genie überzeugt. Sie schenkte ihm Anerkennung, Ermutigung, mütterliche Wärme, verschaffte ihm die Freuden des Mannes und sie sorgte schließlich dafür, dass er nicht von materieller Not getrieben, sich wieder in den Schoß der Familie und damit unter das entmündigende Diktat der eigenen Mutter flüchten musste. Dass Balzac von seiner Geliebten ausgehalten wurde, die ihm in der Rue Tournon eine Wohnung einrichtete, als seine Eltern, durch eine Erbschaft wieder zu gewissem Vermögen gelangt, im Sommer 1824 das Haus in Villeparisis kaufen konnten, ließ die Mutter vor Empörung schäumen, wie ihr Brief an die Tochter Laure vom August 1824 zeigt.

»Wir haben viel durchgemacht: Dein Vater erzählte mir, wie glücklich er gewesen sei, als er die Vorstellungen Deines Mannes hinsichtlich der finanziellen Zuwendungen, die wir Honoré zukommen ließen, korrigierte, der sich unserer Börse bediente, wann und wie viel er wollte. Erst jüngst habe ich ihm vorgeschlagen, alle seine Schulden zu bezahlen, sollte derlei eine unabdingbare Voraussetzung sein, um seinem Genie Auftrieb zu verschaffen, damit man endlich einmal etwas hat, das man vorzeigen kann. Diese geringe Verpflichtung hat ihn aber verdrossen und er hat sich meinem Vorschlag verweigert. Dann habe ich ihm in Aussicht gestellt, für seinen Lebensunterhalt aufzukommen, wozu wir nun wirklich nicht mehr verpflichtet sind, auch wenn es zu seinem Besten ist. Auch das wollte er nicht akzeptieren. Alle unsere Aufmerksamkeiten hat er uns mit seinem ungezügelten Betragen vergolten, das sich beinahe bis in den engsten Familienkreis hinein auswirkt. Er hat uns, obwohl wir uns gegen diese Wahrnehmung nach Kräften zur Wehr zu setzen suchten, in die Verlegenheit gestürzt, nicht mehr so tun zu können, als wüssten wir von nichts. Unsere Stellung in der Öffentlichkeit ist im höchsten Maße prekär. Auch wenn ich die würdigste Miene wahre, ja selbst ein strenger Blick von mir kann nicht gewisse hämische Bemerkungen im Dorf verhindern, sobald ich mit ihr [i. e. Madame de Berny] zusammentreffe...«

Nein, der Traum, als Schriftsteller Geld verdienen zu können, *s'indépendantiser,* sich vor allem von der mütterlichen Bevormundung frei zu machen, von dem er Laure im September 1819 schrieb, war auch fünf Jahre und zahlreiche Anläufe später so unerreichbar fern wie je. Allein der damals, halb im Scherz, halb im Ernst, ausgesprochene Wunsch, eine reiche Frau oder Witwe zu heiraten, deren Geld ihn von den Daseinsnöten befreite, so dass er sich ganz der Entwicklung seines Talents widmen könne, war in etwa in Erfüllung gegangen. Madame de Berny sorgte für ihn, bestritt seinen Unterhalt, den er mit den lächerlichen und unregelmäßig eingehenden Honoraren nicht finanzieren konnte. Das stiftete eine Abhängigkeit, die ihm, je länger sie dauerte, desto weniger behagen konnte. Was also tun? Eine mögliche Antwort gibt die Schilderung Étienne Aragos, der Balzac eines Abends auf einer der Seinebrücken begegnete, wie er reglos gegen die Brüstung gelehnt ins Wasser starrte. »Was treiben Sie da, mein lieber Freund? Tun Sie es dem Misanthropen gleich, der ins Wasser spuckt, um Kreise zu machen? – Ich, versetzte Balzac mit tonloser Stimme, betrachte die Seine und frage mich, ob ich mich nicht zwischen ihre feuchten Laken betten soll...«

## *Ende einer langen Lehrzeit*

Im Winter 1824–1825 beendete Balzac den Roman, den reifen zu lassen er sich bislang die längste Zeit genommen hatte: *Wann-Chlore.* Es schien ihm die letzte Karte, die er ausspielen konnte, um sich als Schriftsteller durchzusetzen, endlich den Erfolg zu erringen, dem er seit sechs Jahren nachjagte. Die Hoffnungen, die er mit Horace de Saint-Aubin verknüpft hatte, waren nicht in Erfüllung gegangen. Schlimmer noch, dieser *nom de plume* war geradezu ein Synonym für seinen zweiten Misserfolg als Romanautor geworden: Kein Verleger wollte mehr ein Buch Saint-Aubins publizieren, weshalb Balzac überall dort, wo er mit dem Manuskript des *Wann-Chlore* anklopfte, abgewiesen wurde. Horace Raisson gelang es schließlich, den Roman beim Verleger Urbain Canel unterzubringen. Als *Wann-Chlore* Anfang September 1825 ohne Nennung eines Autorennamens erschien, erregte der ebenso lapidare wie rätselhafte Titel jedoch keinerlei Neugier. Das Buch fiel bei Kritik und Publikum durch. Daran änderte sich auch nichts, als Balzac eine Restauflage mit seinem Namen versah.

Das war bereits die zweite herbe Enttäuschung, die Balzac in diesem Jahr zu verwinden hatte. Vorausgegangen war ein Misserfolg, der ihn teuer zu stehen kommen sollte. Bei seinen Kontakten mit Urbain Canel erfuhr er von dessen

Absicht, Werkausgaben der französischen Klassiker Molière und La Fontaine herauszubringen. Diese sollten jeweils in einem einzigen Band erscheinen. Dazu musste der Text nicht nur in zwei Kolumnen pro Seite, sondern auch in einer extrem kleinen Schrifttype gedruckt werden. Wegen Geldmangels hatte Canel dieses Vorhaben aber nicht weiter verfolgt, bis Balzac davon erfuhr und sich sofort dafür begeisterte. Er witterte eine glänzende Gelegenheit, ohne großen eigenen Aufwand viel verdienen zu können. Balzac besaß ein ausgeprägt spekulatives Temperament, mit dem er allerdings regelmäßig Schiffbruch erlitt, ganz im Gegensatz zu den Protagonisten seiner Romane. Da sind zum Beispiel jene Finanzleute, die in der *Comédie humaine* ihr Geld in die Aktien der erst im Bau befindlichen Eisenbahnlinie Paris–Orléans investierten und daraus phantastische Gewinne zogen, während die Aktien der Nordbahn, die Balzac mit dem Geld kaufte, das ihm die Hanska zukommen ließ, ständig an Wert verloren.

Einen ersten, kuriosen Hinweis auf Balzacs gut entwickelte spekulative Phantasie bieten seine Bemerkungen im Brief an Schwester Laure vom August 1822: »Ich habe das Diorama gesehen; (...) Daguerre und Bouton [i. e. die beiden Erfinder dieser Reproduktionstechnik] haben ganz Paris verblüfft. Tausend Probleme sind dadurch gelöst, seitdem man glaubt, vor einer ausgespannten Leinwand in einer Kirche zu stehen und jeweils nur hundert Schritt von allen Dingen entfernt zu sein. Das ist das Wunder des Jahrhunderts, ein Fortschritt der Menschheit, auf den ich nicht im Mindesten gefasst war. Dieser Spitzbube von Daguerre hat da eine ziemlich freche Erfindung gemacht, mit der er bei den auf Belustigungen erpichten Parisern eine schöne Stange Geld verdienen wird...« Das lebhafte Bedauern, nicht selber diese bahnbrechende Erfindung gemacht zu haben, ist kaum zu überhören. Zuvor schon hatte er Laure beiläufig angedeutet, dass er sich mit dem Gedanken trage, eine Zeitung zu gründen – eine Chimäre, die aber ebenso schnell wieder verschwand, wie sie aufgetaucht war.

Zwar ließ sich das verlegerische Vorhaben Urbain Canels an Einfallsreichtum nicht mit der Erfindung Daguerres vergleichen, aber Balzac griff dennoch danach. In seiner Einschätzung, dass sich da ein gutes, geradezu risikoloses Geschäft abzeichne, wurde er offensichtlich auch von der eigenen Familie bestärkt, die, seiner anhaltenden literarischen Misserfolge überdrüssig, ihm daher bereitwillig eine Zukunft als Unternehmer und Verleger zutraute. Ganz entscheidend aber war die Unterstützung von Madame de Berny, die ihn mit Worten ermutigte, aber auch das zur Verfügung stellte, was ihm neben der einschlägigen geschäftlichen Erfahrung am meisten fehlte: das Kapital. Zwar steuerte sie nicht den vollen Betrag bei, aber doch den Teil, der das Unternehmen überhaupt erst ermöglichte. Im April 1825 unterschrieben Canel, Balzac und zwei stille Teilhaber einen Vertrag, der die Finanzierung der Molière-Edition regelte. Die 6000 Franc, die Balzac selbst dafür aufbrachte, musste er sich jedoch zu saftigen Zinsen von einem mit den Eltern befreundeten Geschäftsmann leihen. Außerdem verpflichtete er sich, für die gesamte Summe von über 10 000 Franc zu bürgen. Einige Tage später wurde Entsprechendes auch für die geplante La-Fontaine-Ausgabe vereinbart. Auch dafür war ein Fonds von rund 12 000 Franc vorgesehen, dessen Löwenanteil drei Wechsel ausmachten, die Balzac garantierte und die von Madame de Berny auf Urbain Canel ausgestellt waren.

Allein die vom nahen Tod gezeichnete und als einfältig geltende jüngere Schwester Laurence hatte den richtigen Instinkt und warnte ihren Bruder dringend davor, sich auf dieses Projekt einzulassen, von dem er nichts verstünde und bei dem seine gerisseneren Partner nur seine Gutmütigkeit ausnützten. Umsonst: Balzac hatte sich längst derart für dieses Geschäft entflammt, dass er auch darauf bestand, die Ausgaben mit Illustrationen zu schmücken, um sie für das Publikum noch attraktiver zu machen. Der Gedanke war nicht falsch, vermehrte aber die Herstellungskosten derart, dass jeder Band, sollte er sich rechnen, im Handel 20 Franc kostete, ein Preis, der das Editionsprojekt angesichts der kaum leserlichen Typographie von vorneherein zum Scheitern verurteilte.

Wen die Götter verderben wollen, den schlagen sie mit Blindheit. Im Falle Balzacs waren die schillernden Gestalten des literarischen Lebens, mit denen er jetzt in den Pariser Caféhäusern verkehrte, der Agent Horace Raisson, sein alter Schulfreund und Verleger Auguste Sautelet, der Literat und Publizist Philarète Chasles und Konsorten, die ihm an zynischer Gewitztheit überlegen waren und ihn mit ihrem Gerede faszinierten und ermunterten, allenfalls nur Halbgötter, sicher jedoch Verführer und Verderber. Madame de Berny konnte dem wenig entgegensetzen, dies war nicht ihre Welt. Vermutlich machte sie das Verderben, dem Balzac mit dieser Klassikeredition entgegenging, dank ihrer Liebe, die nicht rechnete, nur gewisser.

Damit entsprach sie ganz seiner eigenen charakterlichen Disposition, über die sich Balzac einmal Schwester Laure gegenüber äußerte: »Was Zärtlichkeit und Freundschaft anbelangt, gibt er [Balzac gibt sein Charakterportrait in der 3. Person wieder] um ein Doppeltes zurück, was er empfangen hat, aber ein hartes Wort löscht jegliches Glück in seiner Seele aus, so empfindlich ist er für alles, was die Zartheit der Empfindung und der Liebe anbelangt. Seine ganze Anlage ist derart, dass er Herzen braucht, die im Großen zu leben wissen, die das Wesen wahrer Freundschaft begreifen und die nicht deren Gehalt mit einer Grimasse, einem Besuch oder einer beliebigen Aufmerksamkeit verwechseln und die ihre Abgeschmacktheit dahin zu steigern vermögen, dass sie, wenn sie einen Freund nach fünf Jahren das erste Mal wiedersehen, so tun, als wäre er ihnen erst gestern begegnet.«

Das Geschäft mit der Klassikeredition nahm seinen vorhersehbaren Gang: Die Bücher ließen sich nicht absetzen, die Geschäftspartner liquidierten ihre Anteile und Balzac blieb auf rund 15 000 Franc Schulden sitzen. Nachdem auch seine Hoffnungen auf einen Erfolg seines Romans *Wann-Chlore* enttäuscht wurden, sah er sich im Herbst 1825 erneut gescheitert. Davon ließ er sich aber auch diesmal in seinem Optimismus nicht beirren, sondern stürzte sich nach Monaten der Untätigkeit wieder in literarische Arbeiten. Diesmal schwebte ihm eine Reihe historischer Romane vor, die einzelne Episoden der französischen Geschichte behandeln sollten. Von schierer Geldnot getrieben, arbeitete er an diesem Projekt mit einer solchen Verbissenheit, dass er seine Gesundheit ernsthaft gefährdete. »Honoré ist hier [i. e. in Villeparisis] in der letzten Woche in einem völlig verzweifelten und erschöpften Zustand angekommen, auf den wir ihn natürlich nicht ansprachen«, schrieb der Vater an Tochter Laure im Januar 1826. »Er hat sich während der vier Tage seines Aufenthalts nach und nach aufgerappelt, ohne dass er aber eine Zeile hätte schreiben können. Am 5. Januar hat er mit einem neuen Roman begonnen, von dem bislang etwa 40 Seiten vorliegen. Am Mittwoch ist er wieder nach Paris gefahren, um übermorgen seine hiesige Kur fortzusetzen. Deine Mutter und ich haben seine Miete bezahlt. (...) Wird er jemals zur Besinnung kommen? Was will er machen? Was wird er tun? Ich weiß es nicht und kann es auch nicht nachvollziehen, wie man es bloß anstellen kann, mit 27 Jahren vielleicht bereits vierzig seiner Fähigkeiten ausprobiert zu haben, ohne einen ersten Schritt in der wirklichen Welt vorangekommen zu sein.« Eine nüchterne Bilanz, die sich bei Balzacs bisherigem Tun und Lassen aufdrängen musste.

Balzac richtete sich wieder auf, vergaß seine Misserfolge und sah das Leben wieder in neuem, verheißungsvollem Licht leuchten, arbeitete, und das alles nur, weil er einer Frau begegnet war. Anfang 1825 war Eugène Surville nach Versailles versetzt worden, so dass Schwester Laure dem Bruder räumlich näher rückte. Wenig später übersiedelte auch die Familie Balzac dorthin. Laure Surville, die wie alle Balzacs das gesellschaftliche Leben schätzte, knüpfte in Versailles sofort Kontakte zu Zulma, ihrer Freundin aus Kindheitstagen, die mit dem Artilleriehauptmann Carraud verheiratet war, der an der Kadettenanstalt von St. Cyr unterrichtete. Eine neue Bekanntschaft, die den snobistischen

Balzacs sehr zupass kam, machte Laure mit der Duchesse d'Abrantès, einer der schillerndsten Frauengestalten der napoleonischen Epoche.

Laure Junot Duchesse d'Abrantès, Witwe von Napoleons Waffenkameraden Andoche Junot, der dessen Gunst seine steile militärische Karriere verdankte – böse Zungen behaupteten, diese sei mehr dem Einfluss seiner schönen Frau zuzuschreiben –, lebte völlig verarmt und dennoch sehr standesgemäß in Versailles. Dort unterhielt sie regen gesellschaftlichen Kontakt mit einstigen Größen des Empire, gab sich gleichzeitig aber auch als Royalistin aus. Balzac musste aus verschiedenen Gründen darauf brennen, diese Frau zu erobern. Zum einen war sie eine erstrangige Quelle für die napoleonische Epoche. Ihre Kenntnisse der im engsten Kreis des napoleonischen Hofes gesponnenen Intrigen, ihre Vertrautheit mit dem Denken und Handeln der einstigen Größen des Regimes verliehen ihr in seinen Augen eine magische Aura. Außerdem konnte sie mit einem Vorteil aufwarten, der Madame de Berny nicht zu Gebote stand: Sie unterhielt lebhafte Beziehungen zu alten wie neuen aristokratischen Kreisen, also zu einer Welt gesellschaftlicher Exklusivität, in die einzudringen und sich in ihr selbstverständlich zu bewegen Balzac unwiderstehlich anzog. Die Eroberung der mit ihren 42 Jahren noch immer sehr schönen Duchesse d'Abrantès würde den Schlüssel liefern, der die Türen zu diesen Salons öffnete, deren Glanz er nur vom Hörensagen kannte. In dieser Welt sich zu tummeln galt ihm als erster Schritt, ihr bald selber aus eigenem Recht anzugehören, indem er sich mit seinem Talent eine führende Stellung eroberte.

Die erste Etappe zu diesem Ziel bewältigte Balzac mit Leichtigkeit, denn die Duchesse plagte schriftstellerischer Ehrgeiz. Die Veröffentlichung ihrer Erinnerungen, die sie mit vielen pikanten Einzelheiten, Anekdoten und Portraits einer Epoche ausschmücken konnte, die seit ihrem Untergang 1815 stetig an Faszination gewann, versprach einen hübschen Gewinn abzuwerfen, den sie zur Bestreitung ihres Lebensunterhalts dringend brauchte. Balzac konnte ihr zur Hand gehen, sie mit praktischen Ratschlägen, wie der immense Stoff zu organisieren sei, unterstützen. Der erste Band der Memoiren, der 1831 erschien, soll sogar zu großen Teilen von ihm geschrieben worden sein. Auch hat er wohl die weiteren Bände editorisch betreut und half ihr bei der Suche nach einem Verleger. Diese Mitarbeit musste auch verdeutlichen, welche Rolle die Duchesse ihm zuwies: Als Liebhaber, der er mit einiger Gewissheit zwischen 1828 und 1831 war, hatte er sich damit zu bescheiden, ihr literarischer Cicisbeo zu sein, der sich durch den Vorzug auszeichnete, einen klügeren Kopf zu haben als die Männer mit den klingenden und bekannten Namen, die sonst zu ihren Liebschaften zählten.

Von Anfang an spürte Balzac diesen aristokratischen Dünkel, den die Duchesse mehr als andere an den Tag legte, weil sie sich selber diese Standeszugehörigkeit erst erobert hatte. Deshalb hielt er sich, wider seine sonstige Gewohnheit, mit allzu stürmischer Werbung zurück. Vermutlich bremsten seinen Erobererdrang auch Rücksichten auf Madame de Berny, der die Bekanntschaft mit der Duchesse d'Abrantès nicht verborgen blieb. Seine Anfälligkeit für Snobismus kannte sie nur zu gut. Auch musste sie wegen des großen Altersunterschieds fürchten, dass ihn eine Jüngere ihr abspenstig machte. Sie reagierte mit Eifersucht. Um ihn stärker an sich zu binden, unterstützte sie ihn umso großzügiger, so dass er sich 1826 noch tiefer in materielle Abhängigkeit von Madame de Berny verstrickte.

Wie sehr Balzacs Aufmerksamkeit 1826 anderweitig beansprucht wurde, zeigt sich auch darin, dass sich die Bekanntschaft mit Zulma Carraud, die er ebenfalls damals machte, erst drei Jahre später zu einer lang andauernden Herzensfreundschaft entwickelte. Die Carrauds, bei denen Balzac nach 1831 häufig auf Besuch weilte, waren ihm in späteren Verlegenheiten stets eine große Hilfe. Vor allem Zulma wurde, wie man den zahlreichen Briefen, die sie ab 1829 mit Balzac wechselte, entnehmen kann, seine mit Abstand intelligenteste und loyalste Ratgeberin und Kritikerin.

Im Frühjahr 1826 war es aber weder die Duchesse d'Abrantès noch die nach ihrer eigenen Beschreibung eher unattraktive Zulma Carraud, die Balzac faszinierten. Was ihn vielmehr fesselte, war die Aussicht, durch ein neues, diesmal selbstverständlich gewinnbringendes Unternehmen zu Wohlstand und Unabhängigkeit zu gelangen. Balzac bewies einmal mehr seine eigentümliche Hartnäckigkeit einem geschäftlichen Vorhaben die Treue zu halten, obwohl er sich ja schon einmal getäuscht hatte. Er wurde erst dann aus Schaden klug, wenn dieser kaum mehr zu übersehen war. Anders lässt es sich nicht erklären, dass Balzac, nachdem er als Verleger Schiffbruch erlitten hatte, auf den Gedanken verfiel, auch noch Buchdrucker und Typograph sein zu müssen, um im Buchwesen Erfolg zu haben. Erstaunlich nur, dass er nicht auch noch darüber nachdachte, die Papierherstellung in seine Aktivitäten einzugliedern. Das hatte ihm sein großes Vorbild Beaumarchais voraus, mit dem Balzac mancherlei charakterliche Ähnlichkeiten verbanden. Der gründete 1778, als er die nach dem Erscheinungsort benannte siebzig Bände umfassende »Kehler-Ausgabe« der gesammelten Werke Voltaires druckte und verlegte, in den Vogesen auch drei Papiermühlen, die den Rohstoff für dieses Großunternehmen lieferten.

Das neue geschäftliche Abenteuer Balzacs, in das er sich Hals über Kopf und wieder ohne jede Kenntnis des Metiers stürzte, begann Anfang April 1826, als er eine in der heutigen Rue Visconti im VI. Arrondissement gelegene Druckerei für 30 000 Franc kaufte, die ihm sein Vater geliehen hatte. Wenigstens verfügte sein Partner Barbier, ein gelernter Buchdrucker, über das notwendige technische Wissen. Balzac übernahm die Geschäftsführung, von der er nichts verstand. Da der Buchdruck damals von den Behörden mit großem Misstrauen beäugt wurde, bedurfte es einer Genehmigung, die der »Société Balzac & Barbier« im Juni erteilt wurde. Außerdem brauchten alle Druckwerke eine eigene behördliche Bewilligung. Die erste wurde am 20. Juli 1826 gegeben, die 230. und letzte am 30. Juli 1828. Allein schon diese Zahlen, die keineswegs nur Bücher, sondern auch Prospekte, Broschüren oder sonstige Druckwerke betrafen, verdeutlichen, wie schleppend die Geschäfte liefen. Nicht zu vergessen, dass der Betrieb 36 Angestellte hatte, die pünktlich ihren Lohn haben wollten.

Auch wer nicht betriebswirtschaftlich versiert ist, wird aus dem Missverhältnis der geschäftlichen Eckdaten unweigerlich schließen, dass sich das Unternehmen von Anfang an in einer Schieflage befand, die in baldigen Bankrott münden musste. Dem suchte Balzac durch Aufnahme neuer Kredite zu entrinnen, mit denen er laufende Betriebskosten wie Löhne oder Rechnungen von Papierlieferanten und Typographen beglich. Nicht erkennend, dass solches Wirtschaften die Unternehmenspleite beschleunigte, wollte er wie ein Spieler das Glück dadurch herbeizwingen, dass er den Einsatz verdoppelte: Mitte Juli 1827 erwarb Balzac noch eine Schriftgießerei, an der sich Madame de Berny mit einer Einlage von 9000 Franc beteiligte. Bis April 1828, als das unternehmerische Kartenhaus endgültig einstürzte, hatte Madame de Berny allein für die Schriftgießerei eine Summe von rund 22 000 Franc eingeschossen.

Die Umtriebigkeit, mit der Balzac sich von morgens bis in die Nachtstunden in der Druckerei, über der er auch wohnte, zu schaffen machte, konnte bei Außenstehenden leicht den Eindruck erwecken, das Unternehmen floriere. So sah es jedenfalls der Vater, der damals an Charles-Antoine Sédillot schrieb: »Honoré kommt mit großer Geschwindigkeit voran; in weniger als fünfzehn Monaten hat er eine Druckerei mit fünfzehn Druckerpressen gegründet, die Genehmigung zum Betrieb einer Buchhandlung zusätzlich zu seiner Druckerei erhalten und schließlich auch noch eine Schriftgießerei geschaffen, bei der die anderen Drucker sich ihre Schriften besorgen werden. Wenn er nicht zuvor erkrankt, wird er binnen fünf oder sechs Jahren sein Vermögen gemacht haben. Das verdankt er dann seinem Talent, seiner unvergleichlichen Aktivität und den 50 000 Franc, die ich ihm zugewandt habe. Da sehen Sie, welche Opfer mich meine Kinder gekostet haben.«

Diese optimistische Sicht entsprang sicher nicht nur frommer Selbsttäuschung, sondern wurde auch vom Sohn suggeriert, der sich allen Ernstes auf dem Weg zum Erfolg wähnte. Entsprechend gab Balzac ab dem Jahr 1826 Geld für sein bislang eher vernachlässigtes Äußeres aus, begann, seine Wohnung aufwendig zu möblieren, und frönte seiner Leidenschaft für schöne und kostbar eingebundene Bücher. Die Rechnungen der Buchbinder und Buchhändler, der Möbelschreiner, Teppich- und Antiquitätenhändler aus dieser Zeit sprechen für sich. Es sind alles keine wahrlich großen Summen, aber die Tendenz ist verräterisch: Für die Lieferung und den vermutlich aufwendigen Einband eines einzigen Buches, der *Amours des Dieux*, quittierte der Buchbinder Thouvenin im September 1827 beispielsweise 75 Franc! Ein anderes Mal sind es 135 Franc für den Kauf verschiedener, in Halbedelsteine geschnittener Gemmen, denen Balzac nicht widerstehen konnte.

1826 tauchte in den Rechnungsunterlagen erstmals der Name eines Mannes auf, der dank Balzac zu gewisser Berühmtheit gelangen sollte: der Schneider Jean Buisson. Für ihn machte sein notorischer Schuldner Balzac in der *Physiologie du mariage* mit dem Satz Reklame: »Ein Anzug von Buisson genügt dem Mann, um Herrscher in einem Salon zu werden.« Die bis zu Balzacs Tod andauernde Geschäftsbeziehung, die bald zu einer nachsichtigen Freundschaft wurde, die der Gläubiger gegenüber seinem stets säumigen Schuldner entwickelte, begann zunächst bescheiden. Auch verdient es Beachtung, dass Balzac dessen Dienste zum ersten Mal zu jener Zeit in Anspruch nahm, als er in intensiveren gesellschaftlichen Verkehr mit der Duchesse d'Abrantès trat: Zunächst waren es ein Überzieher, eine Weste und zwei Paar Hosen, die er sich für 261 Franc anmessen ließ. 1827 kostete ihn der Schneider bereits 769,50 Franc, eine Steigerung um fast das Dreifache, was in den kommenden Jahren in diesem Rhythmus fortschreiten sollte.

Der Konkurs, der sich nach dem Rückzug des Geschäftspartners André Barbier Anfang Februar 1828 nicht mehr hinauszögern ließ, zumal die Gläubiger immer nachdrücklicher auf der Erfüllung ihrer Forderungen bestanden, enthüllt zwei charakterliche Eigenarten Balzacs: Zum einen – dies zeigen besonders seine späteren Briefe an die Hanska – war er unfähig, die Ursachen des geschäftlichen Versagens bei sich selber zu erkennen. Immer waren es die anderen, seine Partner, die ihn übers Ohr hauten, ihn hintergingen, belogen und betrogen; Hauptschuldige aber war seine Mutter, die er in völliger Verkehrung der Tatsachen der Hanska gegenüber als diejenige bezeichnete, die ihn 1827 ruiniert habe. Das mochte auf andere Gelegenheiten zutreffen, nicht aber in diesem Fall, bei dem die Mutter alles daran wandte, ihren Ältesten vor Ruin und Schande zu bewahren. Zum anderen sah er sich vom Pech verfolgt, eine Vermutung, die nicht ganz abwegig ist, denn 1826 setzte eine Rezession ein, die erst nach der Juli-Revolution von 1830 endete und die allein in Paris jährlich über 2500 Konkurse zur Folge hatte.

Bezeichnenderweise waren die fortgesetzten finanziellen Misserfolge für Balzac nie ein Anlass, seine Ausgaben einzuschränken. Im Gegenteil: Je höher der Schuldenberg, desto leichtfertiger verschwendete er Geld, das er nicht hatte. Das rechtfertigte er stets damit, dass sein Genie und seine Romane jeweils binnen kürzester Zeit wesentlich mehr als nur die soeben erforderlichen Mittel einbrächten, eine Illusion, an die er hartnäckig glaubte, auch wenn sie immer öfter zerschellte. Hinter diesem nicht nachvollziehbaren Treiben verbarg sich vielleicht der Wunsch, entgegen aller Beteuerungen, von der leiblichen Mutter unabhängig sein zu wollen, dennoch an sie gebunden zu bleiben: Wegen der hohen Schulden, die er auch bei ihr hatte, blieb sie ihm als böser Geist erhalten, dessen Schatten sein Leben verfinsterte und für alles, was ihm an Negativem zustieß, in seiner Sicht die letzte Verantwortung trug. Um dieser Beziehungsfalle zu entrinnen, hätte es Balzac gerne seinem Alter Ego Raphaël de Valentin aus *La Peau de chagrin* gleichgetan: Dieser verkauft, um einen Teil seiner Schulden zu bezahlen, eine Insel in der Loire, auf der seine Mutter begraben lag! Doch bekanntlich ist die Literatur nicht das Leben: Es war die Mutter, die Balzac auf dem Sterbebett die Augen schloss. Ihr Schatten lag bis zuletzt auf ihm.

Als der Konkurs unvermeidlich wurde, suchte Balzac sein Heil in der Flucht vor den Gläubigern, die ihm mit ihren Forderungen zusetzten. Im März verschwand er aus der Wohnung in der Rue Visconti und fand zunächst bei seinem Freund und literarischen Agenten Hyacinthe de Latouche Unterschlupf, ehe er im April in der auf dem linken Seineufer unweit des Observatoire am Rande der damaligen Stadt gelegenen Rue Cassini drei Zimmer bezog, gemietet auf den Namen seines Schwagers Surville, der auch die Miete bezahlte. Die Familie, die sich nicht länger Illusionen über den geschäftlichen Erfolg des ältesten Sohnes machen konnte, setzte nun alles daran, dessen Bankrott so abzuwickeln, dass der Name Balzac nicht in Mitleidenschaft gezogen wurde.

Mit dieser delikaten Aufgabe wurde ein Vetter der Mutter, Charles Sédillot, beauftragt, der sich dieses schwierigen Auftrags mit Takt und Erfolg entledigte. Die Liquidation der diversen geschäftlichen Aktivitäten Balzacs zog sich von September 1828 bis Dezember 1829 hin. Nachdem fast alle Forderungen Dritter bezahlt waren, blieb ein Schuldenstand von über 100 000 Franc.

Unbeeindruckt von alldem verwandte Balzac seine Energie zunächst darauf, die neue Wohnung in der Rue Cassini so einzurichten, dass sie das repräsentative Heim eines erfolgreichen Schriftstellers abgeben konnte, der er wieder werden wollte. Bei alldem stand ihm Hyacinthe de Latouche zur Seite, der, rund vierzehn Jahre älter als Balzac, sich im literarischen Leben von Paris längst einen Namen gemacht hatte. Balzac war ihm das erste Mal im September 1825 begegnet, als er ihn aufsuchte, um sich tief bewegt für eine kurze, freundliche Notiz zu bedanken, die Latouche in der Zeitschrift *Boîte de la Pandore* über seinen Roman *Wann-Chlore* veröffentlicht hatte. Aus Dankbarkeit soll Balzac, so eine bekannte Anekdote, Latouche ein kleines weißes Pferd aus Indien zum Geschenk versprochen haben, das von seltener Intelligenz sei, wie ein Hund gehorche und außerdem beinahe nichts fresse, ein Pferd, das ihm selber so lieb und wert sei wie sein eigenes Augenlicht. Tief bewegt habe Latouche diese Großzügigkeit zurückgewiesen, worauf Balzac seine Absicht nur noch mehr bekräftigte. Kurz, am nächsten Morgen würde er ihm das weiße Pferdchen zuführen. Dieser Pegasus, man ahnt es, war natürlich ein reines Phantasieprodukt Balzacs.

Latouche war damals nicht nur der literarische Mentor,

der vertraute Kritiker und Anreger Balzacs, sondern fungierte auch als dessen Berater in ästhetischen Belangen, weil er über einen raffinierten Geschmack verfügte, wie die erlesene Einrichtung seiner Wohnung in der Rue Saint-Honoré zeigte. Seine besondere Vorliebe galt dem Tapezieren der Wände, eine seltsame Leidenschaft, die sich Balzac zunutze machte, als er, getreu seinem Lebensmotto: »Man ist immer das, was man sein möchte«, die Wohnung in der Rue Cassini ausstattete. Einige Handwerker- und Lieferantenrechnungen können eine ungefähre Vorstellung geben: Für 220 Franc lieferte ein Schreiner ein maßgefertigtes Bücherregal aus Mahagoni. Außerdem restaurierte er einen Schreibtisch aus demselben Holz. Für fast 100 Franc wurden Vorhangstoffe geliefert, während drei Teppiche nur 40 Franc kosteten. Diese Sparsamkeit wurde mit der Ausgabe für eine Pendule aus gelbem Marmor, allerhand Vergoldungen und »einem Uhrwerk von erster Qualität«, für 140 Franc, wieder wettgemacht. Beträchtliche Summen verschlang schließlich Balzacs Leidenschaft für schöne und kostbar gebundene Bücher, die das edle Regal füllen sollten. Außerdem musste er die Garderobe erweitern. Meister Buisson lieferte Ende April eine schwarze Hose und eine weiße Weste. Einen Monat später folgten ein blauer Überzieher *en drap fin de Louviers,* eine Hose *de coutil Marengo* und eine gelbe Weste.

Die Folgen solchen Wirtschaftens, das durch keine Honorareinnahmen gedeckt war, blieben nicht lange aus, auch wenn Madame de Berny, der Schwager Surville, die Mutter oder auch Dr. Nacquart, bis zu Balzacs Tod sein Arzt und guter Freund, immer wieder bereitwillig aushalfen. Allein Dr. Nacquart, an den sich Balzac damals verstärkt wandte, schuldete er bereits im März 1828 die hübsche Summe von 3400 Franc. Im Februar 1829 schrieb er an Laure: »Das Porto für einen Brief, eine Fahrt mit dem Omnibus bedeuten für mich eine schreckliche Ausgabe, auch verlasse ich meine Wohnung nicht, um meine Kleider zu schonen. Das versteht sich von selbst.« Ähnliches muss er Zulma Carraud in dem ersten überlieferten Brief an sie vom April 1829 eingestehen: »... ich bin außerstande Ihnen mein Buch zu schicken [i. e. *Le Dernier Chouan*], und ich erröte nicht, wenn ich Ihnen eingestehe, dass ich nicht reich genug bin, ein Exemplar davon zu kaufen.«

In seinem unbeirrbaren Optimismus konnte Balzac noch seinen Misserfolgen vorteilhafte Seiten abgewinnen. So jedenfalls behauptete er später gegenüber der Hanska: »Ich erwarb mir eine große Beobachtungsgabe, weil ich in allen möglichen Berufen Schiffbruch erlitt.« Das lässt sich nicht bestreiten, denn seine Schilderungen der Fährnisse im Geschäftsleben, beispielsweise im *César Birotteau,* beruhten auch auf seinen Erfahrungen als glückloser Unternehmer. Tatsächlich hatte er jetzt keine andere Wahl, als sich wieder der Schriftstellerei zuzuwenden. Dazu riet auch Latouche, der ihn ermunterte, moralisch wie finanziell unterstützte, ja, der sich sogar selber in Schulden stürzte, um Balzac aus der Klemme zu helfen. Dies, obwohl Balzac so gut wie nie seine Versprechungen einhielt und die geliehenen Summen nicht fristgerecht zurückzahlte.

Die große Bedeutung Latouches für Balzac bestand darin, dass er dem stets Unentschiedenen eine Richtung wies, die Schreibblockade löste und seine Phantasie fruchtbar animierte. Latouche, der selber ein Erzähler allerdings weit minderen Ranges war, erkannte deshalb genau, wo es bei Balzac hakte, der noch immer nicht den richtigen Stoff für sein Talent gefunden hatte. Wie die Briefe zeigen, die Latouche 1828 und 1829 an Balzac schrieb, bemühte er sich besonders, ihm den Hang zum Melodramatischen, das fatale Erbe von Lord R'Hoone und Horace de Saint-Aubin, auszutreiben. Auch riet er dazu, die Kaskaden sich überschlagender Ereignisse und Zufälle, die alle Handlungsabläufe unglaubwürdig machten, zu lassen. Stattdessen solle er sich auf eine genaue Schilderung der Umstände, der handelnden Personen und ihrer Psychologie beschränken. Schließlich war es Latouche zu verdanken, dass sich Balzac dem historischen Roman zuwandte. Dessen Stoff lag nicht in irgendeiner fernen Vergangenheit, sondern in einer Zeit, die sich unmittelbar vor der eigenen Gegenwart abspielte und in dieser noch fortwirkte. Die Vorteile dieser Wahl liegen auf der Hand: Zum einen würde dadurch das Interesse des Publikums viel stärker angesprochen werden. Zum anderen ließen sich die für eine exakte Schilderung unverzichtbaren Fakten leichter recherchieren. Kurz, Latouche bestärkte Balzac darin, sich mit der *Chouannerie,* den royalistischen Aufständen und Banden, auseinanderzusetzen, die bis in die napoleonische Zeit hinein die Bretagne verunsicherte. Diesem Thema wandte sich Balzac nun in der Rue Cassini mit einem Eifer und Ehrgeiz zu, von dem ein Zettel kündete, den er an eine Gipsfigur Napoleons auf seinem Schreibtisch geheftet hatte: »Was er mit dem Schwert nicht vollendet hat, wird mir mit der Feder gelingen.«

Eine Paraphrase dieses Mottos schrieb Balzac General Gilbert de Pommereul, dem Sohn eines einstigen Gönners und Förderers von Bernard-François Balzac, der in Fougères in der Bretagne lebte. Nachdem er ihn kurz über seinen geschäftlichen Misserfolg informiert hatte, ließ er ihn wissen: »Ich will meine Feder wieder zur Hand nehmen, und die flinke Schwinge der Krähe oder der Gans muss mir mein Leben bestreiten und mir helfen, die Schulden bei meiner Mutter zu bezahlen.« Das war hübsch formuliert und machte sein Anliegen unabweisbar, sich für eine Weile als Gast bei den Pommereuls aufzuhalten, um von Fougères aus die Schauplätze in Augenschein zu nehmen, an denen die Handlung des neuen Romans spielte. Außerdem war General Pommereul an diversen Kämpfen mit den Chouans beteiligt gewesen, die zu beenden eine der ersten Leistungen des Consuls Bonaparte im Jahr 1800 war. Also würde sein Gastgeber aus erster Hand das damalige Geschehen schildern können.

Das war, wie Freund Latouche vermutete, nur eine Ausrede. In einem Brief stellte er Balzac vor Augen, was für eine elende Kleinstadt dieses Fougères sei, und fuhr fort: »Da haben wir diese romantische Einsamkeit, die sich mein von allen guten Geistern Verlassener zum Exil erkoren hat (...)! Ausgaben, Nächte auf einer mit Leder bespannten Sitzbank in einer Kutsche, Kopfschmerzen und ein wundes Sitzfleisch; was für eine Zeitverschwendung! (...) Was schert es mich, wenn die Kartoffeln in der Bretagne billiger sind oder auch Hühner und Pferde? Man lebt nicht von dem, was man verdaut, sondern von dem, was man denkt.« Der Aufenthalt bei den Pommereuls bot jedoch Schutz vor den zahlreichen Gläubigern, die ihn trotz aller Tarnung in der Rue Cassini aufgespürt hatten. Diesen zu entrinnen und der

Umstand, dass er zu dieser Zeit keinen Pfennig in der Tasche hatte, gab den eigentlichen Anlass zu der Reise.

Im Gegensatz zur Ankündigung an General de Pommereul, er wolle nur gut zwanzig Tage bleiben, hielt sich Balzac, der am 17. September von Paris abreiste, bis Ende Oktober in Fougères auf. Auch dieses »Nassauern« sollte ihm zur Gewohnheit werden. Das scheint ihm aber keiner seiner Gastgeber verargt zu haben, denn Balzac machte sich als Unterhalter beliebt. So ging es nicht nur den Pommereuls, die sich köstlich amüsierten über Balzacs Aufzug (für die viertägige beschwerliche Reise hatte er seine ältesten Kleidungsstücke angelegt) und auch während seines Aufenthaltes aus dem Lachen über seine Geschichten nicht mehr herauskamen. Auch weckte er sofort mütterliche Instinkte in Madame de Pommereul, die den kleinwüchsigen, gerade 1 Meter 65 großen, damals noch mageren jungen Mann mit dem riesigen Kopf, der dichten schwarzen, nach hinten gekämmten Haarmähne und dem großen Mund, der im Oberkiefer bereits eine Reihe schadhafter Zähne zeigte, mit Essen vollstopfte. Balzac nannte sie deshalb »Lady Bourrant«. Balzac war weder damals noch später eine Schönheit. Es waren seine großen, braunen Augen, die die Disharmonie seines Körpers offensichtlich vergessen machten. In ihnen schienen Partikel aus Gold aufzuleuchten. Dazu kam sein herzliches und ansteckendes Lachen, das seine Schnurren synkopierte wie überhaupt sein ganzes offenes, naives oder kindliches Wesen, das spontan für ihn einnahm. Nur wenige konnten sich seinem Charme entziehen.

Der Aufenthalt in der Bretagne erwies sich für das begonnene Werk als sehr befruchtend, wie Balzac in einem

Brief an General de Pommereul dankbar bekannte, mit dem er die Zusendung des Romans im März 1829 ankündigte. Der *Dernier Chouan* könne deshalb mit einigem Recht auch als Werk Pommereuls gelten, »denn es besteht aus kaum etwas anderem als köstlichen Anekdoten, die Sie mir so wunderbar und derart großzügig mitgeteilt haben...« Das war natürlich eine freundliche Übertreibung, die allenfalls auf den einen der beiden Handlungsstränge, die Schilderung des Aufstands, zutraf, der mit dem anderen, einer Liebesgeschichte, zu einem allzu windungsreichen Plot geschürzt wurde. Das Hin- und Hergewoge der Aufstandsbewegung, das Auf und Ab der Liebesgeschichte, die beide ineinander verwoben das Geschehen oft unübersichtlich und verworren machen, brachten den Roman völlig um die von Balzac erhoffte Wirkung. *Le Dernier Chouan ou la Bretagne en 1800* – erst später änderte er den zweiten Teil des Titels um in *la Bretagne en 1799* – wurde bei Erscheinen Mitte März 1829 zwar mit einigen positiven Rezensionen begrüßt, aber der Verkauf geriet bereits nach weniger als der Hälfte der ersten Auflage von 1000 Exemplaren ins Stocken.

Balzac hatte unter der Ausarbeitung des Manuskripts zum *Dernier Chouan*, auf die er wesentlich mehr Sorgfalt und Mühe verwandte als auf seine früheren Bücher, an Einsicht und Selbstbewusstein gewonnen. Dafür gibt es drei untrügliche Anzeichen: Zum einen sollte dies der erste Roman sein, der seinen Namen, »H. Balzac«, auf dem Titel führte. Zum anderen setzte er sich bei Verleger Urbain Canel vergeblich dafür ein, dass der Roman in zwei Oktav-Bänden und nicht nach den Verwertungsinteressen der Leihbüchereien in vier Duodez-Bändchen erscheinen sollte.

Als weiteres Indiz kann schließlich gelten, dass er die vereinbarten Fristen zur Ablieferung des Manuskripts weit überschritt und dann umfangreiche und kostspielige Fahnenkorrekturen vornahm, die Verleger und Setzer in schiere Verzweiflung stürzten. Letzteres erzürnte Latouche, der um sein Geld, das er in dieses Projekt gesteckt hatte, zu bangen begann. Bei diesen Querelen erhob er gelegentlich Vorwürfe hinsichtlich Balzacs aufwendigem Lebensstil, auf die der sehr empfindlich reagierte, weil sie an einschlägige Vorhaltungen seiner Mutter erinnerten. So etwa, wenn Latouche schrieb: »Wer sich bei einem Polsterer auf zwei Jahre verschuldet, verdient in die Irrenanstalt von Charenton eingewiesen zu werden!« Die Freundschaft zwischen Balzac und Latouche verwandelte sich darüber rasch in erbitterte Feindschaft des Autors gegen seinen einstigen Mentor.

Auch wenn der *Dernier Chouan* nicht der erhoffte Verkaufserfolg wurde, machte der Roman dennoch den Namen Balzac in der Pariser Gesellschaft bekannt. Der vielversprechende Autor war präsentabel geworden, kurz, man konnte sich mit seiner Begleitung schmücken. Das erkannte eine Frau wie die Duchesse d'Abrantès schnell und zog daraus die Konsequenzen. Sie hatte neben ihrer Wohnung in Versailles auch ein Quartier in Paris eingerichtet, in der Abbaye-aux-Bois in der Rue de Sèvres, einer Art weltlichem Kloster, in dem eine andere schon verblasste weibliche Größe, Juliette Récamier, Unterschlupf gefunden hatte. Die »Arbeitsbeziehung«, die sie bislang mit Balzac unterhielt, entwickelte sich spätestens jetzt zu einem Verhältnis, auf das sich beide weniger aus Leidenschaft als vielmehr aus kühl kalkulierten gesellschaftlichen Interessen einließen:

Die Duchesse gewann durch einen wesentlich jüngeren Liebhaber, der erfolgreicher Romanautor zu werden versprach, an Aufmerksamkeit und sozialer Wertschätzung, während Balzac mit ihrer Hilfe in Kreisen zu verkehren begann, die ihm bislang verschlossen waren. Balzac wurde also von ihr in den literarischen Salon von Madame Récamier eingeführt, dessen Mittelpunkt François-René de Chateaubriand war. In seinen Erinnerungen hat Étienne-Jean Delécluze, der Balzacs erstmaliges Auftauchen in diesem erlauchten Kreis miterlebte, dessen geradezu kindliche Freude geschildert: »Dieser Mann musste ganz offensichtlich alles, was er an Vernunft besaß, aufbieten, um sich nicht in die Arme aller Anwesenden zu werfen.«

In seinem dreißigsten Lebensjahr war Balzac endlich in der Welt angekommen, in die er so lange gewollt hatte. Diesen Platz galt es jetzt zu behaupten. Eine erste Voraussetzung dafür war, dass er die Beziehungen aus seinem Vorleben kappte, so seine Freundschaft mit Latouche oder die mit Laure de Berny, die er auf eine neue, weit weniger verpflichtende und seine Bewegungsfreiheit einengende Basis zu stellen suchte. Solange er aber diesen Platz nicht aus eigener Leistung und der ihr folgenden Anerkennung beanspruchen konnte, blieb er auf die Unterstützung der Duchesse d'Abrantès angewiesen, ein Zwang, den er wohl kaum als solchen erlebt haben dürfte. Die Duchesse war nicht nur in den Geheimnissen der Liebe erfahren. Sie machte ihn auch mit einem aristokratischen Lebensstil bekannt, den sie sich zwar selber nicht leisten konnte, den ihr aber Freunde aus früheren Glanzzeiten gern ermöglichten: Im Oktober 1829 verbrachte Balzac mit der Duchesse einige Wochen auf dem Château de Maffliers bei Chantilly, das General Talleyrand-Périgord gehörte.

Durch die Vorarbeiten zum *Dernier Chouan* war Balzac einem wichtigen Geheimnis seines erzählerischen Talents auf die Spur gekommen: Es galt, so lehrte ihn diese Erfahrung, neue Eindrücke sofort zu verarbeiten. In Maffliers schrieb er die Erzählung *Gloire et Malheur* – die er später zum Roman *La Maison du Chat-qui-pelote* ausbaute –, deren Handlung im Marais seiner Kindheit angesiedelt ist. Das Unglück der Augustine Guillaume, Tochter eines Ladenbesitzers im Marais, die mit dem Maler Sommervieux verheiratet ist, wird durch eine *illustre coquette* ausgelöst, die Duchesse de Carigliano, für die keine andere Modell gestanden haben kann als die Duchesse d'Abrantès.

1829 bedeutete noch in anderer Hinsicht einen Einschnitt, geradezu einen Neuanfang in Balzacs Leben: Am 19. Juni starb, kurz vor Vollendung des 83. Lebensjahrs, sein Vater Bernard-François. Dessen Tod war ein Verlust, den Honoré leicht verwand, wenn nicht gar als Ende seiner Lehr- und Leidenszeit erlebte, zu deren Abschluss er sich selber das Zeugnis ausstellte. Es bestand lediglich aus zwei Buchstaben: »de«. Das Adelsprädikat stellte er künftig seinem Familiennamen voran. Das war eine reine Anmaßung, eine Hochstapelei. Zu Lebzeiten des Vaters hätte er sich das vermutlich nicht getraut. Jetzt jedoch, da nach Jahren bitterer Enttäuschung seine Anstrengungen und sein Talent endlich von einigem Erfolg gekrönt wurden, konnte er Anspruch auf ein Prädikat erheben, von dem er 1830 in einem Artikel für Charles Philipons satirische Zeitschrift *La Silhouette* beiläufig bemerkte: »Die Aristokratie und die Autorität des Talents sind viel tiefer gegründet als die Aristokratie klingender Namen und materieller Macht.«

Als Balzac jenen Satz schrieb, war er sich seines Talents längst sicher. Das hatte er mit seinem Gesellenstück, der *Physiologie du mariage,* bewiesen, von dessen Entstehung er den Verleger Alphonse Levasseur im November 1829 unterrichtete: »Der Verfasser dieser Arbeit hat das Empfinden, bei jeder Zeile zwischen Erfolg und Schafott zu stehen. Niemals zuvor habe ich das so intensiv erlebt. Ich wollte mir einen Spaß machen, aber Sie sind eines Morgens bei mir mit der Forderung erschienen, binnen drei Monaten etwas hinzustellen, für das sich ein Brillat-Savarin [i. e. der von Balzac bewunderte Autor der 1825 erstmals erschienenen *Physiologie du goût*] zehn Jahre Zeit gelassen hat. Während er aber von nichts anderem spricht als von Schaumschlägereien, ist bei mir nur von den allerseriösesten Fragen die Rede, die man in Frankreich anschneiden kann. Außerdem bearbeitete er ein völlig jungfräuliches Thema, während meines zu jenen gehört, die am häufigsten traktiert worden sind.«

Die *Physiologie du mariage* erschien im Dezember 1829 zwar ohne Autorennamen, aber es war bald ein offenes Geheimnis, dass der Verfasser dieser besonders von Frauen als skandalös empfundenen Schrift Balzac war. Dieser Geruch von Anstößigkeit, der ihn von Stund an umwitterte, trug nicht wenig dazu bei, seine Bekanntheit zu erhöhen. Was den literarischen Ruf Balzacs noch steigerte, waren die sechs Novellen, die er unter dem Titel *Scènes de la vie privée* vereinigte. Diese gaben erstmals unverfälscht Zeugnis von seinem erzählerischen Talent. So unterschiedlich die beiden Veröffentlichungen ihrem Charakter nach sind: Sie markierten den eigentlichen Beginn der Karriere Balzacs. Das begriffen auch seine Verleger, denn sowohl Levasseur wie Louis Mame, die zusammen mit René Delauney-Vallée die *Scènes de la vie privée* herausbrachten, entschieden sich jeweils für eine Veröffentlichung in zwei Bänden und im Oktav-Format. So wurde damals nur seriöse Literatur präsentiert, die für ein anderes Publikum bestimmt war als jenes, das die Leihbüchereien frequentierte.

## *Schein und Sein*

Die *Physiologie du mariage* machte Balzac schlagartig bekannt. Er war dreißig Jahre alt, aber den unbeschwerten Ausblick auf eine erfolgreiche Schriftstellerkarriere verstellte ihm bereits jetzt eine gewaltige Schuldenlast, die er auf 100 000 bis 120 000 Franc veranschlagte. René Bouvier und Édouard Maynial, die 1938 das einschlägige Standardwerk *Les Comptes dramatiques de Balzac* vorlegten, beziffern seine Schulden zwar auf *nur* 59 576 Franc, von denen er mit 50 300 bei der eigenen Familie in der Kreide stand, die an ihn und seine Zukunft als Schriftsteller geglaubt und deshalb mit Forderungen nicht bedrängt habe. Die große Differenz zwischen beiden Summen erklärt sich daraus, dass Bouvier und Maynial die Zuwendungen von Madame de Berny nicht berücksichtigten. Diese beliefen sich aber, wie Balzac der Hanska gegenüber im Juli 1837 beteuerte, auf wenigstens 45 000 Franc, eine Summe, die er ihr abgesehen von einem Rest von 6000 Franc bis 1836 zurückbezahlt habe. Ob das stimmt, lässt sich jedoch nicht überprüfen.

An der verzweifelten finanziellen Situation Balzacs seit der Liquidation seines Abenteuers als Drucker und Verleger änderte also der Erfolg nichts, den er mit der *Physiologie du mariage*, den *Scènes de la vie privée* oder seinem ersten großen Roman *La Peau de chagrin* erzielte. Diese Werke verschafften ihm zwar Prestige, aber keine nennenswerten Einnahmen. 1830 und 1831 verdiente er mit seinem Schreiben noch nicht einmal 10 000 Franc, während er gleichzeitig rund 18 000 Franc für die Tilgung von Schuldzinsen und die Bestreitung seines Lebensunterhalts brauchte. Damals, sagte Balzac, seien alle hochfliegenden Hoffnungen von der schieren Arbeitslast erstickt worden. »Es ging mir nicht mehr um Ruhm, sondern bloß um Geld. Damals hatte ich nur Schulden und besaß selber nichts.«

Mitverantwortlich für seine finanzielle Misere war die damalige wirtschaftliche Krise des französischen Buchhandels. Die Bücher Balzacs zwischen 1828 und 1830 brachten kaum etwas ein. Dem Freund Victor Ratier bekundete er im Juli 1830 unumwunden: »Ich glaube, dass die Literatur augenblicklich dem Gewerbe einer Straßendirne gleicht, die sich für 100 Sou anbietet. Derlei führt zu nichts, und ich habe unbändige Lust auszubrechen, mich auf die Suche nach einem wirklichen Drama zu machen, mein Leben zu riskieren; was bedeutet es schon, ein paar elende Jahre mehr oder weniger zu leben!... Ach, wenn man in einer schönen Nacht den bestirnten Himmel sieht, ist man sofort bereit, sich die Hose aufzuknöpfen, um allen Gekrönten aufs Haupt zu pissen.« Das waren natürlich Rodomontaden, deren forcierter Witz tiefe Verzweiflung überspielen sollte. In zwei Aufsätzen vom Frühjahr und Herbst 1830 analysierte er hellsichtig die Absatzkrise, an der besonders die Romanliteratur in Frankreich litt. Die Diagnose, das wusste er, würde das Übel nicht heilen. Daher teilte er Charles Sédillot, der sich um die Abwicklung seiner Schuldenlast kümmerte, mit: »Ich kann nur Geld verdienen, indem ich für die

Journale schreibe, aber ich habe kaum die Zeit, alle ihre Wünsche zu befriedigen.«

Diese Einsicht hatte Balzac bereits im April 1829 gegenüber seiner Vertrauten Zulma Carraud formuliert: »Um ihren Lebensunterhalt zu bestreiten, malen Künstler Bilder, die sie nicht signieren, im Unterschied zu den Werken, die sie im Salon ausstellen und mit denen sie berühmt werden wollen. Eben da bin ich jetzt angelangt.« Balzac beobachtete den Markt stets genau, und ihm entging nicht, dass Frankreich unmittelbar vor Ausbruch der Juli-Revolution 1830 eine Zeitungs- und Zeitschriftenblüte erlebte, die ihm ein neues Tätigkeitsfeld eröffnete. Bei den meisten damals gegründeten Organen wurde Balzac regelmäßiger Mitarbeiter: *La Mode,* die sich vor allem an eine weibliche, intellektuell aufgeschlossene Leserschaft wandte, *La Silhouette, La Caricature* und *Le Voleur.* Diese Zeitschriften stellten allerdings jeweils besondere stilistische oder inhaltlich-programmatische Bedingungen, akzeptierten in der Regel nur Beiträge, deren Umfang strikten Vorgaben entsprach, und veröffentlichten diese entweder ohne Autorennamen oder unter Pseudonym. Solche Einschränkungen galten jedoch nicht für *La Revue de Paris* sowie *L'Artiste,* in denen Balzac die meisten wichtigeren Prosaarbeiten dieser Zeit publizierte. Eine Fülle von eher journalistischen Arbeiten, Kritiken, politischen Essays und Chroniken erschienen noch in *Le Feuilleton des Journaux politiques* sowie in *Le Temps.* Alle diese Zeitschriften honorierten aber die Beiträge sofort und im vollen, zuvor vereinbarten Umfang in bar.

Die neuen Publikumszeitschriften hatten großen Bedarf an kürzeren, literarischen Texten und schufen damit die

Voraussetzungen für eine wahre *folie de conte,* eine Hochkonjunktur kurzer Erzählungen. Nach vergeblichen Versuchen, mit weitschweifigen historischen oder phantastischen Romanen erfolgreich zu sein, erwiesen sich die strengen formalen Anforderungen jener kurzen Erzählungen als eine nachhaltige Schule für Balzacs Talent: Zwischen 1829 und 1832 schrieb er für diese Zeitschriften gut die Hälfte jener Erzählungen, die später, oft in größere Handlungsrahmen eingefügt, in das Riesenbauwerk der *Comédie humaine* aufgenommen wurden. Aus dem reichen und weitverzweigten Wurzelwerk dieser Novellistik, mit der sich Balzac rasch einen Namen machte – die Schriftstellerin Sophie Gay apostrophierte ihn geradezu als »König der Novelle« –, erwuchs so das Romanwerk. Allein 1831 veröffentlichte er neben zehn dieser Kurzgeschichten und Erzählungen drei den Rahmen der literarischen Zeitschriften sprengende Prosaarbeiten: *La Peau de chagrin, Une Conversation entre onze heures et minuit* sowie *Le Grand d'Espagne.*

Diese Leistung wurde schon allein wegen des schieren Umfangs von der Öffentlichkeit bemerkt und verschaffte Balzac einen Status, den er gegenüber den Verlegern auszunutzen suchte. Damit scheiterte er jedoch, wie er Charles Gosselin Ende Juli 1831 indirekt eingestand: »Ich werde mich mit den Zeitungen bescheiden, die mir augenblicklich mehr Honorar bieten, als ich je hoffte zu bekommen, zumal ich soeben zwei Vereinbarungen unterzeichnet habe, die mir 700 Franc monatlich für 56 Seiten einbringen, (...) und wenn ich dann ein Buch mache, werde ich mich nicht ärgern müssen, da ich meine Werke nicht so sehr für Geld als vielmehr um den Preis einer einvernehmlichen Zusammenarbeit zur Veröffentlichung geben werde.« Das Honorar, das Balzac hier nennt, wurde von der *Revue de Paris* angeboten, während Gosselin für das Meisterwerk *La Peau de chagrin* vertraglich lediglich 1125 Franc zu den damals üblichen und für Autoren notorisch nachteiligen Bedingungen zugesagt hatte.

Kunst geht nach Brot. Die Einsicht war für Balzac weder neu noch verstörend. Sein auf Reichtum und gesellschaftlichen Status fixierter Ehrgeiz war nicht nur ein Erbe nach dem Vorbild des sozial so überaus umtriebigen Vaters, sondern entsprach auch dem bürgerlichen, auf Gewinnstreben erpichten Geist der Zeit. Dass Geld die Welt beherrschte, die Gier, es zu erwerben, jene Dynamik freisetzte, von der die Gesellschaft im Innersten ergriffen war, ist nicht nur die zentrale Botschaft der *Comédie humaine,* sondern beherrschte auch zunehmend Balzacs Leben, ob es nun um seine politischen Ansichten ging, seine zahlreichen unternehmerischen Projekte und Aktivitäten oder nicht zuletzt um sein Streben nach literarischem Erfolg.

Derlei zielt keineswegs auf Denkmalsturz, zumal Balzac kein Hehl daraus machte, dass bei ihm das Materielle weit vor dem Ideellen rangierte. Ein Autor mit knurrendem Magen in zugiger Dachstube zu sein, dem allein der Geruch von in einer Schublade faulenden Äpfeln die Illusion von Wärme vermittelt und der ungeachtet solcher äußerer Misere Werke zu Papier bringt, deren Glanz sich in Jahrhunderten nicht trübt, strebte er nie an. Entbehrung war nicht der Preis, um Künstler zu werden. Wie seine Protagonisten verstand er sich zuallererst als Geschäftsmann, als Unternehmer, der aber nicht, wie César Birotteau durch ein *huile céphalique,* durch ein in die Kopfhaut einzumassierendes Öl, zu Reichtum und gesellschaftlichem Ansehen strebte, sondern durch die geradezu fabrikmäßige Fertigung von Literatur. Nicht zuletzt darin verbirgt sich das Geheimnis seiner verstörenden Modernität und staunenswerten Aktualität.

Der Schwester Laure teilte er bereits als Zwanzigjähriger mit: »Du weißt, wie sehr mich die Reichtümer verlocken«, ein Eingeständnis, das die Schwester dann in den Erinnerungen an ihren Bruder 1858 zu der zirkulären Aussage verharmloste: Er habe von früh an zu großem Wohlstand gelangen wollen, »darin aber nur ein Mittel zum Erfolg gesehen.« Freunden, Verlegern, ja, jedem, dem er begegnete, prophezeite er: »Ich werde reich sein.« Das war seiner Zeit und der in ihr tonangebenden Schicht, dem Bürgertum, ein selbstverständliches Credo, das von der Juli-Monarchie mit der Parole »Enrichessez-vous!«, »Bereichert euch!«, zum politischen Programm einer Ära und eines Regimes verklärt wurde. Ehe er ihr Chronist wurde, war Balzac Kind dieser Zeit und Klasse. Selbst die Aussicht auf »lebenslange Unsterblichkeit«, die mit der Aufnahme in die *Académie française* verknüpft war und die er zeitweilig anstrebte, bilanzierte er in einer nüchternen Gewinnrechnung: 2000 Franc per annum als einfacher *académicien,* weitere 5000 Franc als Mitglied der Wörterbuch-Kommission, zusätzliche Einnahmen, wenn er zum »secrétaire perpétuel« der *Académie des Inscriptions* gewählt werden würde.

Einer, der ihn gut kannte, aber nicht ausstehen konnte, Paul Lacroix, genannt *le Bibliophile Jacob,* hat geurteilt: »Er war entschlossen, als Romancier wie als Theaterautor berühmt, vor allem aber reich zu werden«; und aus der Distanz des unmittelbar Nachlebenden urteilte der Kritiker Ferdinand Brunetière, Balzac habe nie für sich beansprucht, ein Meisterwerk zu schaffen, noch habe er dem Verlangen Ausdruck verliehen, seinen Namen im Gedächtnis der Menschen unvergänglich zu machen; sobald er von Berühmtheit sprach, meinte er nur immer jene, die sich unmittelbar auszahlte.

Wer ein emphatisches Verhältnis zur Literatur unterhält, der wird solche Urteile gewiss als überzogen betrachten. Gefällt wurden sie jedoch von Leuten, die noch nicht die Kenntnis von Balzacs umfangreicher Korrespondenz besaßen, in der weitaus deutlicher als im literarischen Schaffen die Leitmotive seines Tuns und Lassens zum Vorschein kommen. Mitte Mai 1831 erläuterte Balzac, der damals bereits die ersten Sprossen auf der Leiter zu literarischer Anerkennung glücklich genommen hatte, Victor Ratier, mit dem er gemeinsam eine gewissermaßen nebenherlaufende Produktion von Theaterstücken ankurbeln wollte, wie er sich die Zusammenarbeit vorstellte: »Kurz, ich werde das zerstören, was Sie mir vorlegen, und dann auf Ihre Schultern steigen, um weiterzuschauen. Glauben Sie aber nicht, dass ich nicht wie Sie auch die ganze Lächerlichkeit eines solchen Handels verstünde. Sollten Sie darin aber für sich finanzielle Nachteile erkennen, steigen Sie sofort aus; zum anderen werde ich Ihnen aber auch nicht verschweigen, dass, wenn ich Ihren Einfall für den besseren halte, dieser durchaus bestehen bleiben soll, denn unsere Zusammenarbeit hat kein anderes Ziel, als unser finanzielles Wohlergehen zu befördern, weshalb es sich dabei mehr um eine Art von literarischem Gebahren handelt, das mit unserem Ansehen nichts zu tun hat. Sollten wir das Glück haben, einen guten *Scribe* [gemeint ist der erfolgreiche Theaterautor Eugène Scribe] in der Werkgemeinschaft *Rathier* [sic] zusammenzuschustern, dann wäre das umso besser, und ich könnte mir gar nicht mehr wünschen.«

Literatur war also für Balzac keineswegs ein Opfer um ihrer selbst willen, sondern lediglich Mittel zum schnöden Zweck, reich zu werden. Seiner Mutter versicherte er 1832: »Früher oder später wird mir die Literatur, die Politik, der Journalismus, eine Ehe oder ein großes Geschäft ein Vermögen verschaffen.« Als sich gegen Ende seines Lebens die fixe Idee einer vorteilhaften Heirat erfüllte, legte er sofort die Feder aus der Hand und wandte sich von der Literatur ab. Wäre der sehnliche Wunsch nach einem Leben in Wohlstand, ja Reichtum früher erfüllt worden, hätte er die *Comédie humaine*, dieses aus vielen Bruchstücken erst spät zu einer literarischen Konfession wachsende Riesengebäude, Knall auf Fall liegenlassen. Eine bloße Vermutung? Keineswegs. Im Januar 1847 schrieb Balzac der Hanska: »Wenn Du also (...) in Deiner Ukraine bleiben willst und wir uns dort vereinigen sollen, dann lass es mich wissen, überleg es Dir aber gut, denn ich werde nicht den millionsten Teil einer Sekunde zögern zu kommen, mich dort niederzulassen und zu leben. (...) Ich werde dann nicht einmal mehr *Les Paysans* vollenden; ich werde überhaupt nichts mehr schreiben, Herrgott noch mal, keine einzige Zeile. Ich werde als Träumer und als der Glücklichste unter allen Menschen auf Erden leben.« Im Lichte dieser Mitteilung muss man Eveline Hanska dankbar sein, dass sie Balzacs Werben erst so spät erhörte.

Vielleicht verhielt es sich aber auch genau umgekehrt, vielleicht brauchte Balzac Schulden oder das Sehnen nach Reichtum als Stimulans für seine Schreibmanie. Dass solche materiellen Zwänge und Hoffnungen ihn zur Arbeit anspornten, hat er der Hanska immer wieder bestätigt. Keine Rede davon, dass er sich etwa seinem Genie verpflichtet gefühlt habe. Das hat er einmal sogar ausdrücklich dementiert, als er vom Besuch des Künstlers Elschoët berichtete, »eines Träumers, der verdientermaßen in abgrundtiefem Elend lebt, der seit drei Monaten nicht mehr als 10 Sou verdient hat.« Er sei so arm, dass er nur noch dann zum Pinsel griffe, wenn er einen Auftrag habe. »Ist man erst einmal so weit gekommen, dann ist es nur noch ein kleiner Schritt, selbst dann kein Werk mehr in Angriff zu nehmen, wenn man dazu aufgefordert wird. Dahin die hehren Ansprüche auf Genie!... Ach! Das liegt einem allemal sehr fern, wenn es gilt, sich ein Vermögen aufzuhäufen, sein Brot zu verdienen! Hat etwa Rossini vom Ruhm geträumt, als er für hundert Écus den *Barbier* komponierte? Er machte es wie ich, als ich seinerzeit die *Physiologie du mariage* schrieb, er dachte an seinen Broterwerb, wie wir uns versicherten! Seine Habgier ist entschuldbar, blitzt in ihr doch die Erinnerung an seine Misere auf, die für jene ursächlich ist, hat er doch auch erkannt, dass Geld Unabhängigkeit verschafft und dass Unabhängigkeit das höchste aller Güter ist.«

Balzac wusste, dass die Sache mit dem Genie, das mit heiligem Feuer den Werkstoff zum großen Kunstwerk ausschmilzt und Inspiration in die einzig gemäße Form gießt, eine fromme Lüge ist. Das eigentliche Geheimnis seiner Schöpferkraft hat Balzac der in Paris lebenden Fürstin Belgiojoso, der er zwar vergleichsweise fernstand, die er aber als Frau von Geist schätzte, mit brutaler Offenheit entdeckt: »Ich habe den *César Birotteau* sechs Jahre lang angefangen auf meinem Schreibtisch liegen gehabt. Ein enormes Honorarangebot [20 000 Franc] hat mich dann dazu gebracht, das Manuskript in nur siebzehn Tagen mittels eines mir selbst nicht erklärlichen Wunders zu vollenden.« Das war der Preis seines Genies. Und seine Schwester Laure, die ihn gefragt hatte, ob ein junger Autor aus ihrer Bekanntschaft Talent, gar Genie besitze, beschied er lapidar: »Was ist es, was Dich glauben lässt, Gaston [Gaston de Montheau, dessen Drama *Jacques Martin* im Januar 1849 in Paris Premiere hatte] besäße Genie oder nicht? (...) In der Literatur sind es die mittelmäßigen Begabungen, die einige Ausdauer zeigen und die deshalb ein Vermögen machen; sie bleiben zwar unbekannt, erhalten dafür aber eine Rente von 10 000 Livre jährlich.«

10 000 Franc Rente als Dividende für eine nicht an sich selber verzagende Mittelmäßigkeit ohne allen Ruhm – war das Balzacs Traum vom Glück? Man muss es vermuten, denn mit Umsicht unterließ er es, die eigene Biographie zu pflegen, zu stilisieren, zu Lebzeiten jener »gekrönten Prostituierten« zu verfallen, wie Lousteau in den *Illusions perdues* den Ruhm voller Verachtung nannte. Überhaupt, was galt die Meinung der Nachwelt? Nichts, wie er der Hanska einmal versicherte, denn »der Ruhm erleuchtet allenfalls die Grabesgruft, aber die Nachwelt zahlt uns keine Rente.« Das war sein Realismus. Für ihn zählte die Gegenwart mit einem zahlenden Publikum, das sich um seine Werke riss. Daher machte er hemmungslos für sich selbst

Reklame. In *La Caricature* ließ sich im August 1831 beispielsweise ein Comte Alexandre de B. in einer längeren Kritik über *La Peau de chagrin* mit Wertungen vernehmen wie: »verblüffender Stil... hoher moralischer Anspruch... nur mit Rabelais und Sterne vergleichbar.« Der geheimnisvolle Graf, der solche Register zog, war kein anderer als Balzac selber.

In der Zeitschrift *La Mode* erschien ebenfalls 1831 eine von ihm selbst verfasste hymnische Kritik auf *La Peau de chagrin,* die in der Feststellung gipfelte: »Das Talent von Monsieur de Balzac ist in diesen zwei Bänden auf der Höhe des Genies«, während er sich in der *Caricature* im Oktober des Jahres »jene wahre Bescheidenheit des Talents« bescheinigte, die dazu verpflichte, »der Feder eines Schriftstellers, der in der Bibliothek eines jeden Lesers von Geschmack und Bildung vertreten sein muss, die ihr gemäße Anerkennung zuteil werden zu lassen.« Das verriet bereits den blumigen Reklamestil, mit dem der Quacksalber César Birotteau seine Schönheitspflästerchen anpreisen sollte. Balzac muss man andererseits zugutehalten, dass die Praxis des Eigenlobs zwar auch seiner Zeit als verpönt galt, aber dennoch gang und gäbe war.

Den Absatz seiner Bücher suchte Balzac noch auf andere Weise zu steigern. Wie gut er sich beispielsweise auf das literarische Marketing verstand, zeigen seine Ratschläge an den Verleger Louis Mame Ende September 1832, dem er die Zusendung des Manuskripts von *Le Médecin de campagne* in Aussicht stellte, obwohl er zu diesem Zeitpunkt noch keine Zeile zu Papier gebracht hatte: »Seit langem bereits bin ich (...) begierig nach wahrhaft populärem Ruhm, der sich darin zeigt, dass man Abertausende von Exemplaren eines Buchs in kleinem Format absetzt wie *Attala, Paul et Virginie, Le Vicaire de Vakefield* [sic], *Manon Lescaut, Perrault* etc. etc. (...) Allerdings gilt es dafür zu sorgen, dass das Buch in alle Hände gelangen kann, in die einer jungen Frau, eines Kindes, eines Alten und selbst in die einer Tiefgläubigen. Wenn dann erst einmal das betreffende Buch bekannt geworden ist (...), entwickelt es sich von alleine zu einem bedeutenden geschäftlichen Erfolg, wie die 40 000 Exemplare von Lamartines *Méditations* oder *Les Ruines* von Volney etc. zeigen. Mein Buch *[Le Médecin de campagne]* ist ganz in diesem Sinne angelegt, als ein Werk, das sowohl die Pförtnerin wie die Dame von Welt lesen kann. Zum Vorbild habe ich mir das Evangelium und den Katechismus genommen, zwei Bücher, die einen hervorragenden Absatz haben.«

Für Balzac war der Erfolg, das ganz große Los in der Lotterie des Lebens, stets in Griffweite. Mit jedem neuen Buch verband er die sichere Erwartung, es würde ihn seiner finanziellen Nöte entheben. Tatsächlich aber vergällte ihm die *dette flottante,* wie er laut Schwester Laure den mit den Jahren zu stetig neuen Höhen anwachsenden Schuldenberg nannte, oft sein Leben. Auch im Schuldenmachen war Balzac Genie, ein geradezu fröhliches Genie, auch wenn er oft genug klagte, wie viel Zeit und Kraft es ihn koste, vor seinen Gläubigern entweder zu fliehen oder sie zu vertrösten, ihnen durch meist falsche Versprechen eine Stundung der Wechsel, eine Verlängerung des Kredits abzuringen. Es war ein Leben auf Pump, eine dauernde Hetze, denn die einzige Sicherheit, die Balzac bieten konnte, war sein erzählerisches Talent, die titanische Arbeitsleistung, die er in seine berühmte weiße Mönchskutte gehüllt Nacht für Nacht an seinem Schreibtisch und unter unmäßigem Kaffeekonsum vollbrachte.

Die Schulden, so versicherte Balzac immer wieder, seien eine Peitsche, die ihn zur Arbeit treibe. Das ist nur bedingt wahr. Balzac waren die Schulden zeitlebens zwar lästig wegen der Gläubiger, denen er sich bisweilen auf groteske Weise zu entziehen suchte. Doch sonst waren sie ihm herzlich gleichgültig. Tatsächlich hielt ihn zu rastloser Tätigkeit eine andere Not an, seine Verschwendungssucht, von der er eher beiläufig der Hanska erzählte: »Ich bin immer im Rückstand und muss deshalb ständig Geld verdienen, das ich bereits ausgegeben habe.« Je mehr er verdiente, desto größer wurde seine Verschwendung. Deshalb klammerte er sich an die Lebenslüge, eines nicht mehr fernen Tages endlich über unerschöpfliche Mittel zu verfügen. In einem vielfach bemerkenswerten Brief an seine Mutter, in dem er sie bittet, sich während einer längeren Abwesenheit von Paris um seine Belange, sprich, vor allem um die Abwehr seiner Gläubiger, zu kümmern, heißt es: »...ich werde den *Marquis de Carabas* [i. e. eine dem Verleger Gosselin im August 1831 versprochene, tatsächlich aber nie von ihm zu Papier gebrachte Novelle] und einen Band der *Contes drolatiques* schreiben; damit werde ich mich befreien und vielleicht auch etwas zustande gebracht haben, das meinen Ruf derart festigt und in solche Höhen hebt, dass Du jeden Tag aufs Neue Dein Glück daran hast. Meine liebe Mutter, ich muss Dich etwas trösten, so wie ich mir selber immer Trost zuspreche, mit Träumen! (...) Über kurz oder lang wird mir ein gütiges Geschick meine Anstrengungen lohnen, denn ich vermag heutzutage nur wenige Talente auszumachen, die nicht die ihnen gebührende Anerkennung fänden.«

Ähnliche Beteuerungen finden sich auch in Schreiben an seine Vertraute Zulma Carraud. »Jetzt bin ich mir eines großen Vermögens gewiss; ich muss aber noch drei Jahre warten und arbeiten; es gilt manches neu zu schreiben, zu korrigieren, alles ins Monumentale zu steigern; eine wahrhaft undankbare, unbezahlbare Arbeit, die keinen unmittelbaren Gewinn abwirft.« Ein Jahr später, Mitte August 1834, verspricht er: »Noch sechs Monate Arbeit, dann werde ich frei sein und schulde niemandem weder eine Seite noch einen Sou.« Kaum jedoch ist die Hälfte dieser Frist verstrichen, muss Balzac sie schon wieder verlängern: »Nüchtern betrachtet brauche ich noch ein Jahr, um alle meine Schulden abzutragen; aber diese glückliche Aussicht, schuldenfrei zu sein, die ich stets für ganz unmöglich hielt, ist jetzt keine Chimäre mehr für mich.« Ein neuerlicher Aufschub im Oktober 1835: »Endlich, meine Liebe, gewahre ich das Blau an meinem Himmel. Noch fünf Monate, und ich bin saniert. Während der letzten Monate hat meine Feder wahre Ströme von Gold abgesondert. Es war auch höchste Zeit. Ich drohte unterzugehen. (...) Im kommenden Jahr wird mir meine Feder 70 000 Franc verdienen. 35 000 bin ich noch schuldig; also werden mir 35 000 bleiben, abzüglich der Aufwendungen für meinen Lebensunterhalt. Aber ich habe immer noch die Schulden bei meiner Mutter. Ein Theaterstück wird diese tilgen.«

Das also verstand er unter Schulden: allein die fortlaufenden, durch keine entsprechenden Einnahmen gedeckten Ausgaben. Die Schulden bei seiner Mutter hat Balzac bis zum Tod nicht beglichen. Die musste sich immer nur mit Almosen und stetig erneuerten Versprechen abspeisen lassen wie jenem, das er ihr im Januar 1848 aus dem ukrainischen Wierzchownia, dem Schloss der Hanska, nach Paris übermittelte, als er keine Zeile mehr zu Papier brachte: »Alle meine Schulden werden von mir mittels meiner Feder bezahlt werden. Es wird deshalb bis 1850 dauern, bis ich mit dem Aufbau meines eigenen Vermögens beginnen kann.«

Es waren Illusionen, an die er vermutlich fest glaubte, wann immer er sie aussprach. Ohne dies je zu reflektieren, wurde Balzac so selber zu einer Romanfigur. Hätte er seine Biographie geschrieben, wäre sie der Schlussstein im unvollendeten Gebäude der *Comédie humaine* geworden. Das Leben eines Stehaufmännchens, eines Seiltänzers, der immer wieder abstürzt, sich aufrappelt, das Seil wieder betritt, um erneut zu stürzen. »Du machst Dir keine Vorstellung«, schrieb er der Hanska, »von dem Leben eines gehetzten Hasen, das ich zwischen 1836 und 1846 geführt habe.«

Die vielen Widersprüche in Balzacs Existenz haben schon die Zeitgenossen dazu verführt, sie durch allerhand Legenden um Person und Werk zu verdecken. Eine der hartnäckigsten ist die vom armen Poeten. Allein, arm war er nie. Balzac hatte Schulden, eben weil er nicht arm war. Ein Armer hat keinen Kredit. Das wusste Balzac. In seiner Novelle *L'Envers de l'histoire contemporaine* findet sich dazu die hübsche Maxime: »Die Unglücklichen haben keine Gläubiger; denn sie haben keinen äußeren Glanz.« Balzac sprach unmittelbar aus eigener Erfahrung, denn statt mit dem erhofften Reichtum beschied er sich lebenslang mit dessen bloßem Anschein. Was allerdings mit Glanz blendete, sollte keineswegs poliertes Kupfer, sondern musste echtes Gold sein. Vor allem dieser Anspruch ruinierte ihn.

Auch große Leidenschaften haben bescheidene Anfänge. Mit einem Spiegel und einer Pendule, mit denen Balzac seine erste elende Dichterstube schmückte, begann es. Es folgten Tapeten und Teppiche oder ein aus Mahagoni gefertigtes Bücherregal. Dann packte ihn die Manie, seine Bücher in Leder binden zu lassen. Schließlich seine Manuskripte, die er in eigens angefertigten Schatullen verschenkte. So entfaltete sich eine hemmungslose Verschwendungssucht, für die Balzac um Rechtfertigungen nie verlegen war. Als Schriftsteller brauche er einen opulenten Lebensstil, um die Verleger von seinem Wert zu überzeugen, die sonst nur versucht wären, ihn mit geringen Honoraren abzuspeisen. Das war die gängige, wieder und wieder variierte Ausrede gegenüber der Mutter oder Zulma Carraud, wenn sie die Ausgaben tadelten. In *La Peau de chagrin* lässt sich Rastignac mit der Einsicht vernehmen, die im Roman zwar implizit kritisiert wird, gleichwohl aber Balzacs Lebensmotto darstellte: »Die Verschwendung, mein Lieber, ist ein politisches System. Das Leben eines Mannes, der damit beschäftigt ist, sein Vermögen aufzuzehren, wird oft zu einer Spekulation; er investiert sein Kapital in Freundschaften, Vergnügungen, Beziehungen und Bekanntschaften.«

Balzac jedoch »investierte« ein Kapital, das er nicht hatte, sondern das er sich erst noch verschaffen musste. Um an dieses Ziel zu gelangen, galt es erst einmal, das Geld, das er nicht besaß, mit beiden Händen zum Fenster herauszuwerfen in der Erwartung, solche Verschwendung werde raschen Gewinn zeitigen. Nach seiner Logik verzinste der Schein sich im Sein, gelte es doch zuallererst, den Bürger gehörig zu verblüffen, wolle man ihn überzeugen. In *Le Cousin Pons* hat Balzac diese Einsicht bei der Schilderung der ärmlichen Praxiseinrichtung des Doktor Poulain schön exemplifiziert: »Welcher Kranke vermöchte der Kompetenz eines Arztes zu vertrauen, der nicht nur keinen Ruf, sondern auch keine Möbel besitzt, und das in einer Zeit, in der die Reklame allmächtig ist, in der selbst die Kandelaber auf der Place de la Concorde vergoldet werden, um dem Armen die Illusion zu verschaffen, er sei ein reicher Bürger? (...) In der Medizin ist das Cabriolet wichtiger als das Fachwissen.«

Doch auch ein Arbeitstier wie Balzac stieß an Grenzen. Einen ersten Beleg lieferte er, als er Ende Januar 1830 mit den Verlegern Mame und Delauney Verträge über vier historische Romane für je 2500 Franc Honorar abschloss. Drei davon, *Les Trois cardinaux, L'Evêque d'Agra* und *La Bataille,* hat er nie geschrieben. Als er sich nach dem Erfolg von *La Peau de chagrin* im August 1831 (mit dem sich das vorläufige Ende der Absatzkrise im Buchhandel anzukündigen schien) wieder längeren novellistischen Prosaarbeiten zuwandte, war auf einmal in seiner Korrespondenz von diesen Titeln oft die Rede. Immer wieder suchte er den Eindruck zu erwecken, dass er kurz vor der Vollendung stehe oder sogar das Manuskript bereits abgeschlossen habe. Zwischen Ende Juni und Oktober 1832 wird allein der Roman *La Bataille,* mit dem er am Beispiel der Schlacht von Essling ein großes napoleonisches Epos plante – »auf der ersten Seite rollt der Kanonendonner, der erst auf der letzten verstummen wird« –, sicherlich einige Dutzend Male erwähnt, bis er im Oktober 1832 Zulma Carraud gestand: »Sie haben gewonnen! Ich habe von der *Bataille* keine einzige Zeile geschrieben.« Das war nicht ganz richtig, denn tatsächlich hatte Balzac eine einzige Zeile von *La Bataille* zu Papier gebracht: »Am 16. Mai 1809 gegen Mitte des Tages...«

Balzac litt an einem Leiden, um das ihn mancher Kollege beneiden dürfte: Er hatte weit mehr literarische Einfälle, als er trotz der ungeheuren Arbeitsleistung ausführen konnte, mit der wahrhaft paradoxen Folge, dass jedes von ihm geschaffene Werk das Grab mehrerer Ideen war, die diesem geopfert wurden. Diese schöpferische Verschwendung hat Balzac der Hanska einmal mit dem Bild illustriert: »Häufig vollende ich eine armselige Hütte im Feuerschein eines meiner Häuser, das abbrennt.«

Wie vergleichsweise lukrativ die journalistische Tätigkeit für Balzac war, erhellt ein einfacher Zahlenvergleich. An den Büchern, die er zwischen 1828 und 1830 einschließlich der *Scénes de la vie privée* veröffentlichte, verdiente Balzac nach eigenem Bekunden gerade einmal 3000 Franc, während er für die Beiträge, die er von Dezember 1829 bis August 1831 in Zeitungen und Zeitschriften veröffentlichte, die Summe von gut 5000 Franc erhielt. Diese Erfahrung legte Balzac in den *Illusions perdues* Étienne Lousteau gegenüber dem literarischen Adepten Lucien in den Mund: »Nach zahlreichen Versuchen, nach anonymer Veröffentlichung eines Romans, für den Doguereau, der nicht viel daran verdiente, mir 200 Franc gab, wurde mir bewiesen, dass allein der Journalismus mich ernähren könne.«

Die Aussage Lousteaus deckt sich nur bedingt mit der Erfahrung Balzacs. Als er dank der journalistischen Tätigkeit richtig gut zu verdienen anfing, setzten erst die Klagen in der Korrespondenz über seine chronischen Geldprobleme ein. Diese Beschwerden äußerte er aber vor allem in seinen Schreiben an Frauen, die ansonsten in einem monotonen Wechsel von Klagen über Arbeitsüberlastung oder exzessiven literarischen Plänen bestanden, von denen er sich den finanziellen Durchbruch und das Ende der Misere versprach. Dafür bietet das von Schloss Saché, wo er wieder einmal für Wochen bei den Margonnes als Gast logierte, auf November 1831 datierte Schreiben an Zulma Carraud ein nahezu vollständiges Muster:

»Wenn Sie wüssten, welche Kraft das Schreiben kostet, wenn man bereits einen ganzen Tag damit beschäftigt war, und wie außerordentlich anstrengend das Leben in Paris ist! Man muss sich Theaterstücke ansehen, über die es zu berichten gilt, und man muss Einladungen, denen man sich nicht versagen kann, nachkommen, zumal die gesellschaftlichen Beziehungen für sich genommen einem eine Reputation verschaffen, die in meinem Fall gleichbedeutend ist mit barem Geld. Andauernd muss ich auf der Hut sein, Geschäfte machen...! Ach, wie oft schon habe ich den Plan gefasst, mit einem bescheidenen Vermögen und einer Frau, die mich liebt, irgendwo auf dem Lande zu leben! Aber nie kann ich meine Schulden vergessen, was ich meiner Mutter schuldig bin, die sich ruiniert hat, um mein Ansehen zu retten. Ich lebe unter dem härtesten Regime, das man sich nur vorstellen kann: jenem, das man sich selber auferlegt hat. Ich arbeite Tag und Nacht. Ich habe mich hier in dieses Schloss [Saché] wie in ein Kloster geflüchtet. Sollte ich nach Angoulême [wo damals Frau Carraud lebte] kommen, dann nur, um auch dort zu arbeiten. Mein Hirn steht unter stetiger Arbeitsanspannung...! Es gibt keine Ruhepause! Mein Leben ist ein einziger Kampf. Ich muss mir schrittweise die Anerkennung meines Talents erkämpfen, wenn ich denn eines habe. (...) Ich bin hier ausschließlich damit befasst, meinen Schatz zu mehren, um mich der beiden letzten finanziellen Verpflichtungen aus meinem Desaster [i. e. dem Bankrott von Verlag und Druckerei] zu entledigen. Ich arbeite an zwei Novellen gleichzeitig, und nebenher schreibe ich auch noch meine Artikel für die Zeitungen.«

Jeder Biograph ist versucht, sich von solchen scheinbar unmittelbaren, unverfälschten Äußerungen über Leiden und Größe des Meisters tief bewegen zu lassen. Allein, Balzac ist auch ein Meister der Täuschung und Selbsttäuschung; dies alles lässt sich in den Tausenden von Bruchstücken seiner Korrespondenz nachlesen. In Saché unweit von Azay-le-Rideau in der tiefsten Touraine weilend, plagte Balzac damals das stürmische Verlangen nach einem Dutzend jener strohgelben Glacéhandschuhe, von denen er Aberhunderte in seinem Leben verbrauchen sollte. Die musste ihm damals der Verleger Urbain Canel in Verrechnung mit einem Honorar verschaffen. Der entledigte sich dieses Ansinnens mit der ironischen Bemerkung: »Heute gegen 5 Uhr werden Ihre Handschuhe an der von Ihnen genannten Adresse eintreffen [d. h. bei Madame de Berny, 55, rue d'Enfer, wie von Balzac erbeten]. Ich wünschte, Sie hätten sie bereits, damit Ihre Hände darin geborgen wären und Sie sich an der bewundernswürdigen Wirkung erbauen könnten, die von ihnen ausgehen.« Wenige Tage später quittierte Balzac den Empfang dieser Sendung mit den Worten: »Ich danke Ihnen für die Handschuhe, und in fünfzehn oder zwanzig Tagen werde ich Ihnen bei meinem Besuch die Sparsamkeit eines Mannes schildern können, der hier mit nichts anderem befasst ist, als zu schreiben.«

Die luxuriösen Handschuhe, auf die Balzac selbst in arbeitsintensiver ländlicher Abgeschiedenheit nicht verzichten wollte, sind gewiss ein nebensächliches, aber aufschlussreiches Detail. Kaum nämlich verdiente er im Alter von über dreißig Jahren endlich einmal richtig gut, fing er sofort an, über seine Verhältnisse zu leben, ganz so, als sei er im Besitz jenes verführerischen und gefährlichen Talismans, dessen zerstörerischen Zauber er in *La Peau de chagrin* so anschaulich beschrieben hatte. Die Glacéhandschuhe, die er sich nach Saché schicken ließ, sind das erste deutliche Indiz für jene fiebrige Euphorie, die ihn ergriff und die nicht mehr von ihm weichen sollte. Darin lässt sich die Ursache für seinen Optimismus finden, mit dem er seine Kräfte stets überschätzte, der aber auch seine schöpferische Phantasie in geradezu vulkanischer Tätigkeit hielt, die in weniger als zwanzig Jahren die *Comédie humaine,* jenen mit über zweitausend Figuren bevölkerten Kosmos, erschuf. Andererseits macht die Episode auch deutlich, dass Balzac zur leichten Beute eigener Illusionen wurde, die zwar regelmäßig zerschellten, die aber ebenso regelmäßig wieder neu erblühten und ihn zu einem Lebenswandel verführten, in dem der Schein wichtiger war als das Sein.

Die Spirale dieses verderblichen Optimismus begann sich sofort zu drehen, als ihn 1831 die ersten finanziellen Erfolge auf baldigen Reichtum hoffen ließen. Anhand der damaligen Verträge mit Verlegern lässt sich der Mechanismus demonstrieren. Im August traf Balzac mit Gosselin die Vereinbarung: 4000 Franc für seine in zweiter Auflage erscheinenden Romane und *Études philosophiques;* eine noch nicht fixierte Summe für die *Histoire de la succession du marquis de Carabas,* eine Novelle, von der er nie eine Zeile schrieb, über die er aber zwei Jahre später einen neuen Vertrag abschloss; schließlich 1250 Franc für eine Ausgabe des ersten *dixain* der *Contes drolatiques.* Auch wenn alle diese Werke bestenfalls nur im Entwurfsstadium existierten, scheint es Balzac gelungen zu sein, Gosselin zur sofortigen substantiellen Vorauszahlung zu veranlassen. Jedenfalls beglich er mit auf Gosselin lautenden Wechseln eine Reihe unterdessen aufgelaufener Schulden bei seinem Schneider Buisson, beim Schwager Surville oder beim Spezereihändler Bonnemain.

Einen weiteren Vertrag schloss Balzac Ende August 1831 mit den Verlegern Mame-Delauney über die *Scènes de la vie privée,* der ihm 7000 Franc aus Buchveröffentlichungen garantierte. Hinzu kamen noch die bar ausgezahlten Honorare insbesondere der *Revue de Paris* während des Jahres 1831, in der im Januar der erste Teil der Erzählung *La Femme de trente ans,* im Februar *Le Réquisitionnaire,* im März der zweite Teil von *La Femme de trente ans,* im Mai *Les Proscrits,* im August *L'Auberge rouge* und im Dezember *Maître Cornélius* erschienen. Vermutlich erhielt er für diese Arbeiten ein monatliches Salär von 250 Franc. Außerdem publizierte Balzac noch in anderen Zeitschriften Erzählungen und Beiträge. Die *Revue des Deux Mondes* etwa veröffentlichte im Januar *L'Enfant maudit,* im Mai einige Auszüge aus *La Peau de chagrin* und im September und Oktober weitere Episoden von *La Femme de trente ans;*

*L'Artiste* brachte *Le Chef-d'œuvre inconnu* und *La Caricature* Fragmente aus *La Peau de chagrin* und *Jésus-Christ en Flandre.*

All das verrät eine enorme Arbeitsleistung, die Balzac allein im Jahr 1831 Einnahmen mit einem Buchwert von rund 14 000 Franc einbrachten; nach seinen eigenen Angaben waren es nur 10 000 Franc. Wie auch immer: Es war eine beträchtliche Summe, die ihm zwar nicht Reichtum, aber doch ein auskömmliches Leben beschert hätte. Doch das verdrehte ihm sofort den Kopf, wie seinem Protagonisten Godefroid in *La Maison Nucingen:* »Binnen drei Tagen war Godefroid ein gemachter Mann. Seine Einnahmen stimmten mit seinen Ausgaben überein, sein materielles Glück war vollkommen. Sollte es möglich sein, alle jungen Leute von Paris mit einem Blick zu durchdringen (...) und sie zu fragen, ob das Glück eines jungen Mannes von sechsundzwanzig Jahren nicht darin besteht auszureiten, in einem Wagen zu fahren mit einem Däumling von Reitknecht, so frisch und rosig wie Toby, Joby oder Paddy; sich abends für 12 Franc einen eleganten Mietwagen leisten zu können; immer elegant zu erscheinen nach den Bekleidungsvorschriften für vormittags, mittags, nachmittags und abends; zu allen Botschaften Zutritt zu haben und dort die rasch vergänglichen Blüten kosmopolitischer und oberflächlicher Freundschaften einzusammeln; ein angenehmes Äußeres sein Eigen zu nennen und seinen Namen, seinen Anzug und seinen Kopf mit Anstand zu tragen; in einer charmanten kleinen Wohnung im Mezzanin beispielsweise am Quai Malaquais zu leben; seine Freunde in den Rocher de Cancale [eines der von Balzac bevorzugten Restaurants in Paris] einzuladen, ohne vorher seine Geldbörse genauer in Augenschein nehmen zu müssen, wie überhaupt sich von keinem anständigen Vorhaben durch die Frage abhalten zu lassen: *Ach, und wie steht es mit dem Geld?*«

Genau so hielt es Balzac. Demonstrativer Luxus war gleichermaßen Lust und Pflicht. Lust, weil er selber nichts mehr liebte, als sich mit erlesenen, teuren Dingen und mit allerhand kostspieligem Schnickschnack, mit *bric-à-brac,* zu umgeben, dem er später überall, in Paris wie auf seinen Reisen, unablässig nachjagte. Immer wieder war er zutiefst davon überzeugt, bei einem Trödler für einen wahren Spottpreis ein unbekanntes Meisterwerk ergattert zu haben. Seine Sammlerwut war zutiefst neureich, sie verriet weder Kenntnis noch Geschmack und galt unterschiedslos allem, sofern es nur ausgefallen war oder den Anschein des Besonderen oder Wertvollen machte. Überdeutlich zeigte sich das an seiner Manie, das Wappen der Balzac d'Entragues, von denen er abzustammen behauptete, auf allen möglichen Gegenständen zu applizieren: auf Bestecken und Porzellan, Büchern, Kissen, Uhren, Briefpapier, den Türen sowie den Polstern seiner Kutsche. Erst 1836, im Vorwort zu *Le Lys dans la vallée,* gab er zu, nichtadeliger Herkunft zu sein.

Pflicht war diese trügerische Pracht andererseits deswegen, weil er glaubte, nur durch die aufdringliche Zurschaustellung von Opulenz den Reichtum beweisen zu können, der ihm als verdiente Frucht seiner Arbeit und seines Talents sicher zu sein schien. Warum aber so lange warten, bis eintrat, was eintreten musste? Außerdem war er sicher, damit ganz auf der Höhe des Geists seiner, der bürgerlichen Zeit zu sein, der nichts mehr einleuchtete als der Schein. Dafür hat Balzac sich und seine Gesundheit ruiniert, jedoch diesem Wahn entsprang gleichzeitig auch seine beispiellose riesenhafte Schöpfung der *Comédie humaine.*

Wahn und Werk sind bei ihm auf ebenso widrige wie untrennbare Weise verbunden. Ohne das eine wäre das andere nicht möglich. Kein Wunder also, dass Balzac sich gleich nach seinem endgültigen literarischen Durchbruch mit *La Peau de chagrin* im August 1831 ein Cabriolet erstand, zwei Pferde nebst aufwendigem Zaumzeug, die er der damals in den eleganten Kreisen grassierenden Anglomanie folgend Smogler und Briton taufte. Allein das Zeug kostete rund 5000 Franc. Der Sattler Perrault lieferte außerdem noch ein eigens angefertigtes Kutschverdeck aus violettem Tuch, auf dem die Initialen H.d.B. sowie das Wappen der Balzac d'Entragues prangten. Kosten: 464 Franc. Die Pferde brauchten eine Stallung, und für das Cabriolet musste ein Schuppen gemietet werden.

Wer derart aufgetakelt zweispännig ausfuhr, konnte an Wohnung, Einrichtung, Bekleidung und Dienerschaft nicht knausern: Ebenfalls im September mietete Balzac zusätzlich zur bisherigen Bleibe die im zweiten Stock seines Hauses in der Rue Cassini gelegene Wohnung mit fünf Zimmern. Dazu gehörten eine Küche im Erdgeschoss, zwei Kammern im Dachgeschoss sowie ein Schuppen für die Kutsche und Stallungen für die beiden Pferde in einem Nebenhaus, in dem auch die Portiersloge sowie ein Futterspeicher untergebracht waren. Zwei große Kellerräume komplettierten die Liegenschaft. Maler- und Tapezierarbeiten schlugen ebenso zu Buche wie Ausgaben für neue Teppiche. Außerdem nahm er als Diener einen gewissen Leclerq in Stellung, der als *tigre*, als Reitbursche, fungierte und für den der Schneider Buisson eine blaue Livree, eine grüne Jacke mit roten Ärmelaufschlägen und eine gestreifte Hose aus Drillich auf Maß anfertigte. Auch eine Köchin, Flore, wurde eingestellt. Alles in allem, Pferdefutter und die Aufwendungen für die Garderobe, für Nahrung und Heizung eingerechnet, beliefen sich die eindeutig nachweisbaren Ausgaben 1831 auf enorme 11 000 Franc. Tatsächlich dürften sie weit darüber gelegen haben, denn seine Verschuldung vermehrte sich allein in diesem Jahr um rund 5000 Franc.

Vom Augenblick der Gewissheit an, dass baldiger Reichtum aus seiner immensen Schöpferkraft erwüchse, ging es also mit einem gleichsam zweispännigen Karacho weiter, weshalb Balzac schon Anfang 1832 seiner Freundin Zulma Carraud berichten musste: »Hier habe ich nichts als Feinde angetroffen. Mein Artikel *Cornélius* für die *Revue de Paris* wurde vom Redaktionsleiter massakriert [d. h., die Erzählung *Maître Cornélius* war wegen Überlänge nur gekürzt veröffentlicht worden]; überall habe ich nur Feinde und Schulden, mehr, als ich mir wünschen möchte.« Mit anderen Worten: Der Silberstreif nahenden Reichtums, den Balzac noch im August 1831 zu gewahren glaubte, hatte sich zu Beginn 1832 schon wieder verflüchtigt, während seine Aufwendungen unaufhaltsam weiter stiegen.

Angesichts der wachsenden finanziellen Schwierigkeiten sah sich Balzac gegen Mitte 1832 zur Kapitulation genötigt. Er wusste keinen anderen Ausweg mehr, als ausgerechnet seine Mutter zu bitten, die undankbare Aufgabe zu übernehmen, Übersicht und Ordnung in seine chaotischen Finanzverhältnisse zu bringen. Aber selbst dieses Opfer, mit dem er die gerade errungene Unabhängigkeit preisgab, brachte ihn nicht auf den Boden der Tatsachen. Im Gegenteil. Um dem lästigen Drängen seiner Gläubiger zu entfliehen, hatte sich Balzac im Juni 1832 wieder für mehrere Wochen nach Saché eingeladen, während seine Mutter in der Rue Cassini den verwaisten Haushalt beaufsichtigte, sprich die Schuldenverwaltung besorgte. Das war natürlich ungünstig für das Selbstbewusstsein und den frischen Unabhängigkeitsstolz. Balzac überspielte das einfach damit, dass er die eigene Mutter wie einen Dienstboten behandelte, ihr brieflich allerhand Aufträge erteilte, die, wenn sie von ihr nicht pünktlich und zu seiner Zufriedenheit erfüllt wurden, regelmäßig Beschwerden provozierten. Auch war in diesen Schreiben vom Sparen zunächst keinerlei Rede. Im Gegenteil. Kaum in Saché eingetroffen, erteilte er den Auftrag: »Leclerq soll sich zu Geibel begeben, um einen Peitschenköcher, der am Cabriolet fehlt, in Auftrag zu geben. In meinem nächsten Brief werde ich Dich wissen lassen, was sonst noch bei Geibel für den Tilbury zu besorgen ist.« Einen Tag später wird die Mutter angewiesen, sich um die Korrekturbogen einer Erzählung zu kümmern, und am 13. Juni bittet Sohnemann: »Schließlich, meine gute Mutter, brauche ich meine Sommerhosen. Buisson dürfte sie unterdessen fertig haben. Ich habe hier nur eine einzige weiße Hose.« Man ahnt: Sommers waren in der ländlichen Idylle von Saché weiße Hosen für einen Pariser Dandy ebenso angesagt wie winters strohgelbe Glacéhandschuhe.

Aber selbst Balzac musste bald zugeben, dass angesichts seiner *dettes courantes,* der stetig anwachsenden Schuldenlast, über die sich die Mutter nach und nach einen Überblick verschaffte, solche Wünsche alles andere als opportun waren. Das bremste sein unbändiges Verlangen etwas, wenn schon nicht reich zu sein, so doch wenigstens als reich zu erscheinen. Dass solche Einsicht nicht von Dauer sein würde, zeigt das Schreiben an die Mutter von Mitte Juli: »Ich lasse Dich über alle Opfer selbst entscheiden, die Du für notwendig erachtest. Wenn Du die Pferde verkaufen willst, dann verkaufe sie; wenn Du Leclerq entlassen willst, zahle ihm seinen Lohn aus und schicke ihn weg. Ich werde so lange auf Reisen sein, bis meine Angelegenheiten geregelt sind. (...) Früher oder später werden mir die Literatur, die Politik, der Journalismus, eine Heirat oder mein großes Geschäft [Balzac plante damals, einen Verlag aufzuziehen, der seine Novellen im Abonnement vertrieb] ein großes Vermögen verschaffen.« An diese Hoffnung klammerte er sich immer, obwohl sie ihn stets enttäuschen musste, weil er immer schneller das Verdiente mit beiden Händen zum Fenster hinauswarf.

## *Gesellschaftsspiele*

Die literarischen Erfolge von 1830 machten Balzac auch in der tonangebenden »guten Gesellschaft« bekannt, zu der so unterschiedliche Kreise wie die Boheme, die Hochfinanz sowie der Adel gehörten. Die Noblesse hatte neuerdings durchaus Interesse an einem Austausch mit dem neureichen Bürgertum, ohne dass sie deshalb ihren Dünkel abgelegt hätte. Unter dieser Entwicklung löste sich die alte und starre Sozialordnung, die nach Napoleons endgültigem Untergang 1815 dem Land wieder oktroyiert worden war, allmählich auf. Mit der Juli-Revolution von 1830 waren es nicht mehr Abstammung und ererbter Reichtum, die über Karrieren und Prestige allein entschieden, sondern auch individuelle Erfolge, zumal wenn sie sich in rasch erworbenem Vermögen widerspiegelten.

Das hatte sich schon seit langem angekündigt, trug aber besonders in napoleonischer Zeit die Maske des militärischen Ruhmes. Damit war es nun aus und vorbei, weshalb jetzt der nackte Materialismus des Geldes als jene Kraft zum Vorschein kam, von der die Gesellschaft im Innersten zusammengehalten wurde. Wie kaum ein anderer seiner Alters- und Zeitgenossen hat Balzac diesen grundlegenden Wechsel der sozialen Paradigmen erkannt und in seinem Wirkungszusammenhang durchschaut. Er gehörte zwar auch zur Generation eines Fabrizio del Dongo, des jugendlichen Protagonisten aus Stendhals *Chartreuse de Parme,* die beim Sturz des Kaisers zwischen zehn und zwanzig Jahren alt waren und mit Enttäuschung feststellen mussten, dass sie einige wenige Jahre zu spät geboren waren, um einen letzten Glanz napoleonischer Herrlichkeit zu ergattern. Aber er hat das Lebensgefühl, Mitglied dieser »verlorenen Generation«, wie sie von Alfred de Musset in *La Confession d'un enfant du siècle* eindringlich beschrieben wurde, nie geteilt. Was ihn vor solch steriler Nostalgie bewahrte, war das Beispiel seines Vaters Bernard-François, der sich aus ländlicher Armut mit zäher Umtriebigkeit und viel Opportunismus auf der sozialen Leiter zu bürgerlicher Reputation und dem Besitz eines bescheidenen, aber auskömmlichen Vermögens emporgehangelt hatte. Dieser Aufstieg war das Vorbild, das es zu übertreffen galt. Aus seiner früh erlangten Einsicht, Genie zu besitzen, gewann er die unzerstörbare Selbstsicherheit, diesem Vorsatz, allen herben Rückschlägen zum Trotz, die Treue zu halten.

Jähem Erfolg wohnt immer eine verderbliche Verführung inne. Das galt für Balzac ganz besonders, denn dieser Erfolg, das erfuhr er schnell, war zunächst nichts mehr als ein Versprechen und verschaffte ihm fürs Erste nur die Rolle eines Zaungastes. Doch konnte er nun in aller Muße die Gesellschaft genau beobachten. Er begriff rasch das Räderwerk der Konventionen, die Eitelkeiten, die es ölten, und den Ehrgeiz, der ihm Schwung verlieh. Dieses Wissen erwies sich als grundlegende Voraussetzung für sein literarisches Schaffen.

Auch wenn Balzac nicht gegen Versuchungen des Opportunismus gefeit war, so ist den meisten seiner Schriften alle snobistische Liebedienerei fremd. Alle seine Stoffe sind vielmehr durchtränkt von jenem Wissen über die Gesellschaft, das er sich durch die geschärfte Wahrnehmung aus seiner schmerzlich erlebten Abseitsposition erwarb. Das verlieh seiner Prosa einerseits jenen Zauber von Authentizität, von sarkastischer oder realistischer Auffassung der sozialen Verhältnisse, bei deren Lektüre das Publikum in einen jener Spiegel zu blicken wähnte, die das Bild, das sie widergeben, gerade dadurch kenntlich machen, dass sie es verzerren. Das ist andererseits das Geheimnis, warum seine Romane noch heute so wahr und gegenwärtig anmuten.

Sich damals den Erfolg beim Publikum mit solch literarischer Hexenspiegelkunst zu erwerben war gleichermaßen verwegen wie ungewöhnlich. Damit wollte und konnte sich Balzac nicht bescheiden. Sein Ehrgeiz brannte darauf, Salonlöwe zu werden. Wie sehr er mit seinem Snobismus die Ausstrahlung seines Riesenwerks trübte, hat er nie begriffen. Wenn ein Aristokrat seine Romane lobte, war es für ihn das Höchste. Er wollte unbedingt mit diesen falschen Halbgöttern von Gleich zu Gleich verkehren. Zuerst legte er sich deshalb rasch einen demonstrativ aufwendigen Lebensstil zu. Das überstieg aber nicht nur seine materiellen Möglichkeiten bei weitem, sondern machte ihn auch schnell zu einer lächerlichen Figur, die den Karikaturisten der Zeit eine gern genutzte Vorlage lieferte. Auch wenn das alles wie Wahnsinn anmutet, hatte es in Balzacs Vorstellung gleichwohl Methode, die er in seinem 1830 in *La Mode* veröffentlichten *Traité de la vie élégante* in humoristischer Manier ausführte. Dort lautet die letzte Einsicht: »Ein Riss in der

Kleidung ist ein Unglück, ein Fleck aber ein unverzeihlicher Fehler.«

Um die Karriereleiter emporzusteigen, boten sich Balzac noch verschiedene andere Optionen, die er zwar gleichzeitig, aber mit unterschiedlicher Verve ausprobierte. Eine davon war, sich der Politik zuzuwenden. Angesichts seines Lebenswerks mag dies zwar überraschend sein; am Beginn seiner literarischen und gesellschaftlichen Karriere war es für Balzac jedoch nur konsequent: Wer einflussreich sein wollte, musste selber Einfluss nehmen. Der Gedanke, politisch aktiv zu werden, sich zum Abgeordneten wählen zu lassen, gar ein Ministeramt zu übernehmen, kam ihm auf dem Umweg über den politischen Journalismus.

Die Möglichkeit in Erwägung zu ziehen, parallel zur Literatur auch in der Politik zu reüssieren, eröffnete sich Balzac mit der Juli-Revolution 1830. Dieser Umsturz überraschte politisch wache Zeitgenossen keineswegs. Das reaktionäre Regime Charles x. geriet spätestens mit der Regierung des ultrakonservativen Ministeriums Polignac vom August 1829 in immer größeren Widerspruch zur liberalen Kammermehrheit, die Ausdruck der veränderten gesellschaftlichen Wirklichkeit war. Um deren Widerstand zu brechen, wurde die Abgeordnetenversammlung Anfang März 1830 aufgelöst. Aus den Neuwahlen, die im Juni, in Paris und anderen größeren Städten aber erst Anfang Juli stattfanden, ging entgegen der Erwartungen des Regimes eine erhebliche gestärkte liberale Mehrheit hervor, was Charles x., der darin nichts weniger als einen Angriff auf seine Herrschaftsgewalt erkannte, dazu veranlasste, am 25. Juli die Verfassung aufzuheben und das Ergebnis der

Wahlen zu annullieren. Das war der Funke, der die Explosion auslöste: In drei Tagen des Aufruhrs, den *Trois Glorieuses,* mit denen Paris am 27., 28. und 29. Juli 1830 einmal mehr das Spektakel einer Revolution gab, wurde das verhasste Regime gestürzt. Am 9. August bestieg der Duc d'Orléans als Louis-Philippe I., der »Bürgerkönig«, als konstitutioneller Monarch den vewaisten Thron.

Als sich der Sturm zusammenbraute, hatte Balzac nichts Eiligeres zu tun, als Ende Mai Paris zu verlassen und zusammen mit der inzwischen dreiundfünfzigjährigen Laure de Berny im idyllischen Landhaus »La Grenadière« bei Saint-Cyr vor den Toren seiner Geburtsstadt Tours bis zum September Quartier zu nehmen. Balzac war also nicht zur Stelle, als mit Louis-Philippe die Bourgeoisie in Paris endgültig die Macht übernahm und damit die Gesellschaft ans Ruder gelangte, als deren »Sekretär« er sich später verstehen sollte. Das war ihm damals herzlich gleichgültig, weshalb er noch nicht einmal die Chancen erahnte, die sich mit dem Regimewechsel eröffneten und die andere in ähnlicher Lage sofort ergriffen: Stendhal diente der Juli-Monarchie als Consul in Triest; Alexandre Dumas wurde stellvertretender Bibliothekar im Palais-Royal, in dem Louis-Philippe residierte; Prosper Merimée trat ins Handelsministerium ein; Philarète Chasles ergatterte den Posten eines Attachés an der Botschaft in London.

Gewiss, solche Postenjägerei war ihm sowieso zuwider, aber nicht aus Abscheu vor der damit verknüpften Unmoral, sondern vor allem deshalb, weil ihn die Aussicht, angestellt zu sein und einer regelmäßigen Tätigkeit nachgehen zu müssen, zutiefst anekelte. Früh bereits hatte er diese Abneigung der Schwester Laure offenbart: »Hätte ich einen Posten, dann wäre ich verloren (...). Ich würde ein Bürohengst werden, eine Maschine, ein Zirkuspferd, das seine dreißig oder vierzig Runden dreht, zu bestimmten Stunden trinkt, frisst und schläft; ich wäre wie jedermann. Und das soll Leben sein, dieses Mühlenräderwerk, diese ewige Wiederkehr des Immergleichen?« Daran hatte sich für ihn seither nichts geändert, auch deshalb blieb er in »La Grenadière«, jenem zauberischen Ort, dem er zwei Jahre später eine gleichnamige Erzählung widmen sollte. In Paris ließ er sich erst wieder am 10. September blicken, als alles vorbei war, das neue Regime fest im Sattel saß und alle Posten und Pöstchen längst ihre Interessenten gefunden hatten.

Unmittelbar mit der Politik in Berührung kam Balzac, als die Zeitschrift *Le Voleur* ihn beauftragte, mit einer Serie, den *Lettres sur Paris,* fiktiven Adressaten in der Provinz in Form von Briefen Aufschluss zu geben über die mit der Juli-Revolution eingetretenen Veränderungen. Diese politischen Reportagen, die zwischen September 1830 und März 1831 im Abstand von zehn Tagen erschienen, dokumentieren die Entwicklung von Balzacs politischer Einstellung. Von Anfang an lässt er darin kritische Distanz zum neuen Regime wie Sympathie für die Partei der oppositionellen Legitimisten erkennen, deren Anhängerschaft sich aus dem alten Adel rekrutierte und die den Duc de Bordeaux als Henri v. auf den Thron setzen wollten. Außenpolitisch trat er für ein starkes Frankreich ein, dem in Europa die Führungsrolle zufallen müsse. Deshalb sprach er sich mit Entschiedenheit für ein französisches Algerien sowie die »natürlichen Grenzen« in den Alpen und am Rhein aus, was selbstverständlich die Annexion des gerade erst als unabhängigen Staat gegründeten Königreichs Belgien mit einschloss.

Diese Ansichten verstörten Balzacs Freundin Zulma Carraud, eine entschieden liberal gesinnte Republikanerin, zutiefst, weshalb sie ihn brieflich zur Rede stellte. Balzac, spürbar getroffen, reagierte darauf Ende 1830. Den Vorwurf der Ambivalenz, den die Carraud wegen der *Lettres sur Paris* erhoben haben dürfte – ihr Schreiben ist nicht überliefert –, konterte er zunächst mit dem Hinweis, dass sie ihn nicht einer Meinung wegen anklagen dürfe, die er gehalten sei, so zu formulieren, »wie sie den Erwartungen der Abonnenten einer Zeitung entspricht«. Ansonsten versichert er ihr, dass diese Reportagen »die ganze Wahrheit über die Akteure und das Geschehen berichten und dass es ihre Aufgabe ist, weniger eine eigene Meinung kundzutun, als vielmehr ein möglichst genaues Bild der politischen Bewegungen und der widerstreitenden Anschauungen zu geben. Von diesem Bild einmal abgesehen, gebe ich Ansichten von Ministern oder Leuten aus der Regierung wieder. Wenn Sie also glaubten, dass es sich dabei jeweils um meine eigene Auffassung handelte, so irren Sie sich.«

Zur Kennzeichnung seiner ureigenen politischen Überzeugungen, die er Zulma Carraud mit der Inbrunst des Konvertiten als »unveränderliches Glaubensbekenntnis« bezeichnete, dessen Triumph er sein ganzes »politisches Leben« weihen wolle, sagte er ihr: »Frankreich braucht eine konstitutionelle Monarchie, eine erbliche Thronfolge, eine mit starken Vollmachten ausgestattete *Chambre des Pairs* [d. h. ein Oberhaus], die den Besitz repräsentiert und mit allen nur erdenklichen Garantien hinsichtlich ihrer Erblichkeit ausgestattet ist, über deren Privilegien im Einzelnen aber noch diskutiert werden muss; dann eine weitere, gewählte Versammlung, die das Spiegelbild aller mittelständischen Interessen ist, die zwischen den oberen gesellschaftlichen Schichten und dem, was ich das Volk nenne, liegen.« Diejenigen, die nichts besitzen, die Arbeiter und Proletarier, so Balzac weiter, sollten auf jede erdenkliche Weise gefördert werden, um zu dem Wohlstand zu gelangen, der für die Mittelschichten kennzeichnend sei. Gleichzeitig sollten die Unterschichten aber auch unnachsichtiger Kontrolle unterliegen, die von ihnen alles fernhält, was sie in Unruhe versetzen könne. Demgegenüber müsste sich die besitzende Klasse größter Freiheit erfreuen, denn diese habe etwas zu bewahren und alles zu verlieren. Daraus ergebe sich, dass die Regierung möglichst stark sein müsse. Derart ließe sich gewährleisten, dass die Regierung, die Oberschichten und das Bürgertum ein gemeinsames Interesse daran hätten, das Wohlergehen der Unterschichten zu fördern und auf diese Weise die Mittelschicht zu verbreitern, aus der sich die wahre Stärke der Staaten speise.

Dieses politische Glaubensbekenntnis legte er Zulma Carraud gegenüber zwei Jahre später, allerdings in wesentlich kohärenterer Fassung erneut ab. Zunächst war es nichts anderes als eine wüste, in sich widersprüchliche Melange höchst gegensätzlicher Anschauungen: Den Unterschichten zu Besitz und Bildung zu verhelfen entsprach den menschenfreundlichen Phantasien der Liberalen; sie gleichzeitig aber mit harter Hand zu regieren war eine Überzeugung der Legitimisten. Der Forderung nach einer erblichen, konstitutionellen Monarchie entsprach im Übrigen genau das

Regime, das mit der Juli-Revolution installiert worden war. Just von diesem zeigte sich Balzac seit dem ersten seiner *Lettres sur Paris* »enttäuscht«. Dafür verantwortlich machte er vor allem eine Regierung, die eine leibhaftige »Gerontokratie« vorstelle, deren vollkommene Verkörperung der steinalte und seit je nichtsnutzige Lafayette sei. Dass die Jugend keinerlei Einfluss auf das politische Geschäft habe, ist für Balzac der wichtigste aller Mängel, den das neue Regime aufweist und den er vor allem mit dessen Mittelmäßigkeit erklärt, die bewirkte, dass Größe, Weitsicht und Kühnheit von vorneherein verkümmerten. Das zeigt sich vor allem in der Außenpolitik eines Talleyrand, die allen Instinkten der Nation zuwiderlaufe, die eben auf Expansion aus seien, mit einem Wort darauf, Frankreich den gebührenden Rang als der führenden Nation Europas zu verschaffen.

Diese etwas verworrenen politischen Ansichten Balzacs im Winter 1830/31 kennzeichnen auch die Programmschrift, die er Ende April 1831 auf seine Kosten als Broschüre unter dem Titel *Enquête sur la politique des deux ministères* mit dem Vermerk auf dem Titelblatt *par M. de Balzac, électeur éligible* drucken ließ. Die Broschüre sollte als Wahlmanifest bei den für Anfang Juli 1831 angesetzten Wahlen dienen, bei denen er in drei Wahlkreisen, in Cambrai, Fougères und Tours, kandidieren wollte, weshalb er sie in größerer Anzahl an Freunde und Bekannte verschickte, damit sie diese an die Wählerschaft verteilten. General Pommereul in Fougères sandte er beispielsweise 40 Exemplare mit den Worten: »Sie kennen meine [politischen] Grundsätze und werden sich mir, angesichts der neuen Ordnung der Dinge, gewiss dadurch als ein wahrer Vater erweisen, dass Sie mich gegenüber Ihren Wählern protegieren.« Dem guten General dürften jedoch Balzacs politische Grundsätze auch nach Lektüre der Broschüre ebenso schleierhaft gewesen sein wie die eingangs des Schreibens aufgestellte Behauptung, er, Balzac, sei dank des neuen Wahlgesetzes aktiv und passiv wahlberechtigt.

Das neue Wahlgesetz, auf das Balzac anspielte, verknüpfte das passive Wahlrecht mit einer Mindeststeuerleistung von 500 Franc, das aktive hingegen mit einer von 200 Franc. Von diesem Zensus war er weit entfernt, bezahlte er doch 1831 lediglich 31,55 Franc an Steuern. Worauf gründete sich also sein Anspruch, *électeur éligible*, das heißt zum aktiven wie passiven Wahlrecht zugelassen zu sein? Das Rätsel wird noch größer, denn Balzac ließ sich am 29. April zur Wahl registrieren und legte dafür einen Grundbuchauszug vor, der ihn als Grundbesitzer mit dem vom Wahlgesetz geforderten Steueraufkommen auswies. Dieser Besitz existierte jedoch nur auf dem Papier, das sich Balzac zu diesem Zweck auf welche Weise auch immer besorgt hatte! Durchaus möglich, dass er sich den falschen Besitztitel in der sicheren Erwartung erwarb, diesen noch rechtzeitig zum Wahltermin durch eine reiche Heirat materiell rechtfertigen zu können. Tatsächlich hat Balzac damals einer reichen Verwandten von Laure de Berny, einer Baronin Eléonore Mallet de Trumilly, den Hof gemacht, allein seine Werbung blieb erfolglos.

Balzac war sich seines Wahlerfolgs trotz dieser Unwägbarkeiten sicher, weil er seine Beziehungen zur Pariser Presse spielen ließ, deren Organe auf seine Broschüre hinwiesen. Wenigstens zwei dieser ausnahmslos rühmenden

Artikel dürfte er selber geschrieben haben. Besonders hübsch ist jener in *La Mode,* in dem die treffenden Bemerkungen und vorausschauenden Absichten ebenso wie die Genauigkeit und glückliche Formulierung seines Wahlmanifests gelobt wurden. Das sei im Übrigen eine »Garantie dafür, dass, wenn sich M. de Chateaubriand [der damalige »Chefideologe« der Legitimisten] aus dem politischen Leben zurückzöge, Frankreich dennoch einen Mann besäße, der würdig sei, die beiden Ruhmestitel eines Schriftstellers und eines Staatsmanns in sich zu vereinigen.« Dass Balzac allen Ernstes davon überzeugt war, eine solche Rolle ausfüllen zu können, zeigt auch sein Brief an General Pommereul: »Was die parlamentarische Rechtschaffenheit anbelangt, so bietet mein Ehrgeiz dafür alle Gewähr, denn der ist allein darauf abgestellt, als verantwortlicher Minister meinen Ansichten zum Triumph zu verhelfen, und solche großen Ambitionen sind niemals käuflich.« Wer eine derart hohe Meinung von sich hat, der ist auch überzeugt, dass die Wahlkollegien sich um die Ehre streiten, einen Mann in die Kammer zu entsenden, der als Minister Frankreich zu neuer Größe führt.

Daraus wurde jedoch nichts. Balzac fiel in allen drei Wahlkreisen sang- und klanglos durch. Wahrscheinlich engagierte er sich nirgendwo ernsthaft im Wahlkampf. Zum einen, weil der erschwindelte Wechsel auf sein Wahlrecht mit dem Scheitern seiner Heiratspläne geplatzt wäre. Einen anderen, nicht weniger plausiblen Grund nannte General Pommereul, der Balzacs Erwartungen schon früh mit der Auskunft dämpfte: »Die hiesigen Wähler bevorzugen einheimische Kandidaten.« Dieser Aspekt der französischen

Provinz war Balzac damals offensichtlich noch nicht bekannt. Das alles änderte aber nichts daran, dass Balzac auch nach dieser Pleite seine politischen Pläne weiterverfolgte. Als einzige Lehre zog er daraus, seine Anschauungen zu präzisieren, wodurch seine reaktionären Ansichten erst recht zutage traten.

Für Balzacs eindeutige Positionierung auf der politischen Rechten liefert eine literarische Gelegenheitsarbeit einen ersten klaren Hinweis: die kurze Erzählung *Le Départ,* die er für eine nach ihrem englischen Vorbild »Keepsake« genannte luxuriös aufgemachte Anthologie von Prosatexten beisteuerte, die damals als Neujahrsgeschenk in Mode kamen, und zu der ihn der Verleger Urbain Canel aufgefordert hatte. Das vereinbarte Honorar für diesen Text waren übrigens jene zwölf Paar strohgelber Glacéhandschuhe sowie ein Paar aus Rentierleder von John Walker in der Rue de Richelieu, die sich Balzac nach Saché kommen ließ, wo er auch *Le Départ* verfasste. Diese »Grabrede« auf Charles x., dessen Abreise von Cherbourg ins englische Exil zum Anlass für eine legitimistische Elegie wurde, die ihresgleichen so leicht nicht finden dürfte, kompromittierte Balzac endgültig, stellt sie doch nichts anderes dar als eine letztinstanzlich gemeinte Verurteilung der Juli-Revolution sowie des Regimes, das aus ihr hervorgegangen war. Seine politische Haltung illustriert die Schlusspassage: »Wenn das Wohlergehen der Massen das intimste Anliegen des politischen Denkens ist, dann ist der Absolutismus oder die größtmögliche Konzentration von Macht, wie immer man sie bezeichnet, das beste Mittel, um dieses große Ziel der Vergesellschaftung zu erreichen.«

Balzac war sich der politischen Sprengwirkung dieser »Grabrede« nur zu sehr bewusst, wie sein Schreiben an Urbain Canel zeigt: »Was *Le Départ* anbelangt, so ist dieses Stück politisch so heikel, dass Sie mir einen Korrekturabzug schicken sollten.« Zum Glück für Balzacs literarische Reputation blieb der Text jedoch weithin unbemerkt. Aufsehen erregte er allenfalls in Kreisen der Legitimisten, die ihn nun als Gesinnungsgenossen und möglicherweise nützlichen Verbündeten erkannten, was sich mit Balzacs weiteren Absichten gedeckt haben dürfte, denn die Legitimisten gaben in jenen Kreisen den Ton an, denen er angehören wollte. Die erhoffte Wirkung ließ nicht lange auf sich warten, wie ein Brief des Duc de Fitz-James vom April 1832 beweist, in dem er den Verfasser der *Contes drolatiques*, deren erster *dixain* gerade erschienen war, mit Komplimenten geradezu überschüttet. Der Brief ist überdies in einem freundschaftlich-frivolen Ton geschrieben, der die Vermutung nahelegt, dass der Duc, das Haupt der Legitimisten, und Balzac sich längst in einem der mondänen Salons begegnet waren und seither auf vertrautem Fuße miteinander verkehrten. Dieser höchst schmeichelhafte Umgang wird Balzac den letzten Anstoß gegeben haben, sich von nun an zu einem rigiden Legitimismus zu bekennen.

Umgekehrt dürften die besonders in Kreisen des alten Adels zahlreich anzutreffenden Legitimisten an dem seltsamen *fellow-traveller* in dem Maße Interesse gefunden haben, wie Balzacs Name durch den Erfolg von *La Peau de chagrin* in den Schichten von Besitz und Bildung an Bekanntheit gewann. Dieses beiderseitige Wohlgefallen verleitete ihn zu neuen, grandiosen Illusionen, von denen er sich jetzt umso mehr versprechen konnte, dass sie wahr und wirklich würden, da er von jähem literarischen Ruhm umstrahlt war und sich damit seine Aussichten, reich zu sein oder es bald zu werden, zur Gewissheit steigerten, und er schließlich auch für seine sozialen Ambitionen zur politisch richtigen Fahne hielt. Damit ließ sich Balzac aber auf ein Spiel ein, dessen Risiken er nicht überschaute und das mit bitterer Enttäuschung für ihn enden sollte.

Einen ersten Dämpfer, der ihm nicht weiter zusetzte, bekam er, als er erneut als Kandidat bei einer Nachwahl im Sommer 1832 in Chinon scheiterte. Wie im Jahr zuvor erfüllte Balzac zwar auch jetzt keineswegs die Mindestanforderungen des Zensuswahlrechts, aber wieder vertraute er darauf, dass er durch eine reiche Heirat noch rechtzeitig diese Hürde würde nehmen können. Bei der Erwählten handelte es sich diesmal um die reiche Witwe Baronin Caroline Deurbroucq, die er beim Aufenthalt im Herbst 1831 in Saché kennengelernt hatte und die unweit, in Méré, ein schlossartiges Anwesen besaß. Doch wie lange Balzac im Sommer 1832 auch in Saché ausharrte, um die Witwe vermutlich mit Hilfe strohgelber Glacéhandschuhe zu betören, sie ließ sich nicht blicken. Alles, was er von ihr zu sehen und zu hören bekam, war ein freundliches Schreiben, mit dem sie sich für die zugesandten Bücher bedankte. Wie sehr dieses vergebliche Warten seine Nerven strapazierte, verrät ein Brief an seine Mutter: »Ich würde nur zu gerne wissen, woran ich bin in einer Angelegenheit, die meine Situation grundlegend veränderte und meinem Planen eine neue Richtung gäbe. Die Arbeit leidet unter dieser Warterei, zumal ich, da man täglich mit ihrem Kommen rechnet, dreimal in der Woche nach Méré eile. Das mit der Arbeit zu vereinbaren ist ganz und gar unmöglich.«

Ob das neuerliche Scheitern seiner Heiratspläne den Ausschlag gab, dass sich Balzac schließlich nicht in Chinon zur Wahl stellte, oder ob ihn der Hinweis seines Gastgebers in Saché, Jean de Margonne, die dortigen Wähler würden sich erfahrungsgemäß mehrheitlich einer Stimmabgabe verweigern, von der Aussichtslosigkeit seiner Kandidatur überzeugte, steht dahin. Seinen Entschluss stärkten sicherlich entschieden die Unruhen, die anlässlich der Beerdigung des Generals Lamarque im Juni in Paris ausbrachen und deren Zeuge er wurde – Balzac hielt sich zu der Zeit in der Wohnung seiner Schwester auf, um sich von den Folgen eines bösen Sturzes von seinem Tilbury zu kurieren, bei dem er »mit dem heroischen Pflaster des Juli in Berührung gekommen war«. Die Unruhen wurden blutig niedergeschlagen, und in den sich anschließenden Verfolgungen wurden vor allem zahlreiche Legitimisten, unter ihnen der Duc de Fitz-James, verhaftet. Dieses Warnsignal konnte Balzac nicht übersehen, waren es doch die Legitimisten, die seine Kandidatur in Chinon unterstützt hatten.

Damit endete erst einmal Balzacs politisches Engagement. Noch an den Folgen des fatalen Sturzes vom Tilbury laborierend, fand Balzac nun die Muße, über sich und seine Lebensperspektive nachzudenken. Davon zeugt ein Brief vom Krankenlager an Zulma Carraud: »Es gibt Berufungen, denen man gehorchen muss, und etwas Unwiderstehliches zieht mich zu Ruhm und Macht. Das verheißt mir keineswegs eine glückliche Existenz. Mich plagt die Verehrung der Frau und das Verlangen nach Liebe, das niemals vollständig befriedigt wurde. Da ich niemals wirklich geliebt und von der Frau, die ich mir träumte, verstanden wurde (...), habe ich mich in meiner Verzweiflung zum einen in die stürmische Sphäre der politischen Leidenschaften gestürzt, zum anderen in die nicht minder wild bewegte und das Herz verhärtende des literarischen Ruhmes. Möglicherweise scheitere ich in der einen wie der anderen. Aber glauben Sie mir dennoch das eine: Mein Verlangen, das Leben meines Jahrhunderts leben zu wollen, statt meine Tage unbekannt und glücklich zu verbringen, hängt ganz entschieden damit zusammen, dass dieses reine und gewöhnliche Glück mich immer gemieden hat. Wenn man sich sein ganzes Lebensglück selber erschaffen muss, dann ist es allemal besser, sich dieses groß und bedeutend zu machen, denn, wenn es einen schon Mühe und Leiden kostet, dann muss man einem hohen vor einem niederen Rang den Vorzug geben. Lieber setze ich mich Dolchstößen aus als Nadelstichen. (...) Sollte ich einer Frau begegnen und mir ein Vermögen erworben haben, dann werde ich mich sehr leicht dem häuslichen Glück hingeben. Wo aber derlei finden? Welche Familie versteht sich schon darauf, an den literarischen Erfolg zu glauben? Ich würde gewiss verzweifeln, hinge meine Zukunft von einer Frau ab, die ich nicht liebte, auch wenn ich darum weiß, dass selbst die schiere Pflicht ihre Verführungen hat. Deshalb bleibe ich gezwungenermaßen allein auf mich gestellt.«

Balzac verschwieg Zulma Carraud sein Begehren nach einer Frau, in der er jetzt die Verwirklichung seines weiblichen Ideals zu erkennen wähnte. Diese Frau, eine Nichte des Duc de Fitz-James, die Marquise de Castries, hatte Balzac im September 1831 einen Brief geschrieben, der nicht überliefert ist und den sie mit einem englischen Phantasienamen unterzeichnete. In ihrem Schreiben muss sie Balzac wegen seines Frauenbildes Vorwürfe gemacht haben, die dieser nur zu gern zum Anlass nahm, ihr sofort ausführlich zu antworten, vermutete er doch nicht zu Unrecht in der Korrespondentin eine Dame aus den höchsten Sphären der Gesellschaft. Er entflammte sofort und zögerte nicht, der Unbekannten deutliche Avancen zu machen, etwa, wenn er ihr am Ende seines Briefes verspricht, dass sein nächstes Werk »in Ihrem Herzen Saiten zum Klingen bringen wird, die bislang stumm geblieben sind. Das wird dann für mich der größte, der wertvollste Triumph von allen sein, der einzige, nach dem es mich verlangt, denn Sie täuschen sich sehr darin, hielten Sie mich für einen Einsiedler, der nur in seiner Gedankenwelt lebt und der keinen Wert darauf legt, von Frauen verstanden zu werden.«

Die Marquise reagierte darauf ganz nach Balzacs Wünschen: Nicht nur gab sie sich mit dem nächsten Brief als Claire-Clémence-Henriette-Claudine de Maillé de la Tour-Landry, Marquise (später Duchesse) de Castries zu erkennen, sondern forderte Balzac auch auf, sie zu besuchen. Balzac nahm dies sofort als willkommenen Anlass, seine Liebebedürftigkeit zu annoncieren. Er antwortete umgehend mit dem Laure de Berny verleugnenden Eingeständnis: »Es ist so selten, noblen Herzen und aufrichtigen Freundschaften zu begegnen. Ganz besonders entbehre ich jeglicher Zugeneigtheit, auf die ich mich stützen könnte, so dass ich, selbst auf die Gefahr hin, in Ihren Augen viel zu verlieren, wenn wir uns begegnen, Ihren großherzigen Vorschlag annehme.« Damit begann eine Beziehung, die Balzac mit großer Intensität pflegte. Als Dandy herausgeputzt, einschließlich der strohgelben Glacéhandschuhe, ließ er sich oft von seinem *tigre* im schnittigen Cabriolet zur Rue du Bac kutschieren, wo ihn die schöne Marquise, die seit einem Reitunfall stark gehbehindert war, auf einer Chaiselongue in ihrem Salon empfing.

Die damals fünfunddreißig Jahre alte Henriette de Castries war, glaubt man dem Urteil der Zeitgenossen, eine seltene Schönheit, deren edle, marmorweiße Gesichtszüge von rotblonder Lockenpracht umspielt wurden. Balzac hat ihr Äußeres und ihr Wesen zur Schilderung der Marquise d'Aiglemont verwendet, der Protagonistin im Roman *La Femme de trente ans,* mit dessen erster Ausarbeitung er damals befasst war. Es waren aber keineswegs nur das Aussehen oder die hohe Geburt – sowohl die Maillé wie die Castries gehörten zum alten französischen Hochadel –, wovon sich Balzac faszinieren ließ. Vor allem war es wohl ihre stadtbekannte tragisch-romantische Lebensgeschichte, dass er sich rasch in Verliebtheit hineinsteigerte. Ihre Ehe mit dem Marquis de Castries, eine arrangierte Heirat zwischen zwei herzoglichen Familien, hatte die junge Frau tief unglücklich gemacht. Umso mehr sehnte sie sich nach einer Liebe, die ihr 1822 in Gestalt eines jungen, gerade einmal zwanzigjährigen Mannes begegnete, des Fürsten Victor von Metternich, des ältesten Sohns des österreichischen Staatskanzlers aus seiner ersten Ehe mit der Fürstin Kaunitz, der als Attaché an der österreichischen Botschaft in Paris Dienst tat.

Die längst eingetretene Entfremdung der Eheleute mündete in faktische Trennung, kaum dass sich der junge Metternich der Marquise erklärt hatte und von dieser erhört worden war. Ihrer stürmisch-romantischen Liebesbeziehung entspross 1827 ein Knabe, der aber vaterlos aufwachsen musste, denn Victor von Metternich starb Ende November 1830 an Tuberkulose. Der frühe Tod des Geliebten traf die Marquise de Castries schwer, so schwer, dass sie ihn ihr Lebtag nicht verwinden konnte. Balzac, der in weiblicher Psychologie bestens bewandert war, hätte bewusst sein müssen, dass diese Vorgeschichte unwiderstehlich ihren Schatten auf seine Liebeshoffnungen und mondänen Illusionen legen würde. Aber alle seine Erfahrungen und Verstandeskräfte kamen nicht gegen die Vorstellung an, dass die Marquise de Castries eben jenem Idealbild einer Frau entsprechen könnte, das er im Brief an Zulma Carraud skizziert hatte: Sie schien Mutter und Geliebte in einem zu sein, eine Vermutung, die während seiner langen Abwesenheit von Paris – von Anfang Juni 1832 weilte er zunächst in Saché und dann, ab Mitte Juli, bei den Carrauds in Angoulême – zur Gewissheit wurde.

Balzac war damals vor allem mit der Fertigstellung der *Notice biographique sur Louis Lambert* befasst, einer stark autobiographisch beeinflussten Erzählung, die ihn wieder mit den Leidenserfahrungen seiner Kindheit und Jugend konfrontierte. Die intensive Beschäftigung mit den einst gemachten traumatischen Erlebnissen muss Balzacs latentes Sehnen nach Liebe und Mütterlichkeit erneut angefacht haben, wie nicht zuletzt der unerträglich überschwängliche Liebeshymnus, das Fragment eines Briefes von Louis Lambert an Pauline de Villemoix, beweist, bei dessen Abfassung er sich ganz offensichtlich die leidenschaftlichen Liebesbriefe zum Vorbild nahm, mit denen ihn Laure de Berny noch immer überschüttete. Insofern war es besonders unredlich, dass er ausgerechnet dieses Fragment Ende Juli der Marquise de Castries sandte, die für derlei alles andere als unempfänglich war, wie ihre Antwort zeigt: Sie forderte Balzac mit erneutem Nachdruck auf, sie und ihren Onkel, den Duc de Fitz-James, im Badeort Aix-les-Bains in Savoyen zu besuchen, wohin sie sich zur Kur begeben werde. Von dort wolle man mit ihm in die Schweiz und nach Italien weiterreisen.

Von seinem Kommen nach Aix-les-Bains war schon länger die Rede, doch Balzac bekundete, diesem Ansinnen bislang mit gesunder Skepsis begegnet zu sein. Das jedenfalls versuchte er Zulma Carraud im Juli 1832 weiszumachen: »Ich soll nach Aix in Savoyen hochsteigen, jemandem hinterherlaufen, der sich vielleicht über mich lustig macht. Es handelt sich dabei um eine dieser aristokratischen Frauen, die Sie zweifellos verabscheuen, eine jener engelsgleichen Erscheinungen, denen man eine schöne Seele nachsagt; die wahre Duchesse, sehr herablassend, sehr liebenswürdig, raffiniert, geistreich, kokett, eine, wie sie mir noch nicht begegnet ist! Sie gehört zu den Phänomenen, die verlöschen, und die mir beteuert, mich zu lieben, die nur mich in einem Palast in Venedig um sich haben will (Ihnen verrate ich aber auch alles!) und die sich wünscht, dass ich nur noch für sie schreibe. Es ist eine von den Frauen, die man unbedingt auf Knien anbeten muss, wenn sie dies verlangen, und die zu erobern ein wahres Vergnügen ist. Die Frau aller Träume! … wegen allem und jedem eifersüchtig! Ach, viel besser wäre es, in Angoulême [d. h. bei der Adressatin] in der Pulvermühle zu sein, sich anständig und ruhig zu verhalten und dem Klappern der Mühlen zu lauschen und in Trüffeln zu schwelgen.«

Nein, der Köder war zu verlockend, und nichts mehr würde ihn, das war schon jetzt klar, von dieser Reise nach Aix-les-Bains abhalten. Was ihm noch fehlte, war das notwendige Geld. Das verschaffte ihm eine gute Fee namens Joséphine Delannoy, die begüterte Tochter eines Bankiers und Bekannte seiner Mutter, die ihn als Autor bewunderte und die bereit war, 10 000 Franc zu leihen, um seine drückendsten Schulden zu begleichen, vor allem aber um ihm die Mittel an die Hand zu geben, »die geplante Reise anzutreten, die mir in jeder Hinsicht zweckmäßig zu sein scheint«. Dieses märchenhafte Glück erlebte Balzac, weil seine Mutter ihrer Bekannten in den Ohren gelegen hatte, dem Sohn doch die Mittel zu geben, die schöne Marquise de Castries, die ihm so huldvoll gesonnen sei, endgültig zu erobern. Ein solcher Roman war klatschsüchtigen Frauen schon ein Darlehen wert.

Am 22. August 1832 brach Balzac in der Postkutsche von Angoulême zur Reise ins Glück auf, das ihn vermeintlich in dem seit 1815 wieder zum Königreich Sardinien-Piemont gehörenden Savoyen erwartete. Die Reise quer durch Frankreich von West nach Ost dürfte sich zunächst sehr verheißungsvoll angelassen haben, konnte er doch bei strahlendem Sommerwetter sein empfängliches Auge über blühende Landschaften und schmucke Städte schweifen lassen, deren Erinnerung er später in mancher Novelle wieder aufrufen würde. In Thiers, einem Ort bei Clermont, erlitt Balzac jedoch einen Unfall, der ihn, abergläubisch wie er war, hätte dazu bestimmen müssen, von seinem Vorhaben abzulassen: Als er die Kutsche besteigen wollte, gingen die Pferde durch, und Balzac wurde so unglücklich zu Boden geschleudert, dass er sich eine große, bis zum Knochen offene Wunde am Oberschenkel zuzog. Da er dennoch keine Zeit verlieren wollte, ließ er sich mit der unversorgten Verletzung im Liegen bis Lyon transportieren, wo er zwei Tage später eintraf und erst dann von einem Arzt behandelt wurde.

In Aix wurde Balzac auf das Liebenswürdigste von der Marquise empfangen, die ein Hotelzimmer mit grandioser Aussicht auf die Berge und den Lac du Bourget hatte reservieren lassen. Während er tagsüber auf dem Zimmer an den Korrekturen des *Louis Lambert,* an Aufsätzen für die *Revue de Paris* arbeitete oder Briefe an seine Mutter schrieb, die sich in der Rue Cassini um seinen verwaisten Haushalt und seine Schulden kümmerte und die er mit einer Fülle von Aufträgen überschüttete, verbrachte er die Abende in Gesellschaft der Marquise. Er speiste an deren Tafel in Gesellschaft ihres Onkels Duc de Fitz-James und des Baron James de Rothschild, der seinen persönlichen Postdienst zur Beförderung von Balzacs Korrespondenz anbot. Balzac dankte dieser großzügigen Geste damit, dass er in Briefen, wann immer er auf den Baron zu sprechen kam, der von nun an häufiger seine Wege kreuzen und ihm manche Gefälligkeit erweisen sollte, dessen Namen notorisch falsch schrieb: »Rostchild« oder auch »Roschtild«.

Aix-les-Bains war damals noch eine ländliche Idylle, die nur wenig Ablenkung bot. Sobald die Wunde verheilt war und Balzac sich wieder halbwegs bewegen konnte, unternahm er mit der Marquise Ausflüge zu allerhand Sehenswürdigkeiten der Umgebung: zum Lac de Bourget, zur Grande Chartreuse, einem verlassenen Kloster, in dem Balzac in einer Zelle die Inschrift entdeckte: »fuge, late, tace« – »fliehe, verbirg dich, schweige«, die ihn zu der Novelle *Le Médecin de campagne* inspirierte. Ende September schrieb er der Mutter: »Ich habe drei Tage und Nächte gearbeitet und ein Bändchen kleinsten Formats mit dem Titel *Le Médecin de campagne* fertiggestellt.« Dichtung und Wahrheit. Als der Verleger Louis Mame Mitte November im Vertrauen auf Balzacs wiederholte Zusicherungen, dass er bald das längst überfällige Manuskript dieser Novelle erhalten würde, nach Nemours eilte, erwarteten ihn lediglich kurze Inhaltsangaben zu einzelnen Kapiteln und ein alles andere als zerknirschter Autor.

Tatsächlich arbeitete Balzac während des Aufenthalts in Aix an keinem Stoff, wie er in Briefen immer wieder behauptet, weder an *La Bataille* noch gar an *Les Trois cardinaux.* Es waren nur Ausreden, mit denen er die Mutter, Zulma Carraud oder Laure de Berny, die alle dieser Reise mit unterschiedlichsten Empfindungen begegneten, zu beruhigen suchte. Noch wichtiger war vermutlich die Selbsttäuschung, denn neue Buchprojekte bedeuteten immer auch Aussicht auf bares Geld, woran es Balzac jetzt trotz des Darlehens von Frau Delannoy entschieden mangelte. Doch war Balzac in Aix offenbar gar nicht in Stimmung, einen größeren Stoff zu konzipieren und auszuarbeiten, weil er viel zu sehr damit beschäftigt war, Henriette de Castries zu erobern, sie endlich zu seiner Geliebten zu machen.

Damit ging es aber nicht recht voran. Die gemeinsamen romantischen Erlebnisse, das traute Verweilen an murmelnden Bächen, vor einer in Ruinen liegenden Mühle, das Besteigen des Hausbergs Dent-du-Chat oder auch das Zugeständnis der Marquise auf Bitten Balzacs, sie »Marie« nennen zu dürfen, schienen zwar Vorzeichen für die nahe Erfüllung seines brennenden Wunsches. Die wollte sich aber partout nicht einstellen, was Balzac wiederholt in tiefe Zweifel stürzte. Anfang September klagte er Zulma Carraud: »Ich bin hierhergekommen, um wenig und viel zu suchen. Viel, weil ich mit einer charmanten, liebenswürdigen Person Umgang habe; wenig, weil ich von ihr niemals geliebt werde. Warum haben Sie mich nach Aix geschickt? (...) Madame de Castries ist der raffinierteste Typ von Frau: eine vollkommenere Ausgabe von Mme. de Beauséant [d. h. der Heroine seiner Erzählung *La Femme abandonnée*]; aber bei ihr geht die ganze Grazie zu Lasten ihres Herzens.«

In diese Scharte des Selbstzweifels am Gelingen seiner Werbung hieb Zulma Carraud mit geradezu triumphierender Wonne ein: »Haben Sie«, fragt sie in Anspielung auf seinen gleichnamigen Roman, »das Chagrinleder gemessen, seit Sie Ihre Wohnung renoviert haben, Sie Ihr so modernes Cabriolet alle Tage um zwei Uhr in der Nacht in der Rue du Bac abholt? Warum habe ich Sie nach Aix geschickt, Honoré? Weil es nur dort das gab, wonach es Sie verlangt. (...) Sie wollten eine Frau ätherischen Wesens, mit Sie betörenden Manieren, eine wahrhaft elegante Erscheinung und Sie erwarten sich in dieser samtenen Hülle eine große und in vielen Facetten funkelnde Seele! Das jedoch gibt es nicht.«

Es half alles nichts, Balzac blieb im Wahn gefangen, die

Frau zu erobern, die er, je länger sie sich seinem stürmischen Werben entzog, desto mehr begehrte. Deshalb reifte in ihm jetzt der Entschluss, die Spröde im Sturm zu nehmen, es mussten also umgehend die Belagerungswerkzeuge beschafft werden für den letzten Erfolg. Mitte September 1832 bat er die Mutter um Zusendung von zwei Paar Stiefeln, »ein Paar elegante für den Salon und ein Paar derbe, das ist alles, was ich brauche.« Von wegen, einige Zeilen später heißt es: »Um nach Italien zu reisen, benötige ich dringend tausend Écus. (...) Die Stiefel! Die Stiefel! Hier kostet das Paar 80 Franc. (...) Bitte säume nicht mit den Besorgungen, um die ich Dich bat. Füge dem Paket mit den Stiefeln noch einen Topf mit *pommade de Joannis* bei und eine Flasche des *Eau de Portugal* von Houbigand. Das vor allem vermisse ich hier sehr.« Zwei Tage später ein weiterer Brief, der nur eine Bitte enthält: »Ein halbes Dutzend Handschuhe, gelb.« Die von Salonstiefeletten, Pomade und Parfüm erhoffte Wirkung würde, wie könnte es anders sein, verpuffen, kombinierte er sie nicht mit einem halben Dutzend der strohgelben Glacéhandschuhe.

Ein weiterer Brief an die Mutter vom 23. September verrät, dass der Sturmangriff auf die Festung de Castries unmittelbar bevorsteht. Balzac bittet um die schleunige Zusendung von »sechs neuen Batist-Krawatten« und neuen Hemden... Alle Zurüstungen, so erläutert er, seien für die geplante Italienreise vonnöten. »Dann werde ich nämlich überall mit der großen Welt verkehren. Eine ähnliche Gelegenheit wird sich mir nie wieder bieten. Er [d. h. der Duc de Fitz-James] war bereits in Italien; er kennt sich dort aus und wird mir deshalb nicht nur unnötige Umwege ersparen, sondern sein Name wird mir auch manche Türen öffnen. Die Duchesse [der Marquise de Castries wurde diese Standeserhöhung erst später zuteil] und er sind sehr gut zu mir.«

Wie es mit Balzacs Bemühungen um die Marquise weiterging, ja, wann und wo er mit neuen Stiefeln, frischen Handschuhen, sauberem Hemd und Krawatte, von Pomade glänzend und eingehüllt in eine Wolke von *Eau de Portugal,* zur längst geplanten Tat schritt, liegt im Dunkeln. Jedenfalls scheiterte er bei der alles entscheidenden Attacke kläglich. Eine Vorahnung dieses Ausgangs teilte er Zulma Carraud Ende September mit: »Sie hatten gleichermaßen recht und unrecht, mich hierher zu schicken. Unrecht, weil ich Ihnen sehr nahe war [Anspielung darauf, dass Balzac während seines letzten Aufenthalts in Angoulême versucht hatte, Zulma Carraud zu verführen, was diese mit würdiger Ruhe zurückwies]; recht hatten Sie jedoch andererseits, weil die Reise meine Gedanken hob. Ich sage mir nämlich, dass ein Leben wie das meinige sich nicht an irgendeinen Weiberrock klammern darf, dass ich meiner Bestimmung in einem ganz umfassenden Sinne folgen und höher blicken muss als nur auf die Gürtel.« Diese Passage illustriert auch, worauf sich Balzac stets gut verstand: seinen Adressaten nach dem Munde zu reden.

Die strikte Weigerung der Marquise de Castries, Balzacs Liebeswerben zu erhören, verletzte auch seine Eigenliebe: aber nicht so sehr deshalb, weil seine Liebe verschmäht, sondern vor allem, weil er sich im tiefsten Kern seines gesellschaftlichen Ehrgeizes getroffen fühlte. All sein Streben und Trachten, sein Wahn, in der aristokratischen Gesellschaft als Gleicher unter Gleichen zu verkehren, der bewunderte Mittelpunkt der exklusivsten Pariser Zirkel und Salons, willkommener Gast an allen europäischen Höfen zu sein, das Erbe eines Chateaubriand anzutreten und diesen an literarischer Bedeutung wie politischer Wirkung weit zu übertreffen, das Denken, Wollen und Meinen der Zeitgenossen zu beeinflussen, dieser grandiose Entwurf seiner selbst, den auszuarbeiten und Gestalt werden zu lassen er seit 1830 so viel Mühe aufgewandt hatte, stürzte jetzt wie ein Kartenhaus in sich zusammen. Wahrlich verlorene Illusionen.

Davon aber kein Wort im Brief an Zulma Carraud Anfang Oktober, lediglich das Eingeständnis, »von bittersten Kümmernissen geplagt« zu sein, und die wahren Ursachen verschweigend: »Ich muss auf meine Italienreise verzichten. Meine Mutter verlässt mein Haus, weigert sich, sich fürderhin um meine Angelegenheiten zu kümmern.« Gut eine Woche später ließ er sie erneut von Genf aus wissen, die Mutter könne sich nicht länger mit der Erledigung seiner Geschäfte befassen – und da er für sie keinen Ersatz habe, bliebe ihm keine andere Wahl, als »für die nächste Zeit in Frankreich zu bleiben und alle meine Belange selber zu besorgen«. Mit dem nächsten Satz versichert er Zulma Carraud aber bereits: »Ich will nicht nach Paris gehen. Dort werde ich nur immerzu gestört. Lieber bleibe ich völlig unerkannt in einer gewissen Entfernung, um mich der Belästigungen der Mitmenschen« – Balzac dürfte dabei an die Scharen der Gläubiger und an die Verleger gedacht haben, bei denen er mit vertraglich vereinbarten Manuskripten im Rückstand war – »zu entziehen. (...) Ich habe so viel am Hals, dass ich es Ihnen gar nicht zu sagen vermag. Aber nur für den Fall, dass ich meinen Aufenthalt in der Nähe von Paris nicht unter den Umständen einrichten kann, die mir vorschweben, werde ich zu Ihnen in die Pulvermühle kommen. (...) Ich muss unablässig arbeiten, Oktober, November, Dezember und Januar. Um das auszuhalten, brauche ich Ablenkungen. Auf diese musste ich seit einem Jahr verzichten. Madame de Castries muss ich jedoch insoweit Gerechtigkeit widerfahren lassen, dass sie mir das großherzige Angebot gemacht hat, mich zu begleiten, und sie auch den Mut hätte, sich mit mir in ein Landhaus einzuschließen. Sie will jedoch unbedingt nach Italien. Dem habe ich mich verweigert. Wenn meine Geschicke es mir erlauben, wird es für mich jedoch keinen Grund geben, im kommenden Februar nicht in Italien zu sein.«

Das nennt man, mit der Wahrheit lügen, denn was Balzac schamhaft »Ablenkungen« nennt, war das Ausleben seines ausgeprägten Geschlechtstriebs, den zu befriedigen sich Henriette de Castries geweigert hatte. Dieser andauernden Qual wollte er sich nicht länger aussetzen, weshalb er ihr »großherziges« Angebot ausgeschlagen habe, mit ihr nach Italien zu reisen. Auf diesen Vorschlag könne er jedoch jederzeit zurückkommen, sobald er seinen Trieb ausgelebt und auch die anliegenden dringlichen Schreibarbeiten erledigt habe.

Balzac gibt sich mit 32 Jahren als das zu erkennen, was er immer bleiben sollte: ein großes Kind, das sich in Not und Bedrängnis unter den Rock der Mutter flüchtete. Für deren Rolle bot sich damals nur eine einzige Person an: Laure de Berny. Nach tränenreichem Abschied von Henriette de Castries in der symbolträchtigen Villa Diodati über

Cologny, in der Lord Byron 1816 mit den Shelleys zusammengetroffen war, reiste er am 18. Oktober zum Landsitz *La Bouleaunière* bei Nemours. Dort erwartete ihn Laure de Berny, die ihm bis Anfang Dezember in alles verzeihender Liebe überreich das gewährte, was er so lange schmerzlich hatte vermissen müssen. Als Ende Oktober der Verleger Gosselin Balzacs *Nouveaux Contes philosophiques* in den Buchhandel brachte, schmückte die darin enthaltene *Notice biographique sur Louis Lambert* zum ersten Mal eine gedruckte Widmung:

Dilectae dicatum
Et nunc et semper
1822–1832

## *Eine geheimnisvolle Fremde*

In der tiefen Enttäuschung durch Henriette de Castries verbarg sich eine Pointe, die Balzac erst aufging, als er sein Trauma überwunden hatte. Ende Januar 1833 schrieb er Eveline Hanska: »Ich bin einer Feodora leibhaftig begegnet, aber ich werde von ihr kein Bild malen; außerdem war es schon zu lange her, dass *La Peau de chagrin* erschienen ist.« Diese beiläufige Bemerkung wird die Hanska kaum verstanden haben, zumal Balzac damit gewissermaßen im brieflichen Selbstgespräch eine Einsicht aussprach, die ihm selbst erst jetzt zu Bewusstsein kam: Seine Vernarrtheit in die Marquise de Castries wie das Scheitern, sie zu besitzen, entsprachen in allen Einzelheiten jener Tragödie, die sein Protagonist Raphaël in *La Peau de chagrin* durchleiden musste, der wie er der Frau de Castries, jener Feodora verfallen war, von der Raphaël aber bald dämmerte: »Eine aristokratische Frau und ihr feines Lächeln, ihr ausgesuchtes Betragen wie ihre Selbstachtung entzückten mich über alle Maßen; sobald sie eine Schranke zwischen sich und die Welt legte, erregte sie in mir alle Eitelkeiten, die einen Gutteil der Liebe ausmachen.« Und an anderer Stelle sagt Raphaël von Feodora: »Sie war mehr als eine Frau, sie war ein Roman.«

Das Scheitern bei Henriette de Castries illustriert nebenbei, dass man aus den Erfahrungen anderer, auch wenn man sie selbst detailliert geschildert hat, für sich keine Lehren zieht. Im Widerspruch zu dem, was er der Hanska schrieb, lieferte das Erlebnis Balzac zunächst keinen Stoff für einen Roman, doch für eine Erzählung, deren erste Teile unter dem Titel *Ne Touchez pas la hache* im April und Mai 1833 ausgerechnet in der legitimistischen Revue *L'Echo de la Jeune France* erschienen. Diese später zum Roman erweiterte Erzählung, auch eine Satire auf die im Faubourg Saint-Germain lebende Aristokratie mit ihren Lügen, falschen Prätentionen und Irrtümern, nimmt ein Ende, das im Lichte der Erlebnisse ihres Autors eine bemerkenswerte Moral verkündet. Der trotz ausdauernder und sich selbst verleugnender Werbung von der Duchesse de Langeais nicht erhörte Marquis de Montriveau, der Balzac ebenso ähnlich ist wie die Duchesse ihrem Vorbild in der Wirklichkeit, fasst den Entschluss, sich für die Enttäuschung seiner Liebe zu rächen. Er entführt die Duchesse de Langeais und brennt ihr mit glühendem Eisen seine Initialen in den Körper, damit sie außerstande sei, jemals »andere Herzen zu missbrauchen«. Die Duchesse versteht diese Grausamkeit jedoch als Beweis der Liebe und sagt zu Montriveau: »Wenn du eine Frau derart als die Deinige gekennzeichnet hast, wenn sie deine Initialen unauslöschlich trägt, nun gut, dann wirst du sie niemals verlassen können, dann wirst du auf immer mir gehören.« Die Duchesse, wegen dieser grausamen Beleidigung in ihren Kreisen unmöglich geworden, beschließt daraufhin, ins Kloster zu gehen. Von Reue gepackt will Montriveau sie von dieser Entscheidung mit Gewalt abhalten und aus dem Kloster entführen, kommt aber zu spät. Als er mit dreizehn Helfern in das Kloster eindringt, liegt der entseelte Körper der Geliebten, deren »Gesicht in überirdischer Schönheit erstrahlte«, in ihrer Zelle. Von den Nonnen, die sich schon zur Beerdigungsprozession formiert haben, unbemerkt, entführen sie den Leichnam und schaffen ihn auf ein Schiff, das zur Flucht dient. Die Moral der Geschichte liefert der Schlussdialog: »›Da hast du es‹, bemerkte Ronquerolles [einer der dreizehn] zu Montriveau, sobald der auf der Brücke erschien, ›das war einmal eine Frau, jetzt ist sie nichts. Befestigen wir an jedem ihrer Füße eine Kanonenkugel, werfen sie ins Meer und bewahren sie in Erinnerung wie ein Buch, das wir während unserer Kindheit gelesen haben.‹ – ›Ja‹, versetzte darauf Montriveau, ›sie ist nichts mehr als ein Gedicht.‹ – ›Bist also wieder zur Vernunft gekommen. Von jetzt an nur noch flüchtige Leidenschaften. Die Liebe indes, die muss man gut zu setzen wissen, denn es ist immer nur die letzte Liebe einer Frau, die einem Mann die Erfüllung seiner ersten Liebe schenkt.‹« Der letzte Satz lässt sich unschwer als schönste Hommage an Frau de Berny verstehen.

Die Essenz der Erzählung resümierte die Erfahrungen Balzacs während seines Aufenthalts in *La Bouleaunière* im Herbst 1832: Seine erste Liebe, Laure de Berny, wusste den Trost zu spenden, den er brauchte, erlöste ihn von allen Leiden, die ihm die Marquise de Castries durch hartnäckige Verweigerung zugefügt hatte. Eine fünfundfünfzigjährige Frau, die ihren Liebreiz, ihre erotische Attraktivität, die Balzac einst betörten, längst verloren hatte, wie er oft in Briefen klagte, vermochte ihn dennoch mit ihrer Liebe, trotz aller bitteren Enttäuschungen, wieder aufzurichten. Das hat er ihr nicht gedankt. Als sie vier Jahre später, im

Sommer 1836, in *La Bouleaunière* unter qualvollen Leiden starb, war Balzac, der davon wusste, ungerührt zu neuen Eskapaden nach Turin aufgebrochen.

Wie rasch Balzac im Herbst 1832 dank der Zuwendungen von Laure de Berny wieder zu seinem alten Selbst, zum wahrhaft kindlichen Optimismus und allen weiteren Selbsttäuschungen zurückfand, zeigt sein Brief von Nemours Ende November an Zulma Carraud: »Mein Vermögen wird sehr beträchtlich. Meine Verleger haben mir für dieses Jahr 30 000 Franc in Aussicht gestellt, meine Einnahmen bei den Zeitungen nicht eingerechnet. Und in acht Jahren werden sie mir auf einen Schlag das Kapital für diese schöne Rente verschaffen. Ach, wenn Sie mich nur sehen könnten, wie ich Tag und Nacht schufte, immer nur mit sechs Stunden Schlaf auskomme, dann würden Sie sich sagen, dass ich das wohl verdient habe. (...) Ich bräuchte eine Frau wie Sie. Aber ich kann mich nicht beklagen; ich bin mit einer ganzen Reihe edler Seelen eng befreundet, und unlängst erst erhielt ich den göttlichen Brief einer russischen oder polnischen Fürstin.«

Seine Illusionen stehen prächtiger in Blüte denn je. Die 30 000 Franc, die er allein mit Buchhonoraren 1832 verdient haben will, sind pure Phantasie, wie seine beiden postumen Bilanzbuchhalter Bouvier und Maynial nachgewiesen haben. Noch bemerkenswerter ist die großes episches Talent verratende Beiläufigkeit, mit der Balzac eine noch unbekannte Frau bei seiner Vertrauten Zulma Carraud einführt, von der er aber schon jetzt weiß, dass sie und keine andere dazu bestimmt ist, die Protagonistin seines großen Lebensromans zu werden. Dass *l'Étrangère,* »die Fremde«, wie er sie zunächst nannte, weil sie im ersten Schreiben ihren Namen verheimlichte und nur mit *l'Étrangère* unterzeichnete, eine Hauptrolle in seinem weiteren Leben spielen würde, dessen war er sich seit dem März 1832 bereits gewiss. Dass er zahlreich Post von Leserinnen seiner Erzählungen und Novellen erhielt, war für Balzac nichts Ungewöhnliches. So war er bereits mit der Marquise de Castries in Berührung gekommen. Meistens waren diese Briefe ohne Absender oder mit falschem Namen unterschrieben. Nur wenige erregten Balzacs Neugier und appellierten an seine Instinkte, so dass er den Ball aufnahm und zurückwarf. So war es bei Frau de Castries, so war es jetzt bei *l'Étrangère.*

Der erste Brief der Comtesse Hanska an die Adresse seines Verlegers Charles Gosselin ist nicht überliefert. Anhand von Balzacs Antwort vom Mai 1832 lässt sich aber vermuten, dass sie ihm Vorwürfe machte, in *La Peau de chagrin* im Unterschied zu seinen früheren Werken die weiblichen Gefühle und Charaktere nicht mit der gewohnten Feinfühligkeit geschildert zu haben. Auch hat sie ihn wohl wegen seiner skeptischen oder ironischen Schilderungen getadelt. Kurz, der Inhalt entflammte Balzacs Phantasie. Dazu kam, dass der Brief von Odessa am Schwarzen Meer abgeschickt worden war. Dass er selbst in dieser Weltabgeschiedenheit eine begeisterte Leserin hatte, musste ihm natürlich schmeicheln. Außerdem musste die Briefschreiberin, die sich in fehlerfreiem Französisch ausdrücken konnte, den höchsten Gesellschaftskreisen angehören und folglich märchenhaft reich sein. Zu vermuten war überdies, dass sie verhältnismäßig jung und eine Schönheit an Leib und Seele sei. Für Balzac, dieses große Kind, den die sichere Aussicht auf Lebensglück stets narrte, war das jedenfalls von Anfang an eine felsenfeste Gewissheit. Wie aber den Faden zu der fernen, verlockenden Unbekannten anspinnen? Möglicherweise hatte *l'Étrangère* im ersten Schreiben einen entsprechenden Wink gegeben, denn am 4. April 1832 erschien in *La Gazette de France,* einer Zeitung, die auch im Ausland weitverbreitet war, eine Anzeige: »M. de B. hat einen an ihn am 28. Februar gerichteten Brief erhalten. Er bedauert, darauf nicht antworten zu können. Da seine Wünsche aber nicht derart sind, um sie hier öffentlich machen zu können, hofft er, dass ihm sein Schweigen nicht zum Nachteil gereiche.«

So begann höchst geheimnisvoll und verwickelt, Balzacs romantisches Gemüt ungemein beflügelnd, eine Korrespondenz, bei der er, bezeichnend für seine Wahllosigkeit, mit der er Frauen umwarb, sogleich aufs Ganze ging. Den ersten Brief, den er der geheimnisvollen Fremden im Mai 1832 sandte, ist bereits von einschlägiger und bedrängender Offenheit, die nicht nur allen Konventionen, sondern auch den einfachsten Regeln der Lebensklugheit Hohn spricht. In Anspielung auf die Anzeige in *La Gazette de France* eröffnete Balzac seinen Kampf um das Herz und die Zuneigung der Unbekannten so: »Madame, ich bitte Sie inständig, den Autor von dem Mann zu unterscheiden und diesem die Aufrichtigkeit seiner Empfindungen zu glauben, die ich nur unklar dort auszudrücken vermochte, wo ich durch Sie genötigt war, mich mit Ihnen schriftlich in Verbindung zu setzen. Unbeschadet des stetigen Misstrauens, das mir einige Freunde hinsichtlich solcher Briefe, wie ich die Ehre hatte, auch von Ihnen zu erhalten, einflüstern, wurde ich in Ihrem Schreiben ganz lebhaft von einem Ton berührt, den jene höhnischen Stimmen nicht zu verfälschen vermochten. Sollten Sie so huldvoll sein, einem jungen Herzen und einer ganz jungfräulichen Phantasie den Übermut zu verzeihen, würde ich Ihnen das Geständnis machen, dass Sie für mich das Objekt der süßesten Träume sind. Trotz meiner Arbeiten habe ich mich oft bei der Vorstellung ertappt, die Räume zu überwinden und mich in jener unbekannten Landschaft zu tummeln, in der Sie, die Unbekannte, als Einzige Ihres Volkes leben.«

Nach dieser, in weiteren Volten und Girlanden sich fortspinnenden Einleitung lässt Balzac in einem ersten kühnen Vorstoß aufblitzen, wonach es ihn drängt, was das Ziel seines tiefsten Sehnens ist: »Ich habe Ihnen von fern brüderlich die Hand gereicht, ohne jede Blasiertheit wie auch ohne alle Koketterie, allein mit einem beinahe zahmen Zutrauen und reinen Gewissens und, hätten Sie meine Augen gesehen, dann hätten Sie unweigerlich die Anbetung des Liebenden und die Glaubensüberzeugungen des Herzens gewahrt, die reine Zärtlichkeit, die den Sohn mit der Mutter, den Bruder mit der Schwester verbindet, die ganze Achtung eines jungen Mannes für die Frau wie auch die köstlichen Hoffnungen, die mit einer langen und intensiven Freundschaft einhergehen. Das ist ein ganz und gar schwärmerisches Gebaren, aber wer wird das Schwärmerische tadeln wollen. Es sind nur die frostigen Seelen, die nicht all das wahrnehmen, was an Gewaltigem sich in jenen Gefühlen verbirgt, denen der Unbekannte freien Lauf lässt. Je weniger wir uns von der Wirklichkeit einschüchtern lassen, desto prächtiger wird die Seele erblühen.«

Was Balzac der »Fremden« vorschlägt, ist von verlockender Ambivalenz: eine im Gleichklang der Seelen geführte Korrespondenz, ein vierhändig geschriebener Liebesroman, der den trennenden Raum überwindet und das Empfinden geradezu häuslicher Nähe und Vertrautheit schafft. Das ist das eine; das andere, und diese Möglichkeit schwingt immer mit, dass dieser Roman irgendwann nicht nur seine Fortsetzung, sondern seine Vollendung im wirklichen Leben finden könnte. So sieht jedenfalls die Perspektive aus, die allen Beteuerungen von Achtung und Aufrichtigkeit, seinem Gesülze von Anbetung und Glaubensüberzeugungen des Herzens einen Fluchtpunkt zuweist und ihnen damit eine potentielle Substanz verschafft, die alles Redensartliche desavouiert. Um dennoch möglichen Missverständnissen vorzubeugen, kommt Balzac auf einen Einfall, der ihn als Genie eines Verführers ausweist, jedenfalls auf einem Feld, auf dem er seiner Meisterschaft sicher sein kann: dem der Literatur. Die bemüht er, um seine rückhaltlose Ehrlichkeit zu beweisen, da sie allein es vermöge, *l'Étrangère* erfolgreich zu umgarnen und auf Dauer an sich zu binden:

»Inmitten des Kampfes, den ich zu bestehen habe, inmitten meiner aufreibenden Arbeiten, meines unablässigen Bemühens in diesem aufgeregten Paris, wo die Politik wie die Literatur sechzehn oder achtzehn von den vierundzwanzig Stunden mir Unglücklichem auffressen, der ich so ganz anders bin als der, den sich jeder erträumt, erlebte ich dennoch diese lieblichen Stunden, die ich allein Ihnen schulde. Um Ihnen dafür zu danken, habe ich Ihnen den 4. Band der *Scènes de la vie privée* gewidmet, indem ich Ihr Siegel der letzten dieser Szenen voranstellte [i. e. *L'Expiation,* das letzte Kapitel von *La Femme de trente ans*]. Allein, eine Person, die zu mir wie eine Mutter ist und deren Launen und Eifersucht ich zu beachten habe, hat von mir gefordert, dass dieses stumme Zeugnis meiner geheimen Empfindungen entfernt wird. Ich bekenne Ihnen diese Widmung wie deren Zerstörung ganz aufrichtig, denn ich halte Sie für eine erhabene Seele, die eine Hommage nicht gewollt hätte, die dieser ebenso edlen wie großen und mütterlichen Person – sie stand mir in Kümmernissen zur Seite und hat mich vor einem Schiffbruch bewahrt, dem, jung wie ich war, ich sonst unweigerlich zum Opfer gefallen wäre – große Schmerzen bereitet hätte. Ich lebe nur nach meinem Herzen, und sie ist es, die mir das möglich macht. Ich habe ein einziges Blatt mit dieser Widmung, die mir als zutiefst verletzende Koketterie angelastet wurde, vor der Zerstörung bewahren können. Bewahren Sie es auf, Madame, als Zeichen meines Gedenkens und meines Danks.«

Dieses einzig erhaltene Widmungsblatt zeigt außer der Reproduktion des Briefsiegels von der Hanska auch die lateinische Widmung »DIIS IGNOTIS«, »den unbekannten Göttern«, sowie die Datumszeile »28 FÉVRIER 1832«, unter der Balzac die ersten Zeilen von *l'Étrangère* erhielt. Laure de Berny, mit der sich Balzac 1832 in den ersten beiden April-Wochen in Saint-Firmin bei Chantilly aufhielt und die stets alle seine Texte kommentierte und korrigierte, stach diese Widmung sofort ins Auge. Schließlich hatte sie ihn wiederholt wegen seiner flagranten Untreue zur Rede gestellt und heftige Eifersucht bekundet. Das Geschick, mit dem Balzac zunächst seine äußeren Lebensumstände andeutet, dann die unterdrückte Widmung zum Anlass nimmt, seine sohnesgleiche, vorgeblich unschuldige und reine wie auch aufrichtig gefühlte Bindung an eine Frau einzugestehen, verrät vorzügliche Kenntnis weiblicher Psychologie: Er beweist damit Treue wie Respekt vor den Gefühlen einer anderen, der er sich wegen ihrer Zuwendungen selbst dann zu Dank verpflichtet weiß, wenn sie ihm aus Eifersucht den Ausdruck von Gefühlsregungen untersagt, die nicht ihr gelten.

Vor allem die frühen Briefe Balzacs an die Hanska, jene, die er vor der ersten Begegnung Ende September 1833 im schweizerischen Neuchâtel sandte, verblüffen durch ihre Vertrautheit und Aufrichtigkeit. Balzac gibt sich darin als Liebender zu erkennen, den die geradezu existentielle Angst plagt, dass seine Liebe nicht mit der nämlichen Tiefe und Intensität erwidert werden könnte. Deshalb gibt er sich empfindsam und schüchtern und appelliert an die von ihm vermutete oder stillschweigend vorausgesetzte Mütterlichkeit der Hanska, indem er die Einsamkeit seiner Kindertage und die widrigen Umstände schildert, denen er im beruflichen Leben begegnete und die ihn so oft zwangen, seine Pläne zu ändern. Balzac legte ihr sein Leben zu Füßen in der sicheren Erwartung, dass ihm das mit Liebe vergolten wird. Diese emotionale Erpressung kleidete er am Ende seines ersten langen Briefs vom Mai 1832 in ein Bild, das den romantischen Topos schlechthin vorstellt: »Vielleicht werden Sie nie mehr etwas von mir hören, und die Freundschaft, die Sie in mir erweckten, wird dann jener Blume gleichen, die unerkannt in der Tiefe eines Waldes bei einem Sturm vergeht.«

Wie sehr Balzac damit den richtigen Ton und die richtige Strategie getroffen hatte, die geheimnisumwitterte *Étrangère* zu erobern, zeigt deren Antwort von Anfang November 1832, einer von lediglich drei Briefen ihrer umfangreichen Korrespondenz, die überliefert sind. »Sie müssen lieben und geliebt werden. (...) Die Fremde liebt Sie (...) und möchte Ihre Freundin sein. Sie versteht sich darauf zu lieben, aber das ist alles. Ach, Sie werden mich verstehen!« Auch die Hanska beherrschte also das bezügliche Spiel mit jener Ambivalenz, deren Muster Balzac vorgegeben hatte. Sie wendet das wort- und windungsreiche Eingeständnis ihrer Verehrung, ihres Sehnens und Verlangens in erster Linie dem schöpferischen Genie zu, das die bewunderte Literatur geschaffen hat, und dann erst dem Mann, der sich dahinter verbirgt. Balzac jedoch wird diese feine Differenzierung zwischen Mensch und Autor nicht wahrgenommen haben. Ihm dürfte diese Suada hemmungsloser Bewunderung Balsam für die von der Marquise de Castries verletzte Seele gewesen sein, mehr noch als die mütterlichen Zuwendungen von Laure de Berny, von der er sich längst abzunabeln suchte.

Mit großer Aufmerksamkeit registrierte Balzac deshalb auch, was und wie *l'Étrangère* von sich spricht. Nach Form und Inhalt waren dies Mitteilungen, die ihm eine Erfüllung seines Sehnens nach dem Gleichklang zweier innig verwandter Seelen zur Gewissheit machen mussten trotz der vorausgeschickten Warnung: »Für Sie bin ich die Fremde und werde dies mein Leben lang bleiben. Sie werden mich niemals kennen. (...) Ich wünsche, Ihnen gelegentlich zu schreiben, Ihnen meine Gedanken, meine Überlegungen mitzuteilen. Aber halten Sie mich nicht für eine Fanatikerin, für eine, die sich für übersteigerte Ideen begeistert. Nein, ich bin ebenso einfach wie ehrlich, aber auch furchtsam und verzagt. Ich mache so wenig von mir her, dass man mich kaum bemerkt. Ich habe nur Kraft, Energie und Mut für das, was sich bei mir mit dem Gefühl vereint, das mich belebt: der Liebe! Ich weiß zu lieben und ich liebe noch immer. Niemand hat das Feuer der Seele begriffen, das mein ganzes Sein verzehrt. Sie, nur Sie würden mich verstehen. Sie spürten wie ich, dass ich einmal lieben muss, ein einziges Mal, aber wenn ich darin nicht verstanden würde, wäre ich dazu verdammt, nur zu vegetieren und zu sterben ... Ich habe mein Herz gegeben, meine Seele, aber ich bin allein! ... Mein Leben war nichts anderes als ein schmerzlicher Traum enttäuschter Hoffnung, aber eben deswegen möchte ich nicht die Erinnerung einer solchen Liebe missen!«

Nüchtern, und das heißt, nicht mit den Augen Balzacs betrachtet, war das lediglich blutleere Romantik, die wortverliebte Sehnsucht danach, sich mit der Seele des anderen zu vereinen. Dass sich darin ein Versprechen verbarg, das eine konkrete, körperliche Vereinigung mit der Frau seiner Träume verhieß, war ein Missverständnis, das Balzac schon bei der Marquise de Castries genarrt hatte. Eine Wiederholung dieser Enttäuschung wurde ihm jetzt schon dadurch erspart, dass die Entfernung zwischen Paris und dem südöstlichen Winkel der Ukraine, in dem die neue Angebetete lebte, zu groß war, um sie einfach mit dem Besteigen eines eleganten Cabriolets überwinden zu können. Ein Vorteil für Balzac, denn so musste er von der fragwürdigen Wirkung strohgelber Glacéhandschuhe absehen und sich der Mittel bedienen, die er am besten beherrschte: Phantasie, Psychologie und die Meisterschaft zu schreiben.

Die langen Briefe, insgesamt 414, die Balzac an die

Hanska bis 1848 schickt, deren schiere Textmasse beinahe ein Viertel des Umfangs der *Comédie humaine* beträgt, muten deshalb romanhaft an, weil sich die Adressatin in ein Geschöpf des Autors verwandelt, zur Protagonistin in einem Geschehen, das er mit seiner Phantasie modelliert. Bald schon hat die Hanska keine Chance mehr, eine andere Identität zu behaupten als jene, die mit dem Portrait übereinstimmt, das er entwirft. Sie wird darüber zu einem Wesen, das in allem seiner Wunschvorstellung von der idealen Frau entspricht, Geliebte und Mutter zugleich, die ihm das Paradies einer lebenslangen Kindheit verheißt. Dass Sigmund Freud sich nicht intensiv mit Balzac befasste, ist erstaunlich.

Was für die Hanska gilt, trifft umgekehrt auch auf Balzac zu, der in jeder Beziehung ein neues Bild von sich entwarf, bestimmte Facetten seiner Person herauskehrte und dafür andere vertuschte. 1848 versicherte er ihr, er sei an jenem Tag geboren worden, da er sie zum ersten Male gesehen habe, was beweise, dass er erst 14 Jahre alt sei und deshalb auch alle Dummheiten eines Vierzehnjährigen begehe. Tatsächlich zeigen die ersten Briefe einen neugeborenen Balzac, der in eine Rolle schlüpft, die ihn der fernen Unbekannten besonders angenehm, anziehend, ja unwiderstehlich machen soll.

Was zunächst wie ein Liebeswerben beginnt, entwickelt sich rasch zu einem fiktionalen Plot, der, wie im richtigen Roman, als wahr und wirklich ausgewiesen wird. Auch hier spiegelt also einmal mehr der Schein ein Sein vor, was sich aber auf Dauer nicht mit der erforderlichen Umsicht und Konsequenz durchhalten lässt. Deshalb durchbricht bisweilen das Sein die harmonische und glatte Oberfläche des

Scheins, was dann bei der Adressatin für Verwirrung, Eifersucht und sonstige Irritation sorgt, deren Ursachen erklärt und umgehend dem erzählerischen Plot eingefügt werden müssen. Das macht diesen Briefwechsel, bei dem man allerdings bedauern muss, nur die Stimme Balzacs zu vernehmen, zu einer höchst aufschlussreichen Lektüre, die weniger Tagebuch, wie oft gesagt wird, als Autobiographie darstellt. Sie muss daher auch mit jener Skepsis betrachtet werden, die dem Genre geschuldet ist.

Mit anderen Worten: Balzacs Hanska-Briefe sind nichts anderes als ein Roman. Von der sonstigen Prosa unterscheidet ihn zunächst einmal sein exorbitanter Umfang. Weitaus bedeutsamer ist jedoch der Umstand, dass er vierhändig geschrieben wurde, also zwei Autoren hat, von dem der Part des einen leider fehlt, weil Balzac die Briefe der Hanska 1847 verbrannte. Aber auch das überlieferte, in Briefen verfasste Epos gehorcht seiner eigenen erzählerischen Logik und Dramaturgie, kennt Höhen und Tiefen, lange Perioden des Verstummens, eine Fülle von Redundanzen oder auch eher langweilige und trockene Passagen, die ein kundiger Lektor getilgt hätte, um den Ablauf der Handlung zu straffen. Das glückliche Ende jedoch, die Hochzeit der beiden Königskinder, die wenige Monate vor dem Tod des Protagonisten allen Hindernissen zum Trotz und folglich wider alles Erwarten stattfindet, führt endgültig ins Märchenhafte: Und wenn sie nicht gestorben sind, leben sie noch heute.

Als märchenhaft, weil seine kühnsten Erwartungen übertreffend, musste Balzac auch erscheinen, was ihm die Hanska in den kommenden Monaten über ihre Lebensumstände mitteilte. Als viertes von sieben Kindern entstammte sie dem hochadeligen polnischen Geschlecht der Rzewuskis. Ihr Vater, Adam Laurent Rzewuski, sah sich nach der dritten polnischen Teilung, bei der seine Ländereien in Wolhynien und der Ukraine an Russland gefallen waren, dazu gezwungen, in die Dienste des Zaren zu treten. Als kaiserlicher Senator lebte er auf Schloss Pohrebyszcze am Fluss Ros in der Ukraine, wo Eveline Hanska vermutlich am 24. Dezember 1803 geboren wurde. Bereits im Alter von 16 Jahren wurde sie 1819 mit dem schwerreichen, ebenfalls aus polnischem Adel stammenden Großgrundbesitzer Wenceslas Hanski verheiratet, dessen ausgedehnte Ländereien im östlichen Teil Wolhyniens lagen. Hier, in Wierzchownia, unweit von Tschernobyl, stand auch das nach Plänen des italienischen Architekten Blerio im 18. Jahrhundert errichtete Schloss, in dem das Paar lebte.

Dieses Anwesen, inmitten riesiger Kornfelder, dessen Schauseite ein Peristyl mit korinthischen Säulen eine besondere Allüre gab, war für die Hanska ein goldener Käfig, in den sie ihr zweiundzwanzig Jahre älterer Mann eingesperrt hielt. Vier Kinder starben, allein das fünfte, die im Dezember 1828 geborene Tochter Anna, überlebte. Schmerz und Einsamkeit suchte die tiefgläubige, aber auch sinnliche, träumerische und dem Mystizismus zuneigende Eveline durch ausgiebige Lektüre französischer Romane zu überwinden. Als Balzac das prächtige Anwesen das erste Mal im September 1847 sah, bezeichnete er es als »einen Louvre«, »einen »griechischen Tempel«. Die mit Marmor verkleideten riesige Säle, die großen Fenster und Spiegel, die üppigen orientalischen Teppiche, die Möbel und Meisterwerke der italienischen Renaissance – lauter wertvolle Stücke, meinte

Balzac, dessen Überschwang seine Kennerschaft notorisch überrannte – bildeten einen seltsamen Kontrast zu den weißen Bärenfellen vor den großen Kaminen. Über dreihundert Bedienstete waren allein in der Haushaltung beschäftigt, schließlich gab es ein kleines Orchester, einen Weinkeller, eine Orangerie mit seltenen Pflanzen und Gehölzen, ein Hospital sowie eine gutbestückte Bibliothek. Hanski war ein selbst für russische Maßstäbe schwerreicher Mann, dessen landwirtschaftlich genutzte Güter 21 000 Hektar umfassten, die von 3035 Leibeigenen bewirtschaftet wurden, Frauen und Kinder nicht gerechnet, und dessen Kapitalvermögen sich auf 10 Millionen Rubel belief. Verglichen damit war selbst eine Marquise de Castries eine arme Kirchenmaus.

Es braucht nicht viel Phantasie, sich auszumalen, wie eine junge Frau, die hier an der Seite eines wesentlich älteren Mannes lebt und deren einziger Zeitvertreib die Lektüre von Romanen ist, irgendwann die Literatur mit dem richtigen Leben zu verwechseln beginnt, das sich irgendwo in großer Ferne und an Orten wie Paris abspielt. Von den spärlichen Berichten der Verwandten abgesehen, die sich dort zeitweilig aufhielten, waren es vor allem die Novellen und Erzählungen Balzacs, seit 1830 in rascher Folge in Zeitschriften oder Büchern erschienen, die bis in die südliche Ukraine, in die Provinz Odessa den Weg fanden, die der Hanska genauere Vorstellungen davon vermittelten. Das musste ihr den Gedanken förmlich aufdrängen, mit dem Mann, dem Urheber dieser so viel Talent verratenden Schilderungen, in Kontakt zu treten und ihn als ferne Muse auf seiner weiteren Karriere zu begleiten. Ihre Schwester Caroline war dafür ein gewisses Vorbild. Die hatte ihren ebenfalls wesentlich älteren Mann verlassen, um zunächst ein Verhältnis mit dem polnischen Dichter Mickiewicz und später mit Puschkin anzufangen. So weit würde sie zwar nicht gehen, aber ein freundschaftlicher Briefwechsel mit dem Vorteil, aus erster Hand über das literarische und gesellschaftliche Geschehen in Paris orientiert zu werden, war auch schon eine verlockende Aussicht.

Also waren Balzac und die Hanska gewissermaßen schicksalsmäßig füreinander bestimmt. Dass beide von Anfang an sehr konkrete Vorstellungen mit ihrer sich anbahnenden Beziehung verknüpften, Balzac seinem Traum nachjagte, eine schöne, reiche, doch auch verständnisvolle Frau und Mutter zu finden, während die Hanska zunächst nur der gute Geist eines Mannes von Welt sein wollte, widerspricht dem keineswegs. Auch große Leidenschaften leben nicht aus sich selbst. Ebenso können sich Leidenschaften nicht auf Dauer über eine große Entfernung behaupten; sie brauchen zur Entfaltung die Nähe, die nur eine persönliche Begegnung schafft, den unmittelbaren Kontakt und nicht nur den Austausch von glühenden Briefen, sondern auch von Zärtlichkeiten. »Sich zu lieben, ohne sich je gesehen zu haben, ist eine Marterqual«, schrieb Balzac der Hanska bereits im Juli 1833. Das empfand sie ebenso. Deshalb der Plan, von der südöstlichen Ukraine ins Schweizer Neuchâtel zu reisen, wo das Kindermädchen der kleinen Anna herstammte. Das Städtchen lag unweit der Grenze zu Frankreich, die Untertanen des Zaren, der die Ansteckung mit dem dort angeblich vorherrschenden revolutionären Geist fürchtete, nicht passieren durften. Also war auch sie kaum weniger als

Balzac eine drängende Kraft, die aus dem dünnen Faden ihrer Korrespondenz ein festes Band zu machen suchte.

Balzacs Beitrag dazu bestand vor allem darin, sich in Vorbereitung auf die erste Begegnung in möglichst vorteilhaftes Licht zu setzen. Deshalb weigerte er sich standhaft, ein Bild von sich zu schicken: Er sei als Fisch nicht schön genug, um in Öl gemalt zu werden. Stattdessen verlegte er sich darauf, detailliert über sein mönchisches Arbeitsleben zu berichten: »Ich bin allein, lebe seit langem, vielleicht seit einem Jahr, völlig zurückgezogen (!). Dieser freiwilligen Kerkerhaft habe ich mich schon oft der Wissenschaft oder der Armut wegen unterworfen; heute sind die Qualen meine Kerkerwächter.« Es folgt ein detaillierter Rechenschaftsbericht über alle Projekte, an denen er augenblicklich arbeitet. Bezeichnenderweise erwähnt er dabei auch *La Bataille.* Dann wechselt er den Ton und wird elegisch, versichert ihr, dass, nachdem alle seine Leidenschaften nur in Enttäuschungen endeten, er als Einziger jetzt nur noch der Kunst, der Literatur dienen wolle. »In einigen Jahren wird mir die Jugend nur noch eine ferne Erinnerung sein. Seit dem neuen Wahlgesetz, mit dem das Wahlalter auf dreißig Jahre herabgesetzt wurde, besitze ich das passive Wahlrecht (!). Gewiss ist jedoch, dass in einigen Jahren mir die Erinnerungen an die Jugend keine Freuden mehr bereiten werden. Wie sollte ich also mit 40 meine Hoffnungen noch an etwas wenden, das mir mit 20 nicht zuteil wurde? Sollte etwa die, die sich heute, da ich noch jung bin, furchtsam von mir abwendet [d. h. die Adressatin dieses Briefs], dann mir aufgeschlossener begegnen? (...) Im Park von Versailles gibt es eine Figurengruppe, ›Achilles zwischen Laster und Tugend‹, die ich für ein großes Meisterwerk halte, und ich habe gerade jetzt, in diesem für das menschliche Leben so kritischen Moment, bei seinem Anblick mir gedacht: Ja, ein junger Mann braucht eine mutige Stimme, die ihn zum Leben eines Mannes führt, während sie ihn gleichzeitig alle Blumen der Leidenschaft, die am Wegesrand blühen, einsammeln lässt.«

Offenkundig erfuhr die Hanska aber aus anderer Quelle, dass Balzacs Leben keineswegs so mönchisch sei, wie von ihm beteuert, er noch immer allerlei Blumen einsammelte, die am Wegesrand blühten. Einen dementsprechend aufkeimenden Argwohn sucht er deshalb im Februar 1833 zu zerstreuen: »Wenn Sie wüssten, mit welchen Kräften eine einsame Seele, die niemanden hat, sich für eine wahre Zuneigung engagiert. Ich liebe Sie, Unbekannte, und diese bizarre Regung ist nichts anderes als die natürliche Folge eines seit je unglücklichen Lebens ohne Liebe, das ich nur mit Gedanken füllen konnte, indem ich das Unglück, das mir zustieß, mir mit eingebildeten Freuden erträglich machte. Wenn Derartiges überhaupt jemandem widerfahren kann, dann nur mir. Ich bin wie ein Gefangener, der in der Tiefe seines Verlieses von ferne eine köstliche Frauenstimme vernimmt. An (...) diese Stimme hängt er sein ganzes Herz, und nach langen, traumversunkenen und hoffnungstrunkenen Stunden, nach Reisen, die er in seiner Phantasie unternimmt, wird ihn die schöne junge Frau töten, wodurch erst sein Glück vollkommen wäre. (...) Mich aufmachen, ohne dass irgendjemand wüsste, wer ich bin, in Ihr Land reisen, Ihnen unerkannt begegnen, Sie aber gesehen habend zurückkehren und Ihnen von hier zu schreiben: Sie sind so! Wie oft habe ich mich in dieser köstlichen Phantasie ergangen, ich, der ich mit tausend Fäden der Liliputaner an dieses Paris gefesselt bin.«

Es nützte alles nichts, denn die Eifersucht hat den Spürsinn und die Aufmerksamkeit eines Untersuchungsrichters, und ein Verdacht braucht nicht lange nach Indizien zu suchen, um eine Anklage zu formulieren. Das galt zumal für eine Frau wie die Hanska, die Literatur mit dem Leben verwechselte und deshalb zwangsläufig den Eindruck gewinnen musste, dass Balzac ein anderer sei als der in seinen Briefen geschilderte. Kurz, wer wie er in Erzählungen und Novellen die Frauen beschrieb, wer diese tiefe und genaue Kenntnis ihres Wesens besaß, der musste aus konkreten Erfahrungen schöpfen, der hatte Glück und Unglück im intimen Umgang mit ihnen erlebt. Und das reichlich. Dem suchte Balzac mit der lahmen Ausrede zu begegnen, dass sein Erfahrungsraum im Wesentlichen seine eigene Phantasie, seine Vorstellungsgabe sei, die es erlaube, schon aus zufälligen und aus großer Ferne gemachten Beobachtungen seine Schlüsse zu ziehen. So behauptet er es jedenfalls im Brief von Ende März 1833: »Meine einzige Leidenschaft (!), die unter der Entwicklung, die ich ihr zu geben suchte, immer enttäuscht wurde (!), hat mich gelehrt, die Frauen genau zu betrachten, zu studieren, sie zu erkennen und zu verehren, ohne dass ich dafür aber einen anderen Lohn empfangen hätte als den, von einigen wenigen großen und edlen Seelen aus der Ferne verstanden worden zu sein. Ich habe lediglich meine Wünsche, meine Sehnsüchte beschrieben. Aber, je älter ich werde, desto mehr empöre ich mich gegen das Schicksal. Mit 34 Jahren, nach 14, 15 Stunden ununterbrochener Arbeit Tag für Tag, habe ich schon einige weiße

Haare, und zu ergrauen, ohne von einer jungen und schönen Frau geliebt worden zu sein, das ist sehr traurig. Meine ganz und gar männliche Vorstellungskraft (...) ist mir ein dauernder Stachel, entspricht aber umso mehr einem jungen und reinen Herzen, das sich empört ob seiner unterdrückten Wünsche. Die Folge davon ist, dass die geringste Gefühlsregung, die in meine Einsamkeit eindringt, dort Verheerungen anrichtet. Ohne Sie je gesehen zu haben, liebe ich Sie bereits über alle Maßen.«

Das war kühn, verschaffte ihm aber dennoch keine Entlastung, denn die Widmung für die »Dilecta«, für Laure de Berny, die Balzac der *Notice biographique sur Louis Lambert* vorangestellt hatte, war ein zu deutlicher Hinweis. Die eifersüchtige Neugierde der Hanska, die sich daran entzündete, wurde von Balzac noch weiter geschürt, indem er deren Namen auf keinen Fall nennen wollte, vermutlich weil er fürchtete, dies würde anderweitige Nachforschungen ermöglichen. Derart bedrängt suchte er Zuflucht darin, die Bedeutung von Laure de Berny herunterzuspielen und ihr lediglich die Rolle einer Mutter zuzugestehen. Was Balzac der Hanska im August 1833 schrieb, wurde die Grundmelodie seiner einschlägigen Lebenslüge, die ihn konsequenterweise auch dazu zwang, die leibliche Mutter als wahres Monstrum an Lieblosigkeit zu zeichnen: »Mein Gott, was Sie wollen, ist auch meine Absicht. Wir haben dieselben Wünsche, dieselben Beunruhigungen, die nämlichen Sorgen, den gleichen Stolz. Auch ich vermag mir die Liebe nicht anders als ewig vorzustellen, wenn man darunter die Dauer unseres Lebens versteht. Ich begreife nicht, wie man sich trennen kann, und für mich ist eine Frau gleichbedeutend mit allen Frauen. Morgen werde ich meine Feder zerbrechen, sollten Sie dies wünschen. Morgen wird keine Frau mehr meine Stimme vernehmen. Ich erflehe Ihre Nachsicht für die *Dilecta,* die mir Mutter ist. Sie ist bald 58 Jahre alt, Sie müssen ihretwegen nicht eifersüchtig sein. Sie aber sind noch so jung. Nehmen Sie meine Gefühle an und behüten Sie diese wie einen Schatz. Verfügen Sie über meine Träume, lassen Sie sie wahr werden.«

Aber auch dieser Aufschrei im letzten Satz zeigte keine Wirkung, denn schon im nächsten Brief von Ende August musste Balzac die Eifersüchtige erneut beruhigen: »Ich verstehe nicht, warum Sie sich gegen eine Frau von 58 Jahren [Laure de Berny, geboren am 23. Mai 1777, war damals 56 Jahre alt] empören, die meine Mutter ist, die mich in ihrem Herzen barg und vor allen Stichen schützte. Seien Sie nicht eifersüchtig, denn sie wird sehr froh über unser Glück sein [was natürlich keineswegs zutraf]. Sie ist ein erhabener Engel. Es gibt Engel auf Erden und im Himmel; sie gehört zu denen im Himmel.« Wäre die Korrespondenz in diesem Stil weitergegangen, hätte sie sich wohl bald erschöpft, wäre die vorauseilende Leidenschaft beider füreinander rasch abgekühlt. Doch ihre Begegnung Ende September in Neuchâtel verhinderte das.

Als sie sich – in Anwesenheit des Grafen Hanski – zum ersten Rendezvous am Nachmittag des 27. September 1833 am Bieler See trafen, waren sie spontan voneinander eingenommen. Balzac, der schon zuvor versucht hatte, einen Blick auf sie zu werfen, bekannte später, dass er ganz benommen gewesen sei, als er mit ihr gesprochen habe. In einem Brief an ihren Bruder hat Eveline Hanska ihre Empfindungen geschildert: »Wir haben in der Schweiz die Bekanntschaft von Herrn de Balzac gemacht, die uns fasziniert (...). Aus dieser ersten Begegnung hat sich eine richtige Verbindung entwickelt, von der ich hoffe, dass sie unser Leben lang andauern wird. Balzac ähnelt Dir sehr, mein lieber Henri, er ist ausgelassen, lacht gerne, ist so liebenswürdig wie Du, ja, er sieht Dir sogar ein bisschen ähnlich, zumal ihr beide Napoleon gleicht. Vielleicht hast Du eine kühlere und nicht so expansive Seele, vielleicht bist Du aber auch nur zurückhaltender in Deinen Bekundungen von Sympathie und Zuneigung, denn Balzac ist ein wirkliches Kind. Wenn er einen schätzt, so sagt er dies auch mit der naiven Frische jenes Alters, in dem man noch nicht gelernt hat, dass die Sprache die eigenen Gedanken verbergen muss. (...) Kurz, wenn man ihn sieht, vermag man nicht zu begreifen, wie so viel Wissen und Überlegenheit mit einer derartigen Frische, Liebenswürdigkeit und kindlicher Naivität in einem Geist und einem Herzen vereint sein können.«

Solche Zurückhaltung in der Schilderung der Empfindungen musste sich Balzac nicht auferlegen, als er seiner Schwester Laure nach der Rückkehr nach Paris im Oktober 1833 berichtete: »Das Wichtigste ist, wir sind 27 Jahre alt, sind hinreißend schön, haben die schönsten schwarzen Haare von der ganzen Welt, die sanfte, wunderbar zarte Haut der Dunkelhaarigen, eine kleine, wie für die Liebe geschaffene Hand, ein naives Herz von 27 Jahren (...) und sind von einer derart unverstellten Spontaneität, vor aller Welt mir um den Hals zu fallen, darüber nicht zu vergessen, dass wir auch unermesslich reich sind. Aber, was will das schon besagen angesichts eines Meisterwerks an Schönheit?«

Balzac war also ganz aus dem Häuschen und liefert dafür, während er sich en passant vor der Schwester der Erfolge seines Trieblebens rühmt, nachhaltige Beweise: »Ich war trunken von Liebe, und ich weiß nicht, wem ich davon berichten soll. Ganz gewiss nicht ihr, der großen Dame, der schrecklichen Marquise [de Castries], die, als sie die Absicht meiner Reise durchschaute, von ihrem Hochmut herunterpurzelte und mich förmlich bekniete, sie bei dem Duc de Fitz-James zu besuchen. Auch der armen, einfachen, aber liebenswürdigen Bürgerin [Zulma Carraud] konnte ich mich nicht eröffnen. Übrigens bin ich Vater geworden, ein weiteres Geheimnis, das ich Dir zu offenbaren habe. Es handelt sich dabei um eine freundliche Person, ein ganz naives Wesen, das mir zugefallen ist wie eine Blume vom Himmel, und die in aller Diskretion bei mir erschien, von mir weder Briefe noch andere Fürsorge verlangte, sondern mir nur sagte: *Liebe mich ein Jahr lang! Ich werde Dich dafür mein ganzes Leben lang lieben!* [Bei dieser Frau handelt es sich um Marie-Louise Daminois, genannt Maria, die am 4. Juni 1834 von einer Tochter, Marie-Caroline, entbunden wurde, die hochbetagt 1930 in Nizza starb. Maria war also zum Zeitpunkt seiner Mitteilung gerade erst von ihm geschwängert worden. Über die Daminois ist weiter nichts bekannt.] Ich konnte es aber auch nicht ihr sagen, der mir Liebsten, die noch immer von mehr Eifersucht geplagt wird, als eine Mutter für die Milch hegt, die sie ihrem Kind gibt [gemeint ist Laure de Berny]. Sie schätzt die ›Fremde‹ ganz und gar nicht und zwar aus dem einfachen Grunde, weil sie die ›Fremde‹ für mein ureigenstes Geschöpf hält. Schließlich konnte ich mich auch nicht der mitteilen, die von mir einen täglichen Liebesdienst einfordert und die, obwohl sie so sinnlich ist wie tausend Katzen, weder liebreizend noch eine Frau ist.« Balzac beliebt im letzten Satz zu scherzen, der keineswegs auf eine homoerotische Beziehung anspielt, sondern vielmehr darauf, dass ihn, wie schon zu Internatszeiten, jenes Leiden plagte, das der Schweizer Arzt Tissot bereits in der zweiten Hälfte des 18. Jahrhunderts als eine »Berufskrankheit« der *gens de lettres* beschrieben hatte: die Onanie.

Was Balzac niemandem beichten konnte außer der Schwester, war ein Vorfall, der bei einem Ausflug zur Insel im Bieler See, auf der einst Rousseau gelebt hatte, stattgefunden hatte. »Eben hier«, schrieb er der Schwester, »ereignete sich, dass sich der Ehemann von uns entfernte, um sich um das Mittagessen zu kümmern. Wohl waren wir noch in seiner Blickweite, aber da, im Schatten einer großen Eiche, gab sie mir den ersten flüchtigen Kuss der Liebe. Da sich aber unser Gatte entschieden den sechzig nähert, habe ich ihr geschworen, auf sie zu warten, und sie mir, dass dann ihr Herz und ihre Hand mir gehören sollen.«

Auch diese seltsame Verlobung, eine Art von Liebeswechsel, der mit dem Tod des rechtmäßigen Gatten fällig werden sollte, hätte den Stoff für eine Balzac-Novelle liefern können ebenso wie die Pläne, die beide jetzt fieberhaft ausheckten, um sich baldmöglichst und vor allem ohne die lästige Gegenwart Wenceslas Hanskis wiederzusehen. Die Möglichkeit wurde erörtert, dass Balzac in die Ukraine komme, von der er schon mit Bestimmtheit wusste, dass sie »tausendmal schöner« als die Schweiz oder Italien, ja geradezu das »Italien Asiens« sei! Als Alternative dazu wurde erwogen, dass die Hanska in Genf, der nächsten Station ihrer Reise, eine ernste Erkrankung vorschütze, um auf diese Weise ein Visum für Paris zu erhalten zur Konsultation des angesehenen Chirurgen Dupuytren, des Chefs des Hôtel-Dieu, in Wirklichkeit aber nur, »um in dieses von ihr so heißbegehrte Paris zu gelangen, wo einer Frau alle Freiheit winkt«.

Mit solch waghalsigen Plänen im Kopf verließ Balzac am frühen Morgen des 1. Oktober Neuchâtel, um nach Paris zurückzukehren. Die Postkutsche war derart überfüllt, wie Balzac der Hanska unmittelbar nach der Ankunft schrieb, dass er die ganze Strecke auf der Imperiale, einer luftigen Sitzbank auf dem Kutschendach, in Gesellschaft von fünf Schweizern reisen musste, die ihn körperlich derart bedrängten, dass er sich wie ein Tier gefühlt habe, das man zum Markt schafft. Zum ersten Mal übrigens redet er die Hanska mit Du an, apostrophiert sie als *ma chère épouse d'amour* und versichert ihr: »Ich habe Dich gesehen, wir haben uns gesprochen, unsere Körper haben sich vereinigt wie unsere Seelen, und ich habe in Dir alle Vorzüge erkannt, die ich liebe.« Das war natürlich eine Übertreibung, aber wie so oft nahm Balzac auch hier das Versprechen, das mit dem Austausch eines flüchtigen Kusses allenfalls verbunden ist, bereits für den ersehnten Vollzug des Liebesakts. Aber dieses Mal sollten seine Illusionen wirklich wahr werden. Am 21. Dezember 1833 verließ er Paris, um am Weihnachtstag in Genf einzutreffen, in der Stadt, die er vor gut einem Jahr, von einer anderen Frau, der Marquise de Castries, tief verletzt, verlassen hatte. Hier würde er Eveline erneut begegnen, eine Aussicht, die er selber als *dénouement,* als glückliches Ende eines Aktes oder einer Erzählung, bezeichnete. Auch Balzac begann also, Leben und Literatur zu verwechseln.

In Genf hielt sich Balzac bis zum 8. Februar 1834 auf. Er wohnte in der Auberge de l'Arc, einem Hotel in der Nähe des Hauses, das die Hanskis im Viertel von Pré-Lévêque gemietet hatten. Die Tage vergingen mit Ausflügen in die Umgebung, dem Besuch von Sehenswürdigkeiten, Abendessen und Einladungen zum Tee. Kurz, die beiden Verliebten führten ein gesellschaftliches Leben, das ihnen immer wieder einmal die ersehnte Gelegenheit bot, sich allein zu sehen. Diese Möglichkeit steuerte Balzac von Anfang an mit großer Umsicht an, hatte er doch schon in Neuchâtel alles daran gesetzt, das Misstrauen von Wenceslas Hanski, dieser Verkörperung des mozartschen Haremswächters Osmin, zu besänftigen, indem er ihn mit allerlei Aufmerksamkeiten umgarnte und für sich einzunehmen verstand. Als weitere Vorsichtsmaßnahme, um dessen latente Eifersucht nicht zu wecken, begann er damals damit, der Hanska zweierlei Arten von Briefen zukommen zu lassen: solche, die so abgefasst waren, dass sie auch dem Gatten gezeigt werden konnten, und andere, die nur zur Kenntnis der Geliebten kommen sollten.

Das *dénouement* nun wurde dadurch beschleunigt, dass Balzac für einige Tage krankheitsbedingt zu Bette lag. Der Ärmste mußte deshalb mit allerlei Erfrischungen versorgt werden – ein Samaritertum, dessen Wenceslas Hanski bald überdrüssig wurde. Das war die Gelegenheit, der beide entgegengefiebert hatten und die sich erstmals am 26. Januar 1834 einstellte, ein Datum, das Balzac seither als »unvergesslicher Tag« in Erinnerung blieb. Es ist anzunehmen, dass damals die körperliche Vereinigung der beiden Liebenden stattfand und dass Eveline Hanska erneut versprach, Balzac nach dem Tod ihres Mannes, der nicht sehr gesund schien, zu heiraten. Für Balzac verhieß das die Erfüllung einer großen Sehnsucht in nicht allzu ferner Zukunft. Sein von ihm immer erträumtes, bislang enttäuschtes Lebensglück schien jetzt zum Greifen nahe.

Wirklich vollkommen würde dieses Glück für Balzac aber nur sein, wenn es ihm gelang, jenen Stachel endgültig auszureißen, der noch immer schmerzte. Das hatte jetzt zwar nur noch symbolische Bedeutung, konnte aber von jemandem, der Literatur und Leben verwechselte, nicht unterschätzt werden. Eben deswegen musste gemeinsam mit der Hanska die Villa Diodati besucht werden, wo Balzac diesmal einen Tag verbrachte, der ihm, wie er ihr am 3. Juni 1834 schreiben sollte, »tausend Kümmernisse auslöschte, die ich hier ein Jahr zuvor erlitten habe«. Deshalb war es nur konsequent, als er einige Wochen später die Fahnenkorrektur der unterdessen zum Roman erweiterten Erzählung *Ne Touchez pas la hache,* die erst seit 1839 den Titel *La Duchesse de Langeais* erhalten sollte, mit der Datumszeile versah: »Genève, au Pré-Lévêque, 26 Janvier 1834.« An diesem Tag wähnte Balzac am Ziel aller Träume angelangt zu sein. Die Vergangenheit mit ihren Niederlagen, Enttäuschungen und zersplitterten Illusionen lag hinter ihm; von nun an würde er nur noch Siegen entgegengehen und die verdiente Ernte seiner Anstrengungen und Leiden einfahren. Aber auch diese Aussicht war nur eine Fata Morgana.

## *Die Literaturfabrik Balzac*

Die sich 1833 anbahnende vielversprechende Beziehung mit der »Fremden« animierte Balzac, die literarische Produktion noch zu steigern. Zudem wuchsen seine Schulden immer schneller als die Einnahmen. Vor allem die Aufwendungen für das gesellschaftliche Leben forderten ihren Preis. Trotz seiner tiefen Verletzung hielt er weiterhin Verbindung zur Marquise de Castries. Außerdem verkehrte er immer häufiger in den Pariser Salons. Das trieb seine Schneiderrechnung ebenso in die Höhe wie die Ausgaben für strohgelbe Glacéhandschuhe. Auch ein leichtes, diesmal nur mit einem Pferd bespanntes Gefährt sowie ein Diener gehörten bald wieder zur Ausstattung des Haushalts. Das und die 1833/34 zweimal in die Schweiz unternommenen Reisen, die Aufenthalte in Hotels, die Geschenke, bei denen man sich nicht lumpen lassen durfte, musste doch gegenüber der Angebeteten der Anschein des erfolgreichen Schriftstellers gewahrt werden, bedeuteten Ausgaben, die Balzacs Einkommen weit überstiegen.

Die immer weiter klaffende Schere zwischen Soll und Haben öffnete Balzac die Augen dafür, dass er sein erzählerisches Talent gewinnbringender vermarkten müsse. Daraus zog er zwei Konsequenzen: Zum einen stellte er die Tätigkeit für Zeitungen und Zeitschriften weitgehend ein, was diverse Streitigkeiten mit Herausgebern auch nahelegten, die regelmäßig entstanden, weil er mit der Abgabe verabredeter Beiträge in Verzug kam. Außerdem tat er aus seiner Sicht seinem epischen Talent allzu sehr Gewalt an, wenn er sich mit dem Verfassen verhältnismäßig kurzer Erzählungen begnügte. Zum anderen hatte Balzac eine Idee, die er erstmals beiläufig in einem Brief an Zulma Carraud erwähnte und in einem Schreiben Mitte September 1833 dem Verleger Gosselin ausführlich erläuterte. Nachdem er einen Prozess gegen den Verleger Mame gewonnen hatte, waren die Rechte an den *Scènes de la vie privée* sowie an den *Scènes de la vie parisienne* an ihn zurückgefallen. Balzac unterbreitete Gosselin deshalb die Offerte: »Das große Vorhaben der *Études de mœurs au XIXe siècle* ist frei. Damit ließe sich, wenn Sie dies wollen, ein Geschäft einfädeln, das meinerseits weitere literarische Verpflichtungen einschlösse. (...) Dieses Publikationsvorhaben umfasste, wie Sie wissen, zwölf Bände in Oktav, die sich aufteilen in sechs Bände einer neuen Auflage von Büchern, in drei Bände, die den Nachdruck von Artikeln umfassen, sowie in drei Bände, die noch Unveröffentlichtes enthalten. Das Gesamtwerk ist in vier Serien unterteilt:

*Scènes de la vie privée*
– *de la vie de province*
– *de la vie parisienne*
– *de la vie de campagne.*«

Nachdem Gosselin den Vorschlag ablehnte, war es die Witwe Bechet – sie führte den von ihrem Vater gegründeten Verlag weiter –, mit der Balzac im Oktober handelseinig wurde. Für die respektable Summe von 27 000 Franc verpflichtete er sich, jene zwölf Bände, mit Ausnahme der *Scènes de la vie de campagne*, zu liefern. Das kündigte er der Hanska triumphierend an: »Da haben Sie, was alle Faulenzer, Kläffer und Schreiberlinge vor Wut schäumen lassen wird! Ich bin ganz und gar Herr meiner selbst und nur mit Ausnahme dessen, was ich meiner Mutter schulde, frei von allen Verpflichtungen und kann in sieben Monaten ganz nach Belieben reisen, wohin auch immer ich will. Wenn unser großes Geschäft erfolgreich ist, werde ich reich sein und kann für meine Mutter alles tun, was ich will, und behalte für mich noch genug, um mir einen Ohrensessel, ein Stück Brot und ein weißes Taschentuch für meine alten Tage leisten zu können.« Zwei Tage später, nach Unterzeichnung des Verlagsvertrags, ist sein Triumph grenzenlos: »Mein geliebter Liebling, meine Eva, das Geschäft ist gemacht. Sie werden alle vor Neid platzen. Meine *Études de mœurs* wurden für 27 000 Franc gekauft. Der Verleger wird den Vertrag an die große Glocke hängen. Seit Chateaubriand die Rechte für die 25 Bände seiner Werke für in Wahrheit bloß 200 000 Franc [Chateaubriand hatte für die 32 Bände seiner Werke, die zwischen 1826 und 1831 erschienen, insgesamt 350 000 Franc erhalten] auf zehn Jahre verkaufte, hat es einen vergleichbaren Abschluss nicht mehr gegeben.«

Balzac sieht sein literarisches Werk in erster Linie unter dem Blickwinkel von »Geschäft« und »Gewinn«. Zum weiteren ist es nicht ein irgendwie gearteter künstlerischer Gestaltungswille, der den grandiosen Einfall bringt, diesem stetig wachsenden Werk einen Bauplan zu unterlegen, der es als eine in sich schlüssige Komposition ausweist, die darauf abzielt, eine Kosmologie seiner Zeit und ihrer Gesellschaft zu werden. Doch das Wunderwerk der *Comédie humaine,* dessen erste Anzeichen hier zu gewahren sind, barg für Balzac vor allem das Versprechen, sein Talent lukrativ zu verwerten. Dabei stützte er sich auf drei Überlegungen: Zum einen erleichterte er sich die schöpferische Arbeit, wenn er nicht mehr Novelle auf Novelle herausforderte, getrieben von der Hoffnung, darunter sei eine, die ihm den ganz großen Erfolg beschere. Der Plan für ein großes Panorama erlaubte es vielmehr, alle zum großen Mosaik zusammenzufügen, in dem jede ihren Platz fände. Damit stellte er sich ein ehrgeiziges Ziel, das er wie ein Bergwanderer, einem fernen Gipfel zustrebend, unter strikter methodischer wie ökonomischer Ausnutzung seiner Kräfte angehen konnte. Zum anderen gestattete es ihm, die Fülle der bereits aufgegriffenen Themen und Stoffe, deren Potential zumeist gar nicht voll ausgeschöpft war, als Konstruktionselemente von unterschiedlicher Art und Größe zu verwenden. Sie mussten jeweils nur neu eingemessen, umarrangiert und schließlich eingepasst werden. Zum Dritten erlaubte diese Gestaltung eine kräftesparende Zweitverwertung seines bislang schon vorliegenden Werks.

Folglich wandte Balzac von nun an einen großen Teil seiner schöpferischen Muße nicht mehr daran, neue Einfälle zu Papier zu bringen, sondern frühere Arbeiten zu revidieren, zu erweitern, umzuschreiben. Dieser Prozess sollte bis zum Ende seines Schaffens andauern, Balzac veränderte und verbesserte damit ständig sein früheres Werk. Erst unter diesem Tun begann er ein künstlerisches Selbstbewusstsein zu entwickeln, einen Werkstolz, der ihm bislang völlig fehlte. Seine Verleger bekamen als Erste und am nachhaltigsten diese Veränderung zu spüren. Er betrachtete sie mehr und mehr als bloße Handlanger, die sich unter Missachtung eigener Interessen seinen Ansprüchen und seinem literarischem Ansehen unterzuordnen hatten. Das führte zu zahllosen Krächen und Konflikten, zu Prozessen, von denen Balzac die meisten deshalb verlor, weil er sich selbstherrlich nicht an vertraglich fixierte Absprachen hielt und nur den eigenen Vorteil im Auge hatte.

Häufigen Anlass für solche Auseinandersetzungen mit Verlegern lieferte Balzacs Korrekturpraxis. Er war ein Schnellschreiber. Die Fülle an Einfällen hielt ihn beständig unter Strom. Von Gläubigern bedrängt und von Veröffentlichungsterminen gehetzt verbrachte er die Nächte am Schreibtisch, verbrauchte Unmengen von Schreibfedern, literweise Tinte, und bisweilen ging sogar sein Arbeitsstuhl zu Bruch: »Gestern ist mein Sessel, mein alter Begleiter, in Stücke gegangen. Es ist schon der zweite, der unter mir zusammenbrach, seitdem ich die Schlacht begonnen habe, die ich liefere.« Als Folge dieser frenetischen Produktion drückte Balzac den Verlegern Manuskripte in die Hand, die heruntergeschmiert waren, ohne sie zuvor zu revidieren oder zu korrigieren. Dieser notwendigen Mühe unterzog er sich erst gelegentlich der Fahnenkorrektur. Die Abzüge des druckfertig gesetzten Manuskripts mussten ihm, darauf legte er größten Wert, auf speziellem Papier und auf besonders großen Bögen geliefert werden, das ihm für exzessive Korrekturen möglichst viel freien Raum ließ. Dann begann eine Schlacht, nach der die Druckfahnen aussahen wie wirre Schnittmusterbögen, die den Text unter einem Verhau von Federstrichen verbargen, die kreuz und quer über die ganze Seite liefen und in vieldeutiger Weise auf eine Fülle von Randglossen, Einschüben, Rückkorrekturen verwiesen, die zuzuordnen erfahrenste Setzer in Verzweiflung stürzen musste.

Das war nur der Anfang, in der Regel folgte ein zweiter, kaum weniger aufwendiger, bisweilen eine dritter, vierter, fünfter Korrekturdurchgang, ein Prozess, unter dem der »Rohling« des ursprünglichen Manuskripts so lange geschliffen und poliert wurde, bis entweder Balzac mit dem Ergebnis zufrieden war oder dem Verleger der Geduldsfaden riss. Am tollsten muss es Balzac, nach einem Artikel von Édouard Ourliac im *Figaro,* bei der *Histoire de la grandeur et décadence de César Birotteau* getrieben haben, »der von Herrn de Balzac trotz der Druckerei in zwanzig Tagen geschrieben und von dieser trotz Herrn de Balzac auch in zwanzig Tagen gedruckt wurde.« Das heißt, Balzac hat den Satz des Manuskripts innerhalb von 20 Tagen nicht weniger als fünfzehnmal korrigiert, und die Korrekturen mussten im nämlichen Zeitraum ebenso oft entziffert und neu gesetzt werden. Im Vorwort zum im Juni 1836 erstmals veröffentlichten Roman *Le Lys dans la vallée,* dessen erste Fassung er nur fünfmal korrigierte und später noch dreimal überarbeitete, hat er sich selber darüber mokiert und zugegeben, dass er bei den Schriftsetzern eine »schreckliche Berühmtheit« sei. In der Setzerei von Everat habe er bei einem Besuch selbst zu seiner Belustigung einmal den Schmerzensschrei vernommen: »Ich habe meine Stunde Balzac gemacht!« Das änderte nichts daran, dass Balzac bei einer zweiten Auflage oder sobald er begann, seine bereits veröffentlichten Werke für die Serien der *Études de mœurs au XIXe siècle* einzurichten, es erneut so frenetisch zu treiben. Später, als die Literaturfabrik Balzac auf vollen Touren lief, der Ausstoß schwindelerregend gesteigert wurde, nahm Balzac zwei ergebene junge Sekretäre in Dienst: den Comte de Belloy und den Duc de Grammont, die neben anderen Arbeiten die undankbare Aufgabe übernahmen, seine frühen historischen Groschenromane für eine Neuauflage zu glätten und zu bereinigen.

Der jähe Wechsel von genialer Schlamperei beim handschriftlichen Manuskript zur handwerklich peniblen Feinarbeit, die der Satzfassung gewidmet wurde, hatte natürlich seinen Preis. Da Balzacs Korrekturwünsche stets übermäßig umfangreich ausfielen, musste nach jedem Durchgang ein komplett neuer Satz angefertigt werden, beim damaligen Handsatz ein sehr arbeits- und kostenintensiver Vorgang, dessen Aufwendungen die Verleger selbstverständlich dem Autor in Rechnung stellten oder gleich von seinem Honorar abzogen. Das war eine weitere nie versiegende Quelle für Irritationen, Ärger und Zerwürfnisse.

Die manifeste Verachtung Balzacs gegen seine Verleger entbehrte keineswegs einsichtiger Gründe. Das galt zum einen für die windige Praxis der Autorenvergütung; die bekamen ihr Honorar nur in Form von Wechseln oder Kreditbriefen ausgezahlt, die erst nach Monaten fällig gestellt werden konnten. Wer so lange auf sein Geld nicht warten wollte – im Falle Balzacs die Regel –, sah sich genötigt, diese Wechsel oder Kreditbriefe gegen einen gehörigen Abschlag an einen Dritten zu verkaufen. Balzac gebrauchte in einem

Brief an die Hanska vom August 1844 dafür einmal die witzige Wendung, er müsse »oft nach Israel reisen [d. h. die Rothschild-Bank aufsuchen], um Wechsel gegen bares Geld zu verhandeln«. Dieses Verfahren war auch ratsam, weil es bis zur Fälligkeit der Zahlung passieren konnte, dass der Verleger seinerseits zahlungsunfähig geworden war oder dass der Wert des Wechsels sich bis zum Zahlungstermin aus anderen unvorhersehbaren Gründen erheblich verminderte. Diese Missstände, denen die Autoren ausgesetzt waren, hatte Balzac bereits im März 1830 im Aufsatz *De l'état actuel de la librairie,* im *Feuilleton des Journaux politiques* erschienen, heftig beklagt.

Als weiterer großer Nachteil für die Autoren erwies sich der gänzliche Mangel an Respekt vor geistigem Eigentum. Verkaufte sich ein Titel gut, waren sofort Raubdrucker zur Stelle, die das Buch in großen Stückzahlen nachdruckten und auf den Markt warfen, ohne dem Autor ein Honorar zu zahlen. Dieser Missbrauch, gegen den es keine rechtliche Handhabe gab, florierte damals vor allem in Belgien. Balzacs literarischer Ruhm, zunächst in Europa weit größer als in Frankreich, verdankte sich vor allem jenen belgischen Raubdruckern, die es aus politischen Gründen leichter hatten, Bücher in den europäischen Monarchien abzusetzen, haftete denen doch nicht der Ludergeruch an, aus dem Land der Revolution zu stammen. Raubdrucke waren aber auch in Frankreich gang und gäbe. So veröffentlichten Provinzblätter einfach Beiträge, die in Pariser Zeitungen erschienen waren, erneut, ohne eine vorherige Genehmigung einzuholen, geschweige die Autoren zu vergüten. Eine andere im Inland beliebte Piraterie war es, die Handlung erfolgreicher

Novellen oder Romane für Theaterstücke zu verwenden, ein Ideenklau, bei dem die Autoren ebenfalls leer ausgingen.

Balzac verdross diese Praxis verständlicherweise, andererseits war er auf seine europaweite Bekanntheit sehr stolz, die er den Raubdrucken verdankte. Der Hanska schrieb er damals: »Herr de Fitz-James teilte mir mit, dass der alte Fürst Metternich diese Geschichte [i. e. *Histoire des Treize*] nicht aus der Hand gelegt hat und alle meine Werke verschlingt.« Tatsächlich hatte der Duc de Fitz-James mitgeteilt: »Wenn Sie wüssten, mit welcher Begeisterung man Balzac 400 Meilen von Paris entfernt liest. Allein, Herr von Metternich erlaubt das nicht immer.« Als Balzac beim Aufenthalt in Wien dem Staatskanzler im Mai 1835 begegnete, soll der in wahrlich undiplomatischer Offenheit gesagt haben: »Mein Herr, ich habe keines Ihrer Werke gelesen, aber ich kenne Sie dennoch, und es ist offenkundig, dass Sie verrückt sind, und es ist klar, dass Sie sich auf Kosten der anderen Narren lustig machen und Sie bestrebt sind, diese mittels einer noch größeren Narretei zu kurieren.« So notierte es Melanie, die dritte Frau des Fürsten Metternich, in ihr Tagebuch.

Was der greise Staatskanzler, dem das Verständnis seiner Zeit und Welt schon etwas abhandengekommen war, als Narretei auffasste, war für Balzac ein lange gehegter Vorsatz, in den er die Hanska bereits im September 1833 eingeweiht hatte: »Ich will über die intellektuelle Welt ganz Europas herrschen. Dafür braucht es noch zwei Jahre Geduld und Arbeit, aber dann werde ich allen denen auf den Köpfen herumtanzen, die meine Hände zu fesseln, meinen Flug aufzuhalten suchen. Die Verfolgung, die Ungerechtigkeit verschaffen mir einen ehernen Mut. Kraftlos bin ich nur gegenüber zarten Empfindungen.« Das war gut napoleonisch gedacht und gesprochen. Mit der damaligen Reise nach Wien verband er nicht nur die Absicht, die Hanska, ebenfalls dort weilend, wiederzusehen, sondern sich auch einen leibhaftigen Eindruck von seiner Bekanntheit zu verschaffen.

Das änderte nichts daran, dass Balzac die schamlose Ausplünderung seines Werks, die fortgesetzte entschädigungslose Enteignung seiner Autorenrechte zutiefst empörten, was ihn bisweilen derart in Rage brachte, dass er sogar das Schaufenster eines Buchhändlers im Palais-Royal einschlug, als er in dessen Auslage einen Raubdruck entdeckte. Diese für ihn keineswegs untypische Affekthandlung zeigt, wie sehr ihn das Problem der Rechtlosigkeit der Autoren beschäftigte. Das dokumentiert sein *Lettre adressée aux écrivains français du XIXe siècle,* im November 1834 in der *Revue de Paris* erschienen, der ein kapitales Zeugnis für sein durchaus marktmäßiges Verständnis von Kunst und Künstlern darstellt. Die Autoren seien die Eigentümer ihrer Produkte, denn es gelte, dass ein Buch ebenso wie ein Brot in erster Linie als Handelsware zu betrachten sei. Deshalb versteht er das Wissen wie das Talent eines Schriftstellers als »Sache«, die dieser unter erheblichen Kosten erwarb und deren Preis sich folglich feststellen lassen könne: »Sprechen wir vom Kapital, vom Geld! Materialisieren, beziffern wir also das Denken in einem Jahrhundert, das sich rühmt, das Jahrhundert des Positivismus zu sein! Ohne ungeheure Studien, die ein Kapital aus Zeit und Geld darstellen, kommt der Autor zu nichts. (...) Sein Wissen ist folglich eine *Sache,* bevor sie ein *Rezept* wird, sein Drama ist eine *kostspielige Erfahrung,* bevor es öffentliche *Ergriffenheit* auslöst. Seine Schöpfungen sind ein Schatz, der größte von allen. Er produziert ohne Unterlass, er häuft Dividenden auf und bringt sein Kapital zum Einsatz; er hält ganze Fabriken in Betrieb.«

In derart schnörkelloser, geradezu brutaler Nüchternheit hatte vor Balzac noch niemand das künstlerische und literarische Schaffen gesehen. Auch dieses unterliegt fern aller Genieromantik den ehernen Gesetzen von Zeit, Kapital und Arbeit und erzeugt folglich Produkte, die einen in Geld zu beziffernden Marktwert darstellen. »Das Gesetz schützt die Bündel des Händlers, das Geld, das mit jeder Art von materieller Arbeit, ja, häufig sogar mit Betrug erworben wurde, es schützt das Land wie selbst die mit Schweiß erbaute Hütte des Proletariers, aber es konfisziert das Werk des Dichters, das dieser sich ausgedacht hat.« Kurz, geistiges Eigentum ist ein Gut wie jedes andere und muss deshalb in gleicher Weise vor Missbrauch und Diebstahl geschützt werden. Balzac verlangte die Abschaffung des einschlägigen Gesetzes von 1793, mit dem die Autorenrechte in einer Weise ausgehöhlt wurden, dass Raubdrucke nicht verfolgt, erfolgreiche Werke schamlos plagiiert wurden und schließlich die Leser sich für einige Pfennige die Werke aus den Leihbibliotheken besorgen konnten, statt sie zu kaufen.

Seinen Kollegen, den Schriftstellern und Künstlern, schlägt Balzac deshalb vor, sich zusammenzuschließen, eine Gesellschaft zu gründen, die ihre Interessen wahrnimmt und vertritt, mit einem Wort, eine Künstlergewerkschaft ins Leben zu rufen: »Vereint können wir der Macht die Stirn bieten, die jeden Einzelnen von uns umbringt.« Das war durchaus so kämpferisch gemeint, wie es klingt. Balzac hat diesen Vorschlag später immer wieder vorgetragen, so 1836 in der Zeitschrift *Chronique de Paris* oder 1841 in seinen *Notes remises à MM. les députés,* mit denen er die Verabschiedung eines Gesetzes zum Schutz des geistigen Eigentums anregte.

Bemerkenswert ist nicht nur das Ziel, das Balzac mit dieser Initiative erreichen will, sondern auch, dass er sich namens seiner Kollegen dafür stark machte, ohne dass sie ihn in irgendeiner Form dazu ermächtigt hätten. Ein solches Selbstbewusstsein beseelte ihn damals, so sehr war er von der Bedeutung seines Werks und von seinem Marktwert als Schriftsteller durchdrungen. Die Literaturfabrik Balzac war seit dem Verkauf der *Études de mœurs* an die Witwe Bechet ein Unternehmen, das in seiner Sparte beispiellose Bedeutung hatte. Das war nur ein Aspekt. Darüber hinaus hatte er im Zusammenhang damit den Einfall, sein Werk unter dem Haupttitel der *Études de mœurs* in verschiedenen thematischen Serien zu publizieren. Er realisierte ihn erstmals mit seinem Roman *Le Père Goriot,* mit dem er sich ab September 1834 befasste. In den Erinnerungen an ihren Bruder schreibt Laure Surville, dass dieser eines Tages von der Rue Cassini durch ganz Paris zu ihrer Wohnung im Faubourg Poissonière geeilt sei und beim Eintreten den Anwesenden zugerufen hätte: »Verneigt euch vor mir, denn ich bin im Begriff, ein Genie zu werden!«

Diesmal übertrieb Balzac nicht, denn sein Einfall war tatsächlich genial: Die beabsichtigte äußerliche Geschlossenheit seines Werks sollte nicht nur thematisch zum Ausdruck kommen, sondern auch dadurch, dass die Protagonisten seiner Erzählungen und Romane im gesamten Werk immer wieder auftauchten! Dieser Gedanke hatte ihn möglicherweise bereits beim Abfassen des *Médecin de campagne* angesprungen, aber er setzte ihn erst mit dem *Père Goriot* um. Damit brachte er die Wirkung der vorhandenen großen inneren Kohärenz seines Werks erst richtig zu Geltung und Bewusstsein, indem die unverwechselbaren Typen und Figuren sich zu einem gesellschaftlichen Reigen formierten, der im Maße, in dem er sich verdichtete und gleichzeitig größer wurde, eine Truppe auf die Bühne seines Welttheaters stellte, die der wirklichen Gesellschaft seiner Zeit heruntergerissen ähnlich sah. Von den rund 2000 Personen, die in der *Comédie humaine* ihren Auftritt haben, sind es insgesamt 593 Darsteller, die mehrfach in Haupt- oder Nebenrollen in den einzelnen Werken dieses Zyklus figurieren.

Dieser geniale Gedanke entfaltete rasch seine eigene Dynamik. Wies die Erstausgabe des *Père Goriot* zunächst nur 23 jener bereits aus anderen Werken geläufigen Figuren auf, wuchs deren Anzahl in den späteren Ausgaben des Romans auf 48 an. Daraus ergab sich automatisch der Zwang, seine Protagonisten miteinander kontinuierlich in Beziehung zu setzen, sei es in Freund- oder Feindschaft, durch gemeinsame Interessen oder verwandtschaftlich. Das nötigte Balzac bald, einen schematischen Aufriss zu zeichnen und stetig fortzuführen, der nach seiner Systematik an ein Kursbuch erinnert und der im letzten Wohnhaus in Passy drei Zimmerwände bedeckte. Charakteristisch wurde auch, dass Ereignisse und Charaktere aus anderen Geschichten immer häufiger als Referenzgrößen auftauchten, auf die er in einer

Weise Bezug nahm, als seien sie von historischer Objektivität. Dieser Effekt wurde noch dadurch verstärkt, dass wirkliche und erfundene Personen miteinander agierten oder dass bedeutende und leicht identifizierbare Zeitgenossen als diese selbst, aber unter anderem Namen, als Romanfiguren ihren Auftritt hatten.

Balzacs figurenreicher Kosmos entwickelte mit dem Anwachsen des Werks immer größere Fliehkräfte, die zu bändigen es großen Aufwands und wiederholter Revisionen des Werks bedurfte. Augen- und Haarfarben der einzelnen Figuren mussten ebenso harmonisiert werden, wie es galt, Karrieren, Ortswechsel und sonstige Veränderungen ihres äußeren Lebens jeweils mit Rücksicht auf die fiktiven Biographien, die stets nur ausschnittsweise beleuchtet werden, in Einklang zu bringen. Dieses gewaltige Pensum zwang ihn häufig, ganze Passagen und Abschnitte der Novellen und Romane, die vor dem Einfall und dessen Umsetzung publiziert worden waren, für Neuauflagen umzuschreiben, neue Figuren, die in späteren Werken eine größere Bedeutung erlangen sollten, ebenso in sie einzuführen wie auch Handlungsfäden zu spinnen, die sich erst in anderen Zusammenhängen zu Knoten schürzten. Unvermeidlich musste es hierbei trotz aller Textrevisionen zu Ungereimtheiten kommen, die aber so nebensächlich sind, dass sie nur dem auffallen werden, der mit forensischer Geduld nach ihnen sucht.

Balzacs erzählerische Meisterschaft sorgte dafür, dass trotz der zahlreichen personellen Verknüpfungen und thematischen Verschränkungen dieses riesigen Werks jeder einzelne Roman und jede Erzählung, die darin verbaut wurden, eine in sich geschlossene Einheit darstellt: Jeder Roman lässt sich völlig unabhängig vom anderen lesen und verstehen. Auch muss man nicht wie bei manchen russischen Romanciers des 19. Jahrhunderts Personenverzeichnisse zur Hand nehmen, will man den Handlungsfaden nicht verlieren. Den ungeheuren Vorteil von Balzacs Verfahren wird der Leser in der Regel gar nicht wahrnehmen, weil ihm die Figuren bei der Lektüre im Verlauf *ihres* Lebens allmählich immer vertrauter werden, ganz so, als begegnete er ihnen wirklich. Einzelheiten aus ihrer Jugend erfährt man beispielsweise erst, lange nachdem sie als Erwachsene geläufig sind; ebenso sind einem ihre Freunde oder Bekannten schon längst untergekommen, ehe man erfährt, dass sie zu dieser oder jener Figur in näherer Beziehung stehen. Fiktion und Wirklichkeit verschwimmen endgültig zur Zwischen- oder Scheinwelt, sobald der Leser Zeuge des Älterwerdens und der damit verbundenen körperlichen und charakterlichen Veränderungen der Protagonisten wird. Spätestens dann kann die »Balzac-Sucht« eintreten, wird Literatur zu einer erlebten Wirklichkeit.

Wie genau Balzac das ganze Potential dieser Entdeckung sofort überschaute, dokumentiert der Brief an die Hanska Ende Oktober 1834, der *in nuce* den gesamten Bauplan der *Comédie humaine* enthält. Deren Publikation begann aber erst acht Jahre später. »Die *Études de mœurs* werden alle sozialen Phänomene darstellen, ohne dass weder eine Lebenssituation, eine Physiognomie noch gar der Charakter eines Mannes oder einer Frau, weder eine Lebensweise, ein Beruf, eine gesellschaftliche Situation, eine Gegend Frankreichs noch was sonst immer der Jugend, dem Greisenalter oder dem erwachsenen Leben eigentümlich oder der Politik, der Justiz oder dem Kriegswesen zugehörig ist, vergessen wird. (...) Das so angelegt – die Geschichte des menschlichen Herzens Schritt für Schritt nachgezeichnet, die Geschichte der Gesellschaft in allen Belangen geschildert –, wird die Grundlage sein. (...) Darauf werden als zweite Schicht die *Études philosophiques* gesetzt, denn nach den *Auswirkungen* gilt es nach den *Gründen* zu forschen. In den *Études de mœurs* werde ich Ihnen die Gefühle und ihr Zusammenspiel, das Leben und seinen Anstrich geschildert haben. In den *Études philosophiques* hingegen will ich Auskunft geben, was die Gefühle sind, was das Leben ist; ich will die Bedingungen der Möglichkeit untersuchen, ohne die weder eine Gesellschaft noch ein Mensch existieren können. Nachdem ich die Gesellschaft des langen und breiten abgeschritten habe, um sie zu beschreiben, werde ich über sie urteilen. Dabei werde ich so verfahren, dass in den *Études de mœurs* die Individuen typisiert, in den *Études philosophiques* die Typen jedoch individualisiert werden. (...) Dann, nach den *Auswirkungen* und den *Ursachen,* werden die *Études analytiques* an die Reihe kommen, wozu ich etwa die *Physiologie du mariage* rechne, denn nach den *Auswirkungen* und den *Gründen* gilt es, die *Prinzipien* zu begreifen. Die Sitten geben das *Schauspiel,* während die *Auswirkungen* die *Kulissen* und die *Bühnenmaschinerie* vertreten. Die Prinzipien hingegen verkörpert der Autor. In dem Maße jedoch, in dem sich das Werk zu solcher Gedankenhöhe emporschraubt, gewinnt es an Dichte und Kohärenz. Braucht es für die *Études de mœurs* 24 Bände, genügen für die *Études philosophiques* 15, während die *Études analytiques* nur noch 9 umfassen werden. Auf diese Weise werden der Mensch, die Gesellschaft, die Menschheit ohne alle Wiederholung beschrieben, beurteilt, analysiert und das alles in einem Werk, das sich ausnehmen wird wie *Tausend und eine Nacht* des Okzidents.«

Dieser Brief zeigt auch, mit welch unbändiger Dynamik die Literaturfabrik Balzac expandierte. Im August 1833 geben noch die *Études de mœurs* den Umriss des geplanten Gebäudes vor. Ein Jahr später sind sie nur noch der mächtige Mittelresalit eines nun mit drei Flügeln unterschiedlicher Größe projektierten, damit wesentlich erweiterten Gebäudes. Bereits im April 1834 hatte Balzac mit dem Verleger Werdet einen Vertrag über eine Ausgabe in 30 (!) Bänden der geplanten *Études philosophiques* geschlossen, von denen zwischen 1834 und 1840 aber nur 20 kleinformatige Bändchen in Lieferungen zu je fünf Bänden erschienen. Gleichzeitig kam die zweite Lieferung der im Vorjahr mit der Witwe Bechet vereinbarten *Études de mœurs* auf den Markt. Diese Andeutungen zeigen, dass Balzac nun an verschiedenen Ecken seines Riesenbauwerks gleichzeitig am Werk war, dessen äußere Gliederung wie innere Raumaufteilung ständigen Veränderungsprozessen ausgesetzt war. Dies wie die flexible Statik, mit der er bereits in großer Fülle vorhandene Bauteile, veröffentlichte Erzählungen und Novellen überarbeitete, teilweise umbenannte und mal hier mal dort einfügte, erzeugen ein wirres Bild. Seine Genese wird durch ständig neue Abreden und Verträge mit Verlegern vollends unüberschaubar, so dass selbst die Balzac-Philologie ihre liebe Not hat, sich darin noch zurechtzufinden.

Kaum vorstellbar, er hätte sich damit beschieden, dieses Werk, das Titanenkräfte erforderte, in aller Ruhe weiterzuführen. Aber ein Balzac hätte sich nicht damit zufriedengegeben. Außerdem lockte und narrte ihn heftiger denn je die Illusion vom jähen Reichtum, um damit das lästige Geschmeiß der Gläubiger, die ihn unablässig mit Forderungen piesackten und deren Abwehr ihn wohl nicht weniger Zeit kostete als sein Werk, auf einen Schlag loszuwerden. Dass ihm der mit der Witwe Bechet im August 1833 abgeschlossene, sehr lukrative Honorarvertrag über die *Études de mœurs* nicht, wie damals gehofft, Luft verschaffte, kann bei Balzacs extensivem Wirtschaften nicht überraschen. Der Duchesse d'Abrantès, die sich wie er auf Schein und Sein verstand, schrieb er im Oktober 1834: »Ich habe nichts als meine Feder, um zu leben und um 120 000 Franc Schulden zu begleichen. In einigen Monaten werde ich alles erstattet, gelebt und meinen armen kleinen Haushalt organisiert haben. Aber während der nächsten sechs Monate wenigstens werde ich alle Zumutungen der Armut ertragen müssen, werde ich im schwärzesten Elend leben.« Bis auf den letzten Satz war es Balzacs vertraute Litanei.

Die von Balzac genannte Sechs-Monats-Frist, um sich aus der ärgsten Misere zu befreien, war längst verstrichen, als er der Hanska im August 1835 klagte: »Arbeit, immer nur Arbeit, durchwachten Nächten folgten durchwachte Nächte, Tage des Nachdenkens schlossen sich an ebensolche an, die Ausführung folgte der Konzeption auf dem Fuß und so immer fort. Verglichen mit dem, was ich brauche, verdiene ich damit bei weitem zu wenig. (...) Wenn jedes meiner Bücher so bezahlt würde wie eines von Walter Scott, wäre ich saniert. Aber selbst wenn ich sehr gut bezahlt werde, reicht es mir dazu nicht. Im August werde ich 2000 Dukaten verdienen. Für *Le Lys* zahlt man mir 8000 Franc, die Hälfte davon der Verlag, die andere Hälfte *La Revue des Deux Mondes.* Für den Artikel im *Conservateur* bekomme ich ein Honorar von 3000 Franc. Ich habe *Séraphita* beendet, mit den *Mémoires d'une jeune mariée* (sic!) begonnen und Mme Bechet alle noch ausstehenden Manuskripte geliefert. [Das war eine seiner üblichen Übertreibungen, wie das Schreiben der Verlegerin vom 19. Oktober 1835 zeigt, in dem sie Balzac eine letzte Fristverlängerung für die Abgabe der Manuskripte der 6. Lieferung der *Études de mœurs* bis Mitte Februar 1836 zugesteht, die Balzac natürlich auch nicht einhielt.] Haben jemals zuvor Hirn, Feder und Hand das Beispiel einer vergleichbaren Gewaltanstrengung geliefert?«

Der Frosch mochte strampeln, wie er wollte, die Milch wurde nicht zur Butter, um die feste Grundlage zu schaffen, mit einem Sprung dem Gefäß zu entrinnen, in dem er gefangen saß. In seiner chronischen Geldnot verfiel Balzac sogar auf den Gedanken, der seiner unterdessen erworbenen literarischen Reputation gefährlich werden konnte. Anfang Dezember 1835 erwarb der Verleger Souverain von einem gewissen Émile Regnault, ein Pseudonym Balzacs, für 10 000 Franc die Rechte zur Veröffentlichung der *Œuvres complètes de feu Horace de Saint-Aubin,* die alle literarischen Arbeiten umfassen sollten, die von den Herren Horace de Saint-Aubin, Viellerglé, Lord R'Hoone veröffentlicht worden waren, sowie einen Roman ohne Autorennennung mit dem Titel *Wann-Chlore.* Doch alle Vorsichtsmaßnahmen – der von Balzac unter Pseudonym geschlossene Vertrag, der seinem »Sekretär«, dem Comte de Belloy erteilte Auftrag, die Fahnenkorrekturen vorzunehmen, oder gar die fiktive Biographie *Vie et malheurs de Horace de Saint-Aubin,* die Jules Sandeau zu dieser erst 1840 abgeschlossenen Werkausgabe der frühen historischen Schundromane beisteuerte – nützten nichts, die wahre Identität des Verfassers zu verbergen. Die wurde nämlich, kaum war das Vorhaben bekannt, vom Kritiker Sainte-Beuve, einem der ärgsten Gegner Balzacs, in der *Revue des Deux Mondes* triumphierend aufgedeckt. Während der nächsten Monate musste Balzac unter dem Spott leiden, den Neider und Widersacher öffentlich ausgossen, dass selbst er nicht so viel publizieren könne, wie er wolle, weshalb er »mit den Ladenhütern seiner Literaturfabrik spekuliere«.

Balzac glaubte immer felsenfest daran, dass dort, wo die Gefahr am größten, auch das Rettende nah sei, selbst als er erkennen musste, dass seine Feder nicht mehr ausreichte, um die Misere abzuwenden: 1836 und 1837 vollendete er vier Romane, *L'Interdiction, La Vieille fille, Les Employés* und den vergleichsweise üppig honorierten *César Birotteau,* vier kürzere Erzählungen, den dritten *dixain* der *Contes drolatiques,* einen Teil von *Les Martyrs ignorés* und *L'Enfant maudit,* näherte sich seine Studie über *Catherine de Médicis* ihrem Abschluss und beendete er das Manuskript der romantischen Novelle *Le Lys dans la vallée.* Außerdem hatte er die beiden Romane *Le Cabinet des antiques* und *Les Illusions perdues* begonnen, hatte sich wieder dem Journalismus zugewandt und eine Reihe von Theaterstücken skizziert. Mehr vermochte auch er nicht zu leisten um den Preis, dass er Nacht für Nacht am Schreibtisch saß und bis zum Morgengrauen ganze Stapel Papierbögen vollschrieb. Seine Leistung verglich er mit den Arbeiten des Herkules, doch die erschöpfendsten Anstrengungen standen ihm erst noch bevor: das Korrekturlesen, das Ausbügeln von Fehlern, das Einpassen der neuen Elemente in das geplante Riesenbauwerk. Bereits Ende April 1836 sandte er der Hanska einen Verzweiflungsschrei: »Ich vermag Ihnen nur von schrecklichen Kämpfen zu berichten, von wahren Schlachten, Leiden, fruchtlosen Unternehmen, von Tagen ohne Schlaf. Angesichts meines Lebens würde selbst ein Dämon in Tränen ausbrechen. (...) Seit zwei Monaten schlage ich mich nur mit Geschäftsangelegenheiten [Gläubigern und Prozessen mit Verlegern] herum und habe sonst wenig zustande gebracht. Das sind zwei verlorene Monate, will sagen, dass das *Huhn, das die goldenen Eier legt,* sehr krank ist.«

Die Diagnose Balzacs war nur zu wahr, zumal er erneut mit einem grandiosen Geschäftsunternehmen, von dem er sich das Wunder der Errettung aus allen finanziellen Nöten versprach, Schiffbruch erlitten und die ohnehin beträchtliche Schuldenlast auf einen Schlag um rund 50000 Franc vergrößert hatte. Das war fatal, weil ihn die neuen Schulden weitaus stärker belasten sollten als jene, die er noch aus dem Zusammenbruch der Druckerei zu tragen hatte und mit denen er vor allem bei seiner Mutter in der Kreide stand. Am Weihnachtstag 1835 hatte sich Balzac auf ein Geschäft eingelassen, das wie gewöhnlich glänzende Perspektiven verhieß, als er von Max de Béthune sechs Achtel der Anteile – ein Achtel behielt de Béthune, ein weiteres der bisherige Chefredakteur der Zeitschrift William Duckett – an der im Jahr zuvor gegründeten und zweimal in der Woche erscheinenden Zeitschrift *La Chronique de Paris* für 140 Franc erwarb. Nicht nur gemessen an seinen großen Erwartungen war es eine bescheidene Summe. Balzac beging jedoch den entscheidenden Fehler, allein und in voller Höhe für die anfallenden Unkosten der *Chronique,* die von Januar bis Juli 1836 auf rund 45 000 Franc geschätzt wurden, aufzukommen. Diese Summe entspricht in etwa dem neuen Schuldenberg, auf dem Balzac sitzen bleiben sollte.

Selber als Verleger und Chefredakteur einer ihm gehörenden Zeitschrift zu fungieren war ein alter Traum Balzacs, der ihn lockte, weil seine durchaus gutbezahlte Mitarbeit an anderen Journalen regelmäßig mit Krach und Verdruss endete. Ein ihm gehörendes Presseorgan würde nicht nur die Möglichkeit eröffnen, Kritikern und Neidern die Stirn zu bieten und die eigene Bedeutung in gehöriges Licht zu rücken, sondern auch die, alle seine literarischen Arbeiten vorab zu veröffentlichen. Das alles würde ihm jenen Einfluss verschaffen, den er sich in Briefen an die Hanska wiederholt ausmalte: »Ich werde die Macht in Frankreich haben.« Mit anderen Worten: Balzac spielte wieder einmal mit dem Gedanken an eine politische Karriere, die er diesmal umsichtiger, sprich publizistisch vorbereiten wollte. Ein Grund dafür, dass er ab Ende Februar 1836 die Federführung bei der außenpolitischen Kommentierung der *Chronique* übernahm. Dieser Aufgabe widmete er sich, wie Anzahl und Umfang seiner insgesamt 41 Beiträge zeigen, mit großem Eifer.

Wie üblich war die Übernahme der *Chronique* Vorwand für allerhand Verschwendungen. Mit aufwendigen Redaktionsessen an jedem Samstag wurden Mitarbeiter angeheuert, beispielsweise Théophile Gautier, Alphonse Karr oder Charles de Bernard. Doch, wie Balzacs Verleger Edmond

Werdet in seinem sehr witzigen, aber auch nicht allzu glaubwürdigen *Portrait intime de Balzac* schreibt, waren alle stets pünktlich und mit gesegnetem Appetit bei den Essen zugegen, der ihnen aber bei der Arbeit deutlich abging. Das beklagt auch Balzac in einem Brief von Anfang März 1836: »Entschuldigen Sie die Seltenheit und die Kürze meiner Schreiben, aber zweimal in der Woche leide ich 36 Stunden Todesqualen wegen der *Chronique de Paris,* einem Blatt, dessen sämtliche Redakteure krank sind und bei dem ich alle Lasten allein zu tragen habe, aus dem einfachen Grund, weil ich einen Teil meines Vermögens (!) darin investiert habe.« Der Witz ist so schön, weil Werdet wahrscheinlich zu Recht vermutet, dass Balzac bei Abschluss des Kaufvertrags für die *Chronique* nicht einmal die 35 Centime in der Tasche hatte für die Stempelmarke.

Die Naivität Balzacs in geschäftlichen Dingen ignorierte selbst deutliche Warnsignale souverän. So schied William Duckett im März 1836 als Kommanditist der *Chronique de Paris* aus, weil er das Scheitern des Blatts erkannte. Duckett erhielt fast 8000 Franc in Form von Wechseln, die spätestens im Juni 1837 fälliggestellt werden konnten und für die Balzac geradestehen musste. Das sollte ihm die größten Probleme bereiten, denn dieser Duckett entwickelte sich zur wahren Nemesis. Balzac hingegen wähnte zu diesem Zeitpunkt, dass sein Anteil am Grundkapital bereits einen Wert von 90 000 Franc habe, und phantasierte, dass Abonnenten in hellen Scharen herbeiströmten. Der Hanska versicherte er, dass, seien dies mehr als 2000, er jährlich 20 000 Franc verdiene, nicht gerechnet die sehr gut dotierten Honorare und das Gehalt als *directeur suprême.* Alle Illusionen fasste er im Satz zusammen: »Außergewöhnliche Sache das! Das wird das Geschäft, das mich finanziell retten wird.«

Von gleicher Naivität zeugt, dass er die Wirkung seines literarischen Rufs aufs Publikum weit überschätzte. Obwohl die *Chronique* neben seinen politischen Artikeln eine ganze Reihe literarischer Arbeiten wie etwa *La Messe de l'athée, L'Interdiction,* den Beginn des *Cabinet des antiques, Facino Cane* und schließlich *Ecce Homo, Étude philosophique* veröffentlichte, blieben die Leser aus. Statt der 2000 Abonnenten auf Balzacs Rechnung, mit denen die *Chronique* sicherlich profitabel gewesen wäre, waren es am Ende 288, die dieses Blatt als ein Zentralorgan des *parti des intelligentiels* beziehen wollten. Auch wenn er sicherlich übertreibt, so dürfte Werdet mit der Schilderung von Balzacs Absichten mit der *Chronique* dennoch dessen grenzenlose publizistische Ahnungslosigkeit gut charakterisiert haben: »Ich werde in diesem Blatt nur das veröffentlichen, was mir gefällt, und ich werde mitleidlos alles von ihm fernhalten, dem das Talent abgeht, mir zuzusagen. Meine *Chronique* wird die beiden Revuen von Buloz [*La Revue de Paris* und *La Revue des Deux Mondes*] vom Markt fegen. Ich werde jegliche Ansicht über Kunst und Literatur, die mit meiner Meinung nicht übereinstimmt, als dumm oder bourgeois ächten. (...) Ich werde schließlich den Ministern Ärger machen, die mir keine Orden verleihen, während sie alle möglichen anderen auszeichnen, die mir nicht das Wasser reichen können; auch werde ich ihnen klar machen, dass ich von Politik ebenso viel verstehe wie sie und dass ich mich auch nicht schlechter in diesem Geschäft auskenne als sie.«

Es half nichts: Mitte Juli 1836 stellte die *Chronique de Pa-*

*ris* ihre Zahlungen ein. Balzac musste eine zusätzliche Schuldenlast von 45 000 Franc tragen, zu der andere Ausgaben kamen, die er sich wegen des Blatts aufgehalst hatte. Der eklatante Misserfolg der *Chronique de Paris* beruhte zum einen auf der allzu strikt-legitimistischen Linie, die Balzac dem Organ verordnete, wie andererseits das Erscheinen zweier großer Tageszeitungen ab dem 1. Juli, *Le Siècle* und *La Presse*, die sofort großen Anklang fanden und die einem sonntags und donnerstags erscheinenden Blättchen von lediglich 16 Seiten Umfang sozusagen das Wasser abgraben mussten. Beide Blätter waren Zeitungen, wie sie heute geläufig sind: Sie erschienen in großem Format und finanzierten einen Teil der Kosten durch bezahlte Inserate, was den Preis für das Jahresabonnement auf 40 Franc drückte, während der Bezug von Balzacs schwindsüchtiger *Chronique* mit wesentlich weniger Lesestoff über 60 Franc kostete. Die neuerliche Enttäuschung inspirierte Balzac jedoch zu einem der schönsten Romane, zu *Les Illusions perdues*, dessen Protagonist, Lucien de Rubempré, in der korrupten Welt des Journalismus versinkt.

Ironischerweise war es Émile de Girardin – Balzac hatte sich mit ihm zeit seiner journalistischen Tätigkeit verkracht, und Girardin hatte *La Presse* lanciert, die zum Untergang der *Chronique* beitrug –, der ihm am 1. Oktober 1836 eine Rettungsleine zuwarf, als er auf den Vorschlag einging, *La Vieille fille* in wöchentlichen Fortsetzungen zu veröffentlichen. Diese Publikation in *La Presse* markiert die Geburtsstunde des Fortsetzungsromans, von nun an unverzichtbarer Bestandteil der Tagespresse, eine Erfindung, von der ausnahmsweise Autoren und Verleger gleichermaßen profitierten: Den Autoren erschloss sich nicht nur eine zusätzliche Einnahmequelle, sondern sie erreichten ein weitaus größeres Publikum, was für den Absatz der in Buchform publizierten Werke von großem Vorteil war; der Hauptteil von Balzacs künftiger literarischer Produktion erschien von nun an zunächst als Feuilleton-Roman. Die Verleger hatten den Vorteil, dass ihre Blätter dank der Fortsetzungsromane an Attraktivität und Auflage gewannen und außerdem die Bindung bereits gewonnener Leser an die jeweilige Zeitung gestärkt wurde.

Allerdings zog nicht Balzac aus dieser neuen Form literarischer Veröffentlichung den größten Gewinn, sondern sein Konkurrent Eugène Sue. Der beherrschte die Technik, Sensationsromane im Rhythmus ihres wöchentlichen Erscheinens zu verfassen, während Balzac erst die ganze Romanhandlung zu Papier gebracht haben musste, ehe er sie veröffentlichte. Das erwies sich deshalb als gravierender Nachteil, weil ein Zeitungsleser andere Lektüregewohnheiten entwickelt als einer, der sich in einen abgeschlossenen Roman vertieft, Balzacs erzählerische Stärke. Sue hingegen verstand es, seine Episoden jeweils in Spannung enden zu lassen, deren Auflösung die nächste Folge versprach, die folglich mit Ungeduld erwartet wurde. Als Balzac im Sommer 1837 in *La Presse* die erste Fassung seines Romans *Les Employés* unter dem Titel *La Femme supérieure* portionenweise veröffentlichte, trafen empörte Leserbriefe in der Zeitung ein, wie er der Hanska schrieb: »Sie werden eines Tages *La Femme supérieure* lesen, und wenn ich es jemals nötig hatte, einen ernsthaften und ernstgemeinten Rat zu einer meiner Arbeiten zu hören, dann zu dieser. Es treffen täglich zwanzig Beschwerdebriefe in der Zeitung von Leuten ein, die ihr Abonnement kündigen etc. und die sagen, dass es nichts Langweiligeres gäbe, dass es nur ödes Geschwätz sei, und alle diese Briefe werden mir zugestellt. Darunter war auch einer, der sich als mein großer Bewunderer vorstellte, mich aber wissen ließ, er vermöge die ›Dummheit einer solchen Komposition‹ nicht zu fassen. Wenn das so ist, dann habe ich mich tatsächlich arg vergaloppiert.« Balzac sah sich durch diesen Misserfolg in seinem Talent in Frage gestellt.

Sein Scheitern als Zeitungsverleger ging Hand in Hand mit einer weiteren Enttäuschung: Nachdem er sich mit der Witwe Bechet, von der er gehofft hatte, sie würde sein Werk verlegerisch betreuen, zerstritten hatte, glaubte er in Edmond Werdet den Mann gefunden zu haben, der sich bedingungslos einsetzte und das wachsende Œuvre aufopferungsvoll betreute. Zunächst entwickelte sich diese Geschäftsbeziehung in herzlichem Einvernehmen, zumal Werdet für Balzacs Talent ehrliche Bewunderung hegte. Wichtiger war für Balzac wohl, dass ihm Werdet in den ersten Monaten des Jahres 1836 eine Reihe auf seinen Namen lautender Wechsel ausstellte, mit denen er einige lästige Gläubiger zufriedenstellte. Das ging gut, solange Werdets Geschäfte florierten. Damit war es spätestens Ende September vorbei, als die Balzac allzu voreilig ausgehändigten Wechsel seinen Kredit ruinierten. Balzac selbst war zu dieser Zeit völlig mittellos, wie er der Hanska im Oktober gestand: »Aller Hoffnungen entkleidet, allem entsagend, habe ich mich gezwungenermaßen am 30. September in die alte Mansarde von Jules Sandeau flüchten müssen, wo ich nun zum zweiten Mal in meinem Leben mich damit konfrontiert sehe, dass meine Unterschrift nicht honoriert wird.« Kurz: Auch Balzac waren einige Wechsel zu Protest gegangen, die Gläubiger ihm auf den Fersen. Deshalb hatte er die Wohnung in der Rue Cassini Hals über Kopf verlassen und versteckte sich in der Mansarde von Jules Sandeau, wo er für einige Zeit kampieren sollte. Das bedeutete das jähe Ende der bis dahin freundschaftlichen Geschäftsbeziehungen mit Werdet, dem das Wasser selbst bis zum Halse stand und der Balzac Mitte Oktober 1836 ultimativ aufforderte, Schulden in Höhe von 7471 Franc zu bezahlen. Von Stund an war Werdet für Balzac nur noch eine *planche pourrie,* eine »verfaulte Planke«, an die er sich nicht mehr klammern konnte, wie er der Hanska mitteilte.

Das war erst der Anfang, denn Werdet bestand darauf, dass Balzac Honorarvorschüsse von rund 13 000 Franc zurückzahle. Dieser Forderung konnte sich Balzac dadurch entledigen, dass er mit den Herren Delloye, Lecou und Bohain Mitte November 1836 einen Vertrag schloss. Die erwarteten von der Verwertung der Rechte aus der Veröffentlichung seines Gesamtwerks ein glänzendes Geschäft und händigten ihm mit dessen Unterzeichnung den stolzen Betrag von 50 000 Franc aus, »um meine drückendsten Schulden zu begleichen«, wie er der Hanska schrieb. In seiner Euphorie – »dieser Vertrag ist tausendmal vorteilhafter als der von M. de Chateaubriant« [sic] – verkannte er völlig, dass es sich zum einen um einen Vorschuss handelte, d. h., er neue Schulden machte, um alte abzubezahlen. Zum anderen übersah er, dass es sich bei diesem auf 15 Jahre Laufzeit angelegten Vertrag, der ihn dazu verpflichtete, in den nächsten sechs Jahren mindestens sechs Bände mit Romanen oder Erzählungen pro Jahr zu liefern – danach war deren Anzahl freigestellt –, wofür er monatlich jeweils 1500 Franc erhalten sollte, lediglich eine Absichtserklärung darstellte. Tatsächlich hatte auch Chateaubriand im März 1836 mit Delloye einen ähnlichen Vertrag für die Verwertung seiner Memoiren geschlossen, die aber erst nach seinem Tod erscheinen sollten, der ihm sofort 156 000 Franc sowie auf Lebenszeit eine jährliche Rente von 12 000 Franc verschaffte. Doch Chateaubriand hatte das Manuskript der *Mémoires d'outre-tombe* bereits fertiggestellt und einem Notar in Verwahrung gegeben, während Balzac, von Neuauflagen seiner bereits veröffentlichten Werke abgesehen, sich dazu verpflichtete, Manuskripte zu liefern, die er erst noch schreiben musste.

Das Linsengericht von 50 000 Franc neuer Schulden, zu deren Sicherheit Balzac seine Schöpferkraft verpfänden musste, erschien ihm zu diesem Zeitpunkt, Illusion aller Illusionen, als Erlösung von allen Übeln, wie er der Hanska mitteilte, nachdem er den Vertrag in seiner Lesart skizziert hatte: »Es ist diese Vereinbarung, die mich für immer von Zeitungen, Verlegern und Prozessen befreit (...). Meine Partner teilen sich mit mir in alle Erträge meiner Feder wie auch in alle mit ihrem Verkauf erzielten Erlöse. Das ist wie ein zur Hälfte geteilter Pachthof, bei dem meine Schöpferkraft das Ackerland darstellt, allerdings mit dem Unterschied, dass ich, der Eigentümer, weder für Kosten noch Risiken einstehen muss und also völlig unbekümmert meine Gewinne einstreichen kann.«

So konnte es nur Balzac sehen, der im Ausgeben von Geld, das er noch gar nicht verdient hatte, notorisch unbekümmert war und dessen »Gewinne« im Laufe des Lebens in stets anwachsendem Rückstand zu den geradezu exponentiell ansteigenden Schulden gerieten. Am Jahresende 1836 hatten die Verbindlichkeiten, wie Balzacs postume Finanzbuchhalter René Bouvier und Edouard Maynial bilanzierten, gegenüber dem Vorjahr um 53 000 Franc zugenommen und beliefen sich insgesamt auf über 158 000 Franc. Davon schlugen alte Schulden gegenüber seiner Familie mit nur 40 000 Franc zu Buche.

## *Kleine und große Fluchten*

Balzac verwechselte gern Illusion und Wirklichkeit, und so war das Anfang Januar 1834 in Genf besiegelte Eheversprechen, das er und die Hanska sich bei der ersten Begegnung im Herbst zuvor in Neuchâtel gegeben hatten, ein unwiderstehliches Stimulans. Sein großes, immer angestrebtes Ziel, die schöne, reiche, aristokratische Frau, die Mutter und Geliebte in einem zu sein versprach, schien so gut wie erreicht zu sein. Zwar vereitelte die Gegenwart von Wenceslas Hanski noch das vollkommene Glück, aber das wird ihn wohl wenig gestört haben, weil für ihn das Versprechen oder der Schein bereits das Sein war. Dieses Bewusstsein trieb ihn für die nächsten drei Jahre an, allen herben Enttäuschungen seiner sonstigen Illusionen zum Trotz. Mehr noch, Balzac lebte für geraume Weile in der Überzeugung, einen Wechsel mit lebenslanger Laufzeit auf den Erfolg gezogen zu haben. Diese felsenfeste Überzeugung blähte sein Ego enorm auf und verführte ihn, seinen Lebenszuschnitt in jeder Hinsicht neu und noch gewaltiger zu dimensionieren. Kurz, all das wirkte wie eine Droge auf ihn und entfesselte seine Kräfte.

Das kam zunächst dem im Entstehen begriffenen Werk zugute, wie der Einfall beweist, die Figuren in den Romanen mehrfach auftauchen zu lassen; das zeigt sich auch an der thematischen Breite seiner Sujets, die ihn selbst mit Staunen erfüllte, wie er der Hanska im Dezember 1834 mitteilte: »Ich habe Ihnen bereits gesagt, dass *L'Absolu [La Recherche de l'absolu]* Sie begeistern wird, nun gut, Sie werden aber auch kaum weniger *Le Père Goriot* bewundern. Darauf wird dann der überwältigende Schluss von *Séraphita* folgen. Noch nie hat sich die Vorstellungskraft in derart unterschiedlichen Sphären entfaltet. Und dabei habe ich noch kein Wort über *Birotteau le parfumeur* oder über die *Mémoires d'une jeune mariée* verloren, mit denen es gilt, den Kampf mit frischen Truppen fortzuführen.« Das war ausnahmsweise keine Prahlerei, denn Balzac vergaß, vermutlich mit Absicht, den Roman *Le Lys dans la vallée* zu erwähnen, diese große romantische Elegie, deren Protagonistin, die Comtesse Blanche-Henriette de Mortsauf, nach dem Bild der Laure de Berny gezeichnet ist, während deren Geliebter, Félix de Vandenesse, den Autor verkörpert.

Die Wirkung jener Droge enthemmte und steigerte auch Eitelkeit und Snobismus. Trotz der Verschuldung, die wie ein immer größer werdender Schatten folgte, begann er, im Lebenszuschnitt endgültig über die Stränge zu hauen: »Ich bin jetzt hier in meinem Winterlager«, schreibt er der Hanska, »in meiner Schreibstube, trage die Kutte eines Kartäusermönchs, die Sie ja kennen, und schufte bis zur Besinnungslosigkeit. Was meine Zerstreuungen angeht, so sind diese gänzlich unschuldig. Ich habe mir neue Möbel angeschafft, einen Stock, über den sich ganz Paris das Maul zerreißt, ein göttliches Opernglas, das mir meine Kumpane vom Optiker der Sternwarte haben anfertigen lassen; außerdem trage ich jetzt an meinem blauen Rock goldene Knöpfe, die eine Fee ziseliert hat, denn der Mann, der im 19. Jahrhundert einen Stock mit sich führt, der eines Louis XIV. würdig wäre, kann nicht mehr die unwürdigen Knöpfe mit Kupferlegierung tragen. Das sind schließlich auch nur die kleinen Narreteien, denen Sie zustimmen würden, sobald Sie daran dächten, dass sie ebenjenem Übermut entspringen, der sich auch in schwererwiegenden Narrheiten mit irgendeiner Juliette, Schreck lass nach!, niederschlagen könnte [Balzac spielt damit auf die Affäre zwischen Victor Hugo und der Schauspielerin Juliette Drouet an], weshalb es allemal besser ist, der kindlichen Begeisterung für einen Knopf, für einen Ring zu verfallen. Das sind die kleinen, unschuldigen Nichtigkeiten, die mich als Millionär erscheinen lassen. In der eleganten Welt habe ich die Sekte der Zierstockliebhaber ins Leben gerufen, weshalb man mich für einen äußerst frivolen Menschen hält, was mich erheitert.«

Mit diesem Brief malt Balzac ein in aller Widersprüchlichkeit getreues Selbstbildnis. Der teure Firlefanz, an dem sein Herz angeblich hängt, gehört zum Aufwand, den er seiner gesellschaftlichen Stellung schuldig zu sein glaubt. Seinen schnell zum Markenzeichen werdenden Stock – den Karikaturisten wurde er ein unverzichtbares Accessoire, und Delphine de Girardin veröffentlichte 1836 eine Novelle unter dem Titel *La Canne de M. de Balzac* – ließ sich Balzac allein 700 Franc kosten, die der Juwelier Lecointe im August 1834 in Rechnung stellte. Dieser mit Türkisen besetzte Knüppel, der Knauf aus ziseliertem Gold, habe ihm, wie er der Hanska versicherte, in Frankreich größeren Erfolg verschafft als seine Romane. »Was mich anbelangt, so bringt er meine Beleibtheit zur Geltung. Ich mute jetzt an wie Louis XVIII. (...) Sie können sich gar nicht ausmalen, welchen Erfolg dieses Schmuckstück hat, das europaweit Aufsehen erregt. Borget [der Maler Auguste Borget], der aus Italien zurückkehrte, (...), berichtete mir lachend, dass davon in Neapel und Rom die Rede gewesen sei. Alle Dandys in Paris neiden mir diesen Stock, und die Klatschspalten der hiesigen Zeitungen kennen seit sechs Monaten kein anderes Thema mehr. Sehen Sie es mir bitte nach, dass ich von derlei berichte, allein es scheint mir, dass das von biographischem Interesse werden könnte.« Balzac, wer könnte es bezweifeln, war auch ein Genie der Selbstreklame. Dieser Stock ist heute eine der heftig bestaunten Sehenswürdigkeiten im Pariser Balzac-Museum. Damals erwies sich diese Keule nicht als Zauberstab, dessen bloßer Anblick alle Duchessen und Comtessen dahinschmelzen oder in Liebe erglühen ließ. Auch der ausgefallenste und aufwendigste Schmuck machte Balzac nicht zum erfolgreichen Troubadour, dem alle Herzen zuflogen.

Natürlich beschied sich Balzac nicht mit einem Stock. Lecointe fertigte weitere in Balzacs Auftrag an, darunter einen, dessen Knauf ein großer roter Karneol zierte. Sodann mehrere Ringe mit ziselierten Halbedelsteinen sowie jene goldenen Knöpfe, von denen Balzac offenbar nicht genug kriegen konnte. Lecointe lieferte das Tafelsilber, das Balzac bei seinen Gastmählern aufdecken ließ: fünf große Platten zum Anrichten und Servieren der Speisen, zwölf Suppenlöffel, drei Dutzend Menügabeln, zwölf Bestecke, ebenso viele emaillierte und mit Wappen verzierte Kaffeelöffel, vier Salzstreuer sowie eine Teekanne *façon anglaise*. Es war dieses Tafelsilber, das er wiederholt ins Pfandhaus schaffen musste für dringend benötigtes Bargeld. – Außer bei Lecointe stand Balzac beim Graveur Porchelot-Perry in der Kreide, der für »M. le Marquis de Balzac« neben anderen teuren Nichtigkeiten ein Siegelpetschaft aus einem geschnittenen Halbedelstein mit Wappenschild, Wappen und Krone eines Marquis sowie einen ebenso verzierten und vergoldeten Brieföffner herstellte. Alles in allem verschlangen die Ausgaben für solchen Firlefanz 1834 die enorme Summe von 7917 Franc.

Die der Hanska gegenüber beiläufig erwähnten neuen Möbel kosteten über 2000 Franc. Fast ebenso viel gab Balzac allein für neue Teppiche aus, für die er eine ganz ausgeprägte Schwäche hatte und mit denen er seinen Salon, sein Speisezimmer und ein Vorzimmer neu auslegen ließ. Mit Teppichen beglückte er auch seine Freunde. War einst Laure de Berny damit beschenkt worden, war es nun der Verleger Werdet, dem er für dessen Schlafzimmer einen Teppich zukommen ließ, während sich der Mitarbeiter Jules Sandeau mit einer gewöhnlichen Bastmatte zu bescheiden hatte. Zu den Ausgaben für die Inneneinrichtung gehörten auf Marmorsockel montierte Bronzeobjekte wie Kandelaber, Pendulen, mehrarmige Leuchter, Fackelhalterungen oder Schalen, seine neueste Manie, für die er bei Gallé binnen sechs Monaten rund 2000 Franc ausgab. Seine Sammelleidenschaft von Antiquitäten bezeugen zwei aus Ebenholz geschnitzte Wappen sowie diverse Kleinmöbel, für die er dem Händler Signol 900 Franc zunächst schuldig blieb.

Wer das Zuhause so aufwendig gestaltete, durfte an Kleidung nicht sparen. Der Schneider Buisson, dessen schier unbegrenzten Kredit Balzac damit vergalt, dass er ihn fünfmal namentlich in der *Comédie humaine* erwähnte, hatte allein 1834 Forderungen von über 2500 Franc. Beträchtliche Summen verschlangen die gastronomischen Ausgaben, verkehrte Balzac doch regelmäßig in den großen Restaurants des Paris der Juli-Monarchie, den Frères Provençaux oder im Rocher de Cancale, den auch seine Protagonisten Henri de Marsay und Lucien de Rubempré frequentierten – in der *Comédie humaine* wird allein der Rocher de Cancale 39-mal erwähnt (!) – im Café Anglais oder Chez Véry im Palais-Royal. An Samstagen versammelte er bei sich in der Rue Cassini seine exaltierten Freunde – die *tigres*, die sich mit ihm die *loge infernale de tigres* in der Oper teilten, die Balzac regelmäßig montags, mittwochs und freitags besuchte – zu verschwenderischen Gastmählern, die beträchtliche Summen kosteten. Von einem dieser Bacchanalien im November in der Rue Cassini und bei dem u. a. der Komponist Gioacchino Rossini zu Gast war, berichtete er der Hanska: »Rossini erklärte, dass er bei Königen und Fürsten nichts Üppigeres je gesehen, geschweige getrunken oder gegessen habe.«

Der wahrhaft große Fuß, auf dem Balzac 1834 endgültig zu leben begann und der fortan Gewohnheit werden sollte, bedeutete Kosten von exakt 12762 Franc. Im Jahr zuvor beliefen sich die einschlägigen Ausgaben auf *nur* 6232 Franc. Aus solchem Wirtschaften folgte die erhebliche Vermehrung seiner Schuldenlast, was die Gläubiger immer stärker beunruhigte, die desto nachdrücklicher auf Bezahlung drängten. Dieser Umstand und der große Katzenjammer, der ihn zu Beginn des Jahres 1835 überfiel, brachten die nicht überraschende Einsicht, dass das mondäne Leben seine Arbeitsleistung minderte, ohne andererseits wirkliche Befriedigung zu verschaffen. Also beschloss er, sich für eine geraume Weile aus dem gesellschaftlichen Getriebe zurückzuziehen. Diesen Entschluss teilte er im März 1835 dem befreundeten Maler Auguste Borget mit: »1836 werde ich reich sein. – 1835 wird noch einmal ein Jahr sein, das ungeachtet alles demonstrativen äußerlichen Luxus für mich voller versteckten Elends ist. Mein lieber Auguste, alle Welt wollte mich heimsuchen, weshalb ich eine Axt ergriffen habe und alles, was mich mit ihr verband, durchtrennte. Binnen drei Tagen bin ich von der Bildfläche verschwunden und ziehe mich in eine Zelle zurück, in der ich durch nichts und niemanden behelligt werde, nicht einmal durch meine Familie.«

Balzac ist ein Chamäleon. Von seinem gesellschaftlichen Leben, seiner Verschwendungssucht, dem Fimmel für Antiquitäten und kostbare Nichtigkeiten, seinem grotesken oder abstoßenden Schmuck- und Putzbedürfnis berichten zahllose Anekdoten. Mal figuriert er da als hemmungsloser Aufschneider, Lügner oder Großkotz, mal als Zecher und Fresser, der mit maßloser Gier alles verschlingt: Austern und Kapaunen, Weib und Wein. Dass die Mitwelt ihn vor allem als schillernden Exzentriker, skrupellosen Schuldner und lärmenden Bohemien wahrgenommen hat, daran ist Balzac wahrhaftig nicht unschuldig. Dieses Auf-den-Putz-Hauen, die demonstrative Zurschaustellung von geborgter Opulenz und lärmender Lebenslust, war ebenso Selbstreklame wie Versicherung der eigenen Bedeutung. Doch hat er damit auch sein Bild bei der Nachwelt bis heute unvorteilhaft beeinflusst. Wie sollte ein solcher Bruder Lustig, ein Hochstapler solchen Grades je imstande sein, ein Werk zu schaffen, das fraglos zu den größten Schöpfungen des 19. Jahrhunderts gehört?

Die Antwort: Balzacs Existenz zerfällt in Schein und Sein. Der Schein war die mit nie erlahmendem Eifer inszenierte Projektion von Ruhm und Ruf, mit denen er die Zeitgenossen zu blenden suchte. Das hat ihm viel Spott, Neid und Feindschaft eingetragen, Reaktionen, die er durch herrischen Hochmut, mit dem er auf die Kollegen manchmal herabblickte, zusätzlich provozierte. Balzacs Sein hingegen war geprägt von asketischem Arbeitsethos, einer manischen Wut, zu schaffen, zu gestalten, Schöpfer eines Welttheaters zu sein. Dieses Treiben hat er neugierigen Blicken weitgehend verborgen, darüber gab er nur selten Auskunft. Was soll man davon berichten? Das Schreiben ist ein einsamer, ein entbehrungsreicher, oft von Selbstzweifeln und Ängsten vor dem Scheitern geprägter Prozess. Das Publikum, wusste Goethe, soll nicht in das Geheimnis des Künstlers hineinschauen, ein Motto, das auch Balzac beherzigte.

Um ungestört arbeiten zu können, machte Balzac die Nacht zum Tage. Um Mitternacht, wenn selbst mit dem überraschenden Besuch von Gläubigern nicht mehr zu rechnen war, setzte er sich nur mit der Mönchskutte bekleidet an den Schreibtisch. Wie jeder, der konzentriert geistig arbeiten will, brauchte er eine große Spanne von Stunden, um jene schöpferische Spannung zu erzeugen, die den zunächst zögerlichen Gedankenfluss immer rascher strömen lässt. Die weiße Kutte ist ihm Ritual wie praktische Arbeitskleidung. Sie liegt locker dem Körper an, beengt ihn nicht und wärmt im Winter oder kühlt im Sommer. Von einem Band, später von einer mit goldenen Eicheln geschmückten Kordel zusammengehalten, in dem er wie ein Handwerker seine Arbeitsutensilien, Schere und Falzbein, stets griffbereit stecken hat, dient dieses Gewand als Rüstung für jene unblutigen Schlachten, bei denen die Krähenfeder das Schwert ersetzt. Die Vorhänge sind dicht geschlossen, denn selbst der Anbruch des Morgens soll nicht ankündigen, wie viel Zeit verstrichen ist. Gleichmäßiges, warmes Licht spenden nur die Kerzenleuchter, die den Schreibtisch flankieren und den Raum ringsum im Dämmer versinken lassen. All diese Zurüstungen braucht Balzac, um mit der Alchemie von Phantasie und Talent seine Welt zu erschaffen, Figuren und Handlungen mit rascher Hand aufs Papier zu werfen, Intrigen zu spinnen, Leidenschaften aufschäumen zu lassen.

Damit der Schöpfungsprozess immer wieder aufs Neue gelingt, zwanzig, dreißig, bisweilen wohl vierzig Bogen Schreibpapier mittels Krähenfeder und Tinte in den regelmäßigen Lineamenten seiner energischen Schrift am Ende einer solchen Nachtsitzung gefüllt sind, wollen alle Gewohnheiten peinlich genau eingehalten sein. Zu diesen gehört das Schreibmöbel, ein eher kleiner, unscheinbarer, rechteckiger Schreibtisch, dem Balzac stets die Treue hielt und den er bei allen oft überstürzten und fluchtartigen Wohnungswechseln mit sich nahm. Zu diesen Gewohnheiten gehört selbstverständlich die Beschaffenheit des Schreibpapiers. Balzac bevorzugt ein leicht bläuliches, satiniertes Papier, von dem ein Stoß auf der linken Seite des Schreibtischs aufgeschichtet ist. Diese Papierbeschaffenheit hat praktischen Grund: Sein bläulicher Schimmer vermeidet die Blendung und damit eine rasche Ermüdung des Auges, während seine Glätte die Feder mühelos dahingleiten lässt. Stets bedient sich Balzac einer Krähenfeder, die geschmeidiger und weicher als ein Gänsekiel ist, sich allerdings schneller verbraucht. Deshalb befindet sich immer ein Vorrat dieser Federn zugeschnitten und griffbereit neben dem Tintenfass. Ein kleines Notizbuch, in das er sich Einfälle, Beobachtungen notierte, liegt zur Rechten auf dem Schreibtisch. Sonst ist die Platte blank, türmen sich keine Bücher, keine Stapel mit Exzerpten, keine Zettelkästen oder sonstige Hilfsmittel. Die Arbeit, zu der sich Balzac nun niederlässt, ist bereits getan; was jetzt geschieht, ist die Umsetzung des gedanklich bereits weitgehend Geleisteten in Schriftzeichen, die er auf dem Papier fixiert.

Balzacs Manuskripte sind Dokumente sich stetig beschleunigender Prozessabläufe. Selten verraten sie eine Stockung, weit häufiger künden wahre Kaskaden und Katarakte verkürzter Silben und Worte davon, dass die Schreibhand alle Mühe hat, dem Gedankenfluss verständliche Zeichenform zu geben. Sobald der Schaffensrausch einsetzt, steigert sich das Tempo unerbittlich. Das geht so lange, bis ein Schreibkrampf die Hand lähmt oder das Auge von Müdigkeit trüb wird, der Rücken schmerzt oder das erhitzte Blut in den Schläfen pocht. Allein das zwingt zum Innehalten, aber keineswegs zum Aufgeben, denn es gilt, das Pensum zu erfüllen, jene zwanzig, dreißig oder vierzig Manuskriptseiten, ehe er sich wirklich Ruhe gönnen kann und darf. Um sich erneut zu stimulieren, letzte Kraftreserven zu mobilisieren, den Körper seinem Willen gefügig zu machen, sucht Balzac jetzt Zuflucht bei einem Aufputschmittel, dessen jahrelanger Abusus wesentlich dazu beitrug, seiner an sich robusten Gesundheit nachhaltig zu schaden: Die auf einer Anrichte bereitstehende Cafetière wird erhitzt, und Balzac zelebriert das Ritual der Kaffeezubereitung, um das sich zahlreiche Anekdoten ranken.

Balzacs Kaffeekonsum ist legendär: Stark musste er sein, schwarz und heiß. Er trank nur eine bestimmte, selbst zusammengestellte Mischung, für die er sich die unterschiedlichen Bohnen, Bourbon, Martinique und Mokka, bei drei verschiedenen Händlern, deren Läden über Paris verteilt waren, zusammenkaufte. Um seine Vorräte aufzufüllen, musste er wahre Expeditionen unternehmen, die einen halben Tag seiner kostbaren Zeit verschlangen. Dieser Aufwand war ihm die einzig genehme Bohnenmischung wert, denn nur diese garantierte jene belebende Wirkung, von der er abhängig war, um den nächtlichen Schaffensorgien genügen zu können. Da jedes Suchtmittel mit der Gewöhnung an Wirkung verliert, musste Balzac die Dosis immer mehr steigern, so lange, bis auch dieses nichts mehr nützte, die erhoffte Belebung nur für immer kürzere Spannen bemerkbar wurde, ihn dafür immer häufiger entsetzliche Magenschmerzen anfielen. Balzacs Riesenwerk entstand nicht nur aus Flüssen von Tinte, sondern auch aus wahren Strömen von Kaffee, das Schweröl, mit dem er die Maschine seines Körpers befeuerte.

Nach solchen erschöpfenden, meist erst gegen acht Uhr endenden Nachtsitzungen gönnte sich Balzac als kurze Unterbrechung ein leichtes Frühstück und ein heißes Bad, auf das er ebenso wenig verzichtete wie sein Idol Napoleon. Auch Balzac schätzte diese Entspannung als schöpferische Muße, er konnte, während der erschöpfte Körper sich wieder kräftigte, seine Phantasie arbeiten lassen, ohne die Einfälle und Gedanken sofort zu Papier bringen zu müssen. Kaum aber hatte er das Bad verlassen und sich wieder in seine Kutte gehüllt, hieß es für ihn, wieder am Schreibtisch Platz zu nehmen, wobei er sich nun über die Korrekturbögen beugte – Boten aus der Druckerei hatten sie gebracht und dabei gleich jenen Manuskriptstoß mitgenommen, der in der Nacht geschrieben worden war. Dieser ausgepicht arbeitsteilig geordnete Schöpfungsprozess hat etwas geradezu Fabrikmäßiges. Diese Romanmanufaktur war aber die unverzichtbare Voraussetzung für den ungeheuren Ausstoß, den Balzac unter der Firma der *Comédie humaine* als Lebenswerk produzierte.

Das Geheimnis seiner ungeheuren Produktivität hat Balzac einmal mit dem Satz enthüllt, dass er sich bei der einen Arbeit von der anderen erhole. Tatsächlich ist das Korrekturlesen, dem er sich tagsüber zuwendet, wesentlich mehr als ein behagliches Polieren und Glätten, Feilen und Bosseln, das viele Schreibende genießen. Bei Balzac kommt diese Tätigkeit dem Prozess einer Neuschöpfung gleich. Ganze Passagen werden umgeschrieben, Absätze umgeschichtet, neue Episoden hinzugefügt, kurz, unter dem Korrekturdurchgang entsteht fast regelmäßig ein neues Werk, in dem der Text des ursprünglichen Manuskripts manchmal nur als Palimpsest durchschimmert. Es ist ein aberwitziges, sich mehrfach wiederholendes Verfahren, weshalb sich sagen ließe, dass Balzac die vierundsiebzig Romane nicht nur einmal, sondern wenigstens fünfmal, wenn nicht öfter geschrieben habe.

Selbstverständlich konnte auch ein Balzac ein derartiges

Arbeitspensum nicht über eine längere Periode durchhalten. Die Arbeit fesselte ihn bis zum späten Nachmittag an den Schreibtisch, den er nur verließ, um sich bis Mitternacht zum Schlafen zu legen. Nach einigen Wochen, auch Monaten in diesem freiwillig gewählten Arbeitslager musste er sich eine Pause gönnen, stürzte er sich in einen geradezu frenetischen Lebensgenuss, dem er entweder auf Reisen oder im gesellschaftlichen Vergnügungswirbel von Paris frönte. Es waren dies aber lediglich Ausnahmen von der mönchischer Disziplin unterworfenen Lebensregel, die sein Schöpfungswille, das stets präsente Über-Ich seiner Mutter wie die drückende Last seiner Schulden ihm auferlegten.

Neben der Wohnung in der Rue Cassini, die er als Postadresse beibehielt, mietete Balzac zu Beginn des Jahres 1835 in der Rue des Batailles auf der damals spärlich bebauten Anhöhe am Ortsrand des Dorfes Chaillot, das erst 1860 nach Paris eingemeindet wurde, die zwei oberen Stockwerke eines Hauses inmitten von Gärten und kleinen Weinbergen. Von hier aus hatte man, wie Théophile Gautier in seinen Erinnerungen an Balzac schreibt, einen wunderbaren Blick über die Seine, den Invalidendom und das Marsfeld, lag einem ganz Paris von den Höhen des Montmartre bis hin zum gerade fertiggestellten Arc de Triomphe zu Füßen. Von der Lage und dem verwahrlost anmutenden Zustand eignete sich dieses Haus ganz ideal als Versteck, wie es Balzac nur wünschen konnte, um sich hier vor Gläubigern und anderen ungebetenen Besuchern zu schützen. Als weitere Abwehr gegen unliebsame Eindringlinge gab Balzac zwei oder drei Passwörter aus, die jene Privilegierten, die seine Ruhe dort stören durften, dem Portier und den beiden Dienern, die ihn abschirmten, aufsagen mussten, um ein- und vorgelassen zu werden. Gautier nennt einige dieser häufig wechselnden Parolen: Dem Portier musste man sich beispielsweise mit dem Satz »Die Zeit der Pflaumen ist gekommen« identifizieren, während man sich dem Domestiken, der den Besucher an der Treppe empfing, mit dem Satz »Ich bringe die Spitzen aus Belgien« zu erkennen geben musste. Der Kammerdiener schließlich öffnete einem die Tür zu Balzacs Zimmer erst nach den Worten: »Madame Bertrand befindet sich bei guter Gesundheit.«

Balzacs plötzliches Verschwinden provozierte sofort die aberwitzigsten Gerüchte. Vor allem die Frauen seines Bekanntenkreises wollten partout nicht glauben, dass er sich in mönchischer Zurückgezogenheit ausschließlich seiner Arbeit widme. Das galt besonders für die Marquise de Castries, mit der Balzac trotz der tiefen Enttäuschung, die sie ihm bereitet hatte, weiterhin jenen intimen Umgang pflegte, den sie ihm gestattete, wie sein Schreiben vom März 1835 zeigt: »Ich wollte Sie eines Abends besuchen, um mich von Ihnen voller Zärtlichkeit und Freundschaft zu verabschieden. Ich wünschte mir, dass Ihre Stimme die letzte sei, die ich vernähme, und Ihre Hand die letzte, die ich drückte. Das war am Sonntag. (...) Ihnen werden möglicherweise allerlei lächerliche Gerüchte über meine Zurückgezogenheit zu Ohren kommen. Wenn Sie sich also selbst überzeugen wollen und meine ansonsten unüberwindlichen Hindernisse nicht scheuen, müssen Sie mir dies nur bekunden und Sie werden dann sofort die Falschheit alldessen erkennen, was man über mich erfindet.« Selbst dieses Angebot konnte die Spröde nicht überzeugen, deshalb versicherte ihr Balzac in einem späteren Schreiben detailliert, mit welchen Arbeiten er eingedeckt sei: »Das zeigt Ihnen, dass ich mich nicht mit meiner Mätresse eingeschlossen habe, wie Ihnen dies alle Welt versichert. Verhielte es sich so, hätte ich hier die fünf oder sechs Weibspersonen, die man mir nachsagt, verlangte ich dafür öffentlich gekrönt zu werden. Verglichen mit mir wäre Herkules ein Liliputaner.«

Diese hartnäckigen Gerüchte zeigen auch, welch einschlägigen Ruf sich Balzac erworben hatte. Vermutlich wurden sie von denen genährt, die in der Rue des Batailles Einlass gefunden hatten und angesichts der verschwenderischen Einrichtung seiner vorgeblich allein der Arbeit dienenden Mönchszelle ins Schwärmen gerieten. Das widerfuhr Jules Sandeau, der laut Balzac gesagt haben soll, der Anblick des Salons habe ihn lebhaft an den der Kathedrale von Palermo in *Robert le Diable* [Oper von Meyerbeer] erinnert. Tatsächlich hatte Balzac keine Kosten und Mühen gescheut, auch sein Fluchtgehäuse in dem mittlerweile unverzichtbar gewordenen Luxus wie auch in seinem fragwürdigen Geschmack einzurichten. Eine besondere Sehenswürdigkeit war der Salon, als dessen *pièce de resistance* ein weißes Kanapee, ein *divano turco,* diente, das er sich mit einigen anderen Möbeln aus der Rue Cassini hatte kommen lassen. Diesen Salon, der alles in allem mehr einem Boudoir glich, wie man es in einem der teureren Bordelle der Zeit vermuten möchte, hat Balzac in seiner Erzählung *La Fille aux yeux d'or* laut Gautier detailliert beschrieben. Die ausführliche Schilderung endet mit einem Satz, der den Eindruck, den dieser Raum auf Jules Sandeau machte, vortrefflich ergänzt: »In dieser vollkommenen Harmonie gab es ein Zusammenspiel von Farben, die das Gemüt mit wollüstigen, unentschiedenen und schwankenden Gedanken erfüllten.«

Passenderweise kommt es in der Erzählung in diesem Boudoir zum Liebesakt zwischen Henri de Marsay und der verführerischen Kubanerin Paquita Valdès, was Balzac mit solcher sprachlichen Diskretion abhandelte, dass der *Journal des Dames et des Modes* keinen Anstoß daran nahm, jene ausführliche Schilderung des Interieurs dieser Liebesgrotte den Leserinnen als Muster guten Geschmacks vorzustellen.

Dass der Salon auch Balzac als Liebesnest diente, lässt Gautier durchblicken. Die Wände waren derart schalldicht verkleidet, dass weder von draußen noch von drinnen ein Ton zu vernehmen war, wie sich Gautier überzeugen konnte. Nach dem Grund dieses Aufwands gefragt, gab Balzac eine Auskunft, die, wie Gautier schreibt, »Stendhal sicherlich gutgeheißen hätte, die aber die moderne Prüderie verbietet, kundzutun.« Außerdem behauptet der reichlich geschwätzige Edmond Werdet in seinem *Portrait intime de Balzac*, er habe in diesem schwülstigen Ambiente eine Frau verführt, die er auf dem Maskenball in der Oper kennenlernte. Das scheint so abwegig nicht, denn Balzac war auch, was sein eigenes Leben anging, ein um- und weitsichtiger Romancier. Der Hanska hatte er schon gut ein Jahr zuvor voller Abscheu berichtet, ihm sei zugetragen worden, »dass mehrere Männer (...), die auf dem Opernball behaupteten, sie seien *ich,* Frauen aus der besten Gesellschaft verführt hätten, während ich doch in Genf weilte, was nur beweist, wie ich hier verleumdet werde«.

Die mönchische Existenz, die Balzac mit seiner Einsicht begründete, »gewöhnlich zu werden, indem ich es zuließ, dass alle Welt mit mir Umgang hatte«, war keine Ausrede. Lästig waren ihm nicht nur die Gläubiger, sondern auch die Häscher der Nationalgarde, die ihm nachstellten, weil er seinen Bürgerpflichten trotz wiederholter Aufforderung, in ihren Rängen für einige Tage Dienst zu tun, nicht nachkam. Als das Geheimnis seines Verstecks durchzusickern begann, versuchte sich Balzac zu retten, indem er sich hinter einer »Witwe Durand« verschanzte. Zu diesem Einfall nahm Balzac erstmals im Juni 1835 Zuflucht und hatte damit wohl bis zum Sommer 1838 Erfolg, denn er teilte der Hanska mit: »Zunächst sollten Sie wissen, Liebe, dass die Witwe Durand nicht mehr existiert; die arme Frau wurde von den Zeitungen zur Strecke gebracht, die mir gegenüber so niederträchtig waren, ein Geheimnis aufzudecken, das jedem Ehrenmann heilig gewesen wäre.«

Der Beginn von Balzacs Versteckspielen in der Rue des Batailles im März 1835 fiel zusammen mit einem Ereignis, von dem er Zulma Carraud schrieb: »Seit einigen Tagen stehe ich unter dem überwältigenden Einfluss einer Person, und ich vermag nicht zu sagen, wie ich mich dem entziehen soll, denn ich bin wie die jungen Mädchen, die auch keine Kraft haben, dem zu widerstehen, was ihnen gefällt.« Der *coup de foudre*, auf den Balzac anspielt, die ihn sofort entflammende Begegnung mit einer Frau nach seinen Traumvorstellungen, lag schon einige Tage zurück. Vermutlich begegnete er der Comtesse Frances Guidoboni-Visconti erstmals auf einem Fest in der österreichischen Botschaft in Paris im Februar 1835. Die Comtesse entstammte der englischen *gentry* und muss mit ihren üppigen aschblonden Haaren eine auffallend schöne Erscheinung gewesen sein.

Verheiratet war sie mit dem Comte Guidoboni-Visconti, dem Spross eines alten lombardischen Adelsgeschlechts. Das Paar lebte seit einigen Jahren in Frankreich, sommers in Versailles im Pavillon des Italiens, den Ludwig XIV. für die italienischen Sänger und Musiker an seinem Hof errichtet hatte; winters bewohnten die Viscontis in Paris ein Haus an der Avenue de Neuilly, den heutigen Champs-Élysées.

Bei solchem Lebenszuschnitt waren die Viscontis nicht unvermögend, was die Attraktivität der Comtesse in den Augen Balzacs ins Unwiderstehliche steigern musste. Er ließ also nichts unversucht, diese Schönheit im Sturm zu erobern. Doch gibt es wie für vieles andere bei dieser Affäre, die in eine Freundschaft mit dem Ehepaar bis zu Balzacs Tod einmündete, nur eine Reihe von Indizien. So wurde die Comtesse Visconti lange Zeit in seiner Korrespondenz mit der Hanska verschwiegen. Zweifellos aber gelangte Kunde von ihr und der Rolle, die sie in Balzacs Leben spielte, auf anderem Wege in die Ukraine. In seinem Schreiben vom Oktober 1836 wird die Comtesse Visconti zum ersten Mal deshalb erwähnt, weil ihn die Hanska zu einem Dementi genötigt hatte: »Ich bin erstaunt, dass Sie noch nicht *La Lys dans la vallée* in der Ausgabe von Werdet erhalten haben (...). Hat man nicht behauptet, ich hätte darin ein Bild von Madame Visconti gemalt? Da sehen Sie, welchen Fehlurteilen man ausgesetzt ist. Wie Sie wissen, hatte ich die Druckfahnen des Romans bereits während meines Aufenthalts in Wien [im Mai 1835], und dieses Portrait entstand bereits während meines Aufenthalts in Saché [Ende September 1834], wurde in *La Bouleaunière* korrigiert, und das geschah alles, bevor ich Madame Visconti kennengelernt habe.«

Das scheint nicht ausgereicht zu haben, die Eifersucht der Hanska zu zerstreuen, denn wenig später ließ er sie geradezu ungehalten wissen: »Aber, meine Liebe, nehmen Sie doch endlich einmal zur Kenntnis, dass ich keineswegs mondän bin, dass ich so wenig dazu die Neigung habe, dass der mindeste Versuch, den ich in dieser Hinsicht unternehme, mich wie eine schreckliche Beschwerlichkeit anmutet. Einmal mehr bitte ich Sie deshalb, gebrauchen Sie Ihren Scharfsinn und beantworten Sie sich die Frage, indem Sie sich die Daten meiner Werke aufnotieren, in welcher Zeit ich diese hätte schaffen sollen, wenn ich mir auch nur ein Vergnügen, einen festlichen Abend, eine Zerstreuung gestattet hätte. Seit Beginn der Wintersaison, also seit gut zwei Monaten, bin ich ganze zwei Mal in den *Italiens* [im Théâtre des Italiens] gewesen, und beide Male in Begleitung von Madame Delannoy [Joséphine Delannoy, eine Freundin seiner Mutter, die auch ihm freundschaftlich verbunden war] und ihrer Tochter; Madame Visconti war nicht zugegen.«

Das alles beweist nichts, könnte gleichwohl den Verdacht erhärten, dass Balzac und die Comtesse Visconti in mehr als nur gesellschaftliche Beziehungen verstrickt waren. Dafür scheinen mehrere mysteriöse Besuche Balzacs in Meudon im April und Mai 1835 ebenso wie seine beiden Aufenthalte in Boulogne Mitte Juni und Ende August des Jahres zu sprechen. In Meudon hatten Freunde der Viscontis ein Haus, und von Boulogne aus reiste man nach England. Also weilte Balzac wohl an allen diesen Orten nur deshalb, weil er mit der Comtesse Visconti in ungestörter Zweisamkeit sein wollte. Da der Briefwechsel der beiden nicht überliefert ist, bleiben nur Klatsch und Gerüchte, an denen sich schon die Zeitgenossen delektierten. So kam die Comtesse Visconti Ende Mai 1836 mit einem Sohn nieder, dessen Vater Balzac sein sollte. Das könnte möglich sein, wenn dieses Kind im August 1835 in Boulogne gezeugt wurde und wenn zutrifft, dass Balzac damals dort war, um die vom Besuch ihrer Heimat zurückkehrende Comtesse zu empfangen. Aber weder gibt es für eine solche Reise der Visconti Beweise, noch zeigte das Kind die mindeste Ähnlichkeit mit dem vermeintlichen Vater, auch wenn die Hauptquelle dieser Klatschgeschichten, der Versailler Notar Victor Lambinet, die köstliche Behauptung in die Welt setzte: »Niemals wird in der christlichen Heilsbotschaft erwähnt, dass Joseph und Maria mit der nämlichen ergriffenen Inbrunst von dem Jesusknaben so viel erwartet hätten wie Monsieur de Balzac und die Comtesse von ihrem Bastard.«

Um dem Gerücht von der heftigen Liebesaffäre zwischen Balzac und der Comtesse Substanz und Glaubwürdigkeit zu verleihen, musste natürlich deren Mann zum Volltrottel gestempelt werden, der nicht bemerkte, dass seine Frau einem anderen verfallen war. Auch das besorgte Lambinet in seinen Erinnerungen in einer Weise, die Balzacs neidvolle Anerkennung gefunden hätte. Der Comte Guidoboni-Visconti sei, so Lambinet, von zwei Leidenschaften besessen gewesen: der Liebe zur Musik und zur Pharmazie. In verschiedenen europäischen Städten und in Versailles sei er gesehen worden, wie er in Theatern und Konzertsälen im Orchester mitgespielt habe, eine Behauptung, die wahrlich viel Verständnis von Konzertbetrieb und Orchesterwesen verrät. Wenn er sich nicht dieser Leidenschaft widmete, habe er die Zeit damit verbracht, allerlei Phiolen, Reagenzgläser und andere Apothekerutensilien zu putzen und zu polieren, zu füllen und zu verkorken, um sie dann mit liebevoll beschrifteten Etiketten zu versehen. Ginge er weder dem einen noch dem anderen nach, dann sei er ein sanfter Langweiler, zwar nicht wirklich dumm, aber von einer zwischen Finesse und Naivität schwankenden Anmutung, irgendwie *fin de race,* aber keineswegs dekadent, kurz, ein freundlicher Trottel.

Das sind köstliche Indiskretionen, die jedoch jeglicher Grundlage entbehren. Als der so geschilderte Comte Emilio Guidoboni-Visconti im Dezember 1852 starb und zwei Notarskollegen von Victor Lambinet ein genaues Nachlassverzeichnis aufstellten, wurde darin keine Stradivari, Guarneri oder sonst eine Violine erwähnt; irgendwelche Apothekergefäße sind ebenfalls nicht genannt, sondern lediglich eine Reihe leerer Marmeladen- und Bonbongläser. Auch in der Bibliothek mit vielen Nachschlagewerken und Reisebeschreibungen gab es keinerlei Musikliteratur oder pharmazeutisches Schrifttum. Nein, der Comte war zu Lebzeiten nicht einmal von ferne die bizarre Romanfigur, die ein phantasiebegabter Notar in seinen Memoiren aus ihm gemacht hatte.

Es spricht sehr viel dafür, dass die vermeintliche Liebesaffäre Balzacs mit der schönen Comtesse Visconti, in jeder Balzac-Biographie mehr oder weniger ausführlich geschildert, nichts anderes war als eine spontane und herzliche Freundschaft. Auf Seiten der Comtesse gründete sie in aufrichtiger Bewunderung für den Schriftsteller und dessen Werk. Balzac seinerseits war sicherlich von ihrer Schönheit und Ausstrahlung fasziniert und erkannte in der Visconti so etwas wie einen Ersatz für die verständnistiefe Zuwendung, die ihm die schwer herzkranke Laure de Berny, deren baldiger Tod absehbar war, in den letzten Jahren gegeben hatte. Diese Vermutung wird zur Gewissheit durch das wunderbare Portrait der Comtesse Visconti, das der von der eifersüchtigen Hanska genervte Balzac einige Jahre später gab: »Madame de Visconti, von der Sie mir sprechen, ist eine der liebenswürdigsten Frauen und außerdem von unerschöpflicher, taktvoller Güte, von einer natürlichen Schönheit und Eleganz. Sie hilft mir sehr, das Leben zu ertragen, denn sie ist sanft, aber voller Entschlossenheit, unerschütterlich und bestimmt in ihren Ansichten und Urteilen. (...) Sie gewährt mir eine Freundschaft, die mir über manchen Kummer hinweghilft, aber zu meinem Unglück sehe ich sie nur sehr selten.«

Balzac hat in den Briefen nach 1843, als nach dem Tod von Wenceslas Hanski die Witwe endlich das Verlobungsversprechen einlösen konnte, alles vermieden, was diese irritierte, und deshalb auch die Freundschaft mit der Comtesse Visconti rundheraus geleugnet: »Leben Sie ohne alle Beunruhigung! Und vor allem quälen Sie mich weder mit Versailles [i. e. der Comtesse Visconti] noch mit der Zukunft! Versailles ist für immer ein schon seit langem verfluchter Ort: nichts als Undankbarkeit und Leichtsinn, das ist die ganze Geschichte von Versailles. (...) Wenn Sie mich lieben, kein Wort mehr über Versailles (...). *Das ist einer der Unglücksfälle meines Lebens.*« Ein Jahr später, als Henriette Borel, das aus dem schweizerischen Neuchâtel stammende frühere Kindermädchen der Hanskis, nach Paris gekommen war, um ihren Lebensabend in einem dortigen Kloster zu verbringen, gleichzeitig aber vermutlich auch im Auftrag der Hanska die Lebensumstände Balzacs auskundschaftete, schrieb Balzac: »Und die Linette [Henriette Borel] fragt mich, warum ich nicht mehr nach Versailles gehe. ... Mein Gott! Glauben Sie etwa, dass ich mich nur deshalb nicht mehr dorthin wende, weil ich Ihnen feierlich mein Ehrenwort darauf gegeben habe? ... All das war ein böser Traum.« Im Juni 1846, als er zum wiederholten Mal der Hanska seine katastrophalen Bilanzen auseinandersetzte, verstieg er sich zu dem grotesken Aufschrei, ihn koste allein eine »alte Engländerin« – die Comtesse Visconti war mit 42 Jahren genauso alt wie die Hanska – 120 000 Franc! In Wahrheit halfen die Viscontis ihm verschiedentlich aus der Klemme mit namhaften Geldzuwendungen, die er in Raten zurückerstattete. Kaum sechs Monate nach dieser unsinnigen Verleumdung der Comtesse vor der Hanska lieh ihm der Mann der »alten Engländerin« ebendiese Summe... Die letzte Erwähnung der Comtesse Visconti findet sich in einem Brief von Ende Februar 1848: »Alles, was Ihnen Ungemach bereiten könnte, ist verschwunden, denn ich traf Grammont [Duc Ferdinand de Grammont], der in Versailles herumspukt und der mir sagte, dass das perfide Albion aus Versailles verschwunden und nach England zurückgekehrt sei.« Das war in jeder Hinsicht falsch. Einer von den zwei überlieferten Briefen Balzacs an die Comtesse ist vom August 1848 datiert und an ihre Adresse in Versailles gerichtet: »Liebe Comtesse, das Elend fesselt mich für wenigstens zehn Tage an meinen Schreibtisch. Aus tiefstem Herzensgrund (...) danke ich Ihnen für Ihre lieben Briefe und für die guten Nachrichten, die Sie mir zukommen ließen. (...)

*Mille tendresses et amitiés.«* Trotz seiner Schmähungen war die Comtesse Visconti eine der Frauen, die Balzac, wie George Sand schrieb, die ihn gut kannte, »mit dem Kopf und dem Herzen liebte«.

Außerdem war nicht allein die Freundschaft der Comtesse, sondern die des Ehepaars Guidoboni-Visconti für Balzac in der schwierigen Lebensphase zwischen 1835 und 1839 eine in moralischer wie finanzieller Hinsicht weitaus größere Stütze als die Hanska. Das erklärt sich nicht nur aus der großen geographischen Distanz, sondern weil sich Balzac der Hanska gegenüber lange verpflichtet fühlte, den schönen Schein zu wahren. Obwohl er in den Briefen notgedrungen nicht mit seiner Misere hinterm Berg halten konnte, überspielte er sie immer mit forciertem Optimismus. Also schwadronierte er von phantastischen Einnahmen. In der fernen Ukraine mochte man diesen *comptes phantastiques* mehr Glauben schenken, weil man hier nicht nur von ihm, sondern auch aus anderen Quellen vom aufwendigen Lebenswandel, seiner verschwenderischen Wohnungseinrichtung und anderen kostenintensiven Tollheiten erfuhr. So nährte Balzac dort den keineswegs falschen Eindruck, er sei am eigenen Leben, das mehr und mehr einem seiner Romane glich, zum Künstler geworden.

Balzac musste diesen schönen Schein um jeden Preis wahren, als er am 9. Mai 1835 nach Wien aufbrach, wo die Hanska wartete. Besonders deshalb, weil er sich von der dritten Begegnung mit der Frau Errettung aus allen finanziellen und emotionalen Nöten verhieß, einen entscheidenden Fortschritt in ihrer Beziehung versprach. Balzac durfte sich also nicht lumpen lassen, sein Auftreten musste jenem

Schein entsprechen, war aber nur Pomp auf Pump. Für die Hin- und Rückreise über Straßburg und Süddeutschland mietete er für 400 Franc – *noblesse oblige* – eine Kalesche, deren Laternen und Sitzpolster er für weitere 10 Franc reparieren ließ. Diese Reise, das war abzusehen, würde ins Geld gehen, das er natürlich nicht hatte. Seine Reisekasse bestand aus einem auf die Rothschild-Bank ausgestellten Kreditbrief, der bei weitem nicht alle Unkosten decken würde. Für die Reise und den Aufenthalt in Wien bräuchte er Geld, das er nicht hatte. Das sollte ihm der Verleger Werdet als Honorarvorschuss geben, wie er diesem, kaum in Wien angekommen, mitteilte: »Mein lieber Meister Werdet, Sie haben recht behalten und ich mich geirrt. Meine Reise hat mich alles Geld gekostet, das ich in der Tasche hatte. (...) Dank des Kreditbriefs von Rotschild [sic] hat mir seine Bank das Geld ausgefolgt, allein, ich werde hier wenigstens 500 Franc ausgeben und benötige für die Rückreise weitere 1000 Franc, was dem Wert eines Wechsels entspricht, den ich auf Sie mit einer Zahlungsfrist von zehn Tagen ziehe.« Um Werdet diesen Zwangskredit zu versüßen, versicherte er: »Ich habe hier bereits einige Buchhändler aufgesucht. Meine Reise ist deshalb für die große Ausgabe der *Études sociales* keineswegs überflüssig gewesen, denn ich bin jetzt der festen Überzeugung, dass Raubdrucke keine Chance mehr haben.« Fragt sich nur, ob Werdet diese Überzeugung teilte, weshalb Balzac ihm rät: »Sollten Sie Probleme damit haben, den Wechsel zu vergüten, dann wenden Sie sich an Madame Surville [Balzacs Schwester Laure], die schon Mittel und Wege für eine Anleihe finden oder Ihnen auf sonst eine Weise behilflich sein wird.«

Das waren die materiellen Voraussetzungen für das gesellschaftliche Auftreten Balzacs in Wien dank der Beziehungen der Hanskis, die alle Türen zur Wiener Gesellschaft öffneten. Dabei halfen sicherlich seine strohgelben Glacéhandschuhe und der blaue Rock mit den goldenen Knöpfen, vor allem aber sein großes Ansehen als geschätzter und erfolgreicher Romanautor. Balzac jedenfalls sah sich wie eine exotische Attraktion in den ersten Kreisen der Wiener Gesellschaft herumgereicht, wurde bei Kanzler Metternich eingeführt, verkehrte u. a. mit dem Orientalisten Hammer-Purgstall und besuchte mit Fürst Felix Schwarzenberg das Schlachtfeld von Wagram. Unter all diesen gesellschaftlichen Verpflichtungen scheint es aber nicht zu intimen Begegnungen mit der Hanska gekommen zu sein. Das versetzte Balzac, der sich erkältet hatte, in eine trübe Stimmung, wie ein Billet zeigt: »Man ist nur immer dann krank, wenn man nicht glücklich ist.« Und einige Tage später: »Das ist das Dumme, wenn man von Liebe trunken ist, denn ich habe, um mich ihrer in diesem Moment ganz hingeben zu können, seit mehreren Monaten bereits die Tage hinausgeschoben, an denen Du glaubtest, dass wir frei sein würden, jedenfalls freier, denn ganz frei zu sein, das will ich mir lieber gar nicht vorstellen. Das liegt allein in Gottes Willen. Ich liebe Dich so sehr, und wir wissen uns füreinander bestimmt, allein, wann wird das eintreten?« Kein Zweifel, Balzac musste in Wien erkennen, dass mit dem baldigen Ableben des Wenceslas Hanski, das in Genf unmittelbar bevorzustehen schien, einstweilen kaum zu rechnen war.

Die Reise nach Wien verlief also, was das weitere Lebensglück anbelangte, für Balzac eher enttäuschend. Er musste deshalb zugeben, dass der Aufwand in keinem Verhältnis zum Ertrag stand; alles in allem hatte der Ausflug die Schulden um die hübsche Summe von 4–5000 Franc vermehrt. Deshalb klagte Balzac, kaum nach Paris zurückgekehrt, der Hanska: »Meine Angelegenheiten traf ich hier in der wüstesten Unordnung an. Werdet hat zwar meinen Wechsel bezahlt, aber für meine zwei anderen Fälligkeiten, die es am 15. und 31. Mai zu begleichen galt, hatte er kein Geld, so dass er damit meine Schwester behelligte, die mit solchen geschäftlichen Gepflogenheiten nicht vertraut ist und der, ob der geforderten Summen entsetzt, nichts Besseres einfiel, wenn schon nicht meine Diamanten, aber doch mein Tafelsilber zu versetzen.« Balzac hätte auch keinen anderen Ausweg aus dieser Lage gewusst. Peinlicherweise hatte er in Wien unbezahlte Rechnungen hinterlassen, wie er der Hanska gestand, bei einem Karosseriemacher, der Reparaturen an seiner Kalesche ausführte, und bei einem Diener, den er engagiert hatte: »Bitten Sie doch Monsieur Hanski darum, dem Karosseriemacher zu sagen, er möge mich nicht für einen Betrüger halten und mir den Rechnungsbetrag bis zu meiner Rückkehr kreditieren, gelegentlich der ich mir bei ihm einen Wagen bestelle.« Auf ähnliche Weise wollte er auch den Diener entlohnen. Er bat die Hanska, diesem einen Dukaten zu überreichen, den er ihr, zwischen die Seiten des ersten Bandes von *Le Père Goriot* eingeklemmt, zusende. Fünf Wochen später schreibt er, als er das Paket schnürte, müsste dieser Dukaten unbemerkt herausgekullert sein, denn sein Kammerdiener habe ihn beim Saubermachen auf dem Teppich gefunden. Damit diese Sache ein gutes

Ende nehme, versprach er, diesen Dukaten einem Armen zu geben... Dies als Aperçu zu *L'Art de payer ses dettes.*

Zu solch durchsichtigen Ausreden über seine finanzielle Malaise musste Balzac bei den Guidoboni-Visconti offensichtlich nicht greifen. Die waren offenbar wirkliche Freunde, die all seine aufwendigen Exzentrizitäten nachsahen, den Stock in Form eines Rhinozeroshorns, den er sich die Lächerlichkeit von 600 Franc kosten ließ, oder die 42 Paar gelber Glacéhandschuhe, die er allein in den ersten drei Monaten des Jahres 1836 verbrauchte. Als selbst das Pump-Genie Balzac nach der Pleite der *Chronique de Paris* Mitte Juli weder ein noch aus wusste, wütende Gläubiger ihn überall verfolgten, waren es die Guidoboni-Visconti, die sich seiner annahmen und ihm eine Reise nach Turin bezahlten, damit er eine Weile von der Pariser Bildfläche verschwinden konnte. Als Vorwand beauftragte ihn Comte Emilio Guidoboni-Visconti, eine lästige Erbschaftsfrage, um die er sich nicht selber kümmern wollte, zu regeln. Dass der Comte ausgerechnet Balzac mit solch delikater Aufgabe betraute, wurde ihm stets als überzeugendster Beweis seiner Dummheit ausgelegt. Tatsächlich handelte es sich wohl um einen Freundschaftsdienst, den der Comte mit jener aristokratischen Nonchalance in der Stunde größter Not gewährte, die sich rechnende bürgerliche Rechtschaffenheit nicht anders denn als grandiose Tölpelei zu erklären vermag.

Als Balzac am Abend des 25. Juli 1836 in einer gemieteten Kalesche, so seine Gewohnheit, aufbrach, begleitete ihn auf dieser Reise eine Frau, Caroline Marbouty, die Männerkleidung angelegt hatte und die unter dem Namen »Marcel« als sein Page ausgegeben wurde. Das blieb den Viscontis, die für alle Kosten aufkamen, kaum verborgen; sie werden diesen wahrhaft tolldrastischen Einfall Balzacs sogar lebhaft unterstützt haben. Das bewies *en passant,* dass die Comtesse nicht, wie behauptet, seine Geliebte gewesen sein konnte, denn welche liebende oder verliebte Frau würde zu derlei Eskapaden ihre Zustimmung geben? Nein, Balzacs Verhältnis zur Comtesse Visconti war von tiefem freundschaftlichem Verständnis geprägt. So charakterisierte es Sophie Koslowska in einem Brief vom Juni 1836 an ihren Vater, einen hochrangigen russischen Diplomaten: »Du fragst mich, was es mit dieser neuen Leidenschaft von Monsieur de Balzac für Madame Visconti auf sich hat? Die erklärt sich einfach damit, dass Madame Visconti voller Geist, Phantasie und neuer, erfrischender Einfälle ist und dass Monsieur de Balzac, der auch ein kultivierter Mann ist, die Unterhaltung mit ihr sehr schätzt. Da er viel geschrieben hat und auch weiterhin schreiben wird, leiht er sich oft von ihr originelle Einfälle aus, die ihr sehr häufig kommen, was zur Folge hat, dass ihre Unterhaltung stets sehr interessant und erheiternd ist. Damit wäre die neue Leidenschaft erklärt.« Das hört sich zwar reichlich naiv an – die Schreiberin dieser Zeilen war erst 19 Jahre alt –, warum sollte es nicht dennoch der Wahrheit entsprechen?

Wie in Wien ging Balzac auch in Turin bei der dortigen Aristokratie ein und aus, öffneten sich überall dem berühmten Autor die Türen, lagen ihm Duchessen, Comtessen und Fürsten zu Füßen. Im bunten Wirbel der Empfänge, Abendessen und Ausflüge zu Sehenswürdigkeiten in die nähere Umgebung war Balzac so recht in seinem Element. Mitte August verließ er in Begleitung des falschen Pagen das gastliche Turin, um über Genf, das er nun zum dritten Mal wieder unter ganz anderen Umständen besuchte, nach Paris zurückzukehren, wo er Ende August 1836 anlangte.

Bei seiner Rückkehr erhielt Balzac eine Nachricht, die ihn zwar nicht überraschen konnte, die ihn aber dennoch tief traf: Laure de Berny war tot. Sie war ihrem Herzleiden am 27. Juli, zwei Tage nach seiner Abreise, im Landhaus *La Bouleaunière* erlegen. Seit dem Tod ihres Sohnes Armand im November 1835 hatte sie sich strikt geweigert, Balzac noch einmal zu sehen. »Madame de Berny ist tot«, schrieb er der Hanska. »Ich sage Ihnen dazu jetzt nicht mehr. Mein Schmerz wird mir aber nicht nur heute, sondern mein ganzes Leben lang ein Begleiter sein.« Balzac wusste nur zu gut, wem er Einblick geben durfte in das, was in ihm vorging. Einer damals sehr vertrauten Freundin, von der außer dem Namen »Louise« nichts bekannt ist, gestand er: »Der Mensch, den ich verloren habe, war mehr als eine Mutter, mehr als eine Freundin, mehr als das, was ein Wesen für ein anderes sein kann. Was sie mir bedeutete, lässt sich nur mit ihrer Gottähnlichkeit erklären. Sie hat mich mit Worten, mit Taten, mit Hingabe während der großen Stürme unterstützt. Wenn ich lebe, dann nur dank ihr, denn sie bedeutete mir alles. Auch wenn wir uns seit zwei Jahren, wegen ihrer Krankheit, der schwierigen Zeiten, nicht mehr begegnet sind, so haben wir uns dennoch auf die Ferne nicht aus den Augen verloren. Sie hat immer noch auf mich eingewirkt, sie war mir eine Sonne, die Mut spendete und Kraft. Madame de Mortsauf im Roman *Le Lys dans la vallée* ist nur ein schwacher Ausdruck ihrer nebensächlichsten Eigenschaften, ist nur ihr ferner Widerschein, denn ich schreckte davor zurück, meine eigenen Empfindungen vor der Öffentlichkeit bloßzulegen, weshalb niemals etwas von dem, was mir von ihr zuteil wurde, bekannt werden wird.« Ein solches Geständnis hätte der Hanska gewiss nicht gefallen.

Zum Trauern blieb Balzac keine Zeit, denn bei der Rückkehr aus Turin erwarteten ihn, wie er »Louise« schrieb, nicht weniger als 48 Briefe, die beantwortet werden wollten und von denen die meisten vermutlich Mahnschreiben waren. Balzacs *dette flottante,* wie er jene zu immer größeren Höhen anschwellende Bugwelle seiner Schulden nannte, war auf über 150 000 Franc angeschwollen. Eine gewaltige Summe, die Balzacs Kreditwürdigkeit endgültig in Frage stellte, zumal das Gerücht in Paris umging, er stünde bereits mit einem Fuß im Schuldgefängnis. Wieder waren es die Guidoboni-Visconti, die ihn in buchstäblich letzter Minute dem Zugriff der Häscher entzogen, indem sie ihn ein weiteres Mal in der nämlichen Erbschaftsangelegenheit nach Italien schickten. Kaum kam Balzac Mitte Februar 1837 nach Mailand, der ersten Station dieser Reise, erschien ein Gerichtsvollzieher in der Rue des Batailles, der sich durch falsche Namen nicht täuschen ließ. Jetzt wurde auch die letzte Tarnung aufgedeckt, denn seit geraumer Weile hatte Balzac in der Rue de Provence ein Zimmer gemietet, das lediglich als Briefkasten diente. Als der Gerichtsvollzieher auch dort auftauchte, versicherte der Portier, dass er die Post für Monsieur de Balzac in Empfang genommen und dieser sie täglich abgeholt habe. Vor fünf oder sechs Tagen sei ihm jedoch aufgetragen worden, die Annahme von Post mit diesem Adressaten zu verweigern. Balzac, so musste der Beamte daraus schließen, hatte sich in nichts aufgelöst. Das entmutigte die Gläubiger aber keineswegs, denn sein geliebtes Tilbury, von dem er sich nicht trennen mochte, obwohl er seit geraumer Weile kein Pferd mehr besaß, wurde in der Rue Cassini auf richterliche Anordnung beschlagnahmt und auf Antrag des Gläubigers William Duckett zwangsversteigert.

Balzac war von alldem weit entfernt. In Mailand stieg er im ersten Haus am Platze, dem Albergo della bella Venezia, ab und sonnte sich, wie in Turin, im Ruhm. Die Mailänder Aristokratie riss sich um ihn, was Balzac wohl sehr genoss. Seine Eitelkeit wuchs in dem Maße wie seine Misere. Das drängt das Bild vom Champagner-Korken auf, der sich im Lacktablett spiegelt. Balzacs ganze Erscheinung glich längst seinen Karikaturen: Die kurzen, stämmigen Beine waren vom immer mächtiger werdenden Bauch überwölbt, den seine Westen und Jacken mit funkelnden Goldknöpfen umspannten. Wenn er lachte, was er oft tat, zeigte der Mund zahlreiche Zahnlücken, und sein einst fülliges dunkles Haar war von zahlreichen grauen Strähnen durchzogen und hatte sich über der Stirn schon so arg gelichtet, dass er mit einem Toupet nachhelfen musste. Auch sein Äußeres unterlag dem Gesetz des Scheins. Dem Bildhauer Alessandro Puttinati, der von ihm eine Tischbüste aus Marmor anfertigte, muss das sehr bewusst gewesen sein, denn Balzac bezeichnete das Ergebnis der Hanska gegenüber als »Werk der Zuneigung«, das auch »andere Künstler, wie sogar Bartolini, als sehr vorteilhaft hinsichtlich der Physiognomie empfanden; sie hat mehr Ausdruck, und es erweist sich als weitaus besser, wenn man sich in der eigenen Vorstellung einen Kopf größer ausgestaltet, als wenn man seinen wirklichen Proportionen gegenübertritt.« Mit anderen Worten: Die Tischbüste war sehr schmeichelhaft ausgefallen. Wohl deshalb honorierte Balzac Puttinati sofort, obwohl es, wie er der Hanska versicherte, große Mühe gemacht habe, Geld dafür aufzutreiben.

Trotz dieser Bemerkung scheint Balzac auch auf der zweiten Italienreise förmlich im Geld geschwommen zu sein. Er stieg in den besten Hotels ab und ließ sich auch sonst nicht lumpen. Erneut hatten die Viscontis seine Reisekasse so gefüllt, dass Balzac eine »Kavalierstour«, eine Bildungsreise, durch Italien unternehmen konnte. Mailand verließ er am 13. März in Richtung Venedig, wo er im Albergo Reale standesgemäß logierte und mehr als eine Woche die Sehenswürdigkeiten der Lagunenstadt bestaunte, deren Eindrücke er in Briefen mit melancholischem Witz schilderte. Von dort ging es weiter über Florenz, Livorno, Bologna und Genua zurück nach Mailand, das er erst am 24. April 1837 verließ, um nach Paris zurückzukehren. Als er dort am 3. Mai eintraf, war er gut einen Monat länger abwesend gewesen als ursprünglich geplant.

Diesmal erwarteten ihn »200 Briefe«, wie er der Hanska mitteilte: »Zu meiner Arbeit zurückgekehrt, werde ich jetzt Schlag auf Schlag den *César Birotteau, La Femme supérieure [Les Employés]* und *Gambara* erscheinen lassen, dann zunächst die *Illusions perdues,* danach *La Haute banque [La Maison Nucingen]* und *Les Artistes* vollenden. Ist das alles vollbracht, werden wir [d. h. Balzac und das unterdessen fertiggestellte Portrait von Madame Hanska, das bei dem Maler Louis Boulanger in Auftrag gegeben worden war] in die Ukraine fliegen, wo mir vielleicht das Glück hold sein wird, ein Theaterstück zu schreiben, das allen meinen finanziellen Nöten ein Ende macht. Das ist mein Schlachtplan, *cara contessina.*«

Diese ausschweifenden Pläne waren im Augenblick Hirngespinste, denn Balzacs finanzielle Situation war nach der Rückkehr verzweifelter denn je. William Duckett hatte unangenehmerweise einen Haftbefehl gegen ihn erwirkt, um die Eintreibung der Schulden durch Haft zu erzwingen. Das veranlasste Balzac zu sofortigem Untertauchen. Zunächst wandte er sich an Zulma Carraud, ihm für ein oder zwei Wochen Gastfreundschaft zu gewähren: »Wenn irgend möglich, haltet meinen Aufenthalt bei Euch streng geheim, denn ich muss mich gerichtlicher Verfolgung in einer rein geschäftlichen Angelegenheit entziehen, die ich Ihnen kurz erklären werde. Werdet hat Bankrott gemacht. Ich habe aus Gefälligkeit einige Wechsel unterschrieben, und um deren Eigentümer zur Stundung ihrer Forderungen zu veranlassen, haben meine Berater in Geschäftsangelegenheiten Ihrem armen Freund geraten, für einige Zeit zu verschwinden.« Das Unheil, hinter dem sich einmal mehr William Duckett verbarg, nahm schneller, als von Balzac erwartet, seinen Lauf. Wieder retteten ihn die Guidoboni-Visconti, indem sie ihm in ihrem Haus an den Champs-Élysées Unterschlupf gewährten.

Diese Flucht brachte keine Rettung, denn ein Gerichtsdiener machte Balzac Anfang Juli dort ausfindig und übertölpelte ihn mit einer komödienreifen List. Als Spediteur verkleidet behauptete er, eine kostbare etruskische Vase für Monsieur de Balzac abgeben zu müssen, deren Empfang dieser höchstpersönlich quittieren müsse. Diese Versuchung lockte Balzac aus der Reserve. Als der vermeintliche Spediteur das umfangreiche Paket öffnete, sah sich Balzac statt mit der Vase mit einem Bündel von Forderungen und einer gerichtlichen Vorladung konfrontiert. Die Forderungen William Ducketts mussten auf der Stelle beglichen werden, wollte Balzac vermeiden, ins Schuldgefängnis in Clichy geworfen zu werden. Wieder bezahlten die Viscontis diese Forderung und bewahrten ihn so vor der Schmach des Schuldturms. Sie konnten aber nicht verhindern, dass Balzac am 26. Juli vor Gericht erscheinen musste. Zwei Tage später berichtete die Zeitung *Le Siècle* mit genussvoller Häme: »Monsieur de Balzac verfasst Werke, die von den Lesern sehr geschätzt werden. Man muss aber auch glauben, was heute von Monsieur Favre [dem Anwalt William Ducketts] der 4. Kammer gesagt wurde, dass er auch Schulden macht, die seine Gläubiger sehr auf Trab halten. Niemand ist nämlich schlechter dran, wie der Anwalt ausführte, als die Gläubiger des Monsieur de Balzac. Er ist unsichtbar, unfassbar, er wird nur als ein Schatten bemerkbar. Er ist nichts anderes als ein flüchtiger Luftgeist, der einem entschwindet, wenn man glaubt, ihn packen zu können. (Großes Gelächter.) Dennoch hatte Monsieur Duckett, einer seiner Gläubiger, mehr Erfolg als die anderen dank des Einfallsreichtums eines geschickten Gerichtsdieners.« Es folgt in allen Einzelheiten eine dialogische Schilderung jener Szene, mit der Balzac bei den Viscontis geschnappt wurde.

Der Hanska schrieb er über diese Misshelligkeiten: »Ich musste mich verstecken, kämpfen, allein die Leute, die Schuldner einsperren, haben mich durch Verrat aufgespürt, und ich hatte den Schmerz zu erleiden, die Leute zu kompromittieren, die mir Asyl gewährt hatten. (...) Ich lebe buchstäblich nicht mehr; nichts als Arbeit, ich kann dieses Leben allenfalls noch drei oder vier Monate länger aushalten. Für wenigstens 45 Tage muss ich mich noch schinden. Danach werde ich völlig fertig sein, und ich werde kommen, so Gott dies mir gestattet, um mich in der Einsamkeit der Ukraine wiederherzustellen. Ich hoffe, zuvor noch den *César Birotteau* vollendet zu haben. (...) Ich habe so oft vergeblich gehofft, dass ich an der Hoffnung verzweifele.« Für einen notorischen Optimisten wie Balzac kommt in diesem Eingeständnis seine ganze Verzweiflung zum Ausdruck. Der Schein, an den er sich immer klammerte, hatte getrogen. Auch ihm blieb es jetzt nicht erspart, den Kelch der Bitternis bis zur Neige zu leeren. Im Oktober 1837 schrieb er der Hanska: »In der augenblicklichen Krise, in der ich stecke, werde ich von aller Welt wie ein Leprakranker gemieden. Ich bin ganz allein, aber ich gebe dieser Einsamkeit des Alleinseins mit mir allemal den Vorzug vor diesem zuckersüßen Hass, den man in Paris als Freundschaft ausgibt.«

Balzacs Illusionen lagen einmal mehr in Scherben, selbst Freunde wollten keinen Kredit mehr geben. Am Jahresende 1837 belief sich der Schuldenstand auf über 180 000 Franc und lag um rund 20 000 Franc über dem des Vorjahres. Trost konnte nur die Literatur spenden. Am Ende seiner Novelle *La Maison Nucingen,* an der er damals arbeitete, entspinnt sich zwischen den Protagonisten Finot und Blondet folgender Dialog, der sich wie ein Resümee von Balzacs damaliger Situation liest: »›Aus alldem ergibt sich eine pekuniäre Wahrheit, die ich noch nirgendwo gelesen habe...‹ – ›Welche?‹ – ›Der Schuldner ist stärker als der Gläubiger.‹«

## *Schatzsuche*

Am Neujahrstag 1838 schrieb Balzac seiner Freundin Zulma Carraud: »... sie [Madame de Berny] ist nicht mehr. Das ist die Botschaft, die mir der düstere Klang der Glocke verkündet, der letzte Ton eines Jahres, das vergeht und das sie in ihrem Grab versenkt hat. Begrüßen wir also 1838, was immer es uns auch bringt! Welche Leiden wird es in den Falten seines Gewandes verbergen? Aber, egal. Es gibt für alles ein Mittel, und dieses Mittel ist der Tod, den ich nicht fürchte.«

Die morose Stimmung unseres Helden ist aber nicht allein dem Umstand geschuldet, dass ihm nun für immer die *Dilecta* fehlen würde, es war auch die Gewissheit, dass er der Vollendung seines 39. Lebensjahrs entgegenging. Balzac ahnte, die Hälfte seiner schriftstellerischen Laufbahn bereits überschritten zu haben, während seine Zukunft mit der Hypothek eines Schuldenbergs belastet war. Mit dem Absatz seiner Bücher würde der sich indes kaum abtragen lassen, zumal der Erlös aus dem Verkauf der Rechte am literarischen Gesamtwerk sich wegen der Pleite der *Chronique de Paris* sofort in Luft aufgelöst hatte. Blieben nur neue Novellen und Romane, von denen zwei in nächster Zeit erschienen: *Histoire de la grandeur et décadence de César Birotteau* und *La Maison Nucingen,* zwei Meisterwerke, gewiss, aber die Honorare für sie waren nur ein Tropfen auf den heißen Stein. Weitere große Projekte waren weder geplant geschweige in Arbeit. Das waren in der Tat düstere Perspektiven, die sich Balzac zu Jahresbeginn 1838 boten.

Knapp drei Wochen später hatte sich seine Stimmung wieder aufgehellt, denn er schrieb der Hanska: »Kommen wir jetzt zu der Angelegenheit, die mich veranlasst, zum Mittelmeer zu reisen, und bei der es sich weder um eine Heirat noch sonst irgendetwas Abenteuerliches oder Dummes handelt, sondern vielmehr um eine ernsthafte und wissenschaftliche Sache, über die es mir aber unmöglich ist, Ihnen auch nur ein Wort zu sagen, denn ich bin zur Geheimhaltung verpflichtet.« Die Begründung war zwar absurd, verrät aber den ganzen Balzac, denn in seiner Not war er sich wie noch nie zuvor gewiss, dass sich seine chronischen Illusionen von jähem Reichtum jetzt erfüllten. Dafür sprechen die widrigen Umstände, die er nun auf sich nahm, um diesem Traum nachzujagen. Auch dies sollte aber nur ein weiteres seiner Hirngespinste bleiben.

Während des Aufenthalts in Genua im Frühjahr 1837 war er mit einem italienischen Geschäftsmann ins Gespräch gekommen, der ihm eine Grille ins Ohr gesetzt hatte, die sich in dem Moment wieder bemerkbar machte, als Balzac sich die weitere Zukunft in den schwärzesten Farben ausmalen musste. Was ihm der Italiener eröffnet hatte, erschien jetzt als Garantie für großen Reichtum, wenn er nur entschlossen handelte. Seine bedrängte Lage ließ ihm keine andere Wahl, als alles auf eine Karte zu setzen. Entscheidend für den Erfolg war seiner Meinung nach, das Vorhaben geheim zu halten. Mit einem Wort: Es handelte sich um eine geschäftliche Chance, für die sich auch der alte Balzac, im Vergleich zu seinem Sohn allerdings ein geradezu bodenständiger Phantast, hätte begeistern können. Balzac junior hielt, typisch für ihn, das, was ihm der Italiener anvertraut hatte, jetzt für seinen eigenen Einfall und kam deshalb nie auf den Gedanken, sein Gewährsmann könne ihm bereits zuvorgekommen sein.

Balzac narrte jetzt die Hoffnung auf das große Los: die Entdeckung eines riesigen Schatzes. Davon hatte ihm der Italiener erzählt. Balzac faszinierte daran besonders, dass dieser Schatz nicht irgendwo vergraben lag, sondern zu Hügeln aufgetürmt sei. Deren Wert könne nur der erkennen, der über das Wissen verfüge, wie diese Abraumhalden – darum handelte es sich – auszubeuten seien: Wertvolle Metallreste seien darin zu finden. Schlauer, skrupelloser und schneller als die anderen zu sein, das war, wie von Balzac oft am Beispiel seiner Figuren geschildert, der Weg, der zu raschem Erfolg und Reichtum führte. Der Unterschied zwischen Literatur und Leben reduzierte sich für ihn auf den von Gedanken und Tat. Deshalb fand er es richtig, jetzt die Feder mit dem Geologenhammer zu vertauschen, die Schreibstube zu verlassen und ins Innere von Sardinien aufzubrechen, dorthin, wo der Schatz, den er heben würde, offen zutage läge.

Die Fata Morgana, der Balzac nachjagte, waren die Abraumhalden von Blei und Silberminen aus römischer Zeit im unwirtlichen Inneren von Sardinien. Da die Römer noch nicht die bergbautechnischen und vor allem chemischen Kenntnisse besaßen, dem Geröll das begehrte Mineral vollständig zu entreißen, enthielt dieses vermutlich noch einiges Silber. Deshalb, so hatte sein Gewährsmann versichert, lohne es sich, den scheinbar wertlosen Abraum mit den wissenschaftlichen Methoden des 19. Jahrhunderts ein weiteres Mal zu verwerten. Diese plausible Überlegung war das ganze Mirakel, auf das Balzac das neue Kartenhaus seiner Illusionen baute und dieses Wissen so lange mit niemandem teilen wollte, wie er sich des Schatzes nicht selber versichert hätte. Diese Überlegung war so verständlich wie naiv, denn um diesen Schatz zu heben, brauchte es Voraussetzungen, die Balzac allesamt fehlten. In erster Linie war Kapital nötig, was er durch die Lektüre seiner eigenen Werke mühelos hätte wissen können. In diesen hatte er aber schon die Schlinge ausgelegt, in der er sich nun verfangen sollte: In *La Maison Nucingen* akzeptiert Eugène de Rastignac vom Bankier Nucingen Aktien, die auf ein Bergwerksunternehmen lauteten, das silberhaltige Bleiminen ausbeutete, und die den Grundstock von dessen Vermögen bilden sollten. Balzac, der diese Novelle Ende 1837 abschloss, hat dann im vierten Korrekturdurchgang den Hinweis, dass sich diese Minen in Sardinien befänden, getilgt.

Mitte März bestieg Balzac in Paris die reguläre Postkutsche nach Marseille. Dass er dieses Transportmittel wählte, nachdem er seit der Fahrt nach Wien immer Kaleschen bei Panhard gemietet hatte, zeigt seine finanzielle Situation. Um sich die notwendige Barschaft für die Reise zu verschaffen, musste Balzac zuvor, wie er Zulma Carraud anvertraute, sein bisschen wertvolle Habe zu »meiner Tante« tragen. So bezeichnete er das Pfandleihhaus, bei dem er Stammkunde war. Dort hatte er es oft so eilig, dass er vom letzten Geld den Portier mit üppigen Trinkgeldern bestach, um sich nicht in die lange Schlange der vor den Schaltern Wartenden einreihen zu müssen. »Meine Mutter«, heißt es hier weiter, »hat ebenfalls geblutet und auch eine arme Cousine. Jetzt habe ich mich bis auf zwei Schritte dem Erfolg angenähert, und ich kann Ihnen versichern, dass Sie mich nicht kennten, glaubten Sie womöglich, dass mir der Luxus unverzichtbar sei. Ich bin fünf Nächte und vier Tage auf der Imperiale gereist, habe mich für 10 Sou Milch am Tag ernährt und schreibe Ihnen jetzt aus einem Hotel in Marseille, in dem mich das Zimmer 15 und das Abendessen 30 Sou kostet.«

Balzacs Wahn hatte seine eigene Methode, und an George Sand schrieb er: »Ich überquere den Rubikon und werde sehen, ob es für Menschen, die um ihre Energie wissen, ein Eldorado gibt.« Seine Skepsis kommt im Brief, den er seiner Mutter von Marseille sandte, noch deutlicher zum Vorschein: »Jetzt, da ich bald an meinem Ziel angelangt bin, überfallen mich tausend Zweifel. Auf alle Fälle jedoch kann man kaum weniger riskieren, um umso mehr zu gewinnen. (...) Ich trage noch immer Deine ärmlichen 100 Franc auf meinem Herzen und ich werde es schon so einzurichten wissen, dass ich sie Dir zurückerstatte. Ich habe unterwegs nur 10 Franc ausgegeben, und ich bin hier in einem Hotel, das schaudern macht. Mit einigen Bädern wird man sich davon aber schon wieder befreien – denn, sollte ich scheitern, werden einige Nächte mir bald wieder das Gleichgewicht verschaffen. Wie viel Geld hätte ich in einem Monat mit meiner Feder verdient. (...) Wenn man kein Kapital besitzt, kann man nur dank solcher Ideen zu Reichtum kommen, wie ich sie jetzt bis zum Ende verfolge.«

Die beschwerliche Fahrt auf der zugigen Imperiale oder

die Nächte in der schmutzigen und verwanzten Absteige in Marseille waren nur der erste Vorgeschmack auf die Leiden, die er auf sich nehmen musste und der Hanska anschaulich in einem langen Brief schilderte, ein Tagebuch, das er zwischen 26. März und 22. April führte, als er es ihr von Genua aus sandte. In Ajaccio auf Korsika musste er vierzehn Tage in Quarantäne ausharren, weil in Marseille sechs Monate zuvor die Cholera ausgebrochen war. Diese erzwungene Muße nutzte er, um der Hanska erstmals seine Pläne anzudeuten: »Wenn sie wüssten, dass diese Unternehmung eine verzweifelter Versuch ist, endlich in dem ebenso verzweifelten Ringen zwischen einem Vermögen und mir zu einem Ende zu kommen, dann würde Sie das gewiss nicht erstaunen. Mein Einsatz beträgt nur einen Monat meiner Zeit und 400 Franc gegen einen ziemlich hübschen Gewinn. Monsieur Carraud hat mich davon überzeugt, nachdem ich ihn in meine Überlegungen eingeweiht hatte, die ganz wissenschaftlicher Natur sind, und da er einer der klügsten Männer überhaupt ist, der aber nichts tut, nichts veröffentlicht, sondern nur beschaulich lebt, unterstützte und bekräftigte er mich ohne Einschränkung in meinem Vorhaben.« Mit anderen Worten: Die Zweifel am Sinn und Erfolg der Mission, die er der Mutter noch einbekannt hatte, zerstreut er sich selber gegenüber der Hanska, indem er sich auf die vermeintliche wissenschaftliche Autorität eines François-Michel Carraud beruft. Der lebte verbittert im vorzeitigen Ruhestand in Frapesle, wo Balzac unmittelbar vor seiner Abreise nach Sardinien für einige Wochen zu Gast war.

Balzacs Klagen über die Leiden während des Aufenthalts

in Ajaccio beweisen, wie schade es ist, dass er sich nicht auch als Reiseschriftsteller versuchte: »Ajaccio ist als Aufenthalt unerträglich. Ich kenne hier niemanden, aber abgesehen davon gibt es hier auch niemanden. Die hiesige Zivilisation entspricht der von Grönland, und die Korsen lieben die Fremden so gar nicht. Ich fühle mich wie auf einer Bank aus blankem Granit gestrandet, ich gehe zum Meer, von dort zum Abend-, zum Mittagessen, gehe zwischendurch wieder zum Meer, lege mich schlafen, und am nächsten Tag beginne ich damit von vorne. Ich vermag auch nicht zu arbeiten, denn jeden Moment könnte ich aufbrechen müssen, und diese Situation ist meinem Wesen völlig zuwider, das nur aus Entschlossenheit, aus Aktivität besteht. (...) Zum ersten Mal in meinem Leben leide ich an tiefer Langeweile, denn es ist hier für mich auch das erste Mal, dass mir aufgeht, was eine Wüste ist, in der nur Unbekannte, fast Wilde anzutreffen sind. Heute Morgen habe ich erfahren, dass es hier eine Bibliothek gibt, und morgen, zwischen zehn und zwei Uhr, kann ich dort lesen. Aber was? Das ist das Beunruhigende. Hier gibt es weder ein Lesekabinett noch Straßenmädchen, volkstümliche Theater, eine Gesellschaft, Zeitungen geschweige sonst eine der Unreinlichkeiten, die von Zivilisation künden. Die Frauen meiden die Fremden, und die Männer promenieren den ganzen Tag über und rauchen [was Balzac hasste]. Es herrscht hier eine ganz unglaubliche Faulenzerei, es gibt achttausend Seelen, sehr viel Armut, eine unglaubliche Ignoranz allen gegenwärtigen Geschehens, und ich bewege mich völlig unerkannt, denn hier hat man weder Ahnung von Literatur noch vom Leben. Die Männer tragen ausnahmslos mit Samt eingesäumte grobe Jacken, überhaupt ist die Kleidung von allergrößter Einfachheit, was zur Folge hat, dass ich, der ich so angezogen bin, um als mittellos zu erscheinen, hier als reich gelte.«

Am 2. April notierte er für die Hanska in Ajaccio: »Heute Abend gegen 10 Uhr wird mich ein kleines Boot mitnehmen, und nach fünf Tagen Quarantäne in Alghiero, einem kleinen Hafen, den Sie auf einer Karte von Sardinien finden können, bin ich an meinem Ziel, denn zwischen Alghiero und Sassari, der zweiten Inselhauptstadt, liegt der Distrikt von *Argentara* (sic), wo ich die seit der Entdeckung Amerikas verlassenen Minen sehen werde. Mehr kann ich jetzt nicht dazu sagen. Wenn Sie meinen Brief in Händen halten (...), werde ich entweder ein Dummkopf oder ein kluger Mann sein, vielleicht aber auch weder das eine noch das andere, sondern einer, dessen Eifer eine geniale Hoffnung enttäuschte.« Mit einem Korallenfischer, der nach Afrika segelte, gelangte Balzac schließlich nach Sardinien, wo er nach seiner Ankunft das elende Leben an Bord dieser *gondole,* die wegen der Quarantäne fünf Tage auf Reede liegen musste, mit lebhaften Worten beschrieb: »Wir hatten nichts anderes zu essen als die Fische, die wir fingen und aus denen eine ungenießbare Fischsuppe gekocht wurde. Nachts musste man auf der Brücke schlafen und sich von den Flöhen aussaugen lassen, die es in Sardinien, wie man hört, in großer Fülle gibt. (...) Afrika beginnt bereits hier. Ich gewahre eine zerlumpte Bevölkerung, die fast ganz nackt und dunkelhäutig ist wie die Äthiopier.«

Schließlich, in Cagliari angekommen, notiert er am 17. April: »Ich habe ganz Sardinien durchquert und dabei Dinge gesehen, wie man sie von den Huronen oder aus

Polynesien erzählt. Ein ganzes wüstes Königreich, wahre Wilde, keinerlei Kultur, Savannen mit wilden Palmen. Überall Ziegen, von denen die Knospen abgeweidet und die ganze Vegetation verkümmert wird. Ich habe 17 bis 18 Stunden im Sattel gesessen, obwohl ich seit vier Jahren auf keinem Pferd mehr geritten bin, ohne dass ich auf irgendeine Hütte gestoßen wäre. Ich bin durch jungfräuliche Wälder gestreift, um mein Leben bangend über den Hals meines Pferdes gebeugt, denn um diese zu durchqueren, muss man den Flüssen folgen, die unter Schlingpflanzen und Zweigen verborgen sind, die einem sonst im Weg wären, die Zähne ausschlügen oder den Schädel zertrümmerten. (...) Überall in Sardinien ist es dasselbe Bild. Ich bin durch eine Gegend gekommen, deren Einwohner ein fürchterliches Brot backen, indem sie die Eicheln zu Mehl mahlen und dieses mit Tonstaub versetzen, und das nur zwei Schritte von dem schönen Italien entfernt. Frauen und Männer sind nackt bis auf einen Fetzen Stoff, einen zerlöcherten Lumpen, ihre Scham zu bedecken.«

Nach der Schilderung aller dieser Schrecknisse ist der Leser bereits auf das Schlimmste gefasst, das Balzac der Hanska trotz seiner Enttäuschung nach so vielen Leiden mit gewohnter dramaturgischer Könnerschaft erst am 22. April von Genua aus berichtet: »Ich habe gleichermaßen recht wie unrecht gehabt«, denn an Ort und Stelle angelangt, musste er feststellen, dass er zu spät gekommen, dass seit einem Jahr bereits eine Minengesellschaft damit beschäftigt war, den Silbergehalt des Abraums, der sich auf immerhin noch zehn Prozent belief, auszubeuten. »Meine Überlegungen waren also wohlbegründet, allein ich hatte das Unglück, nicht schnell genug gehandelt zu haben.« Damit blieb nichts anderes, wie er ihr auf der Rückreise am 20. Mai aus Mailand resigniert schrieb, als wieder »in meinen Laden eines Phrasenverkäufers zurückzukehren, denn ich kann nichts anderes als kritzeln.«

Dass Balzac, nachdem seine hochfliegenden Träume vom Reichtum einmal mehr zerronnen waren, so gefasst reagierte, mutet rätselhaft an. Eine Erklärung dafür gibt der Brief, den er seiner Schwester Laure von Mailand aus am Tag seines 40. Geburtstages schrieb: »Vor allem das Klima hat mir auf meiner Reise sehr zu schaffen gemacht. Das ist eine Hitze, die alles erschlaffen lässt und die einen für alles unfähig macht. Ich überraschte mich dabei, dass ich mich nach unseren französischen Wolken und Regengüssen sehnte. Die Hitze ist nur etwas für die Schwächlichen.« Aber Balzac plagte nicht nur Heimweh, sondern vor allem die Sehnsucht nach dem gewohnten Leben, nach Feder, Tinte und Schreibtisch, nach rastlos schöpferischer Tätigkeit, die er zwei lange Monate hatte entbehren müssen. Dafür findet er drei Tage später noch deutlichere Worte. Auch jetzt klagt er, dass er sich unter dem reinen Blau des Mailänder Himmels nach den regengrauen Horizonten Frankreichs sehne, der Anblick des mit Spitzen geschmückten Doms ihn ebenso unberührt lasse wie jener der Alpen, ja, dass er sich ohne Seele und Leben fühle. »Wenn ich derart noch zwei Wochen länger hier verweilte, wäre ich gewiss tot. Das zu erklären ist unmöglich. Das Brot, das ich esse, scheint ohne Salz, das Fleisch ohne Nahrung, das Wasser erfrischt kaum, die Luft macht mich schlaff; die schönste Frau erscheint mir, als wäre sie ein Monster, und mich überfällt noch nicht einmal jenes gewöhnliche Wohlbehagen beim Anblick einer Blume. Das Werk ruht völlig. Ich werde die Alpen überqueren und hoffe, binnen einer Woche wieder in meiner geliebten Hölle zu sein.«

Balzac wusste jetzt: Es gab kein Entrinnen aus der Fron, zu der ihn sein Talent verdammte. Aber um diese Einsicht wirklich zu begreifen und nach ihr zu handeln, brauchte er noch gut zwei Jahre. Bis dahin sollte ihn noch mancher verborgene Schatz narren. Vieles davon blieb bloße Gedankenspielerei, manches haben Zeitgenossen und Freunde, die seine Träume und Illusionen kannten, ihm wohl angedichtet, anderes jedoch suchte er mit blinder Zähigkeit, gegen viele Hindernisse und widrige Zufälle zu verwirklichen. Ein besonders schönes Hirngespinst Balzacs hat die befreundete George Sand in einem Brief an Maurice Dudevant überliefert. Balzac, der bei ihr zum Essen weilte, ließ beiläufig verlauten, es sei ihm gelungen, jene »blaue Rose« zu züchten, für die von den botanischen Gesellschaften von London und Belgien ein Preis von 500 000 Franc ausgesetzt worden sei. Außerdem, so versicherte er, wolle er jeden Samen für 100 Sou verkaufen, während ihn das ganze Unternehmen allenfalls 50 Sou zu stehen komme. Als einer der andren Gäste voller Naivität fragte: »Gut und schön, aber, was lässt Sie noch zögern?«, versetzte Balzac: »Ach, ich habe erst noch so viel anderes zu erledigen! Aber in einigen Tagen werde ich mich daranmachen.« Durchaus möglich, dass Balzac im Augenblick des Sprechens überzeugt war, es könne gelingen.

Auch Balzacs »Schatzgläubigkeit« erwies sich trotz der frischen sardischen Erfahrung als unerwartet resistent. Das zeigt der Scherz, den sich sein Mitarbeiter Auguste de Belloy leistete, als er ihm von einem Wald bei Poissy erzählte, in dem angeblich ein Schatz vergraben sei. Balzac muss sich daraufhin tatsächlich auf den Weg gemacht haben, um das Waldstück zu inspizieren. Das verleiht auch jener Anekdote Substanz, die Théophile Gautier in seinem Balzac-Portrait mitteilt. Dank einer Hellseherin wisse er jetzt ganz genau, sagte Balzac eines Tages, wo Toussaint-Louverture, der »schwarze Napoleon« und haitianische Freiheitsheld, in der Nähe von Point-à-Pître auf Guadeloupe seine riesige Beute habe vergraben lassen. Balzac muss diesen Bericht, mit zahlreichen Einzelheiten ausgeschmückt, so überzeugend gegeben haben, dass einige der Anwesenden sich sofort entschlossen zeigten, das Abenteuer zu wagen und den Schatz zu heben. Vermutlich skizzierte er nur eine Erzählung, die er im Kopf hatte, aber nie zu Papier brachte. Im Nachlass fand sich in einem Notizbuch ein Zeitungsartikel, in dem ausführlich von der Geschichte dieses Schatzes die Rede war.

Die meisten dieser wahrscheinlich erfundenen Anekdoten ranken sich um *Les Jardies,* jene Narrheit, die Balzac ein kleines Vermögen kostete und die er mit dem Bedürfnis nach einem zurückgezogenen Leben auf dem Lande rechtfertigte. Tatsächlich waren es sehr prosaische Gründe, die ihn im September 1837 Paris erneut den Rücken kehren und Wohnsitz in Sèvres nehmen ließen: Zum einen würden es die Gläubiger schwerer haben, ihn zu behelligen, zum anderen entging er auf diese Weise der lästigen Pflicht, in der Pariser Bürgerwehr gelegentlich Dienst zu tun. Dem hatte er sich zwar immer erfolgreich entzogen, aber Ende April

1836 waren die Häscher seiner habhaft geworden, und Balzac wurde deshalb für eine Woche im Gefängnis der Nationalgarde inhaftiert. Auch wenn diese Erfahrung alles andere als traumatisch war – Balzac konnte während seiner Haft schreiben und machte hier die Bekanntschaft seines später wegen dessen Erfolgs glühend von ihm beneideten Kollegen Eugène Sue –, wollte er sie verständlicherweise dennoch nicht wiederholen.

Am 16. September 1837 erwarb Balzac ein kleines zweistöckiges Haus bei Sèvres in der Gemarkung Jardies. Das war der bescheidene Anfang eines neuen finanziellen Abenteuers, das ihn am Ende nach eigenen Angaben rund 100 000 Franc kosten sollte. Dieses Haus mit seinen drei Zimmern entsprach nicht Balzacs Vorstellungen. Also mietete er auf den Namen seines Schwagers Surville eine Absteige in Sèvres, um von dort aus die notwendigen Um- und Ausbauten seines Besitzes besser beaufsichtigen zu können.

Balzac war damit zum ersten Mal in seinem Leben Grundeigentümer. Das verschaffte seinem Anspruch auf bürgerliches Sozialprestige ein materielles Fundament, was auf ihn wie eine Droge gewirkt haben muss. Endlich bot sich damit die Chance, Kreativität nicht nur mit der Feder auszuleben. Deshalb durfte die Pracht dieses Hauses seinem Ruhm und Ruf in nichts nachstehen. Zum Architekten und Bauherrn hatte Balzac jedoch leider gar keine Begabung. Deshalb sah er nicht die Nachteile des sehr abschüssigen Geländes, auf dem er sein Luftschloss aus Stein und Mörtel errichten wollte. Ebendieser Widerspruch zwischen der Eigengesetzlichkeit der Materie und seinen hochfliegenden Vorstellungen, den er mit unzulänglichen Mitteln zu überwinden suchte, sollte ihn ein kleines Vermögen und noch viel mehr Ärger und verschwendete Zeit kosten. Das Künstlerauge Balzacs nahm lediglich die schöne Lage seines Grundstücks wahr, das er durch den Zukauf weiterer Parzellen erweiterte.

Von alldem weiß der Brief zu berichten, den Balzac im August 1838 von *Les Jardies* aus, wie er seinen Besitz nannte, an Zulma Carraud schrieb: »Hier haben Sie meine neue Adresse, die für lange gültig sein wird, denn mein Haus ist beinahe fertiggestellt, und ich wohne hier bereits. Drei Zimmer, eins über dem anderen: Im Erdgeschoss habe ich den Salon, im ersten Stock mein Schlafzimmer und im zweiten den Arbeitsraum. Alle diese Räume, mit einer Leiter verbunden, die als Treppe ausgegeben wird, sind die Wohnung Ihres Freundes. (...) Sechzig Schritte von hier entfernt steht ein anderes Wohngebäude, das Stallungen, Küche etc. sowie eine große Wohnung und Räume für Diener beherbergt. Das ist *Les Jardies.* Diese Papageienschaukel, auf der ich gestrandet bin, der kleine Garten und das Wirtschaftsgebäude sind im Tal von Ville-d'Avray gelegen, gehören aber zur Gemeinde von Sèvres und befinden sich unmittelbar neben der Haltestelle der Eisenbahnlinie nach Versailles und am südlichen Rand des Parks von Saint-Cloud. Man hat hier den schönsten Ausblick der Welt, eine Pracht, die noch von Klematis und anderen Rankenpflanzen eingehüllt werden muss, eine köstliche Quelle, die künftige Heimat *unserer* Blumen, Ruhe und 45 000 Franc an neuen Schulden! Sie verstehen mich! Ja, der Wahnsinn hat seinen Höhepunkt erreicht! Schelten Sie mich aber deswegen nicht, ich muss es bezahlen, und augenblicklich arbeite ich jede Nacht!«

Eine ähnliche Schilderung übermittelte Balzac auch der Hanska, der gegenüber er besonders jene Quelle rühmt, die auf seinem Grundstück sprudelt und deren Wasser von der nämlichen Qualität sei wie das der »berühmten Quelle von Ville-d'Avray, denn sie wird von derselben Ader gespeist«. Der Hinweis lässt aufmerken, könnte sich Balzac doch mit dem Gedanken getragen haben, diese Quelle irgendwie kommerziell zu verwerten. Allein, davon scheint er doch schnell wieder Abstand genommen zu haben, wie seine selbstironische Bemerkung belegt: »Ich habe eine Quelle entdeckt, aber es handelt sich dabei leider nicht um eine, aus der Geld sprudelt, sondern klares Wasser.« Dass er von geschäftlichen Angelegenheiten nichts verstand, zeigte einmal mehr seine Ungeduld, mit der er das Grundstück vergrößern und arrondieren wollte. Die kam desto teurer, als die Besitzer der Parzellen den Wahnsinn, den er sich selber attestierte, durchschauten und die Preise für ihre Grundstücke in astronomische Höhen schraubten. Zulma Carraud gegenüber gestand Balzac ein: »An jedem Fitzelchen Land, das ich brauche, hängen zehn Eigentümer, zehn Verträge, zehn Verhandlungen. Ich stecke hier in einem Wespennest und kann doch nur immer eine Wespe auf einmal unschädlich machen.«

Das war kaum übertrieben, tatsächlich hatte es Balzac im ersten Kaufrausch mit neun Eigentümern zu tun, denen er das Geld natürlich erst einmal schuldig blieb. Das bescherte ihm eine Fülle neuer Misshelligkeiten just an dem Ort, an den er sich geflüchtet hatte, um ihnen zu entrinnen. Einmal mehr waren es die Guidoboni-Viscontis, die ihn aus diesen Verlegenheiten retteten. Weitere Ausgaben wurden fällig, um das Grundstück in jene Gartenlust zu verwandeln, die Balzac vorschwebte. Sein damals ausbrechender gärtnerischer Fimmel inspirierte auch jene bekannte Schnurre, die Théophile Gautier überliefert hat und an deren Ausschmückung Balzac vermutlich selber maßgeblich beteiligt war. In *Les Jardies,* so die Anekdote, wollte Balzac Gewächshäuser errichten, in denen Ananassetzlinge angepflanzt werden sollten. Da das Terrain an einem Südhang lag, würden die Heizkosten nicht allzu sehr ins Gewicht fallen. Die ausgereiften Ananas sollten dann für 5 Franc das Stück verkauft werden statt 20 Franc, dem üblichen Preis. Das versprach eine hübsche Einnahme. Damit nicht genug, es wurde sogleich geplant, am Boulevard Montmartre einen Laden zu mieten, um die Ananas zu verkaufen. An dessen schwarz lackierter und mit goldenen Ranken geschmückter Front sollte ein Ladenschild in großen Lettern verkünden: »ANANAS DES JARDIES«.

»Für Balzac«, schreibt Gautier, » streckten die hunderttausend Ananasstauden schon ihre festen und gezackten Blätter über ihren goldenen kegelförmigen Früchten unter den enormen Glasdächern aus. Er konnte sie sehen, spürte die Wärme des Gewächshauses, sog mit seinen von Leidenschaft geblähten Nasenlöchern ihren tropischen Duft ein, und selbst wenn er bei sich zu Hause am Fenster lehnte und zuschaute, wie der Schnee still auf den kahlen Abhang fiel, wollte diese Illusion kaum von ihm weichen.«

Léon Gozlan berichtet in seinem Buch *Balzac en pantoufles* von einem wohl auf Victor Hugo, der einmal *Les Jardies* besuchte, berechneten Ulk. Als Hugo, von *Les Jardies* nicht sehr beeindruckt, was Balzac verständlicherweise verdross, bewundernd vor einem mächtigen Nussbaum mit dem Ausruf »Sie haben ja sogar einen Baum!« stehen blieb, veranlasste dies Balzac, seinem Gast einen Bären aufzubinden. Das sei überdies ein berühmter Baum, erzählte Balzac, den er erst unlängst von der Gemeinde hinzugekauft habe. Darauf Hugo: »Da es sich um einen Nussbaum handelt, wird er vermutlich Nüsse tragen.« Darauf Balzac: »Weit gefehlt! Der Baum wirft gut und gerne 1500 Livre im Jahr ab. – An Nüssen? – Nein, nicht an Nüssen.« So ging es eine Weile fort, bis Balzac schließlich mit seiner phantastischen Erklärung herausrückte: »Dieser wunderwirkende Nussbaum gehörte der Gemeinde. Ich habe ihn zu einem stattlichen Preis von ihr erworben. Warum? Weil ein alter Rechtsbrauch alle Einwohner dazu verpflichtet, ihren Dreck und Dung am Fuße dieses außerordentlichen Baums und nirgendwo sonst zu deponieren.« Hugo weicht zurück. »Seien Sie unbesorgt«, fährt Balzac fort, »der Nussbaum hat, seit ich ihn besitze, noch nicht seinem Zweck gedient. Aber jeder Einwohner unterliegt der einschlägigen Verpflichtung, die der Überrest eines alten feudalen Brauchs ist. Aber urteilen Sie selbst, schätzen Sie die Quantität wie die Qualität des Düngers, die tagtäglich an diesem einem Vespasian würdigen Baum [Anspielung darauf, dass der römische Kaiser Vespasian eine Steuer auf die öffentlichen Bedürfnisanstalten in Rom einführte, die er mit dem bekannten Wort *non olet* – die für ihre Benutzung verlangte Geldmünze stinkt nicht – rechtfertigte] aufgehäuft wird (...), den ich jeweils mit Stroh und anderen pflanzlichen Abfällen bedecke, so dass ich immer einen Dungberg besitze, den ich an alle Bauern, Winzer, Gemüsegärtner, an die großen und kleinen

Grundbesitzern in der Nachbarschaft verkaufen kann. Das ist das reine Barrengold, das ich hier habe. Schließlich, sprechen wir es aus, das ist Guano! Guano, wie ihn Myriaden von Vögeln auf den einsamen Inseln im Pazifischen Ozean hinterlassen.« – »Ach ja«, versetzte Hugo darauf mit seinem Phlegma eines Olympiers, »Sie haben ganz recht, mein lieber Balzac, das ist Guano, aber Guano ohne die Vögel.«

Seiner Gewohnheit folgend übernahm sich Balzac in *Les Jardies* finanziell hoffnungslos, aber weder mit Ananaspflanzungen noch gar mit »Guano ohne die Vögel«, sondern es war der Bau eines seinen Ansprüchen gemäßen Hauses. Die »Papageienschaukel«, in die er im Juli 1838 einzog, eignete sich nicht als ganzjähriger Wohnsitz. Deshalb musste das ursprüngliche Gemäuer aufwendig aus- und umgebaut werden. Als Vorbild diente ein Chalet, das er auf der Rückreise von Italien im August 1836 zwischen Sion und Brig gesehen hatte. Die Umbauarbeiten, die im Sommer 1838 begannen, waren zwar ein Jahr später noch nicht beendet, hatten aber ein weiteres großes Loch in Balzacs leeren Geldbeutel gefressen. Aber es kam noch schlimmer: Das steil abfallende Gelände, das sich bei starken Regenfällen in glitschigen Morast verwandelte, die Notwendigkeit, Teile des alten Gemäuers mit den Neubauten zu verbinden, all das warf Probleme auf, die nur durch noch aufwendigere Baumaßnahmen zu beheben waren. So trat ein, womit zu rechnen war: Im Frühjahr gaben die vermutlich unzulänglich fundamentierten Mauern nach und stürzten, wie er Zulma Carraud Anfang März 1839 schrieb, in sich zusammen: »Ihnen, meiner Seelenschwester, kann ich meine letzten Geheimnisse anvertrauen, denn ich befinde mich am tiefsten Grund einer schrecklichen Misere. Alle Mauern der *Jardies* sind wegen eines Fehlers des Bauunternehmers, der keine Fundamente vorgesehen hatte, eingestürzt, und das alles geht dennoch zu meinen Lasten, denn er hat keinen Pfennig, und ich habe ihm bislang lediglich 8000 Franc angezahlt.«

Balzac übertrieb, denn es war wohl nur die Stützmauer einer Terrasse an der Grenze zum Nachbargrundstück, was zu anhaltenden Scherereien mit dessen Eigentümer führte, die er dadurch zu vermeiden suchte, dass er auch noch diese Parzelle kaufen wollte. Diese Absicht teilt er jedenfalls der Hanska in einer Weise mit, die leicht als Bitte um ein Darlehen zu verstehen ist: »Welche Lasten muss ich nicht alle tragen. Meine Terrassenmauern in *Les Jardies* sind eingestürzt, ich muss erneut Boden hinzukaufen, ein Haus, und ich habe kein Geld mehr. Ich brauche 15 bis 20 000 Franc, um mir dieses Haus, meinen Traum von Ruhe, meine geliebte Kartause zu errichten, sonst weiß ich nicht, ob ich hier jemals meine Tage verbringen kann.« Sein Geldmangel hinderte ihn nicht daran, schon einen Monat später besagtes Grundstück zu erwerben, zu dem ein weiteres einstöckiges Haus mit Keller, Küche und drei Kammern gehörte, das als Hausmeisterwohnung genutzt wurde. Damit nicht genug, Balzac kaufte jetzt noch in rascher Folge weitere Parzellen hinzu, die siebzehnte und letzte am 21. Juni 1839. Sein Grundbesitz in *Les Jardies* hatte damit einen Umfang von stolzen 4400 $m^2$ erreicht, auf dem drei Häuser standen.

Wegen der angedeuteten Schwierigkeiten gingen die Umbauten von Balzacs Traumchalet nur sehr langsam vonstatten. Die Arbeiten verzögerte außerdem, dass die Rechnungen der Handwerker nur teilweise bezahlt wurden und auch erst dann, wenn die Fristen mehrerer Mahnungen verstrichen waren. Trotz all dieser Probleme scheint zumindest der Rohbau des geplanten Hauses bis zum Beginn des Sommers 1839 fertig gewesen zu sein. Das jedenfalls erhellt sein Schreiben an die Hanska vom Juli: »Die Maurer haben hier noch für einen weiteren Monat zu tun. Ich bin deshalb fürs Erste von hier unabkömmlich, da die Erdarbeiter und die Maurer noch zugange sind und meine Erkrankung meine Arbeiten verzögert hat [Balzac war Anfang Juni auf dem abschüssigen Gelände von *Les Jardies* ausgeglitten und hatte sich eine langwierige Sehnenzerrung am Bein zugezogen]. (...) Ich kann jetzt ungefähr (!) drei Häuser vermieten, die alle auf einen umfriedeten Garten von sieben Morgen blicken, aber ich werde diesen eleganten Weiler (!) nur an gesellschaftlich ganz hochstehende Personen vermieten. Unsere Eisenbahn wird in wenigen Tagen ihren Betrieb aufnehmen [d. h. die Bahnlinie Paris–Versailles, die am 3. August 1839 eröffnet wurde], und von meinem Garten aus kann man in sie einsteigen, so dass ich jetzt hier dem Herzen von Paris näher denn je zuvor bin, denn für 8 Sou bin ich in fünfzehn bis zwanzig Minuten dort. Die *Jardies* sind mein ganzes Entzücken. Wenn alle Parzellen, die ich noch brauche, erworben und die Gartenanlagen vollendet sind, wird es hier ganz herrlich sein, und viele werden mich darum beneiden.«

Balzacs ganzes Leben steht unter diesem Fluch des »Wenn – dann«, das bei ihm regelmäßig Mitteilung davon macht, dass die große Katastrophe unmittelbar bevorsteht. Einen weiteren Hinweis dafür liefert die Ankündigung, seine »ungefähr drei Häuser« vermieten zu wollen. Die einzigen Mieter, die er in *Les Jardies* je hatte, waren die Guidoboni-Visconti, die aus reiner Gefälligkeit für drei Jahre eines dieser Häuser mieteten. Das Ganze war nur ein Trick Balzacs, der in diesem Haus seine Bücher und einen Teil seiner Möbel aus der Rue des Batailles unterstellte, um sie dem stets drohenden Zugriff der Gläubiger zu entziehen. Der Schwindel flog auf, als Balzacs Gläubiger die Geduld verloren und die Zwangsversteigerung von *Les Jardies* erwirkten. Bei einer im Zuge dieser langwierigen Abwicklung in Versailles stattfindenden Gerichtsverhandlung, zu der Balzac nicht erschien, war es Graf Emilio Guidoboni-Visconti, der zwar mit seiner Aussage diesen nach besten Kräften zu decken suchte, damit aber keinen Erfolg hatte. Folglich waren auch Balzacs Möbel und Bücher Bestandteil der Versteigerung, die im Jahr darauf stattfand und bei der als Käufer ein Architekt namens Claret auftrat. Der agierte aber nur als Strohmann, hinter dem sich Balzac verbarg. Woher hatte er das Geld, um seinen eigenen Besitz zu erwerben? Vermutlich halfen ihm die Viscontis erneut aus der Klemme. Möglicherweise sprang ihm auch der Architekt Claret bei, der Balzac später bei der Suche nach einem Haus half, in dem er mit der Hanska in Paris wohnen wollte.

Balzacs listenreicher Triumph über die Meute seiner Gläubiger war allerdings ein klassischer Pyrrhussieg. Die Gartenlust von *Les Jardies* ähnelte nach wie vor einer Wüstenei, und das zweistöckige Haupthaus, das er durch den Ausbau der ursprünglichen »Papageienschaukel« hatte errichten lassen, war, nach der genauen Beschreibung im Prospekt der Zwangsversteigerung, zwar durchaus bewohnbar, aber in seinem Inneren noch völlig nackt. Wie es darin aussah oder vielmehr, wie es darin nach den Vorstellungen Balzacs aussehen sollte, hat Léon Gozlan geschildert: »Auf die Wände eines jeden Zimmers hatte er mit Kohle angeschrieben, welche kostbare Möblierung von ihm dafür vorgesehen war. (...) *Hier eine Verkleidung aus parischem Marmor; hier der Plafond von Delacroix ausgemalt; hier ein Aubusson-Teppich; hier ein Marmorkamin; hier Türen nach dem Vorbild von Trianon; hier ein Parkett-Mosaik aus allen seltenen Tropenhölzern.*« Ganz im Sinne dieser ausschweifenden Vorstellungen Balzacs will Gozlan auf eine Wand des ebenfalls völlig leeren Arbeitszimmers des Hausherrn geschrieben haben: *»Hier ein Gemälde Raffaels, von unbezahlbarem Wert, wie man es noch nie gesehen hat.«* Gleichwohl mussten das Anwesen wie die Gartenanlagen irgendwie unterhalten werden, galt es dem Gärtnerehepaar, den der Familie Balzac seit langem verbundenen Brouettes, Lohn zu zahlen, wurden Tür- und Fenstersteuern fällig, kurz, *Les Jardies* war zwar in diesem Zustand noch weitgehend unbewohnbar, kostete aber laufend Geld. Noch teurer würde es sein, wenigstens das Wohnhaus bewohnbar zu machen, wofür Balzac allein 25 000 Franc veranschlagte, eine Summe, die jedoch erfahrungsgemäß nie und nimmer ausreichen würde.

Auch Balzac, der im Herbst 1840 nach Passy in die Rue Basse, die heutige Rue Raynouard, in das Haus übersiedelte – jetzt das ihm gewidmete Museum –, musste schließlich erkennen, dass er keine andere Wahl hatte, als die Illusion von *Les Jardies* zu liquidieren. Ende Oktober 1845 wurde der gesamte Besitz an einen Claude Maurice de la Châtre verkauft, der, was Balzac gewiss als bittere Ironie empfand, sein Geld mit einer Tätigkeit verdiente, die in der Notarsakte angegeben ist mit: »Éditeur Directeur général de l'Administration de Librairie.«

Von keiner seiner zerborstenen Illusionen hat sich Balzac schwerer getrennt als von *Les Jardies*, deren Aussehen er in der erträumten Vollendung im Briefroman *Mémoires de deux jeunes mariées*, der damals erschien, mit Hingabe ausmalte. Der Abschied war ein langer Kampf, von dessen wechselvollem Verlauf er die Hanska stets und genau auf dem Laufenden hielt. Zwar schrieb er ihr bereits im März 1843: »Gestern hat mir M. Gavault [Sylvain-Pierre-Bonaventure Gavault, von 1840–1844 Balzacs Anwalt und Berater in geschäftlichen Fragen] die Vollmacht entrissen, *Les Jardies* zu verkaufen, und das macht mich sehr traurig.« Das blieb zunächst ohne Folgen, denn im Januar 1844 ließ er den Schmerzensschrei vernehmen: »Ach, *Les Jardies*, *Les Jardies!* ... Nein, ich werde sie ganz gewiss nicht verkaufen, denn sie sind mit meinem Blut und meinem Gehirn gebaut. Ich werde dort bleiben, solange ich sie nicht vorteilhaft veräußern kann.« Der letzte Satz klingt vernünftig, aber was wollte das in seinem Fall schon besagen, denn kaum kommt er in seinen Briefen wieder darauf zu sprechen, heißt es: »Mit diesen drei Werken da [Balzac sprach zuvor u. a. von seinen Romanen *Béatrix*, *Les Petits Bourgeois* und *Les Paysans*] hoffe ich meine drückendsten Schulden zu bezahlen und im nächsten Jahr nach *Les Jardies* zurückkehren zu können.« (15. Juli 1844) Bereits einen Tag später scheint die Vernunft zu obsiegen: »Im Oktober und vorausgesetzt, ich bleibe gesund, bin ich nur noch fünf Personen etwas schuldig: meiner Mutter, Monsieur Gavault, Madame Delannoy, meinem Schneider [Buisson] und Dablin [Théodore Dablin, der väterliche Freund aus seinen Jugendtagen]. (...) Wahrscheinlich jedoch werde ich *Les Jardies* verkaufen, um diese fünf Personen schneller auszahlen zu können.« Vermutlich ging ihm unter seiner Milchmädchenrechnung auch auf, wie hoch sein wahrer Schuldenstand war: Er belief sich am Ende dieses Jahres auf knapp 190 000 Franc.

Schließlich, am 17. September 1844, das Eingeständnis bitterer Einsicht: »Ich kann in den *Jardies* nicht sein. Von den bösen Erinnerungen abgesehen, müsste ich sie vollenden, was mich noch einmal 25 000 Franc kostete. *Les Jardies* sind ein Pferd, das im Stall steht und das deshalb niemand mieten will. Trotzdem muss ich 1000 Franc im Jahr dafür aufwenden, muss den Concierge, Steuern und Reparaturen bezahlen. Ich verkaufe sie, und zwar zu jedem Preis. Aber wenn ich sie schon verkaufe, dann verwende ich den Erlös für die Anschaffung eines Hauses in Paris, das mir eines Tages alles das bieten wird, was ich bereits in *Les Jardies* hineingesteckt habe. Ich habe mir schon ein Grundstück in der *Allée des Veuves* [der heutigen Avenue Montaigne] angeschaut, das 30 000 Franc kostet und für das man in zehn Jahren wenigstens 100 000 wird hinlegen müssen.« Ein Käufer findet sich jedoch so schnell nicht, wie er der Hanska am 3. November schreibt: »Der Interessent für *Les Jardies*, der sich gezeigt hatte, ist unglücklicherweise nach Italien abgefahren und kommt frühestens in drei Monaten zurück. 30 000 Franc sind also auf Reisen. Rotschild [sic] will sich meine Möbel nicht ansehen, damit haben sich weitere 40 000 Franc in Luft aufgelöst. Mit Geld habe ich einfach kein Glück.« Ende Dezember 1844 scheint sich der Interessent doch zum Kauf von *Les Jardies* entschlossen zu haben, und am 14. Januar 1845 kann Balzac schließlich in die Ukraine melden: »*Les Jardies* sind für 28 000 Franc verkauft.«

Von *Les Jardies* ist danach gelegentlich in seinen Briefen an die Hanska die Rede. Dass ihm die bittere Ironie, dass der Käufer jener de la Châtre war, nicht entging, zeigt eine Bemerkung, die er im Zusammenhang mit den ausführlich geschilderten Gründen macht, die den Duc de Saulx-Tavannes in den Selbstmord getrieben haben sollen: »Der Duc (...) wäre klug beraten gewesen, auf den Westindischen Inseln oder im Buchhandel (wie der Lachâtre, der mir *Les Jardies* abkaufte) sein Glück zu suchen oder einfach nur das zu tun, was alle Menschen mit Herz und Verstand machen, zu arbeiten!«

Wenn er sonst darauf zu sprechen kam, insgesamt fünfmal in einem knappen Jahr, dann bezeichnete er es immer nur als das »Desaster der *Jardies*«. Dann, Ende Dezember 1846, folgte spät und gut versteckt das Eingeständnis: »... von dem, was ich in den Abgrund meiner Schulden werfen müsste, würde ich ein wunderbares Heim erschaffen, das durch seinen schieren Wert alle meine Fehler mit den *Jardies* wieder wettmachte.«

## *»La grrrrrrande Comédie humaine«*

Wer springen will, muss Anlauf nehmen. Das hatte Balzac nicht vor, als er im Herbst 1840 nach Passy flüchtete, das damals noch weit außerhalb von Paris lag. Dem entsprach das Haus, das er dort bezog, ein wahrer Fuchsbau, eingeklemmt zwischen zwei Straßen. Die eine davon verlief auf höherem Niveau als die andere, was den enormen Vorteil hatte, bei Gefahr zwei Ausgänge, einen zur Rue Basse und den anderen zur Rue du Roc, zu haben, um unbemerkt verschwinden zu können. Als weitere Sicherung mietete er diese Fluchtburg auf den Namen von Louise de Brugnol [ihr richtiger Name war Louise Breugniot], die er als seine »Gouvernante« bezeichnete und die seinen Haushalt in den kommenden Jahren führte. So versuchte er es jedenfalls der Hanska gegenüber darzustellen. Tatsächlich kümmerte sich die Brugnol, eine frühere Mätresse seines einstigen Freundes Latouche, nicht nur aufopferungsvoll darum, seine Ausgaben zu kontrollieren, mit Verlegern und Druckern zu verhandeln oder Gläubiger abzuwehren, sondern sie war auch seine Geliebte. Das blieb auf Dauer der Hanska nicht verborgen, die ihm deswegen heftig zusetzte und Balzac schließlich zwang, sich von der Brugnol zu trennen. Das sollte ihm viel Ärger bescheren.

Balzacs damalige Situation war ehrlich verzweifelt. Das

Abenteuer von *Les Jardies* hatte die Zahl der Gläubiger vervielfacht, und der oft erwogene Versuch, sich durch erfolgreiche, von ihm gemeinsam mit anderen in Windeseile hingeschmierte Theaterstücke Luft zu verschaffen, scheiterte wiederholt. Einmal unternahm er sogar den aberwitzigen Versuch, zusammen mit vier Kumpanen binnen vierundzwanzig Stunden ein Stück zu Papier zu bringen, wobei jeder von ihnen einen Akt schreiben sollte, wie Théophile Gautier in einer köstlichen Schilderung berichtet. Es war die Komödie *Vautrin,* die tatsächlich 1840 eine Aufführung erlebte, beim Publikum aber prompt durchfiel und nach der Premiere von der Zensur gnädigerweise, wie man sagen muss, verboten wurde. Welche absurden Hoffnungen Balzac ausgerechnet mit diesem zusammengeschusterten Machwerk verknüpft hatte, zeigt sein Verzweiflungsschrei an die Hanska.

Die Gründe für das Zensurverbot sind nicht ganz klar. Man kann sie in einem Zusammenhang mit Balzacs Engagement in der »Affäre Peytel« sehen. Balzac war Sébastien-Benoît Peytel zu Beginn der dreißiger Jahre begegnet, als dieser wegen eines einzigen Einfalls zu jäher Berühmtheit gelangte, die aber ebenso rasch wieder verblasste. Unter dem Pseudonym »Louis Benoit, Jardinier« hatte Peytel 1832 ein Buch mit dem harmlosen Titel *Physiologie de la poire* erscheinen lassen, eine Satire auf den Bürgerkönig Louis-Philippe. Dieses Werk wurde zwar sofort von der Zensur verboten, die Auflage weitgehend vernichtet, was seine heutige Seltenheit erklärt, aber nicht den jähen Ruhm, den Peytel genoss. Den verdankte er vor allem einer Zeichnung, die das Frontispiz des Buches schmückte: eine große Birne, die von den Zeitgenossen sofort als eine treffende Karikatur Louis-Philippes erkannt wurde, mit der Folge, dass dieser sich immer wieder bis ans Ende seiner Herrschaft 1848 mit diesem Kernobst verglichen sah. Das verdross Majestät, wie sich denken lässt, zutiefst.

Peytel hatte sich nach diesem Erfolg in die Provinz zurückgezogen, wo er sich nahe der Schweizer Grenze in Belley als Notar niederließ. Im Mai 1838 heiratete er in Paris eine junge und reiche Kreolin. In der Nacht des 1. November 1838 kam es auf der Landstraße zwischen Mâcon und Belley zu einer viel Aufsehen erregenden Bluttat, die Peytel dem Gericht so schilderte: Als er von Mâcon mit einer größeren Summe Geldes zurückkehrte, habe sein Diener die Kutsche angehalten und einen Schuss abgefeuert, der ihm – Peytel – gegolten, stattdessen aber seine Frau tödlich verletzt habe. Daraufhin habe er seinen Geologenhammer genommen und dem Aggressor, der zu fliehen versuchte, den Schädel zertrümmert.

Mit dieser Version des Geschehens, die einen Raubmordversuch als Tatmotiv nahelegte, vermochte Peytel aber nicht zu überzeugen, weshalb man ihn wegen Doppelmordes anklagte. Der Prozess fand in Bourg statt, und am 30. August 1838 wurde Peytel zum Tod verurteilt. Balzac, der von dessen Unschuld überzeugt war und der ihn vor der Guillotine retten wollte, besuchte Peytel im Gefängnis. Zurück in Paris verfasste er seinen *Lettre sur le procès de Peytel*, der Ende September in drei großen französischen Zeitungen erschien. Trotz seiner scharfsinnigen Argumentation, mit der er insbesondere die Voreingenommenheit des Gerichts nachwies, erzielte er damit keinen Erfolg für den Verurteilten: Nachdem auch ein Gnadengesuch vom König abgelehnt wurde, starb Peytel am 28. Oktober unter dem Fallbeil.

Dieser Misserfolg muss Balzac tief getroffen haben, denn dieses Engagement war auch so etwas wie ein Lackmustest, der Auskunft über sein Ansehen und seinen Einfluss gab. Als er im Sommer 1840 außer mit *Vautrin* auch mit anderen Bühnenwerken scheiterte, war Balzac an einem moralischen und existentiellen Tiefpunkt angelangt. »Im Augenblick«, gestand er der Hanska im Juni, »fühle ich mich weniger wert als ein Insekt, das ein Amateurnaturforscher auf einen Karton aufgespießt in einer Schachtel verwahrt.« Und am 3. Juli folgte die Eröffnung: »Ich bin am Ende meiner Verzweiflung. Ich werde Frankreich den Rücken kehren und nach Brasilien gehen, um dort irgendetwas Verrücktes zu machen, zu dem ich mich gerade deswegen entschließe, weil es so verrückt ist. Ich kann diese Existenz, die ich führe, nicht mehr länger ertragen. Genug der sinnlosen Arbeiten. Ich werde alle meine Briefe verbrennen, alle meine Papiere, nur meine Möbel verschonen und *Les Jardies;* ich werde verschwinden, sobald ich die wenigen Dinge, an denen ich hänge, der Freundschaft meiner Schwester ausgehändigt habe. Sie wird als mein treuester Drache über diese Schätze wachen. Irgendjemandem werde ich Vollmacht geben, sich um die Verwertung meiner literarischen Rechte zu kümmern, und dann werde ich mich auf die Suche nach dem Vermögen machen, das mir abgeht. Entweder kehre ich dann reich zurück, oder niemand wird erfahren, was aus mir geworden ist. Das ist meine feste Absicht, die ich diesen Winter ausführen werde, beharrlich, ohne jeden Abstrich. Meine Arbeit wird nie meine Schulden tilgen, ich muss etwas anderes versuchen. Ich verfüge allenfalls noch für zehn Jahre über eine wirkliche Kraft, und wenn ich diese nicht nutze, bin ich verloren.«

Der letzte Satz sprach eine Einsicht aus, die sich pünktlich bewahrheiten sollte, aber nach Brasilien machte sich Balzac trotz dieser Schwüre nicht auf. Nicht nur war dieser Plan, wie er eingestehen musste, sinnlos, sondern er konnte sich bald auch wieder an die oft enttäuschte Hoffnung klammern, endlich eine Frau fürs Leben gefunden zu haben. Auf Hélène de Valette stieß Balzac bei der Durchsicht seiner zahlreichen Fanpost, und er wähnte in deren anonymen Zeilen ein sensibles, gebildetes und intelligentes Wesen zu erkennen. Solche Verheißung wollte er ausprobieren, das zeigt seine Antwort. Eine erste Verabredung in *Les Jardies* scheiterte jedoch, wie ihr Brief Mitte November mitteilt: »Sie haben mir Ihre Güte nur zur Hälfte bezeugt, Monsieur, indem Sie mir gestatteten, bis zur Schwelle Ihres Sanktuariums vorzudringen; allein, dessen Tore blieben verschlossen!« Trotz dieses anfänglichen Missgeschicks kam ihre Beziehung doch sehr rasch zustande. Der nächste überlieferte Brief an Hélène de Valette vom Ende März 1840, mit dem er ihr die Korrekturen zu *Béatrix* als Geschenk übersandte, begann mit der alles verratenden Anrede: »Meine liebe Marie.« Das war der Name, den er sich zuvor schon ausbedungen hatte, sowohl die Duchesse d'Abrantès wie die Marquise de Castries anreden zu dürfen.

Über diese letzte Liebesbeziehung mit einer Verehrerin ist wenig bekannt. Sicher ist lediglich, dass sie bei Balzac wieder alte Hoffnungen auf eine reiche Heirat weckte. Dafür sprechen zahlreiche Indizien. Zulma Carraud hatte er schon im September 1838, also noch bevor Hélène de Valette sich an ihn wandte, geschrieben: »Eine Frau von dreißig Jahren, die drei oder vierhunderttausend Franc an Vermögen besäße und die mich auch wollte, vorausgesetzt ferner, dass sie sanften Wesens und von schöner Gestalt wäre, fände mich bereit, dass ich sie heirate. Sie begliche meine Schulden, und ich würde ihr mit meiner Arbeit binnen fünf Jahren alle Aufwendungen zurückerstatten.« Dieser Traum schien sich mit Hélène de Valette Ende Januar oder Anfang Februar 1840 passgenau zu erfüllen, denn sie war jung, schön, klug, reich und hatte ihn erhört. Das alles lässt sich leicht dem Brief an die Hanska vom 10. Februar entnehmen, in dem er einmal mehr ihre Eifersucht abwehrt, dies aber mit dem auffallenden Eingeständnis verbindet: »In meinem Herzen und meinem Wesen besitze ich eine Ausgeglichenheit, die eine Frau glücklich machte. Ich verspüre in mir eine unendliche, unerschöpfliche Zärtlichkeit, die keine Verwendung findet. Immer nur träumen, immer nur warten, die schönen Tage verstreichen sehen, zu erleben, wie einem mit jedem Haar, das man verliert, die Jugend flieht, niemanden zu haben, den man in seine Arme nehmen kann, und dann sieht man sich auch noch als Don Juan angeklagt!«

Balzacs Affäre mit Hélène de Valette war ein letztes Strohfeuer. Zunächst trübte das Glück die Eifersucht, die entflammte, sobald Balzac im Sommer 1840 erfuhr, dass »Marie« nicht nur mit einem Notar verheiratet war, sondern auch zwei Liebhaber verheimlicht hatte, den Romanschriftsteller Edmond Cador, und einen anderen, dem sie ein Kind gebar. Diese erste Krise wurde zwar überwunden, wofür ein Kredit von 10 000 Franc, den sie ihm nach dem Verbot des

*Vautrin* gewährte, sicherlich sehr hilfreich war. Im April und Mai 1841 scheint Balzac noch eine gemeinsame Reise mit ihr nach Guérande in der südlichen Bretagne unternommen zu haben, danach kam es aber irgendwann zum Bruch. Durchaus möglich auch, dass ihre Beziehung noch bis zum Januar 1842 andauerte, als Balzac die Nachricht vom Tod Wenceslas Hanskis erreichte. Da gab er wegen der ukrainischen »Taube« dem Spatz »Marie« den Laufpass. Einer Lösung seiner Probleme durch eine Frau von dreißig Jahren räumte er von nun an keine Chance mehr ein, sondern fixierte sich ausschließlich darauf, die endlich verwitwete Hanska zu heiraten. In dieser Entscheidung verbirgt sich die wahre Tragik von Balzacs letzten acht Lebensjahren.

Balzacs unerschütterliches Beharren darauf, sein künftiges Lebensglück ausgerechnet in der fernen Ukraine zu finden, wird verständlicher, wenn man das ganze Ausmaß seines Scheiterns zwischen 1838 und 1841 überblickt. Sein Engagement in der »Affäre Peytel« liefert einen ersten Hinweis darauf, dass er nach der Phase frenetischer Schatzsuche, von der ihn das Fiasko von *Les Jardies* endgültig kurierte, wieder gesellschaftlichen und politischen Einfluss zu gewinnen suchte. Dem dienten zwei Initiativen, an die Balzac viel Zeit und Kraft verschwendete: die Zeitschrift *La Revue Parisienne* und die Kampagne zum Schutz des Urheberrechts an Werken der Literatur.

Wie die *Chronique de Paris,* mit der Balzac vier Jahre zuvor gescheitert war, sollte auch die *Revue Parisienne,* die er im Juli 1840 mit Unterstützung des Zeitungsverlegers Armand Dutacq herausbrachte, im Wesentlichen drei Absichten dienen: Balzac gegen die ständigen Hänseleien und Verleumdungen bestimmter Organe und Kritiker zu verteidigen; seinen politischen Ansichten Geltung zu verschaffen und natürlich Profit abzuwerfen – Balzac, optimistisch wie immer, veranschlagte ihn auf 30 000 Franc monatlich. Dass man mit einem Monatsmagazin ein gutes Geschäft machen konnte, bewiesen die satirischen *Les Guêpes*, die Alphonse Karr seit einem Jahr mit wachsendem Erfolg im Alleingang leitete. Außerdem ging Balzac mit der *Revue Parisienne* ein denkbar geringes geschäftliches Risiko ein, denn Dutacq übernahm Druck und Vertrieb dieses Organs, das in winzigem Format erscheinen und allein von ihm gestaltet werden sollte. Jedes Heft der *Revue Parisienne*, verhieß der Prospekt, sollte jeweils eine Erzählung, eine Reihe »literarischer Fragmente«, Kunst-, Literatur- und Theaterkritiken sowie einen Kommentar zu einem aktuellen und politischen Thema bringen. Mit Ausnahme der beiden Kommentare unter der etwas rätselhaften Rubrik »Lettres Russes«, weil vorgeblich an einen russischen Fürsten adressiert und in Zusammenarbeit mit Louis de Cardonne entstanden, stammten alle weiteren Beiträge aus der Feder Balzacs.

Zwei seiner literaturkritischen Beiträge sind vor allem bemerkenswert: Balzacs Verriss des ersten Bandes der *Histoire de Port-Royal*, den sein geschworener Erzfeind Sainte-Beuve just veröffentlicht hatte, und die Lobeshymne auf Stendhals Roman *La Chartreuse de Parme*, die einzige übrigens, die Stendhal zu Lebzeiten für dieses Werk gezollt bekam. Von den politischen Aufsätzen interessiert der zur damals brennenden Arbeiterfrage *Sur les ouvriers* insoweit, als er Balzacs wahrlich reaktionäre Ansichten einmal mehr zum Vorschein bringt: Die Arbeiter gelten als die Avantgarde der Barbaren, gegen deren Ansturm aber Kanonen oder die Verhängung von Haftstrafen nutzlos seien. Die Bedrohung der Zivilisation, die von ihnen ausginge, ließe sich nur durch eiserne, den Besitz schützende Klassenjustiz sowie durch einen mit allen Machtattributen ausgestatteten Staatschef abwehren.

Mehr Erfolg als mit dieser nach nur drei Nummern eingestellten und wegen ihrer winzigen Schrifttype schier unleserlichen *Revue Parisienne* hatte Balzac jedoch mit der zweiten Initiative, mit der er eine gesetzliche Verankerung des Urheberrechts für Autoren erreichen wollte. Allerdings sollte er die Verwirklichung seiner einschlägigen Anregungen und Forderungen nicht mehr erleben. Immerhin basiert auf seinen *Notes remises à MM. les députés formant la commission de la loi sur la propriété littéraire* jenes Urheberrechtsgesetz, das von Napoleon III. 1854 in Kraft gesetzt wurde. Der von Balzac ebenfalls 1840 ausgearbeitete *Code littéraire,* der vor allem die Rechte der Autoren gegenüber den Verlegern verbindlich regeln sollte, wurde erst 1862 Gesetz. Insbesondere der *Code littéraire* lässt sich als Summe seiner leidvollen Erfahrungen mit Verlegern und Druckern verstehen. Umso unbegreiflicher, dass er seitens der Kollegen in der im April 1838 gegründeten *Société des gens de lettres,* als deren Präsident Balzac ab dem August 1839 amtierte, keine Unterstützung erhielt. Vermutlich deshalb, weil die Kollegen Balzacs autoritäres Gebaren – das man mit seiner Ungeduld entschuldigen kann, die der großen Sachkenntnis in diesen Fragen entsprang – nur schwer ertrugen. Wie auch immer, im Herbst 1841 stellte Balzac die einschlägigen Aktivitäten abrupt ein, weil ein anderes Projekt seine ganze Aufmerksamkeit und Arbeitskraft fesselte: *La Comédie humaine*.

Die Balzac-Philologie, für die das Werk Balzacs wie ein riesiger Walfisch ist, dessen Verwertung ihr noch auf Generationen hinaus Nahrung und Auskommen verspricht, identifiziert die *Comédie humaine* zumeist mit dem Geniewollen ihres Verfassers. Diese Einsicht stimmt mit den späteren Sinnstiftungen Balzacs durchaus überein, die er in seinen verschiedenen Vorworten äußerte und womit er den Anschein einer planmäßig vorangetriebenen Einheit geben wollte. Darüber wird gern übersehen, was sofort auffällt: Die *Comédie humaine,* jene fast dem gesamten Werk wie dessen einzelnen Bauteilen einen unverwechselbar konstruktiven und auf das Ganze bezogenen Zweck zuweisende Nomenklatur, ersann Balzac ursprünglich nur als neue, zündende und überaus erfolgversprechende Idee literarischen Marketings. In diesem Sinne war die Firma *Comédie humaine* nichts anderes als die in großen goldenen Lettern auf schwarzem Grund angebrachte Ladeninschrift: »ANANAS DES JARDIES.«

Keiner seiner Koliegen war so sehr Kind seiner Zeit wie Balzac; keiner hat so oft und unumwunden bekannt, mit seiner Schreiberei zu Reichtum und Unabhängigkeit gelangen zu wollen. Dass andere damit weitaus erfolgreicher waren als er, Eugène Sue, Alexandre Dumas oder vor allem Victor Hugo, der sogar zum geistigen Repräsentanten Frankreichs im 19. Jahrhundert avancierte, widerspricht dem nicht. Wäre er auf andere Weise reich geworden, dann hätte er wahrscheinlich sofort die Feder aus der Hand gelegt.

Den Anstoß zur *Comédie humaine* gab nicht so sehr der Schöpferdrang, der auf ein in sich geschlossenes Werk abzielte, sondern der Wille zur Ausmünzung seines immensen Talents. Was ihn zum bitteren Entschluss nötigte, sich von *Les Jardies* zu trennen, dem verdankt sich auch die *Comédie humaine*. Dafür spricht eine Zahl: Am Ende des Jahres 1840 belief sich Balzacs Schuldenstand auf 216 529,49 Franc. Seine postumen Bilanzbuchhalter Bouvier und Maynial verknüpften damit eine Feststellung, die tief blicken lässt: Zum 31. Dezember 1840 sei kein von ihm ausgestellter Wechsel mehr in Umlauf gewesen, dessen Fälligkeit überschritten war, was darauf hindeute, dass niemand mehr solche Papiere von Balzac akzeptierte. Die 1840 auf ein Minimum reduzierten Ausgaben für luxuriöse Nichtigkeiten, an denen sein Herz hing, sind nicht minder eindeutig: Lediglich beim Juwelier Janisset war noch eine Rechnung für eine Mosaikbrosche, ein Geschenk für Madame de Brugnol, sowie für einen Siegel- und einen Granat-Ring offen. Demgegenüber musste Balzac ein gutes Drittel seiner laufenden Einnahmen für Zinszahlungen, Honorare und Gerichtsgebühren drangeben.

Mit dieser Perspektive musste Balzac auf das Jahr 1841 blicken, in das drei Ereignisse fallen, die vordergründig nichts miteinander verbindet, die aber eng zusammenhängen: die Unterzeichnung eines Verlagsvertrags am 14. April, die Eröffnung des Verfahrens, das den Verkauf von *Les Jardies* einleitete, am 15. Juli, und der Tod von Wenceslas Hanski am 10. November 1841. Am 14. April unterzeichnete Balzac mit dem Verlegerkonsortium Hetzel, Paulin, Dubochet und Furne einen ersten Vertrag über die Veröffentlichung seiner gesammelten literarischen Werke, eine Ausgabe, die, selbst wenn sie noch nicht den Titel *Comédie humaine* trug, Umfang wie Inhalt nach dieser entsprach. Verabredet wurde eine vollständige Neuausgabe seiner bereits veröffentlichten Erzählungen und Romane in 20 Bänden mit der Maßgabe: »Die Festlegung der inneren Anordnung und der Reihenfolge des Werks obliegt ausschließlich Monsieur de Balzac.« Der Autor verpflichtete sich im Gegenzug, keinem anderen Verleger das Recht auf die Publikation des Gesamtwerks zu übertragen; unbenommen bleibt ihm aber die Veröffentlichung einzelner Werke oder einer illustrierten Ausgabe einzelner Werkgruppen. Balzac erhielt dafür eine Vorauszahlung von 30 000 Franc, von denen die Hälfte sofort fällig wurde, während die zweite Hälfte zuzüglich der aufgelaufenen Autorenhonorare, mit 50 Centime pro verkauftem Band angesetzt, ihm nach Absatz von 40 000 Exemplaren zukommen sollten.

Die 15 000 Franc wurden Balzac tatsächlich sofort ausbezahlt, jedoch hat er bis ans Ende seines Lebens keine weitere Zahlung aus diesem Vertrag erhalten, also hatte die *Comédie humaine* zunächst nicht den Erfolg, mit dem er rechnete. Dass ihn das nicht sonderlich irritierte, steht in unmittelbarem Zusammenhang mit dem dritten Ereignis von 1841, dem Tod von Wenceslas Hanski. Endlich geriet damit das Fälligkeitsdatum jenes Wechsels in Sichtweite, auf den Balzac und die Hanska sich bei ihrer ersten Begegnung in Neuchâtel Ende September 1833 feierlich verständigt hatten. Kaum hatte er Anfang Januar 1842 die Todesnachricht erhalten, nahm ihn diese Aussicht so gut wie ausschließlich in Anspruch, wie in der Korrespondenz mit der Hanska dokumentiert. Die Briefe, die er ihr zwischen 1842 und seinem Tod im Jahr 1850 schrieb, machen rund zwei Drittel des gesamten Umfangs ihrer Korrespondenz aus, obwohl die beiden ab 1843 viele Monate gemeinsam verbrachten. Der Schatz, den es jetzt zu heben galt und der sein Sehnen nach einem sorgenfreien Dasein im Wohlstand erfüllen sollte, verbarg sich nicht mehr in seiner Schaffenskraft, sondern lag, wie einst die Abraumhalden antiker Bergwerke in Sardinien, offen zutage; diesmal unter dem niedrigen Horizont der fernen Ukraine.

Diese Gewissheit bildete den Subtext dessen, was Balzac der Hanska im April 1842 gestand: »Seit dem Tag, an dem ich Ihnen zum ersten Mal begegnete, trug ich in meinem Herzen kein anderes Verlangen, als den Augenblick zu beschleunigen, unser Leben miteinander zu verbringen. Alle meine Anstrengungen, zu Reichtum zu gelangen, verfolgten kein anderes Ziel, allein das Schicksal hat sie alle vernichtet. So war es mit der *Chronique de Paris,* mit der Reise nach Sardinien, mit der *Revue Parisienne,* mit *Vautrin,* mit *Quinola* [i. e. einem anderen Theaterstück, mit dem Balzac nach dem *Vautrin* Schiffbruch erlitt]. Unglücklicherweise werde ich mit meinem Werk erst dann zu Wohlstand kommen, wenn ich dessen gar nicht mehr bedarf, denn es braucht sicherlich 25 Jahre, bis sich ein finanzieller Erfolg einstellt, zumal erst ein halbes Jahrhundert vergangen sein muss, bevor eine große Sache überhaupt verstanden wird.«

Mit dieser pessimistischen Vermutung sollte er recht behalten, auch wenn bis Mai 1843, wie er der Hanska voller Stolz mitteilte, bereits 1800 Exemplare der *Comédie humaine* verkauft waren. Deren Absatz ging aber in den folgenden Jahren erheblich zurück, weshalb sich Hetzel und Furne entschlossen, ihre Rechte an einen neuen Verleger, Houssiaux, zu verkaufen. Bei dieser Transaktion, auf die Balzac keinerlei Einfluss hatte, stellte sich heraus, dass viele Exemplare der Originalauflage noch auf Lager waren und ein Defizit von über 6000 Franc aufgelaufen war.

Jene nicht verzweifelte, vielmehr geradezu gelassene Resignation datiert wohlgemerkt vom April 1842. Sie steht damit in deutlichem Kontrast zu den Bestrebungen des Vorjahrs, aus dem literarischen Werk größtmöglichen Gewinn zu ziehen. Das lässt sich schon daran ablesen, dass Balzac, sieht man vom ersten Teil der *Mémoires de deux jeunes mariées* ab, die Ende November bis Anfang Dezember in der Zeitung *La Presse* herauskamen, nur ein einziges größeres neues Werk veröffentlichte: *Ursule Mirouet.* Dieser Roman erschien in der Zeitung *Le Messager* bis Ende September in Fortsetzungen. Mit anderen Worten: Um sich gegenüber den Gläubigern zu behaupten, ja, um schlicht seine Existenz fristen zu können, sah sich Balzac gezwungen, sein vorliegendes Werk erneut zu verwerten. Dieser Not verdankt sich letztlich auch der geniale Einfall der *Comédie humaine*.

Wie Balzac auf diesen Gedanken verfiel, lässt sich nicht mehr bestimmen. Die Absicht, seine Werke zu thematisch-programmatischen Reihen zu ordnen, hatte er seit Mitte der dreißiger Jahre verfolgt, als er sie unter den Rubriken *Études des mœurs* und *Études philosophiques* versammelte, zu denen als Drittes noch die *Études analytiques* treten sollten, wie Félix Davin in seinem Vorwort zu den *Études philosophiques* vom Dezember 1834 ankündigte. In dieser von Balzac inspirierten, wenn nicht über weite Strecken diktierten

Einführung findet sich auch ein Satz, der vielfältige Ausdeutungen zulässt: »Diese außerordentlichen philosophischen Anschauungen werden durch *mehrere* andere *études* vervollständigt werden, die bereits im Denken des Autors keimen.« Im von ihm selbst im November 1835 verfassten Vorwort zum *Livre mystique,* der die Romane *Louis Lambert* und *Séraphita* umfasst, lässt Balzac mit Trompetenton verlauten, er habe das Denken Swedenborgs neu fassoniert, um es »der französischen Gedankenlosigkeit nahezubringen, die das erahnen möchte, was sie nicht weiß, und wissen, was sie nicht erahnen kann. Allein, noch rechtzeitig hat er dafür [Balzac spricht von sich in der dritten Person] eine neue *Göttliche Komödie* vorgesehen.«

Die rein assoziative Analogie zu Dante bezieht sich hier eindeutig nur auf jene beiden Romane und nicht auf das gesamte Werk. Ähnlich verhält es sich mit dem anderen Vergleich, auf den immer wieder verwiesen wird. In *La Fille aux yeux d'or* aus dem Jahr 1834 findet sich der Satz: »Wir sind damit im dritten Kreis dieser Hölle angelangt, die vielleicht eines Tages ihren Dante finden wird.« Aus der Selbstreklame eines Vorworts, wie andererseits aus diesem belanglosen Satz die Folgerung abzuleiten, der Autor habe damit schon den Plan zur *Comédie humaine* zugrunde gelegt, scheint einigermaßen abwegig.

Der Titel *Comédie humaine* entsprang keiner programmatischen Absicht, schon gar nicht einer, die Balzac wider sonstige Gewohnheit über sechs oder sieben Jahre in aller Stille hätte reifen lassen. Es handelt sich vielmehr um den aus schierer materieller Not heraus geborenen Gedanken, das gesamte unter dem Namen Balzac bereits publizierte

Werk neu zu vermarkten. 1841 begann Balzac gegenüber den diversen Verlegern darauf zu bestehen, dass es ihm unbenommen bleibe, die ihnen zur Veröffentlichung übergebenen Werke in einer Werkausgabe erneut zu publizieren. Deshalb befreite er sich gegen Entschädigung aus den Fesseln des 1837 mit Delloye, Lecou und Bohain geschlossenen Vertrags, mit dem sie die Exklusivrechte auf alle seine künftigen Werke erworben hatten. Ebenso aufschlussreich ist der Vertrag über vier Romane, den er zu gleicher Zeit im April 1841 mit Souverain abschloss. Ausdrücklich wollte er, dass diese Titel – *Les Lecamus, Une Ténébreuse affaire, La Rabouilleuse* und *Les Paysans* – drei Monate nach erstmaligem Erscheinen von ihm in einer Gesamtausgabe seiner Werke neu ediert werden konnten. Souverain musste sich außerdem dazu verpflichten, weder diese vier Romane noch andere Bücher, die er zuvor von Balzac veröffentlicht hatte, unter einem Titel, ob »ausgewählte Werke« oder »gesammelte Werke«, zu vermarkten, weil er damit in Konkurrenz träte zu einer Gesamtausgabe der Werke, »falls diese zustande kommen sollte«.

Alle diese Verträge und Absprachen verraten eine geschäftliche Weitsicht, die Balzac bislang vermissen ließ, wollte er doch bisher möglichst schnell zu barem Geld kommen. Jetzt steuerte er unbeirrt das Ziel des mit dem Verleger Hetzel Anfang Oktober 1841 geschlossenen Vertrages an, der eine Veröffentlichung des Gesamtwerks als *Comédie humaine* vorsah. Bereits im Juni 1841 hatte Balzac das der Hanska angekündigt: »Schließlich, von jetzt in einem Monat veröffentlichen wir mein Werk unter dem Titel *La Comédie humaine* [später würde er, um ihre Aussprache zu parodieren, gelegentlich von der *grrrrrande Comédie* sprechen] in einzelnen Lieferungen, was bedeutet, dass ich wenigstens 300 bis 500 eng bedruckte Seiten zu korrigieren haben werde.« Das war, wie stets, allzu optimistisch, denn die erste Lieferung der *Comédie humaine* kam erst im April 1842 in den Handel.

Die sich vor allem geschäftlichem Kalkül verdankende Genese der *Comédie humaine* wird auch dadurch deutlich, dass Balzac ursprünglich gar nicht das Vorwort für diese Werkausgabe schreiben wollte! Diese Aufgabe trug er zunächst der befreundeten George Sand an. Als diese ablehnte, machte Balzac allen Ernstes den Vorschlag, das von Félix Davin zu den *Études philosophiques* 1834 veröffentlichte Vorwort abzudrucken! Diesen Einfall musste ihm Hetzel, der namens des Verlegerkonsortiums die Korrespondenz mit Balzac führte, ausreden: »Es gilt Reklame zu machen. Könnte ich besser schreiben, würde ich diese Aufgabe selber übernehmen, denn in Sachen Reklame ist auf einen Kaufmann mehr Verlass als auf einen Dichter.« Also sprach der Verleger, der Balzac noch den guten Rat gab, nicht allzu sehr in die Trompete zu stoßen, sich vielmehr »einfach, natürlich, gleichsam bescheiden und immer als *bonhomme*, ohne literarische oder sonstige Ansprüche« zu geben.

An diesen guten Ratschlag hat sich Balzac nur bedingt gehalten, stellt er sich doch in der Vorrede zur *Comédie humaine* in drei verschiedenen Autorenrollen vor: zunächst als Naturforscher, dann als Historiker und schließlich als Philosoph. In seiner Eigenschaft als Naturforscher beruft er sich auf das Vorbild von Geoffroy de Saint-Hilaire. Dessen für das Tierreich postulierte Einheit in der Mannigfaltigkeit gelte, wie er zeige, auch für die menschliche Gesellschaft, denn diese forme je nach der Umwelt, in dem ein jeder lebe und sich entfalte, sehr unterschiedliche Menschen, die sich ebenso sehr voneinander unterschieden wie Wolf, Löwe, Esel, Rabe, Hai, Seekuh, Lamm etc. Daraus zieht er zunächst die Folgerung: »Es gab also seit je soziale Gattungen, und es wird sie auch in Zukunft ebenso geben, ganz ähnlich denen in der Tierwelt. Wenn Buffon ein herrliches Werk geschrieben hat, in dem er versuchte, die gesamte Zoologie in einem Zug darzustellen, lag es dann nicht nahe, ein derartiges Kompendium auch über die Gesellschaft zu schreiben?« Allerdings sei diese in so gut wie jeder Hinsicht weitaus komplexer. In der Tierwelt etwa sei der Daseinskampf einfach und klar, während er im gesellschaftlichen Leben ebenso dramatisch wie verworren verlaufe. Deshalb müsse das Werk über die menschliche Gesellschaft wenigstens dreischichtig angelegt werden: »Männer, Frauen und Sachen, will sagen, die Personen und die dingliche Repräsentation, die sie ihrem Denken geben; kurz, den Menschen und das Leben.«

Nach dem Naturforscher hat der Historiker, der gleichzeitig auch Künstler ist, seinen Auftritt, dessen vornehmster Gegenstand die bislang vernachlässigte Geschichte der Sitten sein müsse: »Die französische Gesellschaft sollte dabei der Historiker sein; ich nur dessen Sekretär. Indem ich das Inventar der Laster und Tugenden aufstellte, die wichtigsten Fakten der Leidenschaften sammelte, Charaktere malte, eine Auswahl aus den Hauptereignissen des gesellschaftlichen Lebens traf, indem ich die Züge mehrerer einander ähnlicher Charaktere zu Typen zusammenfasste, könnte ich vielleicht an das Ziel gelangen, die von zahlreichen Historikern vernachlässigte Geschichte, nämlich die der Sitten, zu schreiben.«

Auf den Historiker lässt er den Denker, den Philosophen folgen, denn nur zu beobachten und zu beschreiben reiche nicht aus, den Stoff zu erfassen. Dessen Aufgabe sei es, »sich mit den Ursachen oder *der* Ursache der sozialen Auswirkungen zu befassen, den geheimen Sinn in dieser riesigen Ansammlung von Gestalten, Leidenschaften und Ereignissen zu ergründen.« Er muss über die natürlichen Vernunftgründe nachsinnen und dabei die Abweichungen der Gesellschaft dingfest machen. Mit anderen Worten: Er hat den Auftrag, sowohl Diagnose wie Therapie für die gesellschaftlichen Missstände zu entwickeln. Damit, so Balzac, komme man zum verborgenen Sinn, zur Seele seines Werks, denn: »Der Mensch ist weder gut noch böse, sondern wird mit Instinkten und Fähigkeiten geboren. Die Gesellschaft, weit davon entfernt, wie Rousseau behauptete, ihn zu verderben, vervollkommnet und verbessert ihn vielmehr. Allein, auch das Selbstinteresse trägt zur Entwicklung schlechter Eigenarten bei.« Das Christentum, insbesondere der Katholizismus, ist jedoch aufgerufen, die schlimmsten Auswüchse zu unterdrücken. Damit leitet er zu seinem wahrhaft reaktionären politischen Credo über: »Ich schreibe im Lichte zweier ewiger Wahrheiten: der Religion und der Monarchie, zwei Notwendigkeiten, wie es das Geschehen unserer Tage uns deutlich vor Augen stellt.« Einmal mehr verkündet er seine Überzeugung, dass der Hauptgegner vernünftiger Gesetze und einer guten Regierung das Wahlrecht sei, wenn es denn »als einziges soziales Macht- und Gestaltungsmittel gilt«. Mit anderen Worten: Die Demokratie setzt die Tyrannei der Massen anstelle verantwortlicher Herrschaft und erhebt damit das Individuum statt der Familie zum zentralen Element der Gesellschaft.

Dann folgt eine Schelte der Kritiker, die sein Werk bislang immer als unmoralisch geschmäht hätten, weil sie entweder dessen gesamten Bauplan nicht überblickten oder sich darüber empörten, dass in seinem »sozialen Fresko« die Schurken stets die Oberhand über die Guten behielten. Denen antwortet er mit der Gegenrechnung, dass die Guten bei ihm weitaus zahlreicher seien als die Bösen, die im Übrigen immer ihrer menschlichen oder göttlichen Strafe zugeführt würden. Um dieser Behauptung Substanz zu verleihen, stellt Balzac einen Katalog der vorbildlichen Charaktere auf, den er mit selbstgefälligem Lob beschließt: »Ist mit ihnen nicht das schwierige literarische Problem gelöst worden, eine tugendhafte Erscheinung interessant zu machen?«

So weit Balzacs Vorwort zur *Comédie humaine*. Glücklicherweise erweist er sich in den Romanen und Erzählungen keineswegs als der Reaktionär, der zu sein er vermutlich deshalb so großen Wert legte, um die Absatzchancen der *Comédie humaine* in den mittel- und osteuropäischen Autokratien, wo er eine große und begeisterte Leserschaft hatte, nicht zu gefährden. Was die Moral der *Comédie humaine* anbelangt, reduziert sie sich im Übrigen auf jene Ansicht Flauberts, dass nämlich die wahre, sprich realistische Wiedergabe des Lebens ihre eigene Moral in sich trage.

Tatsächlich ist Balzacs Vorwort zur *Comédie humaine* in vieler Hinsicht irreführend. Es zeichnet nicht die organische Werkgenese nach, sondern erweist sich eindeutig als spätere

Sinnstiftung. Das zeigt sich etwa daran, dass Balzac bis zuletzt einzelne Gebäudeteile hin- und herschob. Der *Père Goriot* etwa figurierte zunächst (1843) in der Unterabteilung *Scènes de la vie parisienne.* In der Ausgabe letzter Hand wurde er von Balzac jedoch den *Scènes de la vie privée* zugeschlagen. Noch absurder erscheint die Zuordnung einer Erzählung wie *Passion dans le désert* zu den *Scènes de la vie militaire,* die zuvor unter den *Études philosophiques* rangierte, was im Lichte der vorgeblich systematischen Ordnung einsichtiger wäre. Balzac erschien wohl jene Unterabteilung, die noch *Le dernier Chouan ou la Bretagne en 1799* enthält, als allzu rachitisch, zumal er deren Hauptwerk, *La Bataille,* nie geschrieben hat.

Erst recht absurd mutet an, dass ausgerechnet die *Études analytiques,* die von Félix Davin in seinem von Balzac inspirierten Vorwort von 1835 als krönender Abschluss des architektonischen Ensembles angekündigt wurden, nicht nur durch lediglich einen, sondern auch noch durch den frühesten Text repräsentiert sind, den er in die *Comédie humaine* aufnahm: der *Physiologie du mariage,* die gattungsmäßig alles Mögliche ist, gewiss jedoch weder eine Erzählung noch ein Roman, wie sonst alle anderen Bauelemente. Anders gesagt: Der Kathedrale der *Comédie humaine* fehlen Chor und Hauptaltar; lediglich die darunterliegende Krypta ist vorhanden. Das fiel auch Balzac auf, weshalb er noch ganz zum Schluss die *Pathologie de la vie sociale* hinzufügte, was aber im Sinne seiner Absicht kaum als eine Verbesserung gelten kann, zumal man diese Abhandlung eher, um im Bild zu bleiben, für die Sakristei halten möchte.

Geht man von Balzacs Bauplan aus, wie ihn die diversen

Kataloge wiedergeben, mit denen er seine Absichten ab 1842 kundtat, dann ist die *Comédie humaine* nicht vollendet worden. Dass es so kommen würde, hat er geahnt, wie sein Brief an Zulma Carraud vom Januar 1845 zeigt, dem ersten, den er seiner alten Freundin nach einer Pause von fast fünf Jahren sandte: »Sie machen sich gar keine Vorstellung davon, was die *Comédie humaine* ist. Literarisch gesprochen ist sie noch viel gewaltiger als in architektonischer Hinsicht die Kathedrale von Bourges. Seit gut und gerne sechzehn Jahren, meine liebe und undankbare Freundin, arbeite ich unablässig daran, und ich benötige weitere acht Jahre, um das Werk zu vollenden!« Das war wieder eine seiner Kalkulationen, denn dass die *Comédie humaine* gemessen an den Absichten nur ein Torso blieb, ist nicht allein seinem frühen Tod geschuldet; die tiefere, die eigentliche Ursache dafür, dass dieses Werk trotz seiner gewaltigen Dimensionen unvollendet blieb, liegt in der geradezu utopisch anmutenden Maßlosigkeit seines Wollens. Einmal mehr fiel Balzac der ihm eigentümlichen Verwechslung von Schein und Sein zum Opfer. Hätte er sich damit beschieden, die *Comédie humaine* lediglich aus dem Baumaterial der *Études des mœurs* zu errichten, also, anstatt eine Kathedrale bauen zu wollen eine Basilika fertigzustellen, wäre seine schöpferische Leistung nicht nur keine geringere, sondern auch eine thematisch geschlossene gewesen.

Gleichwohl gilt es, die Entscheidung des Schöpfers der *Comédie humaine* zu respektieren, zumal in ihr auch ein berechtigter Werkstolz aufscheint. Die Groschenromane seiner Anfänge, die Balzac niemals unter seinem Namen herausgegeben hätte, waren gleichsam illegitime Kinder. Alles weitere gehörte zur Familie und erhielt seinen Platz. Aufschlussreich, was er einem Charles Cabanellas schon 1834 dazu mitteilte, den er, nachdem er ihm das Arbeitsprogramm in der damaligen Gestalt skizziert hatte, wissen ließ: »Die *Cent Contes drolatiques* sind ein Nebenwerk. (...) Außer diesen drei Abteilungen [*Les Études des mœurs au XIXe siècle, Études philosophiques* und den *Études analytiques*] werden von mir keine anderen anerkannt, denn die Schmierereien, die ein Maler auf der Schule gemacht hat, rechnen nicht zu seinen Werken, und sollte ich mit meiner Kinderhand zu bloßen Übungszwecken einige Nasen oder Köpfe gemalt haben, wäre es für mich ein großes Unglück, würde man sie aufspüren.«

An diesen selbstkritischen Grundsatz hat sich Balzac immer gehalten. Umso mehr überrascht, dass er gerade diejenigen seiner Romane besonders schätzte, auf die ein heutiger Leser leicht verzichten könnte: *Le Lys dans la vallée, Séraphita* oder *Louis Lambert.* Balzac war eben kein Balzacianer. Tatsächlich ist diese respektvolle Treue dem eigenen Werk gegenüber, die mit der größten Aufmerksamkeit, ja geradezu liebenden Verehrung ausgerechnet deren schwächste Glieder auszeichnete, das eine von zwei Strukturelementen, die als durchgängig und geplant in der Genese der *Comédie humaine* feststellbar sind. Das andere ist der erstmals mit *Le Père Goriot* erprobte Einfall, die Figuren auch in anderen Erzählungen und Romanen auftreten zu lassen. Das durchzuhalten erforderte eine Systematik, die mit dem Wachsen seines Werks stets komplexere Anforderungen stellte. Folglich unterscheiden sich so gut wie alle Erzählungen und Romane in den einzelnen Auflagen, in denen sie zu Lebzeiten erschienen, bisweilen sehr voneinander. Als ein *work in progress* gesehen, als ein gleichsam organisches Wachsen, gab es die *Comédie humaine* schon lange, bevor Balzac diesen Titel erfand, dem er dann durch nachträgliche Sinnstiftung Halt und Bedeutung zu verschaffen suchte. Sein Werk war, um ein anderes Bild zu gebrauchen, das seinen organischen Wachstumsprozess anschaulicher macht, wie ein Baum, dessen Wurzelwerk, Stamm und Krone mit der Zeit immer mächtiger und ausladender werden.

Der Leser darf sich durch die späten Sinnstiftungen, die Balzac dem Gesamtwerk verpasste, nicht abschrecken lassen: Jede Novelle, jeder Roman ist ein Lektüregenuss für sich, den man in völliger Unkenntnis des größeren Zusammenhangs erleben kann, in den der Autor sie gestellt sehen wollte. Balzac war als Erzähler und Romancier ein Originalgenie, während der Versuch, seine Schöpfung als Entwurf eines in sich geschlossenen Weltbilds auszuweisen, lediglich verrät, dass er einer Mode seiner Zeit zu genügen suchte, die alles in ein System bringen wollte.

Im Übrigen, wenn es auf Spitz und Knopf stand, rangierte auch bei Balzac das Sein vor dem Schein, war ihm das unmittelbar einträgliche Geschäft wichtiger als die Verwirklichung eines hehren Anspruchs. Der anfängliche buchhänderische Misserfolg der *Comédie humaine* dürfte jedenfalls eine Erklärung dafür sein, dass Balzac das, was er jetzt noch schrieb, nicht sofort in sein Werk aufnahm, sondern es zunächst in Zeitungen und Zeitschriften veröffentlichte. Der nächste Verwertungsschritt war die separate Buchpublikation, ehe auch diese Werke unter der Rubrik *Comédie humaine* versammelt wurden. Vielleicht sah er diese nur noch sub specie aeternitatis, als das solide Fundament seines Nachruhmes. Darüber hatte er zwar gelegentlich gern gespottet, aber seine Haltung war jetzt eine andere. In seinen allerersten Anfängen als Schriftsteller, als er sich in seiner Mansarde mit dem *Cromwell* abplagte und sein einziges Vergnügen in einsamen Spaziergängen auf dem Friedhof Père Lachaise bestand, soll er beim Betrachten der Gräber, wie Théophile Gautier berichtet, bemerkt haben: »Es gibt keine schöneren Epitaphe als diese hier, auf denen nur geschrieben steht: La Fontaine, Masséna, Molière. Ein Name bloß, der alles sagt und der träumen lässt!«

Leicht könnte man sich verführen lassen, in diesem auf die Nachwelt schielenden Ehrgeiz sein Programm zu erkennen, zumal er der Hanska 1844 mitteilte, der er mit Blick auf die harschen Kritiken in den Zeitungen sagte: »In Frankreich ist man in dem Moment verloren, in dem man zu Lebzeiten auf den Thron gehoben wird.« Er hingegen werde seinen Verleumdern das Maul stopfen, wenn sie glaubten, er hätte seinen Sack bereits ausgeleert, indem er sie mit einem neuen Meisterwerk verblüffe. Im Übrigen werde auch die *Comédie humaine* ihre Wirkung nicht verfehlen, denn: »Ich werde darin das große moderne Monster in all seinen Erscheinungsformen malen. – Kurz und gut, das ist das Spiel, das ich wage: Vier Männer haben ein ungeheures Leben geführt: Napoleon, Cuvier [der Begründer der Paläontologie], O'Connell [der für die Freiheit der Iren eintrat], und ich möchte von ihnen der Vierte sein. Der Erste hat vom Leben Europas gezehrt; er hat sich den Armeen eingeimpft! Der Zweite vermählte sich mit dem Globus. Der Dritte war die Inkarnation eines Volkes, während ich eine ganze Gesellschaft in meinem Kopf getragen haben werde.« Mit dieser Prognose sollte Balzac umso mehr recht behalten, da von den Vieren, die er nennt, dem heutigen Bewusstsein nur noch zwei gegenwärtig sind: Napoleon und er selber.

Allein, diese stolze Aussage, so zutreffend sie sich auch erweisen sollte, war keineswegs seine letzte Absicht. Worum es ihm jetzt vor allem zu tun war, welche Bedeutung er der *Comédie humaine* in dieser Phase seines Lebens zuschrieb, zielte auf einen ganz anderen Gewinn, verfolgte eine Absicht, die jene in sich plausible Deutung, er habe mit ihr nichts anderes als eine buchhändlerische Verkaufsstrategie verfolgt, überlagerte, wenn nicht gar verdrängte. Außerdem geriet Balzac durch den alles in allem nur schleppenden Absatz der *Comédie humaine* keineswegs in helle Verzweiflung, wie man dies angesichts seiner prekären finanziellen Situation hätte erwarten können.

Die Lösung dieses Rätsels hat Balzac in seinem Schlüsselroman *Albert Savarus* gegeben, den er im Frühjahr 1842 schrieb und der kaum verhüllt Auskunft gibt über sein Bangen und Hoffen, das er nach dem Tode Hanskis erneut mit der fernen Geliebten verband, weil sie nun endlich nach langen Jahren zehrender Ungewissheit für ihn frei war. Sein Alter Ego in diesem Roman, Albert Savarus, teilt in einem Brief seinem »lieben und einzigen Freund« Léopold mit: »Es sind jetzt gut zehn Jahre, dass ich kämpfe. Diese Auseinandersetzung mit den Menschen und den Dingen, für die ich ohne Unterlass meine Kraft und meine Energie aufgewandt habe, die all mein Verlangen aufzehrten, hat mich in meinem Inneren buchstäblich ausgehöhlt. Was meine Stärke, meine Gesundheit anbelangt, fühle ich mich zerstört.

Jeder Tag raubt mir einen Teil meines inneren Lebens. Bei jeder neuen Anstrengung verspüre ich, sie nicht noch einmal wagen zu können. Ich habe für nichts anderes als das Glück noch Kraft und Stärke, aber wenn es mir nicht gelingen sollte, mir mit dessen Kranz aus Rosen mein Haupt zu schmücken, wird meinem Ich das Leben entweichen (...). Du weißt, Macht und Ruhm, dieses ungeheure moralische Vermögen, nach dem ich strebe, ist für mich nur von nachgeordneter Bedeutung: Es gilt mir lediglich als das Mittel zur Glückseligkeit, als Sockel meines Idols.«

Nachdem alle Pläne Balzacs, sei es als Abgeordneter, sei es als Mitglied der Akademie oder durch den Erwerb eines großen Vermögens, seine gesellschaftliche Stellung so zu verbessern, dass er mit der standesbewussten Hanska gleichziehen konnte, gescheitert waren, setzte er alle Hoffnungen auf die *Comédie humaine*. In übermenschlicher Anstrengung geschaffen, sollte sie ihm den Adelsrang verleihen, den das Schicksal verweigert hatte. Deren Anerkennung würde seine Werbung unabweisbar machen. So gesehen ist *Albert Savarus,* der bezeichnenderweise als einzige der *Scènes de la vie privée,* die im ersten Band der *Comédie humaine* versammelt waren, hier erstmals veröffentlicht wurde, ein Schlüsselroman, der vor allem einen Adressaten hatte: die Hanska. *Albert Savarus* ist insofern der längste, schönste und eindringlichste Brief, mit dem er die Zaudernde zu gewinnen suchte. Dass Balzac für ihn die Romanform wählte, ist leicht einzusehen: Davon versprach er sich eine weit größere Überzeugungskraft, da er auf die literarische Sensibilität der Hanska vertraute. Das jedoch sollte sich als ein weiterer Irrtum erweisen.

## *Die Glucke auf den goldenen Eiern*

Bisweilen ist ein Verlust eine Befreiung. So muss es Balzac empfunden haben, als am 5. Januar 1842 die Nachricht vom Tod Wenceslas Hanskis eintraf. Damit schien das letzte Hindernis gefallen zu sein, das seiner glücklichen, längst versprochenen und ihn aller Probleme enthebenden Vereinigung mit der reichen und ihm als Frau so überaus attraktiv erscheinenden Eveline Hanska im Wege gestanden hatte. Seine Reaktion zeugt von kaum verhaltener Freude, die umso deutlicher hervorbricht, je mehr er sich bemüht, sie zu verbergen: »Auch wenn ich, mein bewunderter Liebling, mir das schon seit bald zehn Jahren brennend gewünscht habe, muss ich mir doch vor Ihnen und Gott die Gerechtigkeit widerfahren lassen, dass ich in meinem Herzen stets nur vollständige Schicksalsergebenheit hegte und selbst in meinen grausamsten Stunden mein Gewissen nicht mit bösen Wünschen befleckte. Natürlich vermag man bisweilen nicht, ungewollte Begehrlichkeiten zu unterdrücken, weshalb ich mir oft sagte: Um wie vieles leichter wäre mein Leben mit *ihr!* Man kann nicht ohne jede Hoffnung leben.«

Um diese Selbstbeherrschung war es nun geschehen, und Balzac lebte die ihm verbleibenden acht Jahre allein unter der Perspektive, die Hanska zu seiner Frau zu machen. Dafür war er zu jedem Opfer bereit, sogar zu dem, seine Schulden abzutragen, wie sie es verlangte. Überhaupt würde sich alles zum Guten wenden. Sobald er seine Angelegenheiten geordnet habe, werde er zu ihr nach Russland reisen, vielleicht sogar auf Dauer dort leben, Untertan eines autokratischen Regimes werden. Bis es so weit sei, werde er jedoch ohne Unterlass arbeiten, denn nachdem das eine Hindernis gefallen sei, würden jetzt auch andere folgen. Im Übrigen habe ihm Lamartine bereits einen sicheren Wahlkreis in Aussicht gestellt, so dass er endlich gute Aussicht habe, Abgeordneter zu werden und damit seiner Fürstin wirklich wert zu sein. Vor allem jedoch müsse er sich von nun an keinerlei Beschränkung mehr auferlegen und könne ihr alles offenbaren, was er bislang mit Rücksicht auf den Gatten hatte verschweigen müssen. Mit anderen Worten: Die Liebesschwüre, mit denen er sie fortan überschütten sollte, würden nun noch zahlreicher, leidenschaftlicher und detaillierter ausfallen.

Der Tod Hanskis verhieß Balzac nichts weniger als die wundersame Errettung aus der Misere, die ihn zu verschlingen drohte, zumal die Hoffnungen auf die ferne Geliebte ihm zuletzt immer fadenscheiniger geworden waren. Das lässt sich deutlich an der Korrespondenz mit der Hanska ablesen. 1838 waren es acht Briefe in die Ukraine, im Jahr darauf gerade mal vier, die alle, weil sie wesentlich kürzer gerieten als die des Vorjahres, weit mehr als eine Halbierung seiner Kommunikation darstellten. Neben längst vertrauten Verzweiflungsschreien: »Meine Geldsorgen werden für mich zu den Furien des Orest« (März 1839) findet sich auch das Eingeständnis: »Tatsächlich werden Sie mich sehr verändert finden; vor allem bin ich stark gealtert, die Haare sind ergraut, kurz, ich bin ein alter Mann.« (April 1839) Auffällig ist ein neuer, bitterer, anklagender Ton: »Seit zwei Tagen liege ich im Bett, und wann immer ich an Sie denke, packt mich Wut, eine wahrhaft rasende Wut. (...) Ihr Brief hat mich in Verzweiflung gestürzt, denn er erreichte mich, als ich mich süßen Träumen hingab, die mir ein Elysium sind, weshalb ich Ihr Schreiben als besonders kalt, zeremoniell, religiös etc. empfand. Ich habe Sie zwei Tage lang gehasst.« (Juni 1839)

1840 sandte er ihr zwar sechs Briefe, die jedoch kaum seine Mitteilungen von 1839 überstiegen. »Ich höre nichts mehr aus der Ukraine. Seit drei Monaten habe ich keinen Brief mehr von Ihnen bekommen. Ich verstehe das nicht. Habe ich Sie verletzt? Haben Sie mir mein Schweigen verargt, zu dem ich mich genötigt sah? Bestrafen Sie mich für mein Elend? Sind Sie krank? Oder müssen Sie einen anderen Kranken pflegen? Ich stelle mir tausend Fragen.« Dem folgt im Februar das Eingeständnis: »Ach, ich muss Sie jetzt als übertrieben kleinlich erkennen, was mir verrät, dass auch Sie nur dieser Welt zugehörig sind. Sie haben mir nicht mehr geschrieben, weil meine Briefe seltener geworden sind. In der Tat, sie sind seltener geworden, weil ich nicht mehr das Geld hatte, um das Porto zu bezahlen, und das wollte ich Ihnen nicht eingestehen. Ja, so groß ist meine Not, nein, sie ist noch größer. Das ist furchtbar, wahrlich furchtbar, aber ebenso wahr wie die Ukraine, wo Sie leben.«

Das hätte das Fazit, der letzte Satz einer Korrespondenz sein können, die eine Beziehung beschwor, die sich längst überlebt hatte, die eine Leidenschaft behauptete, deren Glut in dem Maße erlöschen musste, wie die Erfüllung mit den

Jahren immer ferner rückte. Seit ihrer Begegnung in Wien hatten sie sich nicht mehr gesehen, war viel Zeit vergangen, in der man sich einfach deshalb entfremdet hatte, weil sich unterschiedliche Lebenserfahrungen zwar mitteilen, aber nicht miterleben, nicht miterleiden lassen. Die Hanska lebte in ihrem überschaubaren Kreis, war älter, fülliger geworden, endgültig zur Matrone gereift, zu der sie schon immer die Anlage hatte. Die liebste Gesellschaft war ihr ihr einziges Kind, Tochter Anna, die ihr in der Einsamkeit ihres goldenen Käfigs zu einer Art Herzensfreundin wurde und der sie unendlich mehr vertraute als dem fernen Balzac. Dessen weitschweifige Beteuerungen seiner Treue und Anhänglichkeit wurden überdies von anderen Berichten über seinen Lebenswandel in Paris, die von seinen Schilderungen vom mönchischen Arbeitslager nur zu deutlich abwichen, nachdrücklich dementiert. Ihr Briefwechsel hatte sich darüber schlicht überlebt, war unwahr geworden, weil die Hoffnung, von der er zehrte, die Aussicht auf baldige Vereinigung, mit den Jahren in immer weitere Ferne rückte.

Balzac klammerte sich an diese Aussicht nur, weil er sonst keine andere hatte. Sich der Hanska mitzuteilen war zu einer Routine geworden, in der er Entspannung von schöpferischer Tätigkeit fand. Mit dem Herzen war er, trotz seiner Versicherungen, nicht mehr dabei. Das kann nicht überraschen, denn jede Leidenschaft, jede Liebe braucht die Gegenwart des anderen, dessen schlicht physische Nähe, soll sie nicht verblassen, verwelken. Das für eine Weile zu überspielen, mit Worten ein Feuer zu beschwören, das doch nur noch verlöschende Glut war, fiel einem Balzac natürlich nicht schwer. Das gehörte zum Handwerk, war Literatur.

Aber die Hanska war sensibel genug, das zu spüren, die Anstrengung zu erkennen, zu bemerken, dass Balzac lediglich den Liebenden mimte, aber seine Augen und Sinne, sein Herz und seine Wünsche längst von ihr abgeschweift waren. Seine angebliche Affäre mit der Visconti, die man ihr natürlich ebenso brühwarm verklatscht hatte wie die Eskapade mit der Marbouty, waren ihr nur Bestätigungen für eine Ahnung, die sie längst hegte.

Ebenso einsichtig ist, dass auch Balzac mit der Zeit jenes Verlöbnisses überdrüssig wurde, das sie sich einst gegeben hatten und dessen Erfüllung immer mehr auf sich warten ließ. Möglich, dass er sich damit leichter abgefunden hätte, wäre man sich wenigstens öfter einmal begegnet, um den einst gegebenen Schwur zu bekräftigen. Solche Aussicht wurde von der Hanska seit der Reise nach Wien stets vereitelt. Zwar wurden wiederholt Pläne für einen Besuch Balzacs in der Ukraine erörtert, aber sie hatten keine Folgen, und die Hanska unternahm keinerlei Anstalten, ihr Traumschloss zu verlassen, dem Geliebten ein Stück des weiten Wegs entgegenzukommen. Das sind die nüchternen Fakten, die sich nicht auf Dauer verbergen ließen.

Das gilt besonders für Balzac, der in dieser Beziehung von Anfang an der Schwächere ist, weil er sich auf die Hanska existentiell angewiesen sieht, um seinen Lebensentwurf zu realisieren. Sie verkörpert für ihn nicht nur alles, was er schmerzlich vermisst, sondern auch das, nach dem er sich in naivem Snobismus verzehrte: Mütterlichkeit, Wärme und Liebe so gut wie Schönheit, Aristokratie und Reichtum. Das erklärt sein Ungestüm, sein beharrliches Drängen wie auch sein gelegentlich um Mitleid heischendes Flehen, das seine

Briefe bisweilen zur peinlich berührenden Lektüre macht. Die Beweggründe seiner Verfallenheit waren und blieben der Hanska zutiefst fremd. Alles, was Balzac zu bieten hatte, war der Flirt, die intime Seelenfreundschaft mit einem berühmten Schriftsteller, die Niederschlag in einem Briefwechsel fand, der sich als unverlierbarer Schatz in einer Schublade des Sekretärs aufbewahren ließ, ein Besitz, eine Eroberung, die sie mit Stolz erfüllte. Viel mehr oder anderes dürfte sie damit nicht verbunden haben. Sie liebte nicht Balzac, sondern die Briefe, die der berühmte Autor schrieb. In diesen erkannte sie die Bestätigung ihrer Außergewöhnlichkeit: Balzacs Korrespondenz war der Spiegel, in dem sie sich selbstverliebt betrachten konnte.

Balzac ist das nie aufgegangen. Es war deshalb nicht dämmernde Einsicht, sondern lediglich die Ermüdung durch zu langes Warten, die ihn erschöpfte und die Leidenschaft für die Hanska auszuzehren begann. Was ihm außerdem verständlicherweise zu schaffen machte, waren die ständigen Schläge und Enttäuschungen, die er einstecken musste und die sogar seine beträchtliche Lebenszuversicht beschädigten. Wie es wirklich um ihn stand, enthüllt sein Brief vom November 1839, den er von *Les Jardies* an Zulma Carraud schrieb. Sollte ihr ein junges Mädchen von zweiundzwanzig Jahren begegnen, das zweihundert- oder auch nur hunderttausend Franc besitze, »vorausgesetzt jedoch, diese Mitgift lässt sich für meine Geschäfte verwenden«, dann möge sie doch bitte an ihn denken. Das ist nichts anderes als das Eingeständnis, dass alle Hoffnungen, die er bislang in die Hanska gesetzt hatte, gescheitert sind.

Bleibt das Rätsel, warum die Korrespondenz zwischen

Balzac und der Hanska trotzdem, wenn auch mit immer größeren Intervallen und den Inhalten nach weit sparsamer als gewohnt, fortgesetzt wurde. Durchaus möglich, ja wahrscheinlich, dass ihnen dieser Austausch zur Gewohnheit geworden war, von der zu lassen es eines Entschlusses bedurft hätte, für den es aber keinen konkreten Anlass gab. Dem widerspricht nicht, dass der Ton dessen, was man sich zu sagen hat, an Schärfe zunimmt, die frühere Turtelei längst Geplänkeln gewichen ist. Wie es weitergehen würde, lässt sich leicht erahnen: Irgendwann würde einer dem anderen den letzten, den Absagebrief schreiben. Oder die Korrespondenz verstummte einfach ohne Erklärung und letzte Schuldzuweisung. Dieses vorhersehbare Ende vereitelte der Tod Wenceslas Hanskis. Der verhieß Balzac die glückliche Vollendung des Schicksalsromans, an dem er so lange und intensiv wie an keinem anderen seiner Werke geschrieben hatte. Alles Weitere war von nun an nur noch eine Frage seines Geschicks, seiner so oft und erfolgreich bewiesenen Fertigkeit, den unerschöpflichen Rohstoff des Lebens in eine Form zu gießen, die schon so lange begonnene Erzählung des eigenen Lebens zum erhofften, ersehnten, glücklichen Abschluss zu bringen, die ideale Frau, die Geliebte und Mutter, die millionenschwere Aristokratin zur Seinen zu machen. Dem galt von Stund an all sein Trachten, daran wandte er jetzt seine ganze Energie.

Aufschlussreich für seine verzweifelte finanzielle Situation ist, dass Balzac sogleich ziemlich unverhohlen wissen ließ, wie sehr er auf künftige materielle Unterstützung rechnete. Das machte er der Hanska bereits im Schreiben vom 21. Februar 1842 klar: »Sobald ich mit Geduld und Kraft alle meine Schulden beglichen haben werde, sehe ich mich vor die Wahl zweier Existenzmöglichkeiten gestellt, von denen ich allerdings noch nicht weiß, für welche ich mich entscheide: Entweder lebe ich in völliger Zurückgezogenheit und ohne alle gewöhnlichen Verlangen in *Les Jardies* von hundert Louis an Renteneinkünften und bescheide mich damit, in der Welt der Ideen zu existieren, oder ich führe einen fürstlichen Lebenswandel wie Monsieur de Talleyrand. Das eine wie das andere wird von einer Frau abhängen. Möglicherweise könnte ich mich aber *ihretwegen* dazu bereitfinden, in diesem fast königlichen Luxus zu leben.«

Da sich die Hanska gegenüber diesen Ouvertüren offensichtlich taub stellte, schnitt er dieses überaus wichtige Thema im Brief vom Juli 1842 erneut an, indem er nun detailliert Antwort auf eine Frage gab, die sie ihm angeblich Jahre zuvor bei ihrem Zusammentreffen in Genf gestellt hatte. Damals wollte sie von ihm wissen, wie viel das Leben in Paris koste. »Kann man in Paris mit einem Vermögen von 5 000 000 Franc leben? Ja und nein. Nein, wenn man ein gesellschaftliches Leben führen will; ja, wenn man sich damit bescheidet, in stiller Zurückgezogenheit seine Tage zu verbringen. – Verstehen Sie mich bitte richtig, mein Herzensschatz, dass mich keineswegs ausschweifende Gelüste plagen. Für einige große Geister, zu denen ich mich rechne, gibt es nur zwei Möglichkeiten zu leben, entweder im großen Stil, den sich Leute leisten können, die mehr als 100 000 Franc an jährlichen Renteneinkünften zur Verfügung haben, oder ganz einfach. Was mir ein Schrecken ist (und darin werden Sie mir sicherlich beipflichten), ist jenes bürgerliche Milieu mit seinen Halbheiten, das Reichtum und Armut, diese und jene Interessen miteinander zu vermitteln sucht. Mit 12 000 Franc an jährlichen Kapitalerträgen kann man in Paris *einfach* leben, in der Vorstadt wohnen, zwei Diener beschäftigen und eine halbwegs respektable Existenz führen.« Das reiche jedoch, wie man schnell erkenne, vorne und hinten nicht, weshalb gelte: »Ab 60 000 Franc, vorausgesetzt allerdings eine geschickte Haushaltsführung, beginnt in Paris das wahre, sorgenfreie Leben.«

Der Tod Hanskis brachte eine Reihe weiterer großer Veränderungen mit sich. So schrumpft seine Korrespondenz mit anderen als der Hanska auf ein unerlässliches Minimum, seine Briefe werden nur noch kurze, geschäftliche Mitteilungen, während der Gedankenaustausch mit der Ukraine wahrhaft epische Dimensionen annimmt. Als weitere Veränderung kann gelten, dass Balzac trotz immer länger andauernder Erschöpfungszustände und lästiger Krankheiten gelegentlich eine Schaffenskraft entwickelt, der sich seine schönsten und reifsten Werke, *Les Parents pauvres,* besser bekannt unter den Titeln *La Cousine Bette* und *Le Cousin Pons,* verdanken. Schließlich unternimmt er ernsthafte Anstrengungen, den Schuldenstand zu verringern.

Vor allem die langen Briefe, die er wieder in großer Regelmäßigkeit der Hanska sendet, geben eine Fülle von Aufschlüssen, die oft verstören und ihn bisweilen alles andere als sympathisch erscheinen lassen. Alles, was Balzac von sich mitteilt – der Hanska gibt er jetzt tiefe Einblicke in seine als lieblos erlebte Kindheit –, ist nun immer dem Verlangen untergeordnet, sie so schnell wie möglich zu heiraten. Dieser Wunsch wird zur Obsession, zur Manie, die umso deutlicher wird, wie die Hanska zögert, sich zu fügen, und ihre Einwilligung von immer neuen Bedingungen abhängig macht. Das treibt ihn bisweilen zur Raserei, versetzt ihn in Aggressivität, deren Hauptopfer die eigene Mutter wird, von der auch die einst über alles geliebte Schwester, ja sogar Laure de Berny nicht verschont bleiben, ehe sie sich besonders auf Louise de Brugnol konzentriert, seine aufopfernde, kluge Haushälterin und Geliebte, mit der er bis zum endgültigen Bruch im Frühsommer 1847 zusammenlebte. Der Zusammenhang ist unübersehbar: Der Hass auf die Seinen wie auf jene, die ihm nahestanden und -stehen, wird maßlos, weil er die zaudernde Geliebte von seiner Liebesbedürftigkeit einerseits wie seiner rückhaltlosen Verehrung und Verfallenheit andererseits zu überzeugen sucht.

Dieses Leiden an der Leidenschaft findet jetzt unmittelbar Eingang ins Werk, das deutlicher denn je zuvor Spiegel seiner Erfahrungen wird. In *Albert Savarus* zum Beispiel verleiht es seinen Ängsten Ausdruck, was geschähe, wenn er nicht erhört würde. In der *Cousine Bette* wiederum schildert er eine der verschlagensten und finstersten Frauengestalten überhaupt, für die das Bild, das er der Hanska von seiner Mutter entwickelte, ebenso Pate stand wie dasjenige von Louise de Brugnol, die er als wahre Hyäne beschrieb. Das alles zu gewahren, stürzt den Biographen in Verlegenheit, denn sein Held offenbart damit Seiten und Abgründe, die besser verborgen geblieben wären.

Der Mutter gegenüber empfindet Balzac zwei gegensätzliche Gefühle: Einerseits sieht er sich noch immer als ungeliebtes Kind, andererseits plagt ihn das schlechte Gewissen. Bis zum Tod würde er jedoch kaum einen Finger rühren, seine bisweilen bittere Not leidende Mutter zu unterstützen.

In solche Bedrängnis war sie auch deshalb gekommen, weil sie einen erheblichen Teil ihres Vermögens darangegeben hatte, seinen Namen vom Makel des Bankrotts rein zu halten. Das hat er ihr nie gedankt. Im Gegenteil. Ende 1838, als Balzac große Summen an *Les Jardies* verschwendete, war ihm aus ihren Bittbriefen sehr wohl bekannt, in welch erbärmlichen Umständen die Mutter damals lebte. Seine Schuldgefühle inspirierten ihn in einem Brief an die Hanska zu einer wüsten, die Tatsachen völlig auf den Kopf stellenden Anklage, als er sich gegen den Tadel verwahrte, sein Geld zu verschwenden: »Worin bin ich leichtfertig? (...) Etwa darin, dass ich seit zwölf Jahren Tag und Nacht schufte, um gewaltige Schulden abzutragen, die mir meine Mutter durch das dümmste Geschäftskalkül aufgeladen hat?«

Das war nur ein isolierter Ausfall, der aber das ganze Potential seiner Aggressivität gegen die Mutter bereits anzeigt. Es wurde aktiviert, kaum dass die Witwe Hanska sich beharrlich hinter immer neuen Gründen verschanzte, seine stürmischen Werbungen abzuwehren. Die Verteufelung der Mutter diente nun als Mittel, deren Zaudern zu überwinden. Dabei vermied er keine Übertreibung, wie folgende Beispiele belegen. »Meine Mutter ist die Ursache aller meiner Leiden. Jetzt ist sie dazu übergegangen, mich zu verleumden, mich falscher Intrigen zu verdächtigen. Alle vierzehn Tage verheiratet sie mich mit einer anderen! Nein, reden wir nicht mehr davon.« Um jener pauschalen Behauptung gehörigen Nachdruck zu geben, teilt er der Hanska wenig später mit: »Nach einer Kindheit, wie ich sie gehabt habe, muss man entweder an einen glanzvollen Lebensabend glauben oder sich in den Fluss werfen.« Im Dezember 1843 schließlich gibt er ihr unumwunden zu verstehen, dass sie den Schlüssel in Händen halte, ihn von allen Zumutungen, denen er seitens der Mutter ausgesetzt sei, sofort zu befreien: den Schlüssel zu ihrer Kasse: »Unter uns, diese Schuld gegenüber meiner Mutter ist die grausamste von allen, und ich wünschte, dass mir dreißigtausend Franc vom Himmel fielen, damit ich mit ihr ins Reine käme. Sie tötet mich auf kleiner Flamme.« Auch das half nichts: Die ukrainische Glucke blieb, vorerst jedenfalls, ungerührt auf den goldenen Eiern sitzen, weshalb er ihr im August 1844 schrieb: »Meine Mutter quält mich fortwährend wie Shylock. Sie können sich die schrecklichen Ungerechtigkeiten, die sie mir antut, gar nicht vorstellen. Ach, mein Vater war der traurigste Prophet, den es je gab, denn er hat mir immer gesagt, sie würde meine größte, geschickteste und tödlichste Gegnerin sein. Genug, man muss leiden und schweigen. Aber seien Sie beruhigt, meine Frau wird ihr niemals begegnen.«

Die letzte Versicherung macht auf eine andere Überlegung aufmerksam. Die Hanska, fürchtete er, könnte Anstoß nehmen an den Umständen ärmlicher Kleinbürgerlichkeit, in denen die Mutter lebte; sie hatte keinen Anteil an jener Scheinwelt, die er um sich herum aufgebaut hatte. Wollte er deren Zauber wahren, musste alles verbannt werden, was diesen störte. Das galt auch für die vertraute Freundin Zulma Carraud, mit der Balzac den vormals so regen Briefverkehr nach 1840 weitgehend einstellte. Bis zu seinem Tod 1850 sandte er ihr nur noch zwei kurze Schreiben. Ein ähnliches Schicksal vermutlich aus den nämlichen Gründen ereilte nach 1846 auch die einst so geliebte Schwester Laure Surville, die er nun ebenfalls schmähte und für das Unglück seines Lebens mitverantwortlich machte.

Auch nachdem sich die Hanska hatte erweichen lassen und ihm aus gutgefüllter Börse reichlich austeilte, malte Balzac das Bild seiner Mutter weiterhin in immergleichen schwarzen Farben. »Mein ganzes Unglück rührt nur von meiner Mutter her. Sie hat mich aus Überlegung und Vergnügen ruiniert. Seit über sechzehn Jahren schlage ich mich nun mit der schrecklichen Situation herum, in die sie mich gebracht hat.« Unterdessen war er von der Wahrheit seiner Verleumdungen längst so überzeugt, dass er sich auch gegenüber Dritten gar nicht mehr anders äußerte. Zu seinem damaligen Finanzberater Auguste Fessart, der 1844 die wahrhaft undankbare Nachfolge des bis in den eigenen Ruin hinein loyalen Gavault übernommen hatte, von dem er annehmen konnte, dass er genaueren Einblick in seine Verhältnisse hatte, muss er Ähnliches gesagt haben. »Monsieur de Balzac erzählte mir, dass er niemals seine Mutter habe sprechen hören können, ohne dass ihn nicht ein Zittern angefallen hätte, das ihn, solange sie anwesend gewesen sei, vollständig gelähmt habe. (...) ›Sie war böse wie die Krätze.‹ Diesen Ausdruck hat er wörtlich gebraucht.«

Neben den Anschwärzungen von Mutter und Schwester berühren Balzacs Strategien, die stets wache Eifersucht der Hanska zu zerstreuen, ebenfalls peinlich. Dass er nach ihrer schicksalhaften zweiten Begegnung in Genf und trotz der dort abgelegten Schwüre Affären hatte, darüber war sie mehr oder weniger genau orientiert. Jedenfalls hatte sie genug Anlass, ihm zu misstrauen, was sie offenkundig als Vorwand zu nutzen suchte, diese damals versprochene seltsam romantische Beziehung zu lösen. Jedenfalls muss Balzacs Schreiben vom Februar 1842 so gedeutet werden: »Das ist also das ganze Sein, das angegriffen wurde, als Sie mir sagten, ›Sie sind frei‹, womit Sie auch für sich alle Freiheit in Anspruch genommen haben. (...) Seit drei Tagen verfluche ich die Distanz, die schuld daran ist, dass Sie Honoré nicht gut genug kennen. Völlig überwältigt von der Aussicht, dass endlich ein vor allem seit den Tagen von Genf unablässig gehegter Traum sich erfülle, war es doch nur natürlich, in einen Jubelschrei auszubrechen, den Gott einem armen Liebenden verzeihen muss, der sich keinen sündigen Gedanken während seiner langen und grausamen Wartezeit vorzuwerfen hat.«

Balzac musste zu dieser offensichtlichen Lüge seine Zuflucht nehmen, denn unterdessen dämmerte ihm, dass er einem Missverständnis aufgesessen war, als er ihr drei Tage zuvor geschrieben hatte: »Es gibt da eine Bemerkung in Ihrem Brief, die ich überhaupt nicht verstehe: ›Als Sie mich betrogen haben!‹ Ach! Sie haben aus meinem Leben für immer dieses Wort [Betrug] verbannt, und Sie sind gerade deshalb die Frau, die allen anderen überlegen ist, weshalb ich Ihnen eine Liebe zugelobte, die Sie jetzt nicht mit Ihrem Brief in Frage stellen können, denn ebendieser Brief macht mir durch die Größe der Wunden auch deutlich, wie tief verwurzelt diese Liebe bei Ihnen ist. Sie hatten mir gesagt: ›Knüpfen Sie keinerlei Beziehung an. Ich bestehe auf Ihrer Standhaftigkeit und Ihrer Herzenstreue.‹ Ich sehe noch immer den Baum in dem Garten vor mir, den ich betrachtete, als Sie mir das in Wien sagten. In Ihrer Gegenwart war mir damals so wohl, weshalb ich jetzt ganz offen sprechen kann. Nun gut, das Leben, das ich seit 1836 führte, hat es mir viel leichter gemacht, Ihren Empfehlungen Folge zu leisten, als Sie dies vermuten. Ich will Ihnen dazu nur so viel sagen: Seit meiner Rückkehr aus Wien ist bei mir mehr als eine Frau erschienen, die von meiner Ausstrahlung so angezogen wurde wie ein Falter vom Licht. Aber keine Einzige vermochte es, den offenkundigen *Egoismus,* zu dem mich meine andauernden Arbeiten verdammen, zu ertragen. Sie sind alle schneller von mir gewichen, als sie sich mir genähert haben.«

Balzac hatte die Worte der Hanska falsch verstanden. Sie hatte keineswegs einen Freibrief für irgendwelche erotischen Abenteuer erteilt, solange sein Herz ausschließlich ihr gehöre. Was sie forderte, war vielmehr unbedingte Treue, gepaart mit der Keuschheit eines Einsiedlers, den Zölibat der Unterwerfung. Allenfalls gelegentliche Besuche bei Prostituierten scheint sie zugestanden zu haben, wie sein Schreiben vom August 1846 zeigt, in dem er ihr erstmals seine Untreue gesteht, die er bislang hartnäckig bestritten hatte: »Seit 1833 habe ich nur Dich geliebt, gab es keinen anderen Namen, den ich in meinem Herzen trug, und wenn wir uns 1834 auf immer miteinander verbunden hätten, dann hätte ich weder Augen für Frauen gehabt noch fleischliches Verlangen nach ihnen. (...) Ist ein Mann etwa eine Frau? Kann er es von 1834 bis 1843 ohne Frau aushalten? Du verstehst genug, medizinisch gesprochen, um zu wissen, dass man impotent wird und dem Irrsinn verfällt. Du sagtest: Geh zu Prostituierten! (...) Wäge das unbedingte Verlangen nach Ablenkung, das unablässig schaffende Geistesarbeiter befällt, die Miseren, die Erschöpfungen gegen die wenigen Verfehlungen ab, die Du mir vorwerfen kannst.«

Das war ein spätes Eingeständnis, zu dem sich Balzac mit dem Mut der Verzweiflung ermannte. Jetzt rächte sich die Unaufrichtigkeit, die er sich all die Jahre sich selber wie der Hanska gegenüber hatte zuschulden kommen lassen. Statt sich zu jener Vitalität zu bekennen, die ein derart arbeitsintensives Leben gebieterisch als Kompensation forderte, hatte er sich in seinen Briefen nur als den Knappen stilisiert, der in unbedingter Keuschheit seiner hohen Minne verpflichtet ist. Gleichzeitig sah sie sich dadurch in eine Rolle gezwungen, die ihr nicht behagte, machte doch Balzac sie zur Herrin seines weiteren Geschicks. Allein von ihr erwartete er das Heil und die Erfüllung seines Lebensglücks, um das ihn, bei der Mutter angefangen, alle anderen betrogen hatten.

Dieses tragische Missverständnis war in ihrem übersteigert emphatisch-romantischen Verhältnis angelegt, das seinen frühen und bezeichnenden Ausdruck in jener mehr als seltsamen Verlobung gefunden hatte. Andererseits war es eine verständliche Folge von Balzacs Lebenserfahrungen, weshalb er sich nach all den durchlittenen Kämpfen, der riesenhaften Arbeitsleistung, den Abstürzen und immer enttäuschten Illusionen von Größe und Reichtum nach Ruhe und Stetigkeit sehnte. Kurz, mehr als je zuvor wollte er eine Frau haben, die sich um ihn sorgte, die ihm tatkräftig zur Hand ging, zumal ihm nicht verborgen blieb, dass selbst seine titanischen Kräfte zu schwinden begannen. Diese Frau hatte Balzac ausgerechnet jetzt gefunden, als ihn die Nachricht vom Tod Hanskis erreichte und die alle seine längst verwelkten Hoffnungen, die er mit der Hanska einst verbunden hatte, erneut aufblühen ließ.

Bis zum Wiedersehen mit der Hanska im Sommer 1843 in St. Petersburg, ihrer ersten Begegnung seit dem Wiener Zusammentreffen acht Jahre zuvor, hatte Balzac die Tatsache verschwiegen, dass er seit Herbst 1840 mit einer Frau zusammenlebte. Ihr Name wurde von ihm nur ein einziges Mal erwähnt, als er die Hanska im November 1840 bat, ihre Briefe künftig an »Monsieur de Brugnol, Rue Basse n° 19 in Passy bei Paris« zu adressieren. Dahinter verbarg sich eine übliche Vorsichtsmaßnahme, mit der sich Balzac vor Nachstellungen seiner Gläubiger zu schützen suchte, denn tatsächlich war es Mademoiselle Philiberte Louise Breugniot Desraux, wie ihr Name korrekt lautete, auf die der Mietvertrag für diese Wohnung ausgestellt wurde. Balzacs Mutter, die anfangs einige Monate den Haushalt ihres Sohnes in der Rue Basse geführt hatte, räumte das Feld umso lieber, als sie ihn bei der Breugniot in guten Händen wusste, wie sie Tochter Laure schrieb: »Ich hoffe, dass Honoré, sobald er dazu imstande ist, sich um ihre künftige Versorgung kümmert, das ist nur gerecht und sollte ihm auch eine Pflicht sein, denn sie achtet sehr auf seine Ausgaben und hält ihn von manchen Tollheiten ab.«

Damit ist ein Aspekt der Rolle von Madame de Brugnol, wie sie Balzac beharrlich nannte, angedeutet: Diese einfache, aber couragierte, geschäftstüchtige und durchaus intelligente Frau war Balzac bis zur Selbstverleugnung zugetan. Gemeinsam mit seinem Anwalt und Berater in finanziellen Angelegenheiten Gavault führte sie Balzacs Geschäfte, verhandelte mit Verlegern und Gläubigern und war dabei oft erfolgreicher als dieser. Ihre ganze Loyalität galt Balzac, den sie immer über alles informierte, was im Kreis seiner Angehörigen über ihn gesprochen wurde und ihr zu Ohren kam. Kurz, sie war das, was man eine »Perle« nennt, und dabei wie ein Hund seinem Herrn ergeben, weshalb Balzac sie bisweilen abfällig als seine *femme-chien* bezeichnete. Davon abgesehen dürfte die Brugnol aber noch in anderer Hinsicht eine wertvolle, unverzichtbare Stütze gewesen sein, denn Balzacs Übersiedelung nach Passy fällt zusammen mit einem merklichen Nachlassen seiner Schaffenskraft und häufigeren Erkrankungen. Die jahrelange Überarbeitung, der ständige Konsum riesiger Mengen von Kaffee, der Mangel an körperlicher Bewegung, all das forderte nun seinen Preis. Zu chronischen Erschöpfungszuständen, Zahn- und Kopfschmerzen und zeitweiligem Erinnerungsverlust gesellten sich immer öfter Anfälle hartnäckiger Bronchitis, allerlei Neuralgien sowie eine Arachnitis, eine Form von Meningitis, die infolge eines Sonnenstichs, den er erlitten hatte, als er im Sommer 1843 in St. Petersburg in glühender Hitze einer Parade beiwohnte, voll zum Ausbruch kam.

Wie alle schöpferischen Menschen litt Balzac sehr unter diesen Einschränkungen seiner Schaffenskraft, die ihn dazu nötigten, tagelang das Bett zu hüten, oder ihn am Schreibtisch zu jener verzweifelten Untätigkeit verdammten, die fortdauernde Einfallslosigkeit zwangsläufig verursacht. Das muss ihm aufs Gemüt geschlagen, ihn in unerträglicher Weise launisch gemacht haben, so dass selbst die treue Brugnol sich eines Tages mit der Absicht trug, ihn zu verlassen. Davon kündet der Brief Balzacs im April 1842 an seine Mutter: »Das Leben, das ich führe, behagt niemandem, denn auch Madame de Brugnol ist es unterdessen leid, die mir jetzt, da ich Dir schreibe, eröffnete, sie wolle Passy und mein tristes Heim verlassen. Das wird alles nur noch schwieriger, um nicht zu sagen völlig unmöglich machen.«

Es steht außer Frage, dass sich die Brugnol für Balzac nicht nur als Haushälterin, Verlagsagentin und Krankenschwester, sondern auch als Geliebte aufopferte. Daran ist wenig zu zweifeln, auch wenn Balzac der Hanska versicherte: »Ich bewahre Ihnen getreulich ein kindlich reines Herz, wie nur jemals eines geschlagen hat. Das müssen Sie anerkennen, und es ist auch das, was Sie von mir verlangten. Tiefste Abscheu hege ich gegenüber irgendwelchen gewöhnlichen Liebschaften, und zwischen dieser Abscheu und 1836 [Balzac spielte damit auf ihre Begegnung in Wien an, bei der ihm die Hanska im Sommer 1835 jenes Keuschheitsgelübde abgenommen hatte] liegen neun (!) Jahre! ... Liebe, seit drei Jahren lebe ich wie ein Mönch, was die Ursache dafür ist, dass ich so dick geworden bin wie Louis XVIII.«

Warum die Brugnol sich allen Launen und Wünschen Balzacs klaglos und auf Dauer unterwarf, darüber lässt sich nur spekulieren. Vermutlich machte sie sich bis zuletzt Hoffnungen, dass Balzac über kurz oder lang das Verhältnis einfach deshalb legalisieren würde, weil er einsah, dass die Hanska, über deren Existenz und Bedeutung sie natürlich im Bilde war, ihn nicht erhörte und dass er ohne sie und die vielen Rollen, die sie in seinem Leben spielte, nicht mehr sein könne. Das Opfer, das sie ihm brachte, erwuchs also aus der Hoffnung, dass Balzac sie zur Frau nähme. Diese Erwartung dürfte aber nicht nur durch Einbildung genährt worden sein, sondern vermutlich bestärkte sie Balzac auch darin. Angesichts seiner Erschöpfungszustände, Krankheiten und den daraus resultierenden Konzentrationsschwierigkeiten geriet Balzac immer mehr in Abhängigkeit von ihren Zuwendungen. Verglichen mit der verlockenden, aber hartnäckig sich fernhaltenden Taube Hanska war die Brugnol zwar nur ein Spatz, aber den hatte er in der Hand.

Dass es so oder ähnlich gewesen ist, Balzac zumindest mit dem Gedanken eine Weile gespielt hat, sein weiteres Leben mit der Brugnol zu verbringen, sollte sich die Hanska auf Dauer verweigern, kann als gewiss gelten. Einen deutlichen Hinweis auf entsprechende Pläne, sogar auf erste Schritte zu ihrer Verwirklichung liefert ein Brief, den die Brugnol 1857, also sieben Jahre nach Balzacs Tod, an seinen einstigen Anwalt und Berater in Finanzfragen Fessart schrieb. Die Brugnol berichtet darin von einer Reise nach Deutschland, die sie unlängst mit Freunden unternommen hatte: »Ich habe mehrere Städte wiedergesehen, in denen ich vor gut zehn Jahren bereits war. (...) Ich war jung damals und stolzgeschwellt ob meines Glücks. Ach, die Zeiten haben sich sehr geändert! Eine fürchterliche Trauer überfiel mich in Baden-Baden, als ich wieder eines Hauses ansichtig wurde, das wir uns beinahe gemietet hätten, um darin unseren Lebensabend zu verbringen.«

Auf welche Reise nach Deutschland mit Balzac spielt Louise Breugniot an? In Balzacs Korrespondenz findet sich kein Hinweis, dafür eine Lücke zwischen dem 21. Oktober und dem 3. November 1843. Auf der Rückreise von St. Petersburg schrieb er der Hanska zuletzt aus Dresden: »Nichts hat mich mehr erregt als die Frauen von Rubens, denn sie erinnerten mich an eine Eve! Oh!« und dann erst wieder nach seiner Ankunft in Paris mit der Nachricht, dass er über Leipzig, Mainz, Köln, Aachen gefahren sei. Möglich, dass er sich in Mainz mit der Brugnol traf und mit ihr nach Baden-Baden fuhr. Von hier aus wäre es dann über Straßburg nach Paris zurückgegangen.

Ein weiteres Indiz für solch einschlägige Lebenspläne Balzacs findet sich ausgerechnet in einem Schreiben an die Hanska. Seit der Rückkehr aus St. Petersburg, wo er offensichtlich eine glückliche Ausrede fand, der stets Eifersüchtigen die dauernde Anwesenheit von Louise Breugniot in seinem Haus plausibel zu erklären – allein im Schreiben vom 7. November 1843 nannte er sie fünfmal –, wird deren meist abfällige Erwähnung in seiner Korrespondenz geradezu zur Gewohnheit. Daraus erklärt sich auch seine Unvorsichtigkeit gegenüber der Hanska im Februar 1844: »Ach, hätte Sie mich nur hören können, wie ich mit der *Montagnarde* [Louise Breugniot stammte aus einem Dorf im Morvan] – ach, die weiß nur zu gut, wie sehr ich Sie liebe –, die sich vor den Folgen eines drohenden Desasters fürchtet, Pläne schmiedete und ihr sagte: ›Nein, wenn mich die Hoffnung meines ganzen Lebens enttäuschen sollte, dann werde ich mich weder umbringen noch Pfarrer werden. Sie [i. e. die Hanska] wird mir einiges zukommen lassen, von dem ich mein Leben fristen kann! Mit 3000 Franc Rente gehen wir dann ins Ariège oder in die Pyrenäen, leben dort auf einem kleinen Besitz in der Nähe einer Stadt. Ich werde dann dem Tod entgegensehen, indem ich mich mit nichts mehr abgebe.‹«

Die Hanska musste diese Mitteilung natürlich als Eingeständnis dessen sehen, was sie längst argwöhnte, seit sie von der Existenz der Brugnol wusste, weshalb Balzac sich mit der lahmen Ausrede herauszuwinden suchte: »Ich schrieb Ihnen, wie ich glaube, dass ich mich nicht in eine Kartause, sondern in einen Winkel zurückziehen werde, um dort zu sterben, ohne noch etwas zu sehen oder zu hören, noch mich mit irgendetwas zu befassen, wie es dem Verhalten der Tiere entspricht. Sie haben obendrein noch die Bedienstete mit der Mätresse verwechselt, was sehr schlecht ist. Sprechen wir von alldem nicht mehr.«

Die Eifersucht und das Misstrauen, das Balzac so bei der Hanska ausgelöst hatte, sollte nun die arme Brugnol ausbaden. Deshalb wies er der Brugnol von nun an die Rolle einer alten Hyäne zu, die ihm das Leben schwermache. Damit konnte er der Hanska einmal mehr darlegen, dass nur die Heirat ihn aus dieser Vorhölle seines häuslichen Lebens erretten könne. Dementsprechend schmähte er in seinen Briefen die treue Seele als *caniche-Brugnol-Montagnard du Morvan* oder sagte von ihr, sie altere rapide und färbe sich die Haare. Im Kontrast dazu schildert er sich als gütigen Brotherrn: »Ich habe, um der *Montagnarde* ein Stück Brot [zum Abschied] geben zu können, ein Geschäft aufgerissen, in das lediglich 10 000 Franc zu investieren wären, das aber einen kolossalen Profit verspricht. Es handelt sich darum, eine Enzyklopädie für den Grundschulunterricht zu veröffentlichen und zu verkaufen.«

Das war ein Einfall, auf den nur Balzac kommen konnte. Um die der Hanska lästige Rivalin loszuwerden, sollte sie ihm gefälligst 10 000 Franc zukommen lassen. Das war exakt die Summe, die sich Balzac von der Brugnol geliehen hatte und die er im Falle der Trennung selbstverständlich zurückzahlen musste! Das Projekt der obskuren Enzyklopädie war also ein bloßer Vorwand, um den Charakter seiner Beziehungen mit der »Gouvernante« zu verschleiern. Daraus wurde jedoch nichts, vielleicht weil sich die Hanska diesem Ansinnen gegenüber taub stellte oder weil Balzac nach wie vor nicht auf die *Montagnarde* verzichten konnte. Diese mietete denn auch auf ihren Namen für den Sommer 1845 das Haus in Paris an, in dem die Hanska während ihres geplanten heimlichen Aufenthalts in der Stadt wohnen sollte! Allerdings dürften beim Parisbesuch der Hanska die letzten Zweifel über die wahre Natur der Beziehungen Balzacs zu seiner »Gouvernante« geschwunden sein, weshalb sie mit Nachdruck darauf bestand, er solle sich endgültig von ihr trennen. Einen entsprechenden Entschluss eröffnete er der Brugnol wohl Ende August, denn am 31. schrieb er der Hanska: »Schließlich, die Gouvernante flennt wie eine Magdalena von fünfzig Jahren, so alt dürfte sie etwa sein [Louise Breugniot war 41 Jahre alt!]. Sie will angeblich in ein Kloster gehen, *was sie aber nie machen wird.* Ich habe ihr aber klar zu verstehen gegeben, dass sie sechs Monate Zeit hat, sich eine neue Stelle zu suchen, und dass ich ihr mit etwas Geld dabei helfen werde.«

Aus der Frist von sechs Monaten wurden noch fast zwei Jahre, ehe es zur endgültigen Trennung kam. Diese Dauer erklärt sich damit, dass Balzacs Zuversicht, die Hanska zu heiraten, immer wieder enttäuscht wurde. Die windungsreiche Episode, die sich um Balzacs »Gouvernante« rankt, ist jener anderen *Comédie humaine,* seiner Jagd nach dem Lebensglück, zugehörig. Balzacs letzte Jahre unterliegen einer infernalischen Dramaturgie, auf die er selbst keinen Einfluss mehr hatte. Als Gefangener seines Wahns oder Lebenstraums war er nur noch dazu verdammt zu reagieren, zappelte er an Fäden, die andere zogen. Der Vorhang zum vorletzten Akt des Dramas hob sich im Sommer 1843, als sich Balzac dem ersehnten Ziel so nah wie nie wähnte.

Am 18. Juli brach Balzac, der sich zuvor von Buisson für diese Reise von Kopf bis Fuß neu hatte einkleiden lassen – die Rechnung für einen Überzieher, zwei Anzüge, diverse Satin- und Tuchhosen, Piqué-Westen etc. ließ den seit 1836 bei seinem Schneider aufgelaufenen Schuldenstand auf über 14000 Franc steigen –, von Paris nach Dünkirchen auf, wo er an Bord der *Devonshire* ging, die nach St. Petersburg dampfte. Von seiner Hochstimmung angesichts dieser Reise hatte er der Hanska bereits Anfang Juli Kunde gegeben: »Ich fühle mich wie eine Braut (!). Die heiligen Zöglinge des vornehmsten Nonnenklosters von Paris haben mir meine Taschentücher gesäumt. Kurz, ich bin ein größeres Kind, als ich es jemals war, ausgelassener jedenfalls als in Neuchâtel oder Genf. Der Glaube ans Glück hat mich verwandelt.« Vom Überschwang, der ihn erfüllte, scheint er nicht nur der Hanska, die ihn in St. Petersburg erwartete, Mitteilung gemacht zu haben. In der humoristischen Zeitschrift *Le Corsaire* war nämlich folgende Notiz zu lesen: »Herr de Balzac ist am 21. auf der *Devonshire* abgefahren und stürzt damit die Frauen von vierzig Jahren in tiefe Trauer. (...) Der ewigen Auseinandersetzungen müde, gilt es nun, diesen Tausenden von untröstlichen Witwen alles zu erklären. Es handelt sich um eine Herzensangelegenheit, die ihren Vielgeliebten in die Gegend der Steppen und des Eises zieht. Die

Rede ist von einer Hochzeit, deren Märchenhaftigkeit die Träume unserer fruchtbarsten Romanschriftsteller blass aussehen lässt.« Tatsächlich führte Balzac drei (!) Eheringe mit sich, die er zusammen mit anderen Schmuckstücken unmittelbar vor Reiseantritt erworben hatte.

*Le Corsaire* war vorzüglich informiert, denn es war ja eben diese Aussicht und Gewissheit, die Hanska in St. Petersburg zu heiraten, die Balzac in Überschwang versetzte. Doch es war ein Irrtum, und Balzac musste noch weitere sechs Jahre zitternd und zagend warten, bis sich dieser Lebenswunsch im Angesicht seines nahen Todes endlich erfüllte. Die Hindernisse, die sich, sobald er sich dem Ziel nahe glaubte, erneut vor ihm aufbauten und ihn bisweilen an den Rand der Verzweiflung trieben, die er aber stets unermüdlich überwand, nur um sich vor neuen Barrieren stehen zu sehen, hatten im Wesentlichen eine Ursache: die große und im weitesten Sinne kulturelle wie soziale Differenz, die ihn unbeschadet aller romantischen Herzensergießungen und Schwüre von der Angebeteten trennten. Die verständliche Furcht, die beide zunächst mit dem ersten Wiedersehen seit dem letzten Zusammentreffen in Wien im Mai und Juni 1835 verbanden, einander nicht mehr zu gefallen, war hingegen wie weggeblasen, kaum dass sie sich am 29. Juli in St. Petersburg sahen. Sie erschien ihm, wie er versicherte, »so schön und jung« wie je; er aber wusste, dass er sichtbar gealtert war, was sie jedoch nicht hinderte, im Tagebuch von ihrem Glück zu schreiben, mit »dem Stern zusammen zu sein, der mein Schicksal ist.«

Über die gut zwei Monate von Balzacs Aufenthalt in St. Petersburg informieren fast ausschließlich Balzacs gelegentliche Reminiszensen in späteren Briefen. Vermutlich verständigten sich beide damals auf ein Moratorium: Die Hochzeit sollte stattfinden, sobald die der ehelichen Verbindung im Wege stehenden Hindernisse beseitigt seien. Die Hanska musste dafür zunächst die Erbschaftsangelegenheiten regeln und ihre Tochter Anna standesgemäß verheiraten. Balzac erklärte sich bereit, seine Schulden zu begleichen. Beide Bedingungen würden, wie leicht zu erahnen, mannigfache Schwierigkeiten bereiten, was Balzacs Hochstimmung aber kaum etwas anhaben konnte, da die Hanska ihm einen größeren Geldbetrag zukommen ließ. Solange diese Quelle weiter sprudelte, so mochte er wähnen, musste er sich um seine Schulden nicht sorgen. Jetzt konnte er sich darauf konzentrieren, das Haus in Paris für das künftige Eheglück nach seinem Geschmack und seinen Vorstellungen einzurichten. Davon kündet die Korrespondenz, in der in den kommenden Jahren vor allem von Antiquitäten, Bildern, Ornamenten und Immobilien die Rede ist, in denen sich Balzacs Verschwendungssucht austobt. Dieses Treiben gefällt der Hanska wenig, ist es doch ihr Geld, das ihm dabei durch die Finger rinnt. Deshalb spart sie nicht mit Vorwürfen, deren er sich aber leicht erwehren kann, weil sie selber der *Bric-à-bracomanie* verfallen ist. Außerdem redet er sich stets damit heraus, ihm sei es doch nur darum zu tun, das gemeinsame künftige Heim zu schmücken.

Das macht die Briefe zur bisweilen ermüdenden Lektüre, auch wenn sie von intimer Vertrautheit Mitteilung machen. Dazu gehören Balzacs gelegentlich eingestreute Hinweise auf den »Bengali«, die Chiffre für sein ungebrochen leidenschaftlich-sexuelles Begehren der fernen Geliebten.

Nach ihrer gemeinsamen Italienreise von März bis Mai 1846 schrieb er beispielsweise: »Ich fühle mich nur bei Dir jung. Mit Ausnahme der ersten vierzehn Tage nach unserer bitteren Trennung in jenem Hotelzimmer in Heidelberg hat mir der *Bengali* nicht zu schaffen gemacht, war ich ohne alles Verlangen. Mehr noch! Seit mehr als zwanzig Jahren war ich nicht mehr so wie während unserer köstlichen Reise, ja, ich muss mich meiner Jugendtage besinnen, um einen Vergleich zu finden. Ich spreche wohlgemerkt aber nur vom *Bengali,* denn, was das Herz anbelangt, da gibt es keinen Vergleich mit wem oder was auch immer.«

Diese und andere vertrauliche Anspielungen zeigen, dass sie als Paar in jeder Hinsicht sehr miteinander harmonierten. Davon kündet im Übrigen auch der häufige Gebrauch von allerhand Kosenamen wie »Louploup«, eine Anspielung auf die in der Ukraine heimischen Wölfe, den er geradezu inflationär als Attribut allem anfügt, das mit der Hanska in unmittelbarer Beziehung steht. Das gilt auch für jene Summe von zunächst 120 000 Franc, die sie leichtfertigerweise zur Verfügung gestellt hatte, damit er jenes Pariser Heim erwerbe und einrichte, in dem sie nach ihrer Eheschließung wohnen wollten. Balzac, der sich trotz aller gegenteiligen Erfahrungen weiter für ein Finanzgenie hielt, hatte nichts Eiligeres zu tun, als diesen ihm treuhänderisch anvertrauten *trésor louploup* 1846 im Erwerb eines Aktienpakets der von Rothschild lancierten französischen Nordeisenbahn zu versenken, deren Kurs in der Folgezeit rapide verfiel. Fünf Jahre nach seinem Tod, 1855, wurde zu Ehren eines der ersten Aktionäre der Nordbahn eine ihrer Lokomotiven auf seinen Namen getauft: *la Balzac.*

Vieles spricht dafür, dass die Jahre 1843 bis 1846 die glücklichsten waren, die Balzac mit der Hanska erlebte. Auf ausgedehnten Reisen nach Italien, Deutschland, Belgien und in Frankreich konnten sie die große erotische Anziehung, die sie füreinander empfanden, ausleben. Gemeinsam schwelgten sie auch in der Sammelwut von Antiquitäten, die kistenweise von überallher in Paris eintrafen. Bisweilen waren die Tochter der Hanska, Anna, und deren Mann mit von der Partie, was das Vergnügen aller Beteiligten nach den brieflich ausgetauschten Erinnerungen noch gesteigert hat. Sie bezeichneten sich sogar als Jahrmarktsgaukler, als *saltimbanques:* Balzac figurierte unter dem Namen *Bilboquet* als Chef der Truppe, die Hanska war *Atala,* Tochter Anna *Zéphirine* und deren Mann Georges Mniszech *Gringalet.* Das Vorbild dieser Kinderei lieferte ein französisches Varieté, das unter dem Namen *Les Saltimbanques* 1843 in St. Petersburg gastiert hatte.

Die ausgelassen-heitere Sonntagswirklichkeit, in der Balzac und die Hanska auf ihren Reisen lebten, war das eine. Das touristische Herumstreifen war gleichsam der ambulante Kokon, in dessen Schutz sie sich von äußeren Einflüssen ungestört ganz ihren Launen und ihrer Liebe widmen konnten. Balzac wird darin die Erfüllung seines großen Lebenswunsches erkannt haben und alles, was ihn sonst beschäftigte und quälte – das Schreiben, die Schulden, Verleger und Termine, auch das immer häufiger auftauchende bedrückende Erlebnis nachlassender Schaffenskraft, schwindender Gesundheit oder des nahenden Alters – war fern und vergessen. Umso bitterer war es deshalb jeweils, diesen Himmel zu verlassen und in die Pariser Hölle zurückzukehren. Zu Anfang, nach dem Ausflug nach St. Petersburg 1843 oder nach dem Italienaufenthalt 1846, vermochten die Reiseerlebnisse seine Kraftreserven noch zu mobilisieren, erlebte er Schübe eines schöpferischen Schwungs, dem sich die beiden letzten Meisterwerke *Le Cousin Pons* und *La Cousine Bette* verdanken. Danach aber beginnt die Kreativität zu verdämmern, wandte er seine noch verbliebene Energie daran, die Einwilligung der Hanska zur Ehe zu erreichen.

Das andere war die Wirklichkeit, die von der Hanska, sobald sie sich von ihm trennte, wieder Besitz ergriff. Was dieser jähe Wechsel von unbeschwerter Ausgelassenheit zu mannigfachen Rollenzwängen, aus denen sie lange kein Entrinnen sah, für sie bedeutete, hat Balzac nie wirklich begriffen. Alle Briefe, die er in Zeiträumen unvermeidlicher Trennung schickte, sind immer verzweifeltere Versuche, jenen Kokon zu beschwören, in dem sie sich auf ihren Reisen glücklich geborgen wussten. Deshalb werden die Pläne, mit denen er den gemeinsamen Haushalt in Paris schildert, immer ausschweifender und detaillierter, verschwendet er ständig mehr Geld und Zeit daran, dieses Traumgehäuse des Glücks, den Serail, den er für seine sarmatische Prinzessin schaffen will, einzurichten, zu möblieren, zu dekorieren. Das eigene Werk, die »grrrrrrande Comédie«, gerät darüber mehr und mehr an den Rand, wie überhaupt die Gegenwart nur von Belang ist, wenn sie ein Vorschein der ersehnten, zum Greifen nahen Zukunft darstellt. Aber die weicht immer wieder zurück, verhält sich launisch wie eine Luftspiegelung, eine Fata Morgana.

## *Die Ukraine sehen und sterben*

Bis zum Ziel war es noch ein weiter, mühseliger Weg. Balzac hätte es wissen müssen. In *Le Contrat de mariage* hatte er von »diesem langwierigen und erschöpfenden Krieg, den man gemeinhin als Ehe bezeichnet«, geschrieben. Aber das war lange her, 1835, und wer erinnert sich schon aller Einsichten, die erst durch eine viel spätere Erfahrung bestätigt werden? Außerdem war Balzac zutiefst abergläubisch. Einige Wochen bevor der Brief mit der sein Glück verheißenden Todesnachricht aus der Ukraine eintraf, hatte sein Kartenleger Balthazar vorausgesagt, dass er in sechs Tagen, sechs Wochen, spätestens aber in sechs Monaten eine Nachricht erhalten werde, die seinem Leben eine völlig neue Wende gebe. »Dieser Mann besitzt die Gabe des *zweiten Gesichts,* denn er hat Sie mir so beschrieben, als würde er Sie sehen: ›Sie hat schwarzes Haar, weiße Haut, sie ist lebhaft, zwischen dreißig und vierzig Jahren alt, von üppiger Gestalt, und Sie lieben sich seit langem. (...) Sie sind durch eine Distanz von mindestens 500 Meilen voneinander getrennt.‹«

Drei Wochen später teilt er der Hanska weitere Einzelheiten von Balthazars Weissagungen mit, dass er nicht nur ihren Charakter genau geschildert, sondern auch den Prozess, mit dem ein Onkel ihr Erbe anfocht, vorhergesehen, ihm aber auch gesagt habe, dass das »gute Recht obsiegen werde« und sie für lange Jahre im Glück vereint sein und unbeschadet »der Lebhaftigkeit unserer Charaktere« keine Wolken den heiteren Himmel ihres Glücks trüben würden. Beide seien sie »von der nämlichen Hartnäckigkeit beseelt«, weshalb er trotz aller Hindernisse am Ende triumphieren werde. »Sie lieben sie sehr. (...) Sie haben noch niemals jemanden so sehr geliebt wie sie, und Sie werden niemanden anderen lieben als sie! Sie werden überhaupt niemanden sonst mehr lieben. Das ist ausgemacht.« Das hatte der Wahrsager gesagt, von dem Balzac ferner berichtete, dass er wegen Abtreibung zu zehn Jahren Zwangsarbeit verurteilt wurde. »Er hat den Tod mehrerer Frauen sowie schreckliche und andauernde Leiden einiger anderer zu verantworten. (...) Er ist ein großer Verbrecher und gleichzeitig ein großer Kartenleger, und ich werde nie vergessen, was er mir geweissagt hat, *obwohl er so gar nicht wusste, wer ich bin.*«

In einer Liebesbeziehung gibt oft der eine mehr als der andere. Balzac war der Hanska aus vielen Gründen bis zur Hörigkeit verfallen. Galt das aber auch umgekehrt für sie? Die Frage kann man mit Gewissheit verneinen. Hat sie ihn wenigstens mit jener Hingabe geliebt, die nicht rechnet noch wägt? Auch das muss man bezweifeln. Gewiss, seinem Drängen hat sie schließlich nachgegeben und ihm ihre gutgefüllte Börse geöffnet. Aber auch das tat sie nicht aus tiefem, liebendem Verständnis für seine Schwächen und seine Notlage, sondern nur mit einer Herablassung, in der stets Unduldsamkeit aufblitzte, Tadel und Mahnung immer auf der Lauer lagen.

Vor allem schmeichelte der Hanska Balzacs unterwürfige

Verehrung, sah sie es mit stiller Genugtuung, wie er sich wand, sich stets und in allem bemühte, ihr zu Willen zu sein. Derlei forderte ihr Adelsstolz und ihr lebhaftes Bewusstsein gesellschaftlicher Überlegenheit. Die Liebe, die Balzac beteuerte, war so gesehen der schuldige Tribut, den sie huldvoll akzeptieren oder auch herrisch ablehnen konnte. Dieser ihrem ausgeprägten Standesbewusstsein eigentümliche Putenstolz bestimmte ihre Hinwendung und Hingabe. Deshalb war diese nie schrankenlos, sondern mit Bedingungen, Sanktionen und Drohungen verknüpft. Balzac hat sich dieser Herrschaftswillkür von Anfang an unterworfen. Das war ihm vertraut, denn auch Madame de Berny hatte ihre Launen und Unduldsamkeiten aus adelsstolzem Selbstbewusstsein. Mit der Duchesse d'Abrantès war es nicht anders. Auch die war stets darauf bedacht, dass er ihre huldvolle und jederzeit aufkündbare Zugeneigtheit nicht mit wirklicher Hingabe verwechselte, die den anderen als in jeder Hinsicht Gleichwertigen achtet. Bei der Marquise de Castries schließlich hatte er bitter erfahren müssen, dass Unterwürfigkeit nicht ans Ziel führte.

In diesen Beziehungen hatte Balzac es aber verstanden, sein Selbstwertgefühl zu behaupten, dessen unerschütterliche Grundlage sein Genie war wie die mit diesem verknüpfte Erwartung auf baldigen Reichtum und eine hohe gesellschaftliche Stellung. Diese Zuversicht kam ihm bei der Hanska abhanden. Vielleicht war es anfangs romantischer Überschwang, wenn er sich aus freien Stücken als ihren *Mujik,* ihren Leibeigenen, bezeichnete, bereits in den frühesten Briefen seine Unterwürfigkeit ihr gegenüber beteuerte. Möglich, dass dies alles eine Zeitlang nur verliebtes Spiel war, ein irgendwie masochistisch anmutendes Getändel, dem er sich bereitwillig hingab, weil sie ihn durch ihre Reaktionen ermunterte und bestärkte. Spätestens nach der vermeintlich befreienden Nachricht vom Tode Hanskis und den Versuchen der Witwe, in einem der nächsten Briefe das Verlöbnis aufzukündigen, wurde aus Spiel bitterer Ernst. Von nun an beteuert er ohne Unterlass seine Unterwürfigkeit, windet er sich in Demut vor einer Frau, deren offensichtliche Sprödigkeit er verzweifelt überwinden will.

Die Briefe Balzacs an die Hanska nach 1842 sind oft eine bedrückende Lektüre. Mit wachsender Fassungslosigkeit gewahrt man, wie sehr sich Balzac selbst verleugnet, erniedrigt und kuscht, nur um einer Frau zu gefallen, die sich immer nur so weit versagt oder entzieht, dass er die Hoffnung, sie doch zu erobern, nicht aufgibt. Dieses Schauspiel, dass sich einer der größten Autoren aus schierer Daseinsnot auf ein solches Katz-und-Maus-Spiel mit einer Frau einlässt, die ohne ihn nur das geblieben wäre, was sie war, eine belanglose und längst vergessene polnische Aristokratin mit ausgeprägt mystischen Neigungen, ist verstörend. Die tiefe Verzweiflung Balzacs, weil er ausgerechnet in dieser alles in allem nur mittelmäßigen Eveline Hanska die Garantin für die Erfüllung seines Lebenstraums sah, kann seiner Würde und Größe nichts anhaben. Für die steht sein gewaltiges Werk, das er trotz, nicht wegen der Hanska vollbrachte.

Ein zugegeben hartes Urteil, das sich plausibel damit begründen lässt, dass die Hanska nie den Versuch unternommen hat, sich Balzacs entwürdigende Unterwerfung zu verbitten. Im Gegenteil, alles spricht dafür, dass sie diese nicht nur geduldet oder still erlitten, sondern sie geradezu ermutigt, gefördert und gefordert hat. Darin scheint ein erschreckend tiefes Missverständnis auf, eine schwindelerregende Überschätzung der eigenen Bedeutung und eine erschreckende Dummheit verratende Verkennung der wahren, genialen und überragenden Größe Balzacs. Eine Frau, die wahrhaft liebt, wäre zu solcher Blindheit nicht fähig gewesen, hätte die geradezu hündische Unterwerfung des Geliebten nicht ertragen können. Gewiss, die Hanska hat es nicht an halbherzigen Versuchen fehlen lassen, das schiefe Verhältnis zu beenden, ihren Sklaven in die Freiheit zu verstoßen, ihm seine Würde zu gewähren. Dabei beließ sie es aber immer nur bei Andeutungen, was die vorhersehbare und vielleicht beabsichtigte Folge hatte, dass er die Liebesschwüre vervielfachte, die Unterwerfung noch nachdrücklicher beteuerte.

Was veranlasste die Hanska, sich so zu betragen? Anfangs war es verständliche stolze Verwirrtheit, dass der berühmte Balzac aus dem fernen Paris ihr oberflächliches Interesse für Literatur und Kunst mit Geschmack und Bildung, vor allem mit Herzensbildung verwechselte. Kaum hatte man sich das erste Mal gesehen, gewann dieser Stolz erheblich an Substanz, sah sie sich von einem Mann bis zur Raserei vergöttert, von dessen Genie auch sie etwas ahnte. Aus ihrer Sicht war es dieses Erlebnis, das mit dem merkwürdigen Verlöbnis besiegelt wurde. Es verpflichtete sie zu nichts und bot gleichzeitig die Gewähr, die Angebetene von Monsieur de Balzac zu sein. In dieser Rolle sonnte sie sich gern, weil sie dadurch geradezu den Rang einer europäischen Berühmtheit erlangte. Darin gefiel sie sich auf den ausgedehnten Reisen, die sie als Witwe mit dem berühmten Schriftsteller unternahm. Dass er außerdem im Unterschied zum ewig kränkelnden Hanski ein Mann war, der ihr lange ungestilltes weibliches Verlangen zu befriedigen vermochte, war gleichfalls hochwillkommen.

Das alles änderte gleichwohl nichts daran, dass sie ihn auf Distanz hielt. Nicht, dass sie ihm grundsätzlich misstraut hätte. Dafür kannte sie ihn zu gut, wusste sie hinlänglich Bescheid über seine Schwächen. Auch war er ihr gewiss nicht unsympathisch, ließ sie sich in ihrer trägen Sinnlichkeit doch von seiner stürmischen Männlichkeit faszinieren. Aber stets blieb sie sich ihrer eingebildeten Überlegenheit bewusst, die sich einem ausgeprägten Standesdünkel ebenso verdankte wie der Tatsache, dass sie und nicht Balzac das Geld hatte, um das Leben zu führen, von dem er träumte. Von dieser Herablassung zeugen auch die Briefe an ihre Tochter, in denen sie ihn immer als den »guten« oder den »armen Balzac« apostrophiert.

Zum anderen war sich die Hanska sehr bewusst, dass die Verbindung mit Balzac in den Kreisen ihrer Verwandtschaft und der polnischen Standesgenossen ein beliebtes Thema war, über das sich trefflich klatschen ließ. Balzac war für deren Dünkel ein gefundenes Fressen. Seine ganze Erscheinung, die plumpe Gestalt, die seine bäuerliche Herkunft verriet, sein Auftreten und Gehabe, der lächerliche Snobismus, die Schulden, die schadhaften Zähne. Über alldas war man bestens unterrichtet, suchte sich gegenseitig mit Ausschmückungen des Gehörten oder auch flüchtig Wahrgenommenen zu überbieten. Die ärgste und einflussreichste Gegnerin Balzacs war die fürchterliche »Tante Rosalie«, die Fürstin Rzewuska, eine geborene Lubomirska, die in Wien und

Rom Hof hielt und von der er wusste, dass sie seine »geschworene Feindin« sei. Sie hielt ihn für grotesk, für gänzlich unakzeptabel, unterstellte ihm die niedrigsten und gemeinsten Motive, traute ihm zu, wie er der Hanska schon 1836 zu berichten wusste, dass er nicht vor »Bigamie und Trigamie« zurückschrecke.

Was zählte angesichts solch köstlicher Evidenz, dass er ein großer, genialer Schriftsteller sei?! Ein Schreiber von Romanen, in die man sich allenfalls in Stunden großer Langeweile vertiefte, um sie dann großzügig der Dienerschaft zur Lektüre zu überlassen, die sich mit ihnen die Träume möblieren mochte! Nein, dieser Balzac war ein rechter Troll, ein Phantast, ein Angeber, Hochstapler und Kurmacher, mit einem Wort: ein Mitgiftjäger. Einmal wurde ihm dies direkt ins Gesicht gesagt von jener Schwester der Hanska, die in Paris lebte und eine der Hauptquellen war für jenen Klatsch. Diese habe ihn, wie er der Hanska schrieb, mit Behagen über alle Infamien unterrichtet, die über sie beide im Umlauf seien, und dabei wörtlich den Satz gebraucht: »Der Autor ist gekommen, um die Witwe zu rupfen.« Balzac will darauf versetzt haben, dass er noch keinen ihrer Engelsflügel gestutzt habe und dass er ihr, stürbe er morgen, seinen ganzen Besitz vermache!

Welch ein Narr! Sein ganzer Besitz würde der Hanska zufallen! Er, der außer riesigen Schulden nichts anderes besaß als die *Comédie humaine,* deren Absatz stockte! Ob dieser Antwort werden sich die adeligen Schranzen vor Lachen gebogen haben. Man wird es ihnen noch nicht einmal verdenken können, bedeutete seine Aussage doch nichts anderes, als dass die Hanska für seine Schulden geradestehen müsse. – Nein, er sei nicht hinter ihrem Geld her, will er weiter beteuert haben, denn er habe schon bei seinem Besuch in St. Petersburg geraten, den ukrainischen Besitz ihrer Tochter Anna für eine Leibrente zu überschreiben. Auch dieser Einfall, der seine selbstlosen Absichten verbürgen sollte, war Narrheit, denn nach den Gesetzen des zaristischen Russland war solcher Vermögensverzicht Vorbedingung für die huldvolle Einwilligung des Zaren, dass sich die Witwe Hanska mit einem Ausländer vermählte.

Vermutlich war Balzac überzeugt, aus reinstem Gewissen zu sprechen, die Rechte wie zum Schwur auf seinem Herzen haltend. In Sachen Autosuggestion war er ein Meister, bislang hatte er jeden frommen Wunsch mit der Wirklichkeit verwechselt und war gleichzeitig von der Gewissheit durchdrungen, seinem Gegenüber ginge es nicht anders. Im *Gobseck* verrät der Anwalt Derville eine den Erfahrungen seiner Tätigkeit abgewonnene Einsicht: »Ich habe immer wieder und stets mit neuer Verblüffung gewahrt, dass die geheimen Absichten und Gedanken, die zwei Streitparteien in sich tragen, von diesen beinahe immer gegenseitig durchschaut werden. Häufig erlebt man zwischen zwei Prozessgegnern dieselbe vernunftgeleitete Hellsicht, die nämliche Stärke geistiger Einsicht, wie dies bei zwei Liebenden der Fall ist, die einander ins Herz zu blicken vermögen.« Die Protagonisten Balzacs verfügen bei ihrem Tun und Lassen häufig über solche lebensklugen Einsichten, die ihm selber abgingen. Balzac hätte bei sich selber in die Lehre des Lebens gehen können.

Das Geld der Hanska, auf das Balzac bei allen gegenteiligen Beteuerungen natürlich schielte, verschaffte der Umworbenen den willkommenen Vorwand, sich ihn vom Leibe zu halten und sein Drängen zu zügeln. Das Argument, dass das russische Gesetz Rücksichtnahme fordere, überzeugte Balzac, zumal der Zar der Hanska erwartungsgemäß das Ansinnen abschlägig beschieden hatte, ihr Vermögen uneingeschränkt behalten zu dürfen, wenn sie Balzac heiratete. Danach sprach sie erneut davon, das Verhältnis beenden zu wollen. Das redete Balzac ihr aus. Er unternahm einen zweiten Vorstoß, von dem er sich im Vertrauen auf seine europäische Berühmtheit und unter Hinweis auf die seit je gehegten strikt legitimistischen Gesinnungen einen Sinneswandel des Herrschers aller Reußen versprach.

Das Dokument dieser Naivität richtete er im Januar 1849 an den Minister Graf Uwarow: »Madame Hanska, seit sechs Jahren Witwe, wollte so lange nicht daran denken, sich erneut zu verehelichen, bis sie nicht ihre Mutterpflichten erfüllt, ihre einzige Tochter verheiratet und dieser das väterliche Erbe übertragen hatte, das sehr beträchtlich ist. Was hingegen Frau Hanska an Eigentum besitzt, so ist dieses zwar geringer, aber hinsichtlich meines Wunsches dennoch von erheblicher Bedeutung, abgesehen davon, dass auch dieses Vermögen ihrer Tochter, Madame Georg Mniszech, zufallen wird. Angesichts dessen scheint die Frage, die unter solchen Umständen als ein Problem aufscheinen könnte, nämlich die nach der Besitzübertragung russischer Liegenschaften an einen Ausländer, ohne weitere Bedeutung zu sein. Um aber von vorneherein auszuschließen, dass eine solche Nebensächlichkeit einen Einwand darstellen könnte, und außerdem beseelt von dem selbstverständlichen Wunsch, unser französisches Recht mit den russischen Gesetzen in

Übereinstimmung zu bringen, ist es unsere Absicht, unsere Ehe auf der Basis der Gütertrennung zu schließen, sollte Ihre Majestät geruhen, dem zustimmen zu wollen.«

Aber auch diese Eingabe stieß erwartungsgemäß auf Ablehnung. Der Zar blieb hart: Entweder die Hanska verzichtete zugunsten ihrer Tochter auch auf die ihr gehörenden Ländereien in Russland, deren Größe Balzac wider seine Gewohnheit vermutlich gewaltig untertrieb, wenn er diese mit rund 1000 Leibeigenen und jährlichen Einkünften von 20 000 Franc bezifferte. Für russische Verhältnisse war das ein Butterbrot, von dem man sich fragen konnte, warum es die Hanska nicht sofort preisgab für das Königreich einer Ehe, die sie in Paris in dem prächtigen Haus in der Rue Fortunée führen konnte, für dessen Einrichtung Balzac schon die Erträge mehrerer Jahrzehnte dieser Ländereien verschwendet hatte!?

Nein, in dieser zähen und höchst unappetitlichen Auseinandersetzung seit dem Tod des Wenceslas Hanski machten weder die Hanska noch Balzac eine gute Figur. Sie, weil sie sich lange nicht entscheiden konnte; er, weil er glaubte, keine andere Wahl zu haben als sie, um seinen Lebenstraum zu verwirklichen.

Es wäre müßig, dieses Ringen vom Anfang an in allen Einzelheiten nachzeichnen zu wollen, zumal es keinen genaueren Aufschluss über die verschwiegenen Motive beider Seiten lieferte. Das Hin und Her, zwei Schritte vor und einen zurück, ist das dramaturgische Grundmuster, das dieser anderen *Comédie humaine* zugrunde lag: Balzac, der sofort nach Russland eilen wollte, um der Geliebten in die Arme zu sinken, die Witwe im Sturm zu erobern, musste sich zunächst ein gutes Jahr gedulden, ehe er die Erlaubnis erhielt, sich ihr im Sommer 1843 in St. Petersburg zu nahen. Ein Etappensieg, damit versüßt, dass sie ihm bei dieser Gelegenheit erstmals etwas aus ihrer Börse schenkte und ihn damit auch in seinen weitergehenden Hoffnungen bestärkte.

Diesem vielversprechenden Neubeginn ihrer Beziehung folgte die Enttäuschung auf dem Fuße: Als die Hanska mit Tochter Anna, für die sie nach einem geeigneten Mann suchte, Ende des Jahres 1844 nach Dresden reiste, wo sich viele polnische Standesgenossen aufhielten, verweigerte sie Balzac hartnäckig die Bitte, ihn dort zu empfangen. Balzac, der offensichtlich nur vom Plan dieser Reise, nicht aber über die damit verbundenen Motive unterrichtet war, bestürmte sie vergeblich, einen anderen Aufenthaltsort zu wählen. »Ich war in Dresden im Stadt-Rom [i. e. auf seiner Rückreise von St. Petersburg im Oktober 1843 logierte Balzac kurz im Hotel zur Stadt Rom] am Marktplatz. Wenn Sie dort bleiben, steigen Sie auch da ab. In jedem Fall reservieren Sie mir ein nicht zu teures Zimmer in Ihrer Nähe. In Berlin jedoch könnte man viel billiger leben. Haben Sie aber ein für Frankfurt gültiges Visum, wäre das noch besser. (...) Ach, wenn Sie den Mut aufbrächten, sich in eine stille Ecke wie Homburg zu flüchten, indem Sie eine Erkrankung vorschützten, könnte man *incognito* nach Paris reisen!«

Der Brief zeigt, dass Balzac ungute Vorahnungen mit Dresden verband, die er in seinem Schreiben vom 23. Dezember aussprach: »Oh! Flüchten Sie Ihre Landsleute! ... Ich flehe Sie an, denn die führen nur Narrheiten im Schilde! Ich werde Ihnen davon berichten! Sie sind die Pest! Ich habe Dir schon hinlänglich berichtet, dass Dresden eine völlig verklatschte Stadt ist. Man kann sich dort unmöglich aufhalten, ich habe da meine Informationen. Sie sind ausgesprochen schlecht. Ich hatte an Frankfurt gedacht, aber da haben wir die Rothschilds. Aachen wäre weitaus besser. Dort kennt uns niemand, und die dortigen Bäder liefern einen Vorwand. Wenn Du aber in Sachsen bleiben willst, wäre Leipzig möglicherweise der geeignetere Ort, um uns sofort zu sehen. (...) Begib Dich nach Leipzig, eine Handelsstadt, in der sich nur sehr wenige Deiner Landsleute aufhalten, wie ich glaube.« Das war es: Balzac ahnte oder wusste, dass die Hanska ihn nicht um sich haben wollte, wenn sie sich im Milieu ihrer polnischen Standesgenossen bewegte, denen er stets als willkommene Zielscheibe für Hohn und Spott diente und die so seine Pläne störten und die Angebetete gegen ihn einnahmen.

In seinen Briefen von Anfang Januar 1845 werden diese Bitten immer flehentlicher: »Oh, komm, nahe Dich mir! Komm nach Frankfurt. Dort werden wir überlegen, wohin wir uns wenden.« – »Wir werden uns in Frankfurt sehen. Dein Entschluss verschafft mir die lebhafteste Freude, denn ich beherrsche die deutsche Sprache nicht, komme aber mit dem Französischen bis Frankfurt gut durch.« Schließlich kam die eindeutige Absage, dass sie bis wenigstens Ende Januar auf Wunsch ihrer Tochter Anna in Dresden bleiben wolle, was ihn nicht daran hindert, seinen Plan einer geheimen Reise nach Paris wieder aufs Tapet zu bringen. »Vielleicht, wer weiß, finde ich einen Weg, ohne Euch, Anna und Dich, zu kompromittieren, dass Ihr Paris und die Ausstellung sehen könnt. (...) Ich werde mir einen auf Herrn de Balzac nebst Schwester und Nichte ausgestellten Pass besorgen.« Diesen Plan entwickelt er der Hanska im Schreiben vom folgenden Tag in allen Einzelheiten. Doch ist dies schiere Verzweiflung, denn sie hatte zuvor wissen lassen, dass ihre nächste Begegnung nur einen einzigen Zweck haben könne: sich endgültig darüber Klarheit zu verschaffen, ob und wie sie ihre Beziehung fortsetzen sollten.

»In Deinem vorletzten Brief hast Du mir mit den sehr russischen Formen, die Du für solche Gelegenheiten benutzt, liebenswürdigerweise einen kleinen Kongress vorgeschlagen, auf dem sich die beiden großen Wölfe darüber klar werden sollen, ob sie sich nun lieben oder nicht! Das, meine liebe Dame, ist ein viel größeres Verbrechen als all jene, die Sie mir immer wieder zum Vorwurf zu machen geruhen, denn ich habe mich hinsichtlich dieser Frage niemals mit mir beraten müssen. Seit 1833 liebe ich Sie wie ein Wahnsinniger, und in meinem Herzen war immer nur für Sie Platz, wofür ich als Beweis anführe, dass die arme Madame de Berny Sie auf den Tod hasste und mich angefleht hat, Sie niemals zu sehen. [Das ist eine Behauptung, die in eklatantem Widerspruch zu dem steht, was er der Hanska noch am 23. April 1843 geschrieben hatte: »Madame de Berny war zu mir wie eine Mutter. Eine Mutter, die meine aufrichtige und tiefe Leidenschaft, meine außerordentliche Liebe, meinen Glauben an unser Glück, an unsere Ehe gesegnet hat, indem sie mir sagte: ›Da hast Du Deine Frau! Ich empfinde mich in ihr wiedergeboren!‹ Das sagte sie mir einige Tage vor ihrem Tod.«] Die kleinen Verfehlungen, die Du mir vorwirfst, haben dagegen ihre Ursache in den allzumenschlichen Notwendigkeiten, wie Ihre Exzellenz geruht haben zu urteilen. Aber ich habe niemals einen Zweifel daran aufkommen lassen, dass ich nur mit Dir glücklich sein werde. Mit aller Entschiedenheit rate ich Dir dazu, Dresden zu verlassen, denn dort gibt es Fürstinnen, die Dir das Herz vergiften.«

Dieser für Balzacs Pläne fatale »Kongress« verschwand wieder vom Tapet, und im April 1845, nachdem sich Anna und Graf Mniszech einander versprochen hatten, erhielt er die gnädige Erlaubnis, endlich Anfang Mai in Dresden zu erscheinen. Von dort reiste man dann zu viert alsbald, wie von ihm vorgeschlagen, zunächst nach Bad Homburg, dann weiter nach Cannstadt, von da ging es dann Anfang Juli nach Paris, wo die Hanska inkognito vom 5. Juli bis zum 11. August 1845 das erste Mal zu Besuch weilte. Diese erste gemeinsame Reise in das den Untertanen des Zaren normalerweise verbotene, weil im Revolutionsverdacht stehende Frankreich war für Balzac ein weiterer Etappensieg in seinem Werben um die Gunst der polnischen Helena. Jetzt konnte er seine Heimat als Waffe verwenden, um den Widerstand der ewig Zaudernden zu brechen. Er zeigte ihr Paris mit allen Verlockungen, bereiste mit ihr »unsere schöne Touraine« mit Stationen in Orléans, Bourges, Blois und Tours und gab der Hanska danach das Geleit von Straßburg rheinabwärts über Den Haag, Amsterdam, Rotterdam, Antwerpen und Brüssel, wo man sich erst Ende August voneinander trennte.

Dieser Abschied währte nur kurz, bereits im Oktober kamen die *Saltimbanques* wieder zusammen, um bis zum September 1846 durch Italien, die Schweiz und Deutschland zu reisen. Im Oktober heiratete in Wiesbaden Anna den Grafen Mniszech, und Balzac, der dazu eigens aus Paris erschien, war einer der Trauzeugen. Als man sich danach wieder voneinander trennte, die Hanska mit den beiden frisch Verheirateten nach Dresden aufbrach und Balzac nach Paris zurückkehrte, konnte er sich in der beglückenden Gewissheit wiegen, dass nun nichts mehr die Verwirklichung seines Lebenstraums vereitele.

Diese Sicherheit verdankte er einem aberwitzigen Plan, für den er der Hanska zuvor schon die Zustimmung abgerungen hatte. Nach der Hochzeit der Tochter sollte sie in Dresden lediglich ihre Angelegenheiten regeln, dann sofort zu ihm eilen, um sich mit ihm trauen zu lassen! Zunächst hatte er ihr vorgeschlagen, diese Zeremonie irgendwo im Osten Frankreichs, also unweit der Grenze zu Deutschland, in aller Heimlichkeit zu vollziehen! Diese einem Groschenroman würdige Intrige wird von ihm jedoch sogleich zugunsten eines noch viel phantastischeren Plans verworfen: Wenn es ihm gelänge, dem Pfarrer in Passy gegen Vorlage ihres Taufscheins und der Sterbeurkunde Hanskis eine Heiratsbewilligung abzuluchsen, könne man sich gleichzeitig mit der Hochzeit der Tochter in Wiesbaden vermählen! Die standesamtlichen Formalien ließen sich dann jederzeit in Frankreich nachholen.

Diesen abenteuerlichen Überlegungen scheint die Hanska widersprochen und auf einen späteren Termin gedrungen zu haben. Dieser Aufschub machte Balzac nichts aus, weil er sich unterdessen eines Unterpfands gewiss war, das die schnelle Verehelichung geradezu erzwang: Die Hanska hatte ihn im Sommer 1846 mit der Mitteilung überrascht, dass sie von ihm schwanger sei, was Balzac am 12. Juli in den Jubelschrei ausbrechen ließ: »Wir werden für fünf oder sechs Jahre in völliger Ruhe leben, zu unserem größeren Ruhm und Glück Victor-Honoré heranwachsen sehen, dessen Name allein mein Inneres beflügelt und mich Seite um Seite füllen lässt.« Selbstredend war Balzac sicher, dass das Kind, das er gezeugt hatte, ein Junge sei.

Viel wichtiger war, dass diese Schwangerschaft die Heiratspläne beschleunigte. Mit dem Schreiben vom 26. Juni drängte er deshalb dazu, ihren russischen Besitz der Tochter nach deren Heirat zu überschreiben. Deswegen müsse sie nichts befürchten, denn, so versichert er ihr: »Du wirst leben und sogar gut leben mit dem, was ich verdiene, und außerdem werden wir aus dem *trésor louploup* ein Vermögen machen.« Kaum vorstellbar, dass die Hanska diesen und anderen Versicherungen Glauben schenkte, aber sie scheint nicht widersprochen zu haben, weshalb er nun den Plan für die von ihm am 15. November geplante *grrrrande affaire* entwickelte. Allerdings beging er im Überschwang die große und, wie sich schnell zeigte, fatale Unvorsichtigkeit, in wahrhaft erschreckender Ausführlichkeit und anhand von beigelegten Skizzen alle für ihren Haushalt mit ihrem Geld getätigten Anschaffungen wie deren Kosten zu schildern.

Balzac musste nun erleben, dass er mit diesem wahrhaft monströsen Tableau, das seine hemmungslose Verschwendungssucht dokumentierte, das Gegenteil dessen erreichte, was er beabsichtigte. Die Hanska wurde von der Furcht gepackt, dass eine Ehe mit Balzac den sicheren Ruin zur Folge hätte. Deshalb teilte sie ihm kühl mit, seinen neuerlichen Geldwünschen, die er mit fälligen Rechnungen für diese Erwerbungen begründete, könne und wolle sie nicht willfahren, weil er schon genug bekommen habe. Außerdem könne die geplante Hochzeit um gut ein Jahr aufgeschoben werden, zumal es keinerlei Umstände mache, Victor-Honoré nachträglich zu legitimieren. Nach ihrer Niederkunft, die sie in Dresden abwarten wolle, ginge sie erst einmal zurück in die Ukraine, um nach dem Rechten zu sehen.

Balzac sah sich einmal mehr in seinen Erwartungen bitter getäuscht. Sein zerknirschtes Schreiben von Anfang Oktober 1846 vermochte ihren Entschluss nicht mehr zu ändern: »Deine Entscheidung hat auf seltsame Weise alle meine Pläne umgestürzt; auch versichere ich Dich, dass ich fast nichts brauche. Ich träumte von einem Glück, das sich mir einmal mehr für 15 Monate oder wenigstens doch für ein ganzes Jahr entzieht. In einem Jahr kann ich ganz leicht das zuwege bringen, was uns in zwei Monaten lästig gewesen wäre. Ich bedauere zutiefst alles, was ich angeschafft habe, aber meine Gänsefeder wird dafür aufkommen, denn ich selber bin wie eine Gans, und ich werde hart arbeiten, um mich für diese Dummheit zu bestrafen und um unseren Schatz wieder aufzufüllen. Ich bin im Begriff, ein Geschäft abzuschließen, das uns binnen zwei Jahren einen Gewinn von 100 000 Franc abwirft.« Anfang Dezember erfuhr Balzac aus Dresden, sie habe eine Fehlgeburt gehabt und Victor-Honoré wäre im Übrigen ein Mädchen gewesen. Für die Hanska war die Fehlgeburt wohl eine Erleichterung, denn mit 46 Jahren sieht eine Frau Mutterfreuden nur mit gemischten Gefühlen entgegen. Außerdem war sie damit aller Zwänge ledig, Balzac heiraten zu *müssen*, was den Verdacht einer Abtreibung nahelegt. Darauf deuten jedenfalls die Zeilen hin, die sie ihrer in Paris lebenden Schwester Aline

Moniuszko schon Mitte November geschrieben hatte, sie sei »gerettet«. Die Schwester säumte nicht, Balzac dies sofort mitzuteilen, der tief verstört war und nun Aufschluss verlangte, was die Hanska damit gemeint habe: »Ich habe drei Stunden geweint wie ein Kind. Ich hätte so gern ein Kind von Dir gehabt! Es wäre mein ganzes Leben gewesen!« Auch wenn es grausam klingt, sein Schmerz galt weniger dem Verlust als vor allem dem Umstand, dass er sich jenes so sicheren Mittels jäh beraubt sah, die Hanska zur Ehe zu bewegen, gegen die sie sich sichtlich sträubte. Der Beweis für diese ungeheuerlich anmutende Behauptung? Im selben Schreiben ist von Geldgeschäften die Rede, davon, dass es endlich gelungen sei, *la Chouette* [Louise Breugniot] loszuwerden. Auch seien die in Wiesbaden und Mainz erworbenen Antiquitäten unbeschädigt eingetroffen. Außerdem der Schwur: »Wohlverstanden, von heute an kaufe ich nichts mehr außer den Möbeln aus Tours, denn die sind für Dein Zimmer bestimmt, das bis Februar fertig sein muss.« Um das in ein und demselben Schreiben mitzuteilen, braucht es schon das Gemüt eines Schaukelpferds. – Nein, mit Kindern, mit eigenen oder anderen, hatte Balzac nichts im Sinn. Den schlagenden Beweis liefert die *Comédie humaine,* in der Kinder nicht vorkommen.

Für Victor-Honoré galt es schleunigst Ersatz zu schaffen, sollten die Träume vom Eheglück nicht verblühen. Also malte er der Hanska als Nächstes ein grandioses Gemälde drohender Gefahren, die er am politischen Horizont Europas aufziehen sah: »Beeilen wir uns, Minette, denn ich sehe, dass in Italien und Deutschland ein Ausbruch kurz bevorsteht. Dieser ganze Frieden hängt nur an einem Faden, am

Leben von Louis-Philippe, und nur Gott allein weiß, was mit uns geschehen wird, sobald der Krieg ausbricht! Für einen Herrscher, der nicht ruhig in seinem Bett sterben will, wie dies vor allem für Louis-Philippe gilt (!), bietet sich augenblicklich die Verlockung, das linke Rheinufer zu annektieren, dessen Bevölkerung von kleinen schwachsinnigen Souveränen misshandelt wird, England ist in Händeln mit Irland, das es entweder ruinieren wird oder von dem es sich trennen muss. Ganz Italien möchte das Joch Österreichs abschütteln, und Deutschland will die Freiheit. Glaube mir, wir stehen unmittelbar vor großen politischen Katastrophen.« Das alles war gar nicht falsch gesehen, brach doch im Februar 1848 die Revolution in Frankreich aus, deren Grummeln Balzac, wie viele der hellsichtigeren Zeitgenossen, schon mehr als ein Jahr früher vernahm.

Balzac, der die Frauen in seinen Romanen immer einfühlsam geschildert hatte, irrte damit einmal mehr, denn die Hanska ließ sich natürlich nicht durch solche Prognosen aus der Reserve locken. Immerhin gab sie der Neugierde nach und wollte sich selbst ein Bild machen, wofür der hartnäckige Freier all das Geld verschwendet hatte, das sie ihm gegeben. Vom Haus in der Rue Fortunée, aus der Zeit vor der Revolution stammend, das Balzac für 50 000 Franc gekauft, aber natürlich noch nicht bezahlt hatte, war in jedem Brief ausführlich die Rede. Die detaillierten Schilderungen hatten wohl ihre ärgsten Befürchtungen geweckt, zumal er dieses Haus einmal als eine Stätte beschrieb, die er ihrer kultischen Verehrung weihen wollte, »so wie die Katholiken schöne Kirchen haben, mit reichgeschmückten Altären und allerhand Schätzen.«

Auch wenn das Haus von außen eher einer »Kaserne« glich, wie er einmal gestand, muss das Innere eine wahre Orgie neureicher Geschmacklosigkeit gewesen sein. Allein der Tischler, schreibt er Ende Dezember 1846, habe für Möbelbeschläge 1000 Kilogramm vergoldete Bronze verbraucht; die Lüster und Laternen hätten insgesamt ein Gewicht von mehr als 500 Kilogramm des nämlichen Materials, und für die 10 Kamine seien weitere 250 Kilogramm verwendet worden. Offenbar kam ihm dabei nicht in den Sinn, dass dies die Sicht eines Schrotthändlers sein könnte. Aber, so suchte er im Januar 1847 ihr Urteil vorwegzunehmen, »wenn Du das alles siehst, dann wirst Du sagen: – Wie, mein lieber Noré, das hat nicht mehr gekostet? Oh, das hast Du aber gut gemacht! Wie glücklich werden wir beide darin sein!«

Anfang Februar eilte er nach Frankfurt, wo er die von Dresden her angereiste Hanska abholte, mit der er zehn Tage später in Paris eintraf, wo sie bis Anfang Mai 1847 blieb. Es war das letzte Mal, dass er Triumphe feierte: Nicht nur schien der Hanska das Nest, das er ihr bereitet hatte, zu gefallen – jedenfalls ließ sie keine Kritik verlauten –, sondern er konnte sich auch in einer Reihe literarischer Erfolge sonnen. *La Cousine Bette* war als Buch erschienen und stieß auf großes Lob in der Kritik. Außerdem standen im April drei Romane als Vorabdrucke in den Zeitungen: *Le Cousin Pons*, der noch nicht fertiggestellte *Le Député d'Arcis* sowie *La Dernière incarnation de Vautrin.* – Eine Gärtnerweisheit besagt, ein alter Baum, der noch einmal üppig blüht, sei dem baldigen Tod geweiht.

Als die Hanska von Paris auf ihren ukrainischen Besitz

Wierzchownia zurückkehrte, begründete sie es damit, dass sie dort ihre Angelegenheiten regeln wolle, um zu verhindern, dass er eine Arme heirate. Balzac verstand das als Versprechen, an das er sich klammern konnte. Auch hatte sie endlich eingewilligt, dass er sie in der Ukraine besuchen dürfe, eine Reise, zu der er Anfang September 1847 aufbrach und deren Verlauf er bis zur Ankunft am Abend des 13. September anschaulich im *Lettre sur Kiew* schilderte.

Dieser Bericht schließt mit den Worten: »Ich gewahrte jetzt die wahren Steppen, denn die Ukraine beginnt in Berditschew. Was ich zuvor erblickt hatte, war nichts. Es war die Wüste, das Königreich des Weizens, die Heimat von [James Fenimore] Cooper und ihr Schweigen. Dort beginnt der Lößboden der Ukraine, eine schwarze und fette Erde mit einer Tiefe von fünfzig Fuß und häufig mehr, die nie gedüngt wird und auf der man immer Weizen einsät. – Dieser Anblick stieß mich ab, und ich fiel in einen tiefen Schlaf, bis ich gegen halb sechs Uhr von dem Jubelruf des Juden, der mich kutschierte und der das Gelobte Land begrüßte, geweckt wurde. Ich sah eine Art Louvre, einen griechischen Tempel, den die Strahlen der sinkenden Sonne vergoldeten und der ein Tal überblickte, das dritte, das ich seit Passieren der Grenze gesehen hatte!« Balzac war vor der letzten Kulisse angelangt, hinter der er den Heiligen Gral seiner Rettung wähnte. Von einem Besuch bei den Carrauds in Frapesle 1838 hatte er der Hanska geschrieben: »Sie können sich gar nicht ausmalen, wie sehr ich an Sie gedacht habe, als ich die Beauce und den Berry durchquerte, denn das ist Ihre Ukraine in kleinerem Maßstab, und jedes Mal, wenn ich hier hindurchreise, muss ich an Wierzchownia denken.« Die

Reise zum Ziel seiner Sehnsucht hatte über zehn Jahre gedauert; jetzt war er dort angelangt.

War er am Ziel? Als er nach einem Aufenthalt von über vier Monaten Ende Januar 1848 nach Paris zurückkehrte, hatte er in der ersehnten Kulisse nur in der Gastrolle des Gutsherrn geglänzt. Kein Wunder, dass er sich »tieftraurig« auf den Heimweg machte. Aber was war sein Heim? Die Rue Fortunée, wo das Haus nach seinen ausschweifenden Wünschen eingerichtet war und nun doch nur wie eine weitere Kulisse schien, von der er immer noch nicht wusste, ob und wann sich die Handlung, für die sie entworfen war, darin abspielen würde? Als er Mitte Februar krank und erschöpft in dieser kalten Feenpracht anlangte, steigerte sich die Malaise noch durch die angespannte Atmosphäre politisch-sozialer Unrast. Eine Woche später brach die Februar-Revolution aus und fegte das gesellschaftliche Biotop der Juli-Monarchie hinweg, das er beschrieben und dem er seinen literarischen Erfolg zu verdanken hatte.

Nein, hier und unter den sich damit ankündigenden Umständen wollte er nicht mehr leben, wie er der Hanska kurz nach der Rückkehr mitteilte: »Ich werde meine Pässe erneuern, denn ich will nicht unter der Republik leben, und hätte sie auch nur eine Dauer von vierzehn Tagen!« Zwei Tage später bekräftigt er diese Absicht: »Ich bin ein trauriger Prophet. Allein, was uns anbelangt, stellt es sich so dar: Es herrscht völlige Anarchie. Es gibt keine Zeitungen mehr, wie wir sie kannten, keine Fortsetzungsromane, keine Einnahmen aus literarischen Arbeiten. Auch den Buchhandel wird es nicht mehr geben. Wir werden also für eine Zeit, von der nicht abzusehen ist, wie lange sie andauert, in Armut versinken. Ich werde deshalb versuchen, binnen zwanzig Tagen wieder zu Ihnen zurückzukehren, sollten mich nicht unvorhergesehene Ereignisse daran hindern. – Sollte sich die Republik behaupten, wird man zu wüstesten Maßnahmen greifen. Deshalb bin ich überzeugt, Sie werden mir zustimmen und auch sagen, dass es gilt, seine Haut zu retten. Ich werde deshalb bei meiner Mutter wohnen und werde auch von dort aufbrechen, aber erst dann, wenn alle meine Angelegenheiten geregelt sind.«

Die Panik, die Balzac der Hanska ausmalt, koloriert seine letzte Trumpfkarte, die ihm den Stich seiner Herzdame endgültig sichern soll: Nur die Ukraine ist die Rettung. Die Hanska konnte den Flüchtenden nicht ins sichere Verderben zurückstoßen. Das sah sie wohl nicht anders, wie der letzte, verzweifelte Versuch erhellt, der Ehe mit Balzac, die ihr dann als Schicksal unvermeidlich sein würde, doch noch zu entkommen. So muss der wirre, nur schwer verständliche Brief gedeutet werden, den Balzac Ende Mai 1848 sandte: »Deine Schwester hat mich gestern für eine Stunde besucht. (...) Soll man ihr glauben? (...) Sie hat ihre Ausführungen damit beendet, ohne Zweifel wollte sie sich damit aber nur lustig machen, dass sie unter Hinweis auf Ihr Beharren, mir altem Gockel ein junges Huhn zuzuführen, Pauline vorschlug, so wie mir von Ihnen bereits zu Alexandrine [vermutlich Alexandrine Riznich, eine Nichte der Hanska] geraten worden war. (...) Ich war deshalb sehr verlegen, denn Pauline [Moniuszko] war auch zugegen. Diese arme Kleine besaß aber so viel Verstand, dass sie spürte, sie wäre nur ein Notbehelf, und hat deshalb auch gesagt, dass sie gar nicht heiraten wolle, und schon gar nicht einen Mann, der eine andere liebe. Ich habe ihr daraufhin galant geantwortet, dass, wenn eine junge Frau es vermöchte, mich von meiner Idee abzubringen, jungen Personen den Rücken zu kehren, dann sei es gewiss nur sie. Diese Torheit war seitens der Aline [Moniuszko] umso dämlicher, als ich ihr zehn Minuten zuvor erst erklärt hatte, dass ich niemals eine junge Frau geliebt hätte, ja dass ich selbst für die schönsten und charmantesten in meinem Herzen nichts empfände. (...) Arme Pauline. Ich habe mit ihr gelitten. Das alles ist nur passiert, weil ich glaubte, Ihrer Schwester jene dringende Empfehlung in Ihrem Brief zur Kenntnis geben zu müssen, die für sie bestimmt war, aber unmittelbar auf diesen Absatz folgte dann ihre geradezu verrückte Bitte an mich, ich möge mir eine junge Begleiterin suchen. Und das ausgerechnet mir, der ich Sie doch schon fast zu jung für mich finde!«

Diese im Original sprachlich wie syntaktisch völlig verquere Passage spiegelt Balzacs tiefe Verwirrung und Bestürzung, denn ihm musste sofort klar sein, dass er in die Falle einer weiblichen Intrige getappt war. Zum letzten Mal versuchte die Hanska sich dem drohenden Verhängnis, Balzac zu heiraten, zu entziehen, indem sie dem Minotaurus ein junges Ding zum Opfer anbot. Wahrscheinlich ahnte sie, dass sie keinen Erfolg haben würde. Blieb nur die Hoffnung, dass die Februar-Revolution in Paris die Regierung des Zaren veranlasste, Balzac die Ausstellung eines Passes für die im Herbst geplante Rückkehr nach Wierzchownia zu verweigern. Auch das erwies sich jedoch als Illusion, denn Ende August schrieb er: »Ich erhielt einen Brief des Grafen Orlow, der mir mitteilte, dass Anweisung gegeben worden sei, mich die russische Grenze passieren zu lassen.« Und einen Tag später: »Ich schwelge in einer unbeschreiblichen Freude, zittere vor Erregung wie die Kinder, wenn ihnen eine heißbegehrte Süßigkeit angeboten wird.« Anna Mniszech, der Tochter der Hanska, teilte er unter nämlichem Datum mit: »Ich habe gestern, am Sonntag den 20. August, den Brief des Grafen Orlow erhalten, der mir die Grenzschranke von Radzivlow öffnet, die für mich die Pforte zum Paradies ist.«

Kaum hielt sie diese Nachricht in Händen, wusste die Hanska, dass sie sich nun in ihr Schicksal fügen musste. Aufschlussreich dafür ist, dass einen Tag vor der Abreise am 20. September, wie Balzac von unterwegs schrieb, völlig unerwartet die Gräfin Joséphine Olizar, eine ihr seit Dresden gut vertraute Freundin, bei ihm erschienen sei: »Ihre Freundin Joséphine tauchte am Tag meiner Abreise auf, um das schönste Nest, das jemals ein *Bengali* in Indien für seine Gefährtin angelegt hat, zu bestaunen. Sie war ebenso wie Gavault von dem Eindruck entzückt, den ein derartiger Kunstschatz auf sie gemacht hat.« Mit anderen Worten: Die Hanska hatte die Freundin Joséphine in Marsch gesetzt, den letzten Stand der Dinge in der Rue Fortunée auszukundschaften.

Anfang Oktober traf Balzac in Wierzchownia zum zweiten Besuch ein, der anderthalb Jahre dauern sollte. Seine Ankunft, das ahnte er vielleicht, war ein Abschied vom bisher geführten Leben, vom Leben überhaupt. Daher hatte er das Haus in der Rue Fortunée seiner Mutter in Obhut gegeben. Nachdem er Unsummen für dieses Liebesnest verschwendet hatte, fand er sich endlich dazu bereit, dieser in großer Armut darbenden Frau eine monatliche Rente von 100 Franc

(!) in Aussicht zu stellen, wie er Schwester Laure schrieb. Verglichen mit den Summen, die er ihr noch schuldete, war das nicht einmal ein Almosen. Das muss ihm gedämmert haben, denn er fügt hinzu: »Viel später, sollten sich meine Geschäfte *verbessern,* werde ich ihr mehr zuwenden.« Diesem »viel später« setzte erst der Tod eine Zeitgrenze, denn es war seine Witwe, die die Schulden bei der Mutter beglich.

Auch das Geständnis Balzacs im Brief an die Schwester liefert einen Hinweis auf sein Abschiedsahnen: »Die Geschäfte lassen sich hier [er meint Paris] schwieriger denn je an, und alles geht ganz schlecht für mich aus. Selbst wenn ich nicht dort wäre [i. e. Wierzchownia], müsste ich alles aufgeben, wie ich fürchte. Dieses Haus, das mich auf 350 000 Franc zu stehen kommt, ohne das Silberzeug, Wäsche, Pferde, Wagen noch Sonstiges zu rechnen, scheint mir angesichts der Rentenkurse, die noch immer weiter fallen, eine Narretei zu sein. Statt mir Erleichterung zu verschaffen, schadet es mir nur fortwährend. Man hält mich für allzu verschwenderisch, denn man ist so nüchtern wie nur je (...), und das, was ich besitze, ist beinahe auf nichts geschrumpft. Die Zukunft bietet keinen schönen Ausblick. Ich zweifle, ob eine Rückkehr überhaupt sinnvoll ist, um zu arbeiten, solange das Literaturgeschäft sich nicht wiederbelebt hat.«

Erst in der Idylle von Wierzchownia und im Lichte der Februar-Revolution und des von ihm vorhergesehenen unvermeidlichen Rückschlags des Pendels mit der Gegenrevolution vom Juni ging ihm auf, dass das ganze Lebenskonzept des mehr Scheinens als Sein, das ein genaues Spiegelbild der von ihm politisch stets bekämpften Juli-Monarchie war, mit dieser unrettbar zerbrochen war. Es gab kein Zurück mehr, deshalb musste er die zweite Reise in die Ukraine von Anfang an als Abschied begreifen. Aber Balzac wäre nicht Balzac, hätte er nicht gerade jetzt eine seiner größten Fähigkeiten aufzubieten vermocht, nämlich sich selber etwas vorzumachen, an das er dann felsenfest glaubte und mit der Wirklichkeit verwechselte. Darunter hatte nun die Mutter zu leiden, die er mit häufigen, langen und herrisch fordernden Briefen förmlich bombardierte und zu zahllosen Besorgungen anhielt, mit denen sie in seiner Abwesenheit das Interieur des Hauses in der Rue Fortunée vervollkommnen sollte. Diese Briefe, mit denen er die Mutter herumkommandiert wie einen Dienstboten, sie gelegentlich mit unsinnigsten Vorwürfen überschüttet, sie sogar beschuldigt, sie würde mit ihren Antworten, die im Familienkreis von Wierzchownia laut verlesen wurden, seinen Absichten, die Hanska zu heiraten, unendlich schaden, sind eine peinliche, erschütternde Lektüre.

In einem langen Brief an Schwester Laure vom März 1849 fasst er alle Beschwerden gegen seine Mutter zusammen: »In den Umständen, in denen ich hier bin, fiel meiner Mutter nichts Besseres ein, als genau daran nicht zu denken, oder sie hat geradezu diesen *Effekt* beabsichtigt, den sie mit ihrem Brief erreichte, der vernünftigen Leuten den Eindruck verschaffen musste, dass ich entweder ein ungeratener Sohn bin oder sie einen schwierigen, pedantischen Charakter hat. Kurz, es war ein Brief, wie ihn eine Mutter an einen Knaben von vielleicht 15 Jahren schreibt, der sich irgendwelcher Verfehlungen schuldig gemacht hat. Und das alles, während sich meine Mutter mit meinen Angelegenheiten abplagt, mich in diesen ersetzt und deshalb nichts als Anerkennung verdiente. Es ist beinahe sicher, dass ich so zurückkehre, wie ich abgereist bin [i. e. unverheiratet]. (...) Auf der Rue Fortunée lasten für Madame Hanska noch immer rund 80 000 Franc Schulden. Sie spricht davon, mich zurückzuschicken und alles zu verkaufen, denn ihre in 15 Jahren gemachten Ersparnisse sind darin verschwunden, weshalb sie sich schon gezwungen sah, für die im April fälligen Zahlungen einen Kredit auf ihre für 1850 zu erwartenden Einnahmen aufzunehmen. Hier ist sie reich, geliebt, geachtet und muss nichts ausgeben. Deshalb zögert sie umso mehr, sich an einen Ort zu begeben, an dem sie nur Ärger, Schulden, Ausgaben und eine Fülle unbekannter Gesichter erwarten. Ihre Kinder bangen um sie, und nun füge dem noch den *von Würde steifen und kalten* Brief einer Mutter hinzu, die ihren kleinen Erstgeborenen, der schon 50 Jahre alt ist, schilt.«

Schwester wie Mutter sollten deshalb bei ihren Briefen, die sie in die Ukraine schrieben, immer daran denken, »dass es sich mit den Ehen immer wie mit Schlagsahne verhält, die durch ein Nichts, durch eine Änderung der Temperatur, durch einen Geruch sofort umkippen könne«. Darin verbarg sich der tiefste Grund seines Ärgers, seiner Empörung, denn noch immer und unbeschadet aller Intimität galt es den Schein zu wahren, durfte die Schlagsahne des hohen Ansehens, mit dem er die Hanska zu betören suchte, durch keinen Hauch entzaubert werden. »Madame Hanska erkennt daran, wer diese Madame de Balzac eigentlich ist und dass sie ihren Sohn für nichts anderes als einen kleinen Jungen hält. Weder Unterwürfigkeit noch Dünkel, Empfindlichkeit oder gar zu viel Gefälligkeit, sondern Natürlichkeit und aufrichtige Freundlichkeit, das sind Regel und Linie, die der gesunde Menschenverstand einer solchen Person gegenüber anrät.« Er werde hier seines Talents wegen hoch geschätzt und verehrt, und diese Anerkennung wachse umso mehr, je besser man ihn kenne. »Deshalb *verzeihen es* diese drei mir lieben Personen [die Hanska, ihre Tochter Anna und deren Mann] *niemals,* wenn jemand ihre Gefühle, die sie mir gegenüber hegen, verletzt.«

Balzac stand, wie dieser Brief unmissverständlich deutlich macht, mit dem Rücken zur Wand. Der Widerstand der Hanska gegen die Ehe war so groß wie je. Balzac drohte kurz vorm Ziel zu scheitern. Deshalb die Maßlosigkeit seiner Empörung über die Briefe der Mutter: Sie, das ist der Subtext seines Schreibens an die Schwester, würde ungeheures Unglück über sein Leben bringen, denn sie allein trüge Schuld daran, wenn die Hanska ihn nicht heirate. »Es hat allen Anschein, als käme es zu keiner Hochzeit, und ich bin dabei, ein Junggeselle zu bleiben. Ich habe und ich werde in Frau Hanska immer die beste, die mir ergebenste Freundin haben, kurz eine Freundin, wie man nur eine im Leben hat, und auch ihre Kinder lieben mich, als gehörte ich zur Familie. Aber was sie nicht wollen, ist das zukünftige Unglück einer von ihnen *über alles geliebten* Mutter, und darin muss ich ihnen Recht geben.«

Dieser ungeheuerliche Vorwurf offenbart Balzacs Projektion, aus der sich sein Hass auf die Mutter speiste: Das Elend, in das er hineingeboren wurde, aus dem er sich in einem langen arbeits- und entbehrungsreichen Leben erfolgreich zu befreien gesucht hatte, holte ihn in Gestalt ebenjener Mutter und in dem Augenblick ein, da er als Sieger ins

Ziel einlaufen wollte. Sie war es wieder, die ihm den Genuss wohlverdienter Freiheit von allen ihn bislang plagenden Zwängen und Bedrückungen verunmöglichte. Aus der zugigen Mansarde in der Rue Lesdiguières war er weiland aufgebrochen, sich einen Platz ganz oben in der Gesellschaft zu erobern. Jetzt, in der Kulisse eines in die hinterste Ukraine versetzten Louvre, musste er erkennen, dass er damit gescheitert war und seine Zukunft sich durchaus wieder in einer solchen Dachstube abspielen könnte.

So sah es Balzac, und ähnlich verzweifelt muss auch die Hanska gewesen sein beim Gedanken an die Zukunft an der Seite dieses Mannes. Dass sie davor zurückschauderte, wundert nicht. Zugleich wusste sie kein Mittel mehr, sich aus der Zwangslage zu befreien, in die er sie durch seine bloße Gegenwart als Dauergast in Wierzchownia stürzte. Je länger Balzac hier blieb, desto mehr lief er Gefahr, zu einem *Bilboquet* zu werden, zum Clown in einer absurden Menagerie, einer *Comédie humaine,* die sie aber nicht mit dem Leben, *ihrem* Leben, vertauschen wollte. Als letztes Argument blieb nur noch die höchst prekäre finanzielle Lage, in der er sich befand trotz der rund 300 000 Franc, die er alles in allem von ihr erhalten hatte. Dass sie sich angeblich verschulden musste, um fällige Zahlungen für die Rue Fortunée begleichen zu können, unterstrich dies noch: Balzac, lautete diese Botschaft, würde sich künftig kaum mehr selbstverständlich auf ihre Unterstützung verlassen können.

Zur Gewissheit musste ihm dies werden, als er Zeuge wurde, wie kurz vor Beginn der Erntezeit ein Unwetter einen Großteil der Weizenernte des Jahres 1849 vernichtete.

Blitzeinschläge ließen eine Mühle, mehrere Schafställe und zahlreiche der ärmlichen Katen, in denen die Leibeigenen hausten, abbrennen. Das Geld, das er noch brauchte, um die Rue Fortunée in den erträumten Zustand zu versetzen, sah Balzac von seinem Fenster aus in Rauch aufgehen. »Tschernobyl«, so schrieb die Hanska ihrer Schwester Mitte August 1849, »ist nur noch eine wüste Ebene. Von mehr als tausend Häusern ist nicht eines stehengeblieben. Die Juden sind darüber derart verschreckt, dass sie diesen Ort verlassen wollen, von dem sie sagen, er sei verflucht...« Zur gleichen Zeit traf der zweite Bescheid des Zaren ein, dass die Hanska ihren Besitz verlöre, heiratete sie einen Ausländer. Das alles muss Balzac die letzte Hoffnung auf ein glückliches Ende geraubt haben. Er würde allein nach Paris zurückkehren, und mit der Rue Fortunée würde es ihm ähnlich ergehen wie zuvor mit *Les Jardies.* Einmal mehr wäre alles umsonst, würden seine hochfliegenden Träume in tausend Stücke zerbrechen. Dieses Erlebnis war aber besonders bitter, denn nie hatte sich Balzac dem Ziel so nahe gewähnt. Nicht minder schwer lastete auf ihm die Erkenntnis, dass er nicht mehr die Kraft haben würde, mit der entschlossenen Vollendung seines Werks diesen Traum sich verwirklichen zu können.

Wegen dieser Aussichtslosigkeit schob er ein ums andere Mal seine Abreise nach Paris hinaus. Außerdem ging es mit seiner Gesundheit rapide bergab. Chronische Bronchitis, gastrische Beschwerden, Kopfschmerzen, vor allem aber Atemnot, die eine Hypertrophie des Herzens anzeigte, machten ihm immer ärger zu schaffen. Zwei Ärzte, Vater und Sohn Knothe, behandelten ihn, aber ihre Therapien unterschieden sich nicht von Quacksalberei, wie jene bar-

barische Kur zeigt, der sich die Hanska, wie Balzac seiner Schwester schrieb, unterwerfen musste, wenn sie einen Gichtanfall hatte: »Alle zwei Tage steckt sie ihre bloßen Füße in ein Spanferkel, das man dafür aufgeschlitzt hat, denn die Füße müssen in die noch zuckenden Eingeweide eindringen. Ich muss Dir nicht schildern, wie sehr das kleine Schwein vor Schmerzen quiekt, das die Ehre nicht versteht, die man ihm damit ansinnt, und das sich ihr nur zu gern entzöge.«

Vielleicht war es die Aussicht, bis ans Ende ihrer Witwentage in Wierzchownia buchstäblich zu versauern, an Langeweile zu verblöden, die Eveline Hanska schließlich dazu brachte, Balzac zu heiraten. Nicht auszuschließen, dass die Ärzte ihr versicherten, er sei dem Tod geweiht. In dieser Perspektive musste ihr der Schritt, den sie so lange gescheut hatte, als einzig mögliche Rettung einleuchten: Das Leben als Witwe Balzac in Paris war allemal erstrebenswerter und abwechslungsreicher als das Dasein einer Witwe Hanska in den sinn- und endlosen Weiten der Ukraine. Um sieben Uhr früh des 14. März 1850 wurde in der katholischen Kirche der heiligen Barbara von Berditschew der Ehebund zwischen Eveline Hanska und Honoré de Balzac vom Pfarrer Victor Ozarowski gesegnet.

Zulma Carraud, der seit langen Jahren völlig vernachlässigten Vertrauten, schrieb er damals: »Es ist jetzt drei Tage her, dass ich die einzige Frau geheiratet habe, die ich jemals liebte, die ich mehr liebe denn je und die ich bis zu meinem Tod lieben werde. Diese Verbindung ist, so bin ich überzeugt, der Lohn, den Gott für mich bereithielt, für so viel Unglück, so viele Jahre der Arbeit, für alle Schwierigkeiten, die sich mir in den Weg stellten und überwunden wurden. Ich hatte weder eine glückliche Kindheit noch einen blühenden Frühling, aber ich werde jetzt den strahlendsten Sommer und den angenehmsten Herbst haben, den man sich nur denken kann.«

Am 24. April brachen die Frischvermählten zur langen Reise nach Paris auf, wo sie in der Nacht des 20. Mai anlangten. Aber trotz der vielen Pausen unterwegs war Balzacs Zustand besorgniserregend. Er konnte kaum gehen, hatte Sehschwierigkeiten und verlor öfter das Bewusstsein. Zunächst schien er sich zu erholen, aber ab Anfang Juni musste er in der Rue Fortunée das Bett hüten. An Schreiben war nicht mehr zu denken; die wenigen Briefe in geschäftlichen Angelegenheiten musste er seiner Frau diktieren. Mitte Juli war er selbst dazu zu schwach, begann der Körper des Patienten bedrohlich anzuschwellen. Die Ärzte verordneten Aderlässe und Abführmittel, setzten ihn auf Diät und untersagten das Sprechen. Die therapeutische Ratlosigkeit unterschied sich kaum von jener der beiden Knothes. Victor Hugo besuchte den Schwerkranken noch zweimal. Balzac scherzte dabei über seinen Zustand und versicherte, er würde wieder auf die Beine kommen. Dass ihm die Ärzte allenfalls sechs Wochen zubilligten, sagten sie nur seiner Frau. Nach dem 5. August begann Balzac zu delirieren, am 17. setzte die Gangrän ein. Am Morgen des 18. spendete ein Priester die Letzte Ölung, eine Stunde später begann die Agonie. Victor Hugo, der ihn am Abend dieses Tages im Todeskampf liegen sah, meinte, im Profil habe er wie Napoleon ausgesehen. Eine halbe Stunde vor Mitternacht tat Balzac seinen letzten Atemzug. Er war 51 Jahre alt. Zuletzt wachte nur noch die Mutter am Bett des Sterbenden. Sie war es, die ihm die Augen schloss.

Am 21. August wurde Balzac auf dem Friedhof von Père Lachaise beigesetzt, umgeben von jenen Größen, die er in seiner Jugend bewundert hatte. Jetzt war er einer von ihnen. Wie von ihm testamentarisch verfügt war es ein Armenbegräbnis. Victor Hugo hielt die Grabrede, in der er Balzacs Werk gegen dessen eigene Sinnstiftungen in Schutz nahm: »Der Verfasser jenes unermesslichen und seltsamen Werks gehört ohne sein Wissen und Wollen und vielleicht ohne dass er es selbst je geahnt hat, zu der kraftvollen Rasse der revolutionären Schriftsteller.« Diese Einordnung sollte sich als prophetisch erweisen. Die Trauer der Witwe war, wie André Maurois treffend schrieb, »aufrichtig, lebhaft und kurz.« Zunächst fand sie Trost bei dem Schriftsteller Jules Husson Champfleury, später heiratete sie den Maler Jean Gigoux. Balzacs Schulden, die sich bei seinem Tod auf rund 83 000 Franc beliefen, wurden von ihr nach und nach mit Hilfe des Werks, das sie gemeinsam mit Armand Dutacq, Champfleury und schließlich Charles Rabou pflegte, bezahlt. Alles in allem hat sie wohl für Balzac einschließlich des *trésor louploup* rund 400 000 Franc aufgewendet. Als sie 1882 starb und im Grab Balzacs beigesetzt wurde, hatte sie ihr Vermögen weitgehend aufgebraucht. Das ist die eine Bilanz; die andere, die menschliche, ist schwer zu ziehen.

Im Roman *Albert Savarus,* den Balzac im Frühjahr 1842 schrieb, lässt er dessen Protagonisten in einem Brief die Prophezeiung aussprechen, die den Biographen aus der Verlegenheit befreit, auf jene menschliche Bilanz eine bündige Antwort zu geben: »Im Ziel anlangen und sterben wie der

Läufer in der Antike! Zu erleben, wie das Glück und der Tod gemeinsam auf der Schwelle seiner Tür erscheinen! Diejenige in dem Augenblick zu gewinnen, in dem die Liebe erlischt! Nicht mehr die Möglichkeit zu haben, zu genießen, im Glück zu leben, wenn man sich endlich das Recht dazu erworben hat! … Ach! Wie vielen Menschen war eben das als Schicksal beschieden!«

Dass ihm solch tragisches und doch erfülltes Ende bestimmt sei, hat Balzac früh geahnt. Ende Dezember 1834, jenes Schicksalsjahres, das mit dem »unvergesslichen Tag« begonnen hatte, schrieb er Zulma Carraud: »Niemals hat ein Werk von schrecklicherer Majestät das menschliche Gehirn beherrscht. Ich bin der Arbeit verfallen wie der Spieler dem Spiel. Ich schlafe nie mehr als fünf Stunden und arbeite achtzehn, das bringt mich noch um.« Nein, Balzac war kein Hellseher, sondern ein Genie, das darum wusste, dass Arbeit, nicht Liebe ihn töten würde.

# *Anhang*

# *Personenregister*

# *Werkregister*

Übergeordnete Titel von Werkgruppen sind hier genauso zu finden wie einzelne Werktitel. Der deutsche Titel ist, soweit vorhanden, in der im Diogenes Verlag erschienenen Übersetzung dem französischen angegliedert. Zeitungsartikel erscheinen in einfachen Anführungszeichen. Balzacs Projekte, Fragmente und die unter Pseudonym oder anonym erschienenen Werke sind weiter unten in einer eigenen Rubrik aufgelistet.

*Projekte*



*Fragmente*



*Unter dem Pseudonym Lord R'Hoone erschienen*



*Unter dem Pseudonym Horace de Saint-Aubin erschienen*



*Anonym erschienen*

## *Übersicht über die Comédie humaine*

gemäß folgender Ausgabe:
Honoré de Balzac, La Comédie humaine, Nouvelle édition en douze volumes, Édition de Pierre-Georges Castex avec la collaboration de Pierre Barbéris, Suzanne Bérard, Patrick Berthier, Thierry Bodin, Nicole Cazauran, Roland Chollet, Pierre Citron, Jean-Hervé Donnard, Madeleine Fargeaud, Rose Fortassier, Lucienne Frappier-Mazur, Bernard Gagnebin, Henri Gauthier, Jeannine Guichardet, René Guise, Moïse Le Yaouanc, Michel Lichtlé, André Lorant, Anne-Marie Meininger, Arlette Michel, Nicole Mozet, Roger Pierrot, Maurice Regard, Guy Sagnes, Colin Smethurst et Jean-Louis Tritter. Collection Bibliothèque de la Pléiade, Gallimard, Paris, 1976–1981

Avant-propos de La Comédie humaine.

### *Études de mœurs*

*Scènes de la vie privée:* La Maison du Chat-qui-pelote – Le Bal de Sceaux – Mémoires de deux jeunes mariées – La Bourse – Modeste Mignon – Un Début dans la vie – Albert Savarus – La Vendetta – Une Double famille – La Paix du ménage – Madame Firmiani – Étude de femme – La Fausse Maîtresse – Une Fille d'Ève – Le Message – La Grenadière – La Femme abandonnée – Honorine – Béatrix – Gobseck – La Femme de trente ans – Le Père Goriot – Le Colonel Chabert – La Messe de l'athée – L'Interdiction – Le Contrat de mariage – Autre étude de femme.

*Scènes de la vie de province:* Ursule Mirouet – Eugénie Grandet – Pierrette – Le Curé de Tours – La Rabouilleuse – L'Illustre Gaudissart – La Muse du département – La Vieille fille – Le Cabinet des antiques – Les Illusions perdues.

*Scènes de la vie parisienne:* Histoire des Treize – Ferragus – La Duchesse de Langeais – La Fille aux yeux d'or – Histoire de la grandeur et de la décadence de César Birotteau – La Maison Nucingen –

Splendeurs et misères des courtisanes – Les Secrets de la princesse de Cadignan – Facino Cane – Sarrasine – Pierre Grassou – La Cousine Bette – Le Cousin Pons – Un Homme d'affaires – Un Prince de la bohème – Gaudissart II – Les Employés – Les Comédiens sans le savoir – Les Petits Bourgeois – Madame de La Chanterie – L'Initié.

*Scènes de la vie politique:* Un Épisode sous la Terreur – Une Ténébreuse affaire – Le Député d'Arcis – Z. Marcas.

*Scènes de la vie militaire:* Les Chouans – Une Passion dans le désert.

*Scènes de la vie de campagne:* Les Paysans – Le Médecin de campagne – Le Curé de village – Le Lys dans la vallée.

## *Études philosophiques*

La Peau de chagrin – Jésus-Christ en Flandre – Melmoth réconcilié – Le Chef-d'œuvre inconnu – Gambara – Massimilla Doni – La Recherche de l'absolu – L'Enfant maudit – Adieu – Les Marana – Le Réquisitionnaire – El Verdugo – Un Drame au bord de la mer – Maître Cornélius – L'Auberge rouge – Sur Catherine de Médicis – L'Élixir de longue vie – Préface du »Livre mystique« – Les Proscrits – Louis Lambert – Séraphita.

## *Études analytiques*

Physiologie du mariage – Petites misères de la vie conjugale – Pathologie de la vie sociale.

## *Der Comédie humaine zugehörige Entwürfe*

Sœur Marie des Anges – La Comédienne de salon – Valentine et Valentin – Perdita – Le Programme d'une jeune veuve – Les Héritiers Boirouge ou fragments d'histoire générale – Un Grand homme de Paris en province – La Gloire des sots – Les Méfaits d'un procureur du roi – Un Caractère de femme – Échantillon de causerie française – La Fin d'un dandy – Entre savants – L'Hôpital et le peuple – Le Théâtre comme il est – La Femme auteur – Mademoiselle du Vissard ou la France sous le Consulat – La Bataille – Les Deux amis – Les Martyrs ignorés – Aventures administratives d'une idée heureuse – Le Prêtre catholique – La Frélore – Adam-le-chercheur – Anatomie des corps enseignants.